HEYNE BÜCHER

W0466851

Fantasy

Herausgegeben von Wolfgang Jeschke

Von Henry Rider Haggard erschienen in gleicher Ausstattung in der Reihe
HEYNE SCIENCE FICTION & FANTASY:

Sie · 06/4130
Allan Quatermain · 06/4131
Ayesha – Sie kehrt zurück · 06/4133
Sie und Allan · 06/4133
König Salomons Diamanten · 06/4134
Die heilige Blume · 06/4135
Das Halsband des Wanderers · 06/4136
Tochter der Weisheit · 06/4137
Das Sehnen der Welt · 06/4138
Morgenstern · 06/4146
Als die Welt erbebte · 06/4147
Das Nebelvolk · 06/4148
Das Herz der Welt · 06/4149
Kleopatra · 06/4310
Der Geist von Bambatse · 06/4311
Allan Quatermain der Jäger · 06/4367
Allan Quatermain und die Eisgötter · 06/4368
Das Elfenbeinkind · 06/4369
Der Gelbe Gott · 06/4370
Heu-Heu oder das Monster · 06/4466
Nada die Lilie · 06/4467
Der Schatz im See · 06/4545
Marie · 06/4601

Weitere Ausgaben sind in Vorbereitung.

Liebe Leser,

um Rückfragen zu vermeiden und Ihnen Enttäuschungen zu ersparen: Bei dieser Titelliste handelt es sich um eine Bibliographie und NICHT UM EIN VERZEICHNIS LIEFERBARER BÜCHER. Es ist leider unmöglich, alle Titel ständig lieferbar zu halten. Bitte fordern Sie bei Ihrer Buchhandlung oder beim Verlag ein Verzeichnis der lieferbaren Heyne-Bücher an. Wir bitten Sie um Verständnis.

Wilhelm Heyne Verlag GmbH & Co. KG, Türkenstr. 5–7, Postfach 201204, 8000 München 2, Abteilung Vertrieb

HENRY RIDER HAGGARD

Der Schatz im See

Roman

22. Band der Haggard-Ausgabe

Fantasy

WILHELM HEYNE VERLAG
MÜNCHEN

HEYNE SCIENCE FICTION & FANTASY
Band 06/4545

Titel der englischen Originalausgabe
THE TREASURE OF THE LAKE
Deutsche Übersetzung von Reinhard Heinz
Das Umschlagbild schuf Thomas Thiemeyer

Redaktion: Wolfgang Jeschke
Die Originalausgabe erschien als Vorabdruck zwischen Februar und Mai 1926 im »Adventure Story Magazine«, die englische Buchausgabe im September 1926 bei Hutchinson in London, die amerikanische im Mai 1926 bei Doubleday, Page in New York
Copyright © 1988 der deutschen Übersetzung
by Wilhelm Heyne Verlag GmbH & Co. KG, München
Printed in Germany 1988
Umschlaggestaltung nach einem Entwurf von Vicente Segrelles/Norma:
Atelier Ingrid Schütz, München
Satz: Schaber, Wels
Druck und Bindung: Elsnerdruck, Berlin

ISBN 3-453-03139-3

Inhalt

Vorwort

von Allan Quatermain

Meines Wissens bin ich in diesem Buch nicht darauf eingegangen, was mich ursprünglich dazu bewegt hat, Mone, den Heiligen See, und die Dabanda, die an seinem Ufer – oder in seinem Umland, um genau zu sein – leben, besuchen zu wollen. Dies möchte ich nun nachholen.

Es gibt ein Kloster in Natal, dessen Gastfreundschaft ich zuweilen in Anspruch nehmen durfte und in dem ein hochgelehrter Mönch lebte, der inzwischen ›untergegangen‹ ist, wie die Zulu sagen, und der mich trotz unseres unterschiedlichen Glaubens in vielen Dingen ins Vertrauen zog und mich, das darf ich wohl sagen, mit seiner Freundschaft beehrte. Brother Ambrose, wie er im Orden hieß – sein richtiger Name ist mir unbekannt –, ein gebürtiger Schwede, hätte einen Archäologen und ebenso den reinsten Anthropologen abgegeben, wäre er nicht zum Heiligen bestimmt gewesen. Freilich gelang es ihm, viel von diesen Wissenschaften mit seiner gerühmten, einzigartigen Heiligkeit zu verbinden. Er war zum Beispiel die meines Erachtens maßgeblichste Kapazität in buschmännischer Malerei und ein besserer Kenner der Geschichte, der Religionen, Sitten und Gebräuche des südlichen und östlichen Afrika und des südlichen Zentralafrika als ... nun, ich selbst. So kam es, daß wir aufgrund unsrer Geistesverwandtschaft in diesen und anderen Dingen häufig korrespondierten, wenn wir uns nicht sehen konnten.

Einen seiner klugen Briefe, den ich nach wie vor aufbewahre, erhielt ich vor vielen Jahren aus Mosambik, wohin ihn ein Missionsauftrag geführt hatte. Aus Gründen der Exaktheit will ich nun einige Passagen daraus zitieren:

Brother Ambrose schreibt:

Auf dieser Insel kam ich in Berührung mit einem Mann, einem befreiten Sklaven, den ich taufen und am Sterbebett beistehen durfte, wo er mir viele Geheimnisse anvertraute. Peter, wie er hieß, weil er am Fest dieses Heiligen in den Schoß der Kirche aufgenommen worden war, war ein Mann von außergewöhnlicher Erscheinung. Züge und Statur waren im großen und ganzen arabisch und seine Muttersprache ein recht archaischer arabischer Dialekt. Seine Augen indes waren groß und rund, beinahe eulenhaft – und verfügten über die einzigartige Gabe, bei Nacht zu sehen –, und sein schönes Gesicht zeichnete eine Melancholie aus, die ihm meines Erachtens nicht das Leben aufgeprägt hatte, sondern die ihm in die Wiege gelegt war.

Er erzählte mir, er gehöre zu einem kleinen Stamm aus der Gegend eines Gebirges namens Rugga weit jenseits eines großen Sees. Ich bin mir nicht sicher, um welchen See es sich handelt; das Gebirge jedoch befindet sich wohl in der Nähe eines Kongo-Nebenarms im abgelegenen Innern. Die Heimat seines Stammes ist, falls ich ihn recht verstanden habe, ein von Steilwänden umschlossenes Becken. Inmitten dieses Beckens liegt ein von Wald umgebener See, der, so sagt er, als heilig gilt. Auf meine Frage, warum er heilig sei, antwortete er, weil auf einer Insel im See eine Priesterin lebe, die ein Schatten Gottes oder Schatten der Götter sei, eine schöne Frau mit vielen Zaubergaben, die das Orakel spreche und Segnungen auf ihre Verehrer herabrufe. Von dieser Frau erzählte er viel, was oft so absurd ausfiel, daß es nicht wiederzugeben ist. So würden beispielsweise sie und ihr Mann, denn sie habe einen Mann, der Häuptling des Stamms sei, in einem bestimmten Alter geopfert, wenn ein neuer ›Schatten‹, ihre vermeintliche Tochter, ihren Platz einnehme.

Noch etwas berichtete er mir, das Dich sicher interessieren wird, denn ich schreibe diesen Brief, gleichwohl ich alle Hände voll zu tun habe, um die abergläubische Sage weiterzugeben, bevor ich Einzelheiten vergesse. Wir haben oft über das Rätsel des afrikanischen Tabus gesprochen. Nun beschrieb Peter eine

Variante davon, die mir ganz neu ist. Er erklärte, daß für seinen Stamm alles Wildfleisch tabu sei und nicht geschlachtet oder verzehrt werden dürfe von Stammesangehörigen, die sich wohl hauptsächlich vegetarisch ernähren und ihre Kost mit Ziege oder Rind ergänzen, wovon sie viele Herden besitzen. Damit nicht genug, versicherte er mir doch, seine Leute übten große Macht über die wilden Tiere aus und gingen so zutraulich mit ihnen um, wie unsereins mit Hund und Pferd und anderm Hausgetier. So seien sie, beteuerte er, imstande, die Tiere an bestimmte Stellen zu kommandieren und zurückzuholen und verschiedenen anderen Befehlen zu unterwerfen, was so weit gehen könne, daß sie die Tiere auf beliebige Menschen hetzten.

Ich versuchte, von ihm zu erfahren, was seiner Meinung nach der Grund sei für diese angeblich so große Macht über die Wildtiere seines Landes, brachte aber lediglich heraus, daß die Priesterin eine Form der alten pythagoreischen Lehre der Metempsychose predige (die ja, wie Du weißt, durchaus verbreitet ist in Afrika, insbesondere wenn tyrannische Häuptlinge im Spiel sind); das heißt also, die menschliche Seele wird, vor allem wenn sie ein schlechtes Leben geführt hat, wiedergeboren im Leib eines Tiers, was das Tier gewissermaßen zum Bruder macht, weshalb es gefürchtet und verehrt wird.

Es war äußerst faszinierend, diese vorchristlichen Gedanken aus dem Munde eines modernen Afrikaners zu hören, und ich frage mich sogar, ob diese Geschichte einer Grundlage entbehre. Ich meine nicht, aber solltest Du, teurer Freund, im Zuge Deiner Entdeckungsreise die Möglichkeit haben, der Sache nachzugehen, so tu es! Du weißt, daß ich wie Du die Ansicht vertrete, daß, über den ganzen schwarzen Kontinent verteilt, Reste alter Völker leben, die sich Fragmente alter Ordnungen und Religionen bewahrt haben wie die babylonische Sternanbetung oder die Götter des alten Ägypten …

Sodann wird im Brief Peters Leiden geschildert, woraufhin Brother Ambrose sich seinen Nachforschungen bezüglich einer Schnitzerei widmet, die er Buschmännern in ferner Vergangenheit zuschreibt, obwohl es so gut wie keine Beweise dafür gibt oder gab, daß sie so weit nördlich gelebt haben.

Diese merkwürdige Geschichte, die Father Ambrose vom sterbenden Eingeborenen Peter erfuhr, ging mir nicht mehr aus dem Kopf und war schließlich der eigentliche Auslöser der Reise, die auf folgenden Seiten beschrieben wird.

Ich möchte die Gelegenheit ergreifen und anmerken, daß ich nach dem zweiten Lesen meiner Aufzeichnungen, die auf dem seinerzeit geführten Tagebuch basieren, nicht mehr sicher bin, ob es mir gelungen ist, die unheimliche Atmosphäre, die von den Dabanda und ihrem Land ausgeht, angemessen zu vermitteln. Kein Wunder, daß diese gespenstische Atmosphäre, die viele Bewohner der vom Fetisch geprägten Gefilde Afrikas als solche empfinden, zusammen mit den vielen Demütigungen, denen ich in diesem Lande ausgesetzt war, meine Nerven schließlich dermaßen angriff, daß ich wohl den Verstand verloren hätte, hätte ich mich recht viel länger dort aufgehalten.

Des weitern möchte ich feststellen, daß ich – trotz der vom alten Kumpana und andern angeführten Gründe – nach reiflicher Überlegung überzeugt bin, daß Hans recht hatte und der eigentliche Grund, der sie veranlaßte, Kanekes Rückkehr nach Moneland zu bewerkstelligen, darin lag, daß sie ihn als Strafe für sein Sakrileg im früheren Leben hinrichten wollten. Dieser Vorsatz entstand wohl zum einen aus Rachsucht, zum andern weil die eiserne Regel galt, solange er lebe, könne der »Schatz des Sees« keinen andern zum Mann nehmen, was sie sich insgeheim wünschten.

Zuletzt mag man fragen, warum ich die geographische Lage von Moneland mit seinem verborgenen heiligen See nicht näher bestimmt habe. Bevor ich dieses Land verließ, beteuerte mir Kumpana, wie es Arkle in seinem Brief getan hatte, falls ich die genaue Lage preisgäbe und beschriebe, wie es von anderen Weißen erreicht werden könnte, wären die Folgen für diese, für Hans und für mich in diesem oder in späteren Leben höchst unangenehm. Ich glaubte und glaube ihm nicht; dennoch halte ich es angesichts meiner Erfahrungen mit den unheimlichen Mächten der Dabanda-Priester für klüger – nun, auf Nummer Sicher zu gehen und in diesem Punkte etwas unschlüssig zu bleiben.

Allan Quatermain

1

Kanekes Geschichte

Mit dem Älterwerden wird mir, Allan Quatermain, von Tag zu Tag klarer, daß jeder von uns ein Geheimnis inmitten von Geheimnissen ist, die man mitbringt, wenn man geboren wird, und mitnimmt, wenn man stirbt; zweifellos in ein Land mit neuen, tieferen Geheimnissen. Zunächst kommt uns, wenn wir noch ganz jung sind, alles sehr klar und einfach vor. Da ist ein Mann, genannt Vater, und eine Frau, genannt Mutter, die uns offenbar mit Hilfe des Himmels gemeinsam der Welt geschenkt beziehungsweise uns die Welt geschenkt haben; zumindest wird's uns so gesagt. Da ist die Sonne, der Mond und die Sterne droben und hier unten die feste Erde; da ist Schule, Essen, Aufstehen und Schlafengehn – kurzum lauter recht durchschaubare Banalitäten, die sich mit drei Wörtern zusammenfassen lassen: *die etablierte Ordnung,* in der wir nach dem Ratschluß von Papa und Mama und der Fügung des Himmels droben leben und walten und sind.

Dann gehn die Jahre dahin, die schrecklichen, erbarmungslosen Jahre, die uns unablässig von der Wiege zum Sarg tragen, wie ein wandernder Gletscher einen Stein vor sich herschiebt. Nach den ersten fünfzehn Jahren oder so, wenn wir erwachsen werden, was in manchen Fällen schon früher geschieht, wenn wir ›frühreif‹ sind, wie's heißt, wird mit jedem Jahr der Vorhang ein kleines Stück höhergezogen oder das Loch im Schleier größer, so daß wir hinterm Vorhang oder durch das größere Loch die Geheimnisse im Dunkeln dahinter sehen. Aber da sie so rasch kommen und gehen und der Hintergrund so finster ist, vermögen wir sie nicht klar auszumachen. Falls uns Zeit bleibt, sie uns einzuprägen, tauchen sie momentan in unsern Gedanken wieder auf, um alsbald zu verschwinden, woraufhin sich andere einstellen, die noch wunderlicher oder grausiger sein mögen.

Aber wozu noch mehr Worte über das Endlose, Unfaßbare verlieren? Wir armen, kurzsichtigen, beschränkten Geschöpfe müssen aus jener Vielzahl wunderlicher Rätsel dasjenige auswählen, das wir zu lösen gedenken. So habe ich mir vor langer Zeit ein örtliches, weltliches zu eigen gemacht, nämlich das Land, dem ich mein Leben lang verbunden gewesen bin – Afrika – und ein überirdisches, geistiges, nämlich die menschliche Natur. Was! mag da mancher einwenden, nennst du die menschliche Natur geistig? Allein die Wörter widerlegen dich. Was ist denn geistig am Menschlichen?

Mein Freund, wenn du meine Meinung, meine bescheidene, fehlbare Meinung hören willst, so ist meine Antwort – fast alles. Ich gelange mehr und mehr zur Ansicht, daß wir fast nur Geist sind, ungeachtet unsres äußerst augenfälligen Körpers mit seinen Leistungen und Bedürfnissen. Du kennst diese bunten Bälle, die von Hausierern verkauft werden; ich meine die fliegenden, farbigen Ballons, die jedes Kinderherz höher schlagen lassen. Die Kinder kaufen die Bälle und werfen sie in die Luft, wo sie, von unsichtbaren Winden getrieben, in diese oder jene Richtung fliegen, bis sie zuletzt zerplatzen, so daß nur mehr runzlige Fetzen zurückbleiben, ein Stück Haut, das aus dem Gummi eines Baumes gefertigt ist, wie man den Kindern erklärt. Nun bilde ich mir ein, daß diese aufgeblähte Haut ein treffendes Bild für den ach so großen, auch so augenfälligen menschlichen Körper hergibt, der nichtsdestoweniger vom Zufall hin und her geworfen und schließlich zerstört wird. Was aber befand sich in ihm und entwich und ward nicht mehr gesehn? In meiner Anschauung versinnbildlicht das Gas, womit der Ball gefüllt war, den menschlichen Geist, der für eine Weile eingeschlossen ist, um dann unsichtbar zu verschwinden.

Ich gebe zu, der Vergleich hinkt; trotzdem verwende ich ihn gern, da er veranschaulicht, was ich meine. Ob gut oder schlecht, nun lasse ich es damit bewenden und gehe zu einem einfacheren Thema über, das sich zumindest einfacher abhandeln läßt, nämlich den Geheimnissen des großen afrikanischen Kontinents.

Nun ist ja die ganze Welt schön, doch wird's kein schöneres Land als Afrika geben; nein, nicht einmal China, das unwandelbare, oder Indien, das altehrwürdige. Aus diesem Grunde nämlich: jene großen Länder waren ihren Bewohnern stets mehr oder minder vertraut, während Afrika als Ganzes von Anfang an unbekannt war und unbekannt ist.

Bis zum heutigen Tage wissen große Bevölkerungsteile praktisch nichts von anderen, wie's bei den mächtigen Ägyptern in bezug auf die zahllosen Nachbarvölker der Fall war in jener Zeit, als eine Reise ins Land Punt, dem heutigen Uganda, wie ich annehme, als wunderbares Abenteuer angesehen wurde. Dann ist da noch das Beispiel von Salomon oder besser Hiram und seinem Goldhandel mit dem ungewissen Ophir, das zweifelsohne in der Gegend hinter Sofala lag. Aber sparen wir uns die Beispiele, von denen sich noch viele anführen ließen. Und gilt dies schon für Afrika, dem Libyen des Altertums, als Land, so doch erst recht für seine Bewohner, die in zahllose Rassen, Völker und Stämme zergliedert sind, welche sich jeweils durch eigene Götter oder einen eigenen Ahnenkult, durch eine eigene Sprache, eigene Gebräuche und eigene uralte Traditionen unterscheiden!

Soweit zu meinen bescheidenen Erfahrungen – bescheiden, jawohl, obgleich oft als reich eingeschätzt ... Nun erlaubte ich mir also, meine Anschauung an den Anfang dieser für meine Begriffe besonders wunderlichen Geschichte zu stellen, an der ich bescheidenen Anteil haben durfte. Denn eins sei sofort klargestellt: ich war keinesfalls Hauptperson in dieser Sache. Vielmehr war ich lediglich ein Mittler, der verbindende Draht zwischen den betreffenden Parteien, eine unbedeutende Brücke, die sie beschritten haben, um zu erwirken, wozu das Schicksal sie bestimmt hat. Dennoch habe ich viel von dem Schauspiel gesehen und möchte nun, da der Vorhang längst gefallen ist, mit Hilfe des Tagebuchs, das ich seinerzeit geführt und bis jetzt aufbewahrt habe, versuchen niederzuschreiben, was in meinem Gedächtnis haften geblieben ist, bin ich doch – ob zurecht oder unrecht – der Meinung, daß die Mühe sich lohnt.

Vor Jahren habe ich mit meinem Diener Hans, dem alten, treuen Hottentotten, mit dem ich viele Abenteuer bestanden habe, von der Ostküste aus eine große Reise in praktisch zentralafrikanische Gegenden unternommen. Es war ein gefährliches Abenteuer, zu dem ich mich verleiten ließ durch Gerüchte vom enormen Elefantenreichtum in einem Gebiet, das jetzt im Norden von Belgisch-Kongo liegen dürfte. Aber vielleicht ist es auch noch Niemandsland wie damals – ich weiß es wirklich nicht. Jedenfalls war ich mit einer Ausnahme der erste Weiße, der den Fuß in dieses Land setzte, welches jenseits der Berge von Lado und nördlich von Jissa und dem Fluß Denbo liegt.

Wenn ich ehrlich bin, waren es freilich nicht nur die Elefanten, die mich in diese Gegend lockten, zumal ich mir denken konnte, daß es nicht viel einbrächte, würde ich sie finden, da das viele Elfenbein vermutlich gar nicht abzutransportieren wäre. Nein, es war vielmehr der Wunsch, Neues zu sehen, das Unbekannte zu entdecken, der in mir so ausgeprägt ist, daß ich zuweilen den Anblick des Todes in Kauf nehme, wobei ich glaube, daß mit dem Tod nicht alles aus ist, sondern der Tod wiederum ein Land oder Zustand voller Rätsel und Wunder ist.

Ich hatte von Eingeborenen in der Nähe des großen

Viktoriasees erfahren, daß es ein wunderliches Land zwischen den beiden Flüssen M'bomu und Balo gebe, wo eigenartige Stämme lebten, die sich angeblich wie Araber kleideten und eine Art von Arabisch sprächen; obendrein erfuhr ich, daß irgendwo in diesem Lande ein heiliger See liege, eine Wasserwüste, der sich niemand nähern dürfe. Weiter, daß in diesem See, der Mone heiße, was ein Name von unbekannter Bedeutung sei, eine Insel liege, »wo die Götter wohnten« oder die Geister, denn diese Begriffe waren austauschbar.

Als ich nun von diesem heiligen See Mone, »wo die Götter wohnten«, hörte, fiel mir sofort der Brief ein, den ich im Vorwort erwähnte und vor langen Jahren von meinem Freund Brother Ambrose, Gott habe ihn selig, erhalten hatte, worin er berichtete, was er von einem Sklaven, den er taufte, erfahren hatte.

War es das gleiche Gebiet, fragte ich mich, von dem der Sklave Brother Ambrose berichtet hatte? Augenblicklich machte ich mich gespannt daran, Erkundigungen einzuholen und erfuhr, daß ein gewisser Kaneke, ein Fremder, der einst Sklave gewesen war und jetzt Vorsteher einer arabischen Siedlung etwa fünfzig Meilen von der Stelle entfernt, wo ich jene Eingeborenen traf, mir Näheres über den See berichten könnte, insofern als er angeblich ein gebürtiger Angehöriger jenes Volkes an den Ufern des Sees wäre.

Auf der Stelle warf ich meine Pläne um, was mir durchaus recht kam, da sich ein Häuptling, durch dessen Gebiet ich gemußt hätte, plötzlich feindselig gab, und schlug auf der Suche nach diesem Kaneke einen Pfad ein, der meiner ursprünglich geplanten Richtung entgegengesetzt verlief. Ich ahnte damals nicht, daß dieser Kaneke *mich* suchte, daß die Eingeborenen, die mir von dem sagenhaften See berichteten, seine Gesandten waren, die mich dazu verleiten sollten, zu ihm zu gehen, und daß er den Häuptling gegen mich aufgehetzt hatte, um mir den Weg zu versperren.

Nun, in angemessener Zeit erreichte ich Kaneketown, wie das Dorf hieß, ohne Zwischenfälle, obwohl ich unterwegs einen sehr gefährlichen Stamm passieren mußte, dem ich ursprünglich aus dem Weg gehen wollte und dessen Häuptling mir plötzlich freundlich kam und in jeder erdenklichen Weise auf meiner Reise half. Kaneke, ein beachtenswerter Mann, den ich an späterer Stelle beschreiben werde, empfing mich wohlwollend und gewährte mir einen Zeltplatz vor dem Dorf und alles, was ich an Nahrung begehrte. Darüber hinaus erwies er sich als recht gesprächig und erklärte mir ohne Umschweife, daß er zum Stamm der sogenannten Dabanda gehöre, der in der oben beschriebenen Gegend lebe. Er fügte noch hinzu, er sei der ›hochwohlgeborene‹ Sohn eines großen Doktors oder Medizinmanns – diesem Beruf hätte sich seine Familie seit Generationen verschrieben. Auf seltsame Weise – Einzelheiten blieben mir zunächst verschlossen – wurde er während seiner Lehrzeit als Doktor oder Medizinmann von einem rivalisierenden Stamm, den Abanda, entführt und schließlich als Sklave an einen arabischen Händler, genannt Hassan, verkauft, der ihn in die Gegend des großen Sees verschleppte.

Und dort gelang es diesem Kaneke, wie er selber berichtete, Hassan eines Nachts zu ermorden.

»Ich schlich in der Nacht zu ihm. Ich packte ihn am Hals und würgte das Leben aus ihm heraus«, sagte er, wobei er mit seinen großen Händen zuckte. »Als er starb, flüsterte ich ihm die Grausamkeiten ins Ohr, die er an mir verübt hatte. Er gab mir Zeichen und flehte um Gnade, aber ich drückte zu, bis er tot war, und flüsterte dabei. Als er tot war, nahm ich die Leiche und warf sie in den Busch, nachdem ich sie entkleidet hatte. Dort fand sie ein Löwe und schleppte sie weg, denn am Morgen lag sie nicht mehr dort. Dann, Macumazahn« (das ist der Name, den mir die Eingeborenen in Afrika gegeben haben und der mir hierher gefolgt war), »begann ich ein großes Spiel, wie es dir zuzutrauen wäre, o Wächter der Nacht. Ich kehrte in Hassans Zelt zurück, wo ich saß und trank.

Ich hörte den oder die Löwen kommen, denn ich glaube, es waren mehr als einer, wie ich, der sie mit seinem Zauber gerufen hatte, überhaupt sicher war, daß sie kommen würden, um Hassan den Bösen zu fressen oder fortzutragen. Als alles still war, bekleidete ich mich mit Hassans Gewändern. Ich fand sein Gewehr, das zu gebrauchen er mich während der Reise gelehrt hatte, da ich diejenigen Sklaven erschießen sollte, die keinen Schritt mehr für ihn tun konnten. Ich fand auch seine Pistole und sah, daß beide geladen waren. Sodann setzte ich mich auf seinen Stuhl und wartete auf den Tag.

Bei Morgengrauen kroch eine seiner Frauen ins Zelt, um ihn zu besuchen. Ich packte sie. Sie starrte mich an und sagte:

›Du bist nicht mein Herr. Du bist nicht Hassan.‹

Ich gab zur Antwort: ›Ich bin dein Herr. Ich bin Hassan, dem die Geister in der Nacht ein neues Gesicht gegeben haben.‹

Sie sperrte den Mund auf, um zu schreien. Ich sagte: ›Weib, wenn du schreist, töte ich dich. Wenn du still bist, nehme ich dich. Schau mich an! Ich bin jung. Hassan war alt. Ich bin ein besserer Mann, du wirst glücklicher mit mir sein. Entscheide dich! Willst du sterben oder leben?‹

›Leben‹ sagte sie, die nicht töricht war.

›Bin ich also Hassan oder nicht?‹ fragte ich.

›Ja‹, erwiderte sie, ›du bist Hassan, mein Gebieter, Jetzt bin ich mir sicher.‹

Denn ich sage dir, Macumazahn, diese Frau hatte Verstand, und ich trauerte, als sie zwei Jahre später starb.

›Gut‹, sagte ich. ›Wenn jetzt die Diener Hassans kommen, wirst du schwören, daß ich er und kein anderer bin, und merk dir, wenn du nicht schwörst, stirbst du!‹

›Ich werde schwören‹, versprach sie.

Sodann kam der Hauptmann von Hassan, ein dicker, fetter Kerl, halb Araber, um seinen Morgentrunk zu bringen. Ich nahm ihn und trank. Das Licht der aufgehenden Sonne fiel ins Zelt. Er sah mich und fuhr zurück.

›Du bist nicht Hassan‹, sagte er. ›Du bist der Sklave Kaneke, den wir gekauft haben.‹

›Ich bin Hassan‹, erwiderte ich. ›Frag mein Weib hier, das du kennst, ob ich nicht Hassan bin! Und wo soll denn, bin ich's nicht, Hassan sein?‹

›Ja, er ist Hassan, mein Mann‹, begann die Frau.

›Das ist Zauberei‹, rief er und lief fort.

›Jetzt geht er die andern holen‹, sagte ich der Frau. ›Bind die Zeltwände hoch, damit ich sehe, und gib mir die Schießeisen.‹

Sie gehorchte, obwohl sie ungedeckt im Zelt saß, und ich nahm das doppelläufige Gewehr und hielt es bereit.

Sogleich kamen sie alle, fünf bis sechs Araber oder Halbaraber und an die zwanzig schwarze Soldaten. Sogar die angejochten Sklaven kamen herbei, gut fünfzig an der Zahl, von denen ich wohl dreißig kannte, hatten wir uns doch unters gleiche Joch gebeugt. Da standen sie nun zusammengeduckt hinter den Arabern und machten große Augen.

›Nimm ein Messer‹, flüsterte ich der Frau zu, ›stiehl dich hinaus, misch dich unter die Sklaven und durchschneide die Riemen ihres Jochs!‹

Sie nickte – sage ich nicht, die Frau hat Verstand, Macumazahn? – und stahl sich fort.

Da rief der Dicke, der Hauptmann:

›Dieser Kerl, den wir alle als Kaneke, den Sklaven, den wir gekauft haben, kennen, behauptet, daß er Hassan unser Gebieter ist. Wo ist Hassan, du Hund?‹

›In diesem Gewand‹, erwiderte ich. ›Hört, ich, der ich

Zauberer bin, habe einen Handel mit Hassan geschlossen. Ich verzieh ihm seine Sünden wider mich, wofür er mir seine Seele gab, während sein Leib ins Paradies entschwand.‹

›Lügner!‹ rief der Hauptmann. ›Tötet ihn!‹ Und er zückte einen Speer.

›Gib zu, daß ich Hassan bin, oder ich sende dich dorthin, wo du lernen wirst, daß ich kein Lügner bin‹, erwiderte ich ruhig.

Als Antwort holte er mit dem Speer aus, um mich aufzuspießen. Also schoß ich ihn tot.

›Bin ich nun Hassan?‹ fragte ich, während alle übrigen auf den Toten starrten.

Ein, zwei Furchtsame sagten: ›Ja.‹ Andere rührten sich nicht, und ein kräftiger Kerl fing an, sein Gewehr zu laden. Ich erschoß ihn mit dem zweiten Lauf, stand auf und hob mit mächtiger Stimme an:

›Auf Sie, Sklaven, wenn ihr frei sein wollt!‹ Denn mittlerweile hatte die Frau, wie ich sah, viele Riemen durchtrennt.

Die Sklaven waren starke Männer von besten Eltern. Sie hörten auf mich und stürzten sich mit Geschrei auf die Araber, die sie mit dem Joch niederschlugen und mit den Händen erwürgten. Bald war alles vorbei. Die meisten waren umgekommen, aber zwei, drei krochen vor mich hin und riefen, daß ich gewiß Hassan sei.

›Sehr gut‹, sagte ich. ›Entfernt sie‹ – hierbei deutete ich auf die Toten – ›und schmeißt sie in jene Schlucht und bittet die Frauen, ein Mahl zu bereiten, während ich bete, wie es Sitte ist.‹

Alsdann nahm ich Hassans schönen Gebetsteppich, breitete ihn aus und pries Gott, wie es Brauch war, wobei ich murmelnd die Lippen bewegte, wie ich es oft bei ihm beobachtet hatte; daraufhin ging alles gut. Das war die ganze Geschichte, Macumazahn.«

Nachdem er seine Geschichte erzählt hatte, die – ob wahr oder nicht – selbst fürs äquatoriale Afrika bemerkenswert war, wo dergleichen dutzendweise passierte, ohne daß man davon erfuhr, betrachtete ich Kaneke eine Weile schweigend.

Ehrlich gesagt, verdiente er eingehende Betrachtung. Ein Hüne von Statur, war er keinesfalls ein Neger, da seine Züge einen semitischen Einschlag aufwiesen und seine Haut mehr gelb als schwarz war. Des weitern hatte er Haar, keinen Filz, Lockenhaar, das er ziemlich lang trug. Seine Augen waren so auffällig, rund und glänzend, daß sie seinem Antlitz etwas Eulenhaftes verliehen; seine Züge waren wohlgeformt, obwohl die Lippen etwas derb waren und die Nase krumm wie ein Falkenschnabel, während die Hände und Füße schmal und fein modelliert waren und in seltsamem Gegensatz zur breiten athletischen Figur mit den schwellenden Muskeln standen. Sein Alter lag wohl zwischen fünfunddreißig und vierzig; aber er hatte sich gut gehalten und in seinen Bewegungen den Schwung der Jugend bewahrt.

Allerdings war es das Antlitz, das mich als charakterkundlich Interessierten besonders faszinierte. Es war außerordentlich stark und zugleich verträumt, geradezu mystisch, wenn entspannt, das Gesicht eines Denkers oder gar Priesters. Wie ich ihn so betrachtete, wollte ich die seltsame Geschichte, die er erzählt hatte, fast glauben, obwohl ich sie bei jedem anderen Eingeborenen als faustdicke Lüge abgetan hätte. Immerhin hatte ich hier einen Mann vor mir, der imstande war, einen solchen Plan auszuhecken und ohne Zögern durchzuziehen. Dennoch mochte ich ihn nicht von dem Moment an, wo ich ihn zu Gesicht bekam. Instinktiv spürte ich, daß er trotz gewisser sympathischer Züge im Grunde gefährlich war; zu trauen war ihm nicht. Trotzdem wollte ich über ihn ebenso mehr erfahren wie über die Geschichte – insbesondere die Stelle, wo er sagte, er habe die Löwen ›durch einen Zauber‹ gerufen.

»Was passierte dann, Kaneke?« fragte ich schließlich.

»Oh, nicht viel, Macumazahn. Ich wurde Hassan, obwohl sie mich den ›Wandelbaren‹ nannten, das ist alles. Ich kehrte nicht zum See zurück, weil ich mich dort, wo ich war, sicherer wähnte und nicht wagte, umzukehren oder weiterzuziehen. Also scharte ich Leute um mich und gründete das Dorf, in dem du nun bist. Einmal kamen Araber und wollten mich töten, aber ich tötete sie, woraufhin ich nicht mehr behelligt wurde, da man mich für einen Geist-Menschen erachtete, einen mit großem *ju-ju,* einen Unberührbaren; und alle fürchteten mich.«

»Du meinst, du bist wieder Zauberdoktor geworden, Kaneke?«

»Ja, Macumazahn. Das heißt, ich war längst ein Erahner und Meister der magischen Kunst wie meine Väter vor mir. Also ließ ich mich hier nieder als Weiser und Krieger in einem und erlangte bald großen Ruhm, so daß die Leute ringsum nach mir schickten, damit ich ein Mittel verabreiche oder einen Zauber erwirke oder Regen mache. Damit und durch Handel wurde ich so reich und mächtig, wie ich's heute bin.«

»Du Glücklicher, Kaneke.«

Er rollte die großen runden Augen, sah mich ernst an und fragte:

»Kann der Mensch glücklich sein, Macumazahn, zumindest der Mensch, der denkt? Die Tiere sind glücklich; kann der Mensch glücklich wie das Tier sein, das nicht auf Morgen schaut oder auf die Stunde des Todes?«

»Wo du davon sprichst, Kaneke – ich meine nicht, daß der Mensch glücklich ist, höchstens stundenweise, wenn er sich im Wein, in der Liebe oder im Kampf verliert.«

»Oder wenn er mit den Himmeln redet«, fügte Kaneke hinzu – eine seltsame Bemerkung aus seinem Munde. »Ja, und im Schlaf ist er manchmal glücklich, bis der neue Tag Sorgen bringt.«

Nach einer kurzen Pause fuhr er fort:

»Wenn dies für alle Menschen gilt, dann um so mehr für jene, die das Joch gespürt haben und fern der Heimat alt werden müssen wie ich! Solche haben nichts zu lachen, denn selbst ihre Träume sind ein Alp. Darin sehen sie das Dorf, wo sie geboren wurden, und die fernen Berge und das Gesicht der Mutter und hören die Stimmen ihrer Spielkameraden und ihrer Lieben, die noch dort leben.«

Ich seufzte, denn was er sagte, war wahr.

»Warum kehrst du nicht, wenn du so empfindest«, fragte ich daraufhin, »in deine Heimat zurück?«

»Das werde ich dir erklären, Macumazahn. Das hat viele Gründe, unter anderem diese: Hier herrsche ich über Leute, die nicht mit mir kommen wollen oder, falls ich sie zwinge, weglaufen oder mich gar vergiften werden. Jedenfalls würden sie mich nicht ziehen lassen, denn ich bin unabkömmlich für sie, indem ich sie vor Feinden und Raubtieren beschütze und ihnen Regen bringe, was ich vermag. Auch ist der Weg lang und gefährlich; es mag sein, daß ich sein Ende gar nicht erlebe. Und was würde sich ergeben? Ich war meines Vaters Erstgeborener, Kind seiner Hauptfrau. Mir vertraute er die Geheimnisse seiner Weisheit an, die von Generation zu Generation weitergereicht worden sind. Nun bin ich aber schon Jahre fort; vielleicht hat ein anderer meinen Platz eingenommen. Mein Volk würde mich nicht willkommen heißen, Macumazahn. Sie würden mich vielleicht sogar töten, vor allem wenn sie, die sie alles wissen, erfahren, daß ich Verrat an meiner Göttin übe, indem ich das Knie vor dem Propheten beuge – was ich in meinem Herzen nie getan habe. Dennoch muß ich sagen, daß ich alles riskieren und heimkehren möchte, sollte es mich auch das Leben kosten.«

Nun wurde ich äußerst hellhörig, denn ich habe schon immer gern die Geheimnisse der wunderlichen westafrikanischen Kulte gelüftet.

»Deiner Göttin?« sagte ich. »Was für eine Göttin?«

Die ganze Zeit saßen wir im Schatten eines breitkronigen, dicht belaubten Maulbeerfeigenbaums, der Ratsbaum genannt wurde und auf einer kleinen Kuppe in einiger Entfernung von Kanekes Dorf stand. Nun erhob er sich und ging um den Baum herum, als wollte er sich vergewissern, daß niemand in der Nähe wäre. Dann starrte er ins Geäst hinauf, wo er ein Äffchen sitzen sah. Ich wußte von dem Äffchen, das ihm bisher anscheinend nicht aufgefallen war. Diesem Äffchen rief er nun etwas zu, als erteilte er ihm Befehle, bis es schließlich über die Äste lief, auf den Boden hüpfte und in den nahen Busch davonflitzte.

»Warum verjagst du es?« fragte ich.

»Ein Affe kann hören und sein wie ein Mensch. Vielleicht kann ein Affe Geschichten erzählen, Macumazahn.«

Ich lachte, denn das war natürlich eine afrikanische Art, zu erklären, daß das, was zu besprechen sei, höchst gewichtig und geheim sei. Indem er den Affen vertrieb, verlangte Kaneke mir den Eid zu strikter Verschwiegenheit ab – bildete ich mir jedenfalls ein.

Er kam zurück und rückte seinen Hocker, wie mir auffiel, so zurecht, daß das Licht der im Westen stehenden Sonne durch die unteren Zweige auf mein Gesicht fiel, während sein Antlitz im Schatten blieb. Gemächlich zündete ich mir eine Pfeife an, so daß eine Weile Schweigen herrschte. Ich war nämlich entschlossen, ihn zuerst reden zu lassen. Das ist eine nützliche Regel im Umgang mit Eingeborenen, wenn eine wichtige Sache ansteht.

»Du hast mich nach meiner Göttin gefragt, Macumazahn?«

»Wirklich, Kaneke?« erwiderte ich und paffte, damit die Pfeife anbrenne. »O ja, es fällt mir wieder ein. Also wer ist sie und wo wohnt sie? Auf Erden oder im Himmel, dem Heim aller Göttinnen?«

»Gestern, Macumazahn, hast du – oder war's der kleine Gelbhäutige, dein Diener Hans – mich gefragt, ob ich schon einmal von einem See namens Mone gehört habe, der versteckt in einem Gebiet liegt, wo mein Volk, die Dabanda, jenseits der Ruga-Ruga-Berge leben.«

»Gewiß, ich kenne den See aus Sagen, die damit verknüpft sind. Leider ist mir entfallen, wovon die Sagen handeln. Aber was ist mit dem See?«

»Nun, dort wohnt meine Göttin, Macumazahn.«

»Aha. Dann ist sie wohl ein Wassergeist?«

»Das kann ich nicht sagen, Macumazahn. Ich weiß nur, daß sie mit ihren Frauen auf der Insel im See wohnt und daß man nachts, wenn es sehr dunkel ist, vom Wasser oder Wald ihr Lachen und Singen hören kann.«

»Hast du sie schon gesehen, Kaneke?«

Er zögerte, als überlegte er sich eine plausible Erklärung, wie ich zumindest den Eindruck hatte, und erwiderte dann:

»Ja. Einmal, als ich jung war. Ich war geschickt worden, um streunende Ziegen unserer Herde zu finden, und folgte ihnen in den Wald, der flach zum Seeufer abfällt, wo ich mich verirrte. Die Nacht brach an, und ich legte mich unter einem Baum zum Schlafen – das heißt, zum Wachen, bis der Morgen graute, damit ich bei Tage diesem finstren, unheimlichen Wald wieder entkäme, der mir Angst machte.«

»Nun, und was geschah dann?«

»So viel, daß ich mich nicht mehr an alles erinnern kann, Macumazahn. Geister erschienen mir; ich hörte sie in den Wipfeln und darüber; ich hörte sie lachend durch den Wald ziehn; ich spürte, wie sie sich um mich scharten, und merkte, daß sie mich verspotteten. Schließlich zogen diese Waldgeister von dannen. Ich war voller Schrecken, als wäre ein Löwe gekommen und hätte aus meiner Schüssel geschmaust. Der Mond ging auf und warf sein Licht durchs Astwerk; ein Strahl hier, ein Strahl dort, dazwischen Finsternis. Ich schloß die Augen und versuchte zu schlafen, aber hörte Geräusche und öffnete sie wieder. Ich blickte auf. Da stand in einem solchen Lichtstrahl eine Frau, hellhäutig wie die Menschen deines Volkes, Macumazahn. Sie war jung und schlank und schön dazu, wie ich sah, als sie den Kopf drehte und der Mond in ihr Gesicht schien und die sanften dunklen Augen offenbarte, die an eine Gazelle erinnerten. Den übrigen Leib bedeckten graue Gewänder, die schillerten wie eine Spinnwebe im Morgentau. Eine Haube bedeckte ihren Kopf, unter der schwarzes Haar hervorquoll und auf die Schultern fiel. Ach! Sie war wunderschön – so wunderschön!« Er verstummte.

»So was, Kaneke?« fragte ich neugierig.

»So daß ich mich schwer versündigte, Herr, und die schwerste Sünde der Welt beging, ein Sakrileg gegen sie, die der Schatten heißt.«

»Schatten! Wessen Schatten?«

»Der Schatten von Engoi, der Göttin, die im Himmel weilt und vom Stern beschienen wird, den wir mehr als alle andern Sterne verehren.« (Es handelt sich, wie ich später herausfand, um den Planeten Venus.) »Oder aber sie weilt auf dem Stern und wird vom Mond beschienen – ich weiß es nicht. Wenigstens ist sie, die auf der Insel im See lebt, der Schatten von Engoi auf Erden, weshalb sie Engoi und Schatten genannt wird.«

»Sehr interessant«, sagte ich, obwohl ich nicht viel verstand von dem, was er sagte, außer daß es sich um eine Form von afrikanischem Okkultismus handelte, zu dem ich noch keinen Schlüssel hatte. »Aber wie hast du dich versündigt?«

»Herr, ich war jung, mein Blut war heiß, und die Schönheit dieser Erscheinung im Wald machte mich verrückt. Herr, ich griff nach ihr und umarmte sie. Das heißt, ich versuchte, sie zu umarmen, aber ehe meine Lippen ihren Mund berührten, hatte mich alle Kraft verlassen, waren meine Arme erschlafft und ich ein Mann aus Stein geworden, obgleich ich noch sehen und hören konnte.«

»Was hast du gesehen und gehört, Kaneke?« fragte ich, denn wieder war er verstummt.

»Ich sah, wie das liebliche Gesicht sich verzerrte, und hörte sie sagen: ›Weißt du, wer ich bin, o Mensch Kaneke, der du dich nicht scheust, mir Gewalt anzutun in meinem heiligen Hain, den kein Mensch betreten darf?‹ Herr, ich wollte lügen, aber konnte nicht lügen, sondern nur antworten: ›Ich weiß, du bist die Engoi; ich weiß, dein Name ist Schatten. Ich flehe um Vergebung, o Schatten.‹

›Was du getan hast, ist unverzeihlich. Dennoch schone ich dein Leben, wenn auch nur vorerst. Mach, daß du wegkommst! Der Rat der Engo wird sich deiner annehmen.‹«

»Und was geschah dann?«

»Dann, Herr, ging sie, indem sie einfach verschwand; auch ich machte mich davon und flog in panischer Flucht durch den Wald. Stimmen folgten mir, die meine Sünde verkündeten und Rache androhten. Am nächsten Tag ergriff mich der Rat und fällte sein Urteil über mich, das mich aus der Heimat verbannte, so daß ich den Abanda, unseren Feinden, die auf den Hängen der Berge leben, in die Hände fiel und schließlich als Sklave verkauft wurde.«

»Und woher wußte dieser Rat, was du getan hattest, Kaneke?«

»Was der Schatten weiß, weiß zugleich der Rat, und was der Rat weiß, weiß zugleich der Schatten, Herr.«

Nun machte ich mir eigene Gedanken zu Kaneke und seiner Geschichte und gelangte zu dem Schluß – einem völlig korrekten, wie ich meine –, daß er mich belog. Womit exakt er sich gegen diese Priesterin versündigt hatte, das weiß ich nicht und habe ich nie genauer erfahren, wenngleich ich überzeugt bin, daß es viel schlimmer war als das, was er beschrieben hatte. Fest stand lediglich, daß er ein schweres Sakrileg verübt hatte und ungeachtet seines Rangs gezwungen gewesen war, aus seinem Land zu fliehen, um sein Leben zu retten, und ein Heimatloser zu werden, was er blieb.

Ohne näher darauf einzugehen, fragte ich ihn, wer diese Abanda seien, die ihn in die Sklaverei schickten.

»Herr«, erwiderte er, »sie sind ein Teil unseres Stammes, der sich vor ewigen Zeiten von uns abgespalten hat und auf den Hängen jenseits der Berge lebt. Sie hassen uns und neiden uns die Engoi, die uns Regen und reiche Ernten beschert, wohingegen sie oft von Dürre geplagt werden und Mangel leiden. Deshalb wollen sie unser Land und den See Mone besitzen, auf daß die Engoi wieder ihre Göttin wäre. Darüber hinaus sind sie ein mächtiges Volk, während wir nur wenige sind und von Generation zu Generation weniger werden.«

»Warum fallen sie dann nicht ein hier und vertreiben euch, Kaneke?«

»Weil sie sich nicht trauen, Herr. Sollten sie den Fuß auf das Land Mone setzen, befällt sie ein Fluch, denn das Land und wir, die wir's bewohnen, stehen unter dem Schutz der Sterne des Himmels. Dennoch hoffen sie immer, daß sie eines Tages den Fluch abwenden und uns erobern können, die wir sie nicht durch Speere, sondern unsere Weisheit fernhalten. Und nun, Macumazahn, muß ich gehn und vor den Leuten meinem Propheten huldigen, an den ich nicht glaube. Doch komm wieder zu mir, wenn der Abendstern aufgegangen ist, denn ich habe dir noch mehr zu sagen, Macumazahn.«

Ich stand auf und sagte: »Eine Frage noch, bevor ich gehe, Kaneke. Ist diese Engoi, die, wie du sagst, auf einem See lebt, eine Frau oder – mehr?«

»Herr, wie kann ich das wissen? Gewiß ist sie eine Frau, denn sie ist geboren worden und stirbt, wobei sie eine Tochter hinterläßt, die ihren Platz einnimmt. Aber sie ist auch mehr, lehrt man uns zumindest.«

»Was heißt das?«

»Das heißt, daß derselbe Geist oder Schatten in jeder Engoi wohnt, auch wenn die fleischliche Hülle von Generation zu Generation wechselt. Die Legende sagt, sie ist ein Engel, der gesündigt hat und aus dem Himmel gestoßen worden ist.«

»Wie geht die Legende und wie hat sie sich versündigt?«

Ein verschmitzter Ausdruck trat in sein Gesicht, als er antwortete:

»Die Legende geht so, Herr, daß eine Engoi vor langer Zeit einen weißen Mann liebte, was ihr verboten war, so daß sie den Mann tötete, um ihn in den Himmel mitzunehmen. Deshalb muß sie so oft wiederkehren, bis sie diesen Mann findet« (hierbei richtete er seinen Blick auf mich) »und ihren Frevel an ihm sühnt. Jetzt sucht sie ihn also, und die Sterne sagen, daß die Stunde, wo sie ihn wiederfindet, naht.«

»Sagen sie das wirklich?« warf ich ein. »Nun, ich hoffe doch, sie wird nicht enttäuscht«, fügte ich hinzu, wobei ich überlegte, daß Kaneke ein talentierter, einfallsreicher Lügner war, denn obgleich die Idee eines sündigen Wesens, das in eine sterbliche Hülle zurückkehren müsse, alt war wie die Welt selbst, war seine Version davon höchst raffiniert.

Was, so fragte ich mich, als ich ihn verließ, wollte dieser trügerische Halsabschneider Kaneke von mir? Was immer er sich auch erhoffte, über den Weg zu trauen war ihm nicht. Nach seinen eigenen Worten war er ein Ausgestoßener und Flüchtling, der einen Mord begangen hatte und sich, um sich persönliche Vorteile zu verschaffen, zu einer Religion bekannte, an die er zugegebenermaßen nicht glaubte, womit er zeigte, daß er einen treulosen, verachtenswerten Charakter hatte. Ich war mir meiner Sache so sicher, daß ich den Umgang mit ihm auf der Stelle abgebrochen hätte, wäre da nicht dieser eine Umstand gewesen: Er kannte den Weg zum See

Mone und erklärte, dort geboren zu sein. Und ich – nun, ich brannte darauf, die Wahrheit über diesen heiligen See und die rätselhafte Priesterin auf seinen Wassern herauszufinden, denn zweifelsohne handelte es sich um die gleiche Person, von der mir Brother Ambrose vor so vielen Jahren geschrieben hatte.

2

Allans Geschäftsgeist

Ich ging zu meinem Camp, das am Rande von Kanekes Dorf in einer ehemaligen Pflanzung lag, wo Bananen, Orangen, Papayas und andere subtropische Früchte in heilloser Verwahrlosung ums Überleben kämpften und sich der Zwänge einer natürlichen Auslese erwehrten. Hier traf ich Hans den Hottentotten an, der mir von Jugend an Diener und auf seine Weise auch Freund war, wie er's vor mir schon meinem Vater gewesen war. Er saß vor dem Palmblattdach, beobachtete einen Tiegel über einem Feuer aus leergepflückten Maiskolben und machte ein fürchterlich finsteres Gesicht.

»Da bist du ja endlich, Baas«, sagte er redegewandt. »Seit einer geschlagenen Stunde ist dieser Küchenjunge Aru von der Küste jetzt weg und muß ich auf diesen Eintopf aufpassen, der nur köcheln soll, wie er sagt, aber nicht kochen oder kalt werden darf, weil er sonst ungenießbar wird. Er hat geschworen, daß er zu Allah beten wolle, denn er verehrt den Propheten, Baas. Aber ich weiß, wie sein Prophet aussieht, da ich ihn gestern abend dabei ertappte, wie er ihn küßte: ein dickes feistes Mädel mit verwegenem Blick, das mir Angst macht, der ich doch Frauen immer gemieden habe, Baas.«

»Wirklich?« sagte ich. »Es wäre mir recht, wenn du auch andere Dinge meiden würdest. Ginflaschen zum Beispiel.«

»Ah! Baas, eine Ginflasche! Ich meine, eine volle Flasche Gin ist besser als ein Frauenzimmer, denn bei einer Flasche Gin weiß man, was einen erwartet. Man kippt den Gin, wird betrunken und sehr traurig, hat am nächsten Morgen Kopfweh und muß an alle seine Sünden denken. Ja, Baas, und wenn der Gin was getaugt hat, sind's dermaßen viele und dermaßen schwarze Sünden, daß man meint, sie können einem nie vergeben werden, mag der ehrwürdige Vater Predikant auch noch so viel für einen beten. Aber vergehn ein paar Stunden, Baas, und hat man so viel Verstand, ein Glas Milch zu trinken, und das Glück, welche zu kriegen, und scheint die Sonne, dann geht's einem bald besser. Man hat das Gefühl, zumindest hab' ich's, daß die Sünden abfallen und das Gebet des ehrwürdigen Vaters obsiegt hat übers Fegefeuer und der Fehltritt geflissentlich übersehen wird, weil der Lebensweg so beschwerlich ist, Baas, daß wenige ihn schaffen, ohne hin und wieder zu rasten. Nun, mit Frauen, wie der Baas wahrscheinlich besser weiß als jeder andere, ist es nicht so einfach. Die kann man nicht mit einem Schluck Milch oder ein paar Sonnenstrahlen abschütteln. Die warten immer an der nächsten Ecke; ja, selbst, wenn sie tot sind – dann eben im Gedächtnis, nicht wahr, Baas?«

»Schluß damit, Hans!« sagte ich. »Gib mir mein Essen!«

»Ja, Baas, ich bin schon dabei, Baas, aber jetzt ist doch was schiefgelaufen, denn das Zeug klebt am Boden, ich krieg's nicht mal mit dem eisernen Löffel heraus. Es wäre, wenn's dem Baas nichts ausmacht, viel einfacher, wenn er den Tiegel nimmt und sich selber bedient«, womit er mir das rußige Ding in die Hand drückte.

»Hans«, sagte ich, »wenn das Dorf hier nicht mohammedanisch wäre, womit Schnaps ausscheidet, würde ich meinen, du hast getrunken.«

»Baas, wenn du glaubst, Anhänger des Propheten würden nicht trinken, bist du noch dümmer, als ich mir vorgestellt habe. Es stimmt, daß es hier keinen Gin gibt, zumindest derzeit nicht, weil die letzte Ladung aufgebraucht ist und die nächste erst zu kriegen ist, wenn die Händler kommen. Aber sie brauen eine Art von Wein hier aus Palmblättern, der recht ordentlich einschlägt, wenn einem nicht schlecht wird davon und man entsprechend viel kippen kann, was ich leider nicht schaffe, Baas, weshalb ich heut' nachmittag nur zwei Kännchen davon hatte. Wenn der Baas welchen probieren möchte ...«

Nun packte ich das erstbeste Ding, das ich greifen konnte – es war ein dreibeiniger Hocker – und warf es nach Hans, der flugs um die Ecke der Hütte verschwand, da er wohl schon mit einem Geschoß rechnete.

Eine kurze Weile später, nachdem ich mich über den unbekömmlichen Eintopf, der angebrannt war, hergemacht und meine Pfeife angezündet hatte, erschien er dermaßen ernüchtert zum Abräumen, daß ich annahm, der Palmwein ... – aber belassen wir es dabei.

»Was hat der Baas den ganzen Nachmittag gemacht an diesem tristen Ort?« fragte er unterwürfig, wobei er mich ständig heimlich beobachtete, da ein zweiter Hokker und der Tiegel obendrein in meiner Reichweite standen. »Etwa mit dem Koloß von Regenmacher geplaudert, der aussieht wie eine Eule am hellichten Tage – ich meine Kaneke – oder gar mit einer seiner Frauen – der einen wunderhübschen?« fügte er nachträglich hinzu.

»Ja«, sagte ich, »das heißt, mit Kaneke, nicht mit seiner Frau, die ich nicht kenne. Ich wußte gar nicht, daß er Frauen hat.«

Dann fragte ich ganz unverhofft, denn nun, wo er sich vom Palmwein erholt hatte, wollte ich dem scharfsinnigen Hans die Wahrheit durch ein Überraschungsmoment entlocken.

»Was hältst du von Kaneke, Hans?«

Hans spielte mit seinem schmutzigen Hut und fixierte mit seinen kleinen gelben Augen den Abendhimmel, nahm dann den Tiegel und sah das übriggebliebene Hühnerbein darin, das er geistesabwesend aß, woraufhin er seine aus dem Strunk eines Maiskolbens gefertigte Pfeife hervorzog und mich um Tabak bat. Darüber war ich, nebenbei bemerkt, froh, denn rauchen konnte

Hans nur, wenn er einigermaßen nüchtern war, wie ich wußte.

Nachdem das alles erledigt war, erklärte er:

»Was war's gleich wieder, wozu der Baas meinen Rat hören wollte? Oh, ich weiß. Es ging um diesen Riesen von Dorfvorsteher – Kaneke. Nun, Baas, ich habe mich erkundigt über ihn bei seiner Frau, die eifersüchtig ist und deshalb kein Blatt vor den Mund nimmt. Zuallererst ist er ein großer Lügner, Baas, obwohl das nichts bedeutet, denn hier lügen alle – im Gegensatz zu mir und dir, die wir meist die Wahrheit sagen, ich zumindest schon.«

»Laß den Unsinn und beantworte meine Frage!« sagte ich.

»Ja, Baas. Nun, ich sagte, er ist ein Lügner, nicht wahr? Zum Beispiel hat er dem Baas gewiß eine hübsche Geschichte darüber erzählt, wie er sich hier niederließ, indem er den Anführer einer Sklaventreiberbande tötete, woraufhin alle Sklaven ihn zu ihrem Herrn machten. Die Wahrheit ist, er und die andern Sklaven töteten die ganze Bande, weil er sagte, er sei ein guter Mohammedaner und könne es nicht mit ansehen, daß sie wider das Verbot Gin trinken, was meiner Ansicht nach recht schlau von ihm war. Sie überraschten die Bande im Schlaf und schleppten sie zu jenem Felsabgrund überm Fluß, wo sie einen nach dem andern in die Fluten stürzten bis auf zwei, die Kaneke geschlagen hatten. Diese peitschten sie zu Tode, was sie gewiß verdienten. Daraufhin machten die Leute hier, welche die plündernden Sklaventreiber haßten, Kaneke zu ihrem Führer, da er ein heiliger Mann war, der nicht mit ansehen konnte, wenn Verehrer des Propheten Gin tranken, und weil sie fürchteten, er würde sie gleichfalls in den Abgrund stürzen. Darum muß er seine Gebete peinlichst einhalten, um sich seinen Ruf als heiliger Mann zu bewahren und zu zeigen, daß er der gute Mensch ist, den er bei anderen erwartet.«

Hans hielt inne, um sich abermals die Pfeife anzustecken mit einer Glut, und ich fragte ungeduldig, ob er noch mehr zu sagen habe.

»Ja, Baas, noch viel. Es wohnen zwei Seelen in der Brust von Kaneke. Der eine Kaneke ist ein Tyrann voller Intrigen, der die ganze Welt beherrschen möchte, und der auch den Schnaps liebt, den er heimlich trinkt: listig, grimmig, grausam. Der andere Kaneke ist ein Träumer, der Stimmen hört und Zeichen am Himmel sieht, der Visionen nachjagt, ein wahrer Zauberdoktor, der anstrebt, was fern liegt und sich an einem behaglichen Ort wie diesem wie der Löwe im Käfig vorkommt. Seiner Mutter muß ein Fehler unterlaufen sein: anstatt Zwillinge zur Welt zu bringen, gebar sie zwei Seelen in einem Leib, wo sie im Widerstreit liegen, bis er stirbt.«

»Ich muß schon sagen, es wohnen bei vielen zwei Seelen in der Brust. Ist das alles, Hans?«

»Ja – das heißt, nein, Baas. Du weißt, daß er dich hergeholt hat, nicht wahr, Baas, und daß die Schwierigkeiten, auf die wir stießen, so daß wir den ursprünglichen Weg nicht nehmen konnten, weil jener Stamm uns melden ließ, wir würden sterben, gingen wir durch sein Gebiet, daß dies alles von ihm eingefädelt wurde, damit du in sein Dorf kommst?«

»Das ist mir neu.«

»Nun, es war so, Baas. Die eifersüchtige Frau hat mir alles erzählt.«

»Wieso, warum, wozu? Es gibt hier kein Großwild, das ich erlegen könnte, und ich bin nicht reich und kann ihn nicht mit Geschenken überhäufen. In der Tat hat er nichts verlangt und ernährt uns kostenlos.«

»Ich bin mir zwar nicht sicher, Baas, meine aber, er möchte, daß du ihn irgendwohin begleitest; der Löwe will heraus aus dem Käfig und selber jagen, anstatt immerzu totes Fleisch zu fressen, das ihm bis zum Halse steht. Sprach er mit dir über jenen heiligen See, von dem wir hörten, Baas? Wenn nicht, wird er's bestimmt noch tun.«

»Ja, Hans. Wie's scheint, liegt der See im Land seiner Herkunft, wo er in seiner Jugend ein Abenteuer erlebte, wofür sein Volk ihn verjagte.«

»Ganz recht, Baas, und bald wirst du wissen, daß er in sein Land heimkehren möchte, um mehr Abenteuer zu erleben oder alte Schulden heimzuzahlen oder beides. Möchtest du mit ihm gehn, Baas?«

»Möchtest du, Hans?«

»Ich glaube nicht, Baas. Dieser Kaneke ist ein Zauberer, und ich fürchte Zauberei; da läuft's mir heiß und kalt über den Rücken.«

Wieder starrte Hans zum Himmel und meinte dann:

»Und doch, Baas, würde ich lieber zum See gehn oder sonst wohin, als hier bleiben, wo es nichts zu tun gibt und der Palmwein einem den Magen verdirbt, zumal ein guter Christ wie Hans schließlich nichts zu fürchten hat vor Zauberei, die er zum Teufel wünschen kann, wie's dein ehrwürdiger Vater getan hat, Baas. Letztlich, wie dein ehrwürdiger Vater ebenfalls sagte, wenn er im Nachthemd am Feldbett stand, spielt es keine Rolle, was ich möchte oder du möchtest, da wir gehn, wohin wir müssen, ja, wie's dem Herrn im Himmel gefällt, Baas, selbst wenn er sich Kanekes bedient, um uns an den Haaren hinzuschleifen. Und jetzt, Baas, muß ich abwaschen, bevor es dunkel wird, woraufhin ich an einem stillen Ort mit jener eifersüchtigen Frau von Kaneke verabredet bin, um mehr von ihr in Erfahrung zu bringen, denn du weißt ja, Hans ist stets auf der Suche nach Weisheit.«

»Sieh dich vor, daß dir bei deiner Suche keine Torheit unterläuft«, bemerkte ich spruchreif. Als ich dann den Abendstern hell am Himmel leuchten sah und mir meine Zusage wieder einfiel, stand ich auf und begab mich zum Tor der Siedlung, da mein Camp bekanntlich außerhalb der Hecke aus Feigenkakteen lag, die rings um die Palisaden gepflanzt war, wobei ich unterwegs überlegte, daß Hans auf seine lächerliche Weise eine große Wahrheit geäußert hatte. Es ist müßig, lange Pläne zu schmieden, müssen wir doch gehn, wohin die Vorsehung uns führt. Sicher hat der Mensch einen freien Willen, aber der Pfad aus Zufällen, den er unter Verwendung seines freien Willens beschreitet, ist recht schmal.

Am Tor fand ich einen weißgewandeten Mann vor, der auf mich wartete, um mich zu Kaneke zu führen und auf Kanekes Wunsch »die Hunde fernzuhalten und aufzupassen, daß ich nicht auf Dornen trete«, wie er sagte.

So wurde ich also durchs Dorf geleitet, das an sich recht sauber war, und ans nördliche Ende gebracht, wo außerhalb der Umfriedung jener Steilfels lag, dessen Fuß der nun fast ausgetrocknete Fluß umspülte und von dem Kaneke laut Hans die Sklavenhändler gestürzt hatte.

Um Kanekes Haus, das quadratisch angelegt, strohgedeckt und aus weißgewaschenem Ton gemauert war, stand eine starke Palisade, die nur durch ein Doppeltor Zugang gewährte, denn offensichtlich wollte dieser Vorsteher kein Risiko eingehen. Am inneren Tor zog sich mein Führer mit einer Verbeugung zurück. Währenddessen wurde das Tor von Kaneke höchstpersönlich geöffnet, der es hinter uns, wie ich sah, mit einem Riegel und einem primitiven Sperrmechanismus wieder verschloß. Dann verbeugte er sich untertänigst mit den Worten:

»Tretet ein, Mylord Macumazahn, weißer Herr, dessen Ruhm weit vorauseilt. Ja, dessen Ruhm selbst zu diesem toten Ort vorgedrungen ist, den sonst keine Nachrichten erreichen.«

Als ich ihn so ansah, dachte ich abermals: Eigenartig, was willst du nur von mir, mein Freund? Dann sagte ich:

»Wirklich? Das ist aber verwunderlich, denn ich bin kein großer Mann, kein Königlicher mit Bändern und glitzernden Sternen; nicht einmal ein reicher Mann, sondern ein bescheidener Jäger, der von der Jagd und vom Handel lebt.«

»Es ist ganz und gar nicht verwunderlich, o Macumazahn. Weißt du nicht, daß jeder bedeutende Mann zwei Werte besitzt? Zum einen den öffentlichen Wert auf dem Markt, der hoch oder gering sein mag; zum andern den persönlichen Wert, den jeder erkennt, der Urteilsvermögen besitzt. So ist's denn nicht verwunderlich, daß ich diesen zweiten, höheren Wert kenne, der sich vom Wohlstand und vom Lob, das die Heralde voraustragen, unterscheide. Habe ich dir nicht gesagt, ich gehöre zur Bruderschaft der Medizinmänner, und weißt du nicht, daß die Medizinmänner in ganz Afrika auf ihre eigene seltsame Weise insgeheim miteinander in Verbindung treten? Ich sage dir, bevor du deinen Fuß auf unsere Küsten gesetzt hast, habe ich gewußt, daß du in einem Schiff ankommst; und vieles mehr in bezug auf deine Person obendrein. Unter anderem sandte mir ein gewisser Zikali aus dem Zululand, ein Häuptling unserer Bruderschaft, eine Nachricht.«

»Ach wirklich?« sagte ich. »Nun, Zikalis Wege sind dunkel und seltsam, so daß ich's fast glaube. Aber sag, Freund Kaneke, ist es ratsam, hier so offen zu reden? Sicher hast du Frauen im Haus, und Frauenohren sind spitz.«

»Frauen«, entgegnete er. »Glaubst du denn, ich halte mir solches Gezücht in meiner persönlichen Wohnung? Nein. Hier sind eingeschworene Männer meine Diener, und selbst diese verlassen mein Haus bei Sonnenuntergang bis auf die Wache vor meinen Toren.«

»Also bist du ein Einsiedler, Kaneke.«

»Des Nachts bin ich ein Einsiedler, denn da spreche ich zum Himmel. Bei Tag bin ich ein Mann wie jeder andere, nicht besser und schlechter.«

Da fiel mir das Urteil von Hans ein, der diesem seltsamen Vogel zwei Seelen zugeschrieben hatte, und staunte nicht zum ersten Mal über den Scharfsinn und durchdringenden Verstand des kleinen Hottentotten.

Kaneke führte mich über den Hof aus gestampfter, geglätteter Erde zum *Stoep,* der Veranda seines Hauses, das quadratisch angelegt war und offenbar über zwei Zimmer mit Türen und mit Fenstern nach arabischem Brauch verfügte, also eher mattenbehangenen Fensteröffnungen, denn verglast waren sie nicht. Auf dem *Stoep* standen zwei Lehnstühle, große Flechtstühle aus Ebenholz mit hoher Lehne, wie man sie zuweilen noch an der Ostküste findet. Der Ausblick von hier war großartig, denn am Fuße eines Abgrunds lag ein Flußbett, hinter dem sich weites Flachland erstreckte. Als ich Platz genommen hatte, ging Kaneke ins Haus, wo eine Lampe brannte, und kehrte mit einer Flasche Brandy und zwei Gläsern – alten, eigenartigen Gläsern, nebenbei bemerkt – und einem Tonkrug mit Wasser wieder. Auf seine Einladung hin goß ich mir ein bescheidenes Glas ein; dann folgte er meinem Beispiel, aber weit weniger bescheiden.

»Ich dachte, du bist Mohammedaner?« sagte ich etwas erstaunt.

»Dann hast du ein schlechtes Gedächtnis, Macumazahn. Habe ich dir nicht vor wenigen Stunden gesagt, daß ich dergleichen nicht bin? Draußen bei Tage preise ich den Propheten. Bei Nacht in meinem Hause, wo ich allein bin, huldige ich nicht dem moslemischen Halbmond, sondern jenem Stern dort«, und er deutete auf die Venus, die nun hell am Himmel stand, hob sein Glas, verneigte sich wie vor dem Stern und trank.

»Ein gefährliches Spiel«, meinte ich.

»Gar nicht«, erwiderte er und zuckte die Achseln. »Es gibt nur wenige Glaubenseiferer an diesem Ort und meines Wissens keinen, der nicht ab und zu ein Tröpfchen trinkt. Und bin ich nicht ein Zauberdoktor, und haben sie nicht alle, obwohl diese Künste verboten sind, nach mir geschickt und fürchten mich nicht alle?«

»Gewiß, Kaneke, die Frage ist nur, ob du sie nicht auch fürchtest.«

»Ja, Macumazahn, zuweilen schon«, gestand er. »Denn selbst ein vom Himmel Erhörter ...« (er meinte »Regenmacher«) »hat einen Magen, und mancher vom Großen See hier versteht sich bestens auf Gifte, vor allem die Frauen. Du siehst, Macumazahn, ich bin ein Sklave, der zum Herrn geworden ist, und das vergessen sie nicht.«

»Und was willst du von mir?« fragte ich plötzlich.

»Deine Hilfe, Herr. Obwohl ich hier reich bin, möchte ich diesen Ort verlassen und in meine Heimat zurückkehren.«

»Nun, und was hindert dich daran?«

»Offengestanden alles, Herr, wie ich vor Sonnenuntergang bereits sagte. Es ist gar unmöglich. Falls ich heimkehrte, würden sie mich als Verräter und Überläufer töten. Das ist der Baum der Wahrheit; bitte mich nicht, die Blätter daran zu zählen und zu sagen, warum und weshalb sie wachsen.«

»Gut. Ich sehe deinen Baum, und der ist groß. Aber was willst du von mir, Kaneke?«

»Herr, sagte ich nicht, dein Ruhm hat uns alle erreicht? Nun will ich ergänzen, was du nicht glauben wirst, aber was auch ein Baum der Wahrheit ist. Ich bin kein Schwindler, Herr. Ich habe Visionen, wie sie mein Vater hatte; darüber hinaus habe ich das Angesicht der Engoi geschaut, und wer die Engoi schaut, hat an ihrer Weisheit teil. Herr, in einer Vision wurde mir dringend geraten, dich um Hilfe zu ersuchen.«

»Ist das der Grund, warum du mir den Weg versperrt hast, indem du jenes Seevolk gegen mich aufgehetzt hast und dergleichen, Kaneke, damit ich gezwungen wäre, in dein Dorf zu kommen?«

»Ja, Herr, obwohl ich nicht weiß, wer mich verraten

hat. Eine der Frauen vielleicht, oder der kleine gelbe Mann von dir, der im Schlaf hört wie die Meerkatze – ja, auch wenn er betrunken scheint – und flink ist wie eine Schlange in der Paarungszeit. Wegen der Vision habe ich dich zu mir geholt.«

»Und was soll ich tun?« wiederholte ich, der ich allmählich ungeduldig wurde. »Ich bin es müde, das viele Reden. Also heraus mit der Sprache, damit ich's weiß und überdenken kann, Kaneke!«

Er erhob sich von seinem Stuhl, trat an den Rand der Veranda und blickte zum Abendstern auf, als hielte er nach einem Zeichen Ausschau. Dann kehrte er zurück und gab zur Antwort:

»Du bist ein Wanderer, ein Wissensdurstiger, der das Neue sucht, Macumazahn. Du hast vom verborgenen heiligen See Mone gehört, den noch kein Weißer gesehen hat, und möchtest sein Rätsel lösen. Was ich dir davon berichtet habe, hat dir den Mund wäßrig gemacht. Ohne Führer gelangst du nie an diesen See. Ich allein, der ich vom Volk seiner Wächter stamme, kann dich führen. Nimmst du mich mit auf deine Reise?«

»Moment, mein Freund«, entgegnete ich. »Du zäumst das Pferd beim Schwanz auf. Mag sein, daß ich diesen Ort besuchen will oder nicht; du jedoch *mußt* ihn offenbar finden, warum weiß ich nicht, aber kannst das nicht ohne mich.«

»Stimmt«, antwortete er mit einem Stöhnen. »Ich will dir die Türen meines Herzens aufschließen. Ich muß diesen See finden, denn der, auf den der Schatten gefallen ist, muß dem Schatten folgen, mag er seine Gestalt auch geändert haben; und es wurde mir in einem Traum, der sich dreimal wiederholte, gesagt, daß ich, versuch' ich's ohne Hilfe, Herr, sterben werde. Deshalb flehe ich dich innig an, mir doch deine Hilfe zu gewähren.«

Nun erwachte mein Geschäftsgeist, denn auch wenn manche das nicht für möglich halten, bin ich doch ein gewiefter, zuweilen gar unerbittlicher Geschäftsmann, wie ich fürchte.

»Schau, mein Freund Kaneke«, sagte ich, »ich bin in dieses Land gekommen, weil ich hörte, die Gegend oberhalb davon sei reich an Elefanten und anderem Wild, und du weißt ja, daß ich von meiner Jagd lebe. Ich bin nicht gekommen, um einen rätselhaften See zu finden, obwohl ich mir einen solchen gern anschaue, sollte er auf dem Weg liegen. Die Sache ist also die: Sollte ich mich also bereit erklären, eine Reise anzutreten, die nach deinen eigenen Worten höchst gefährlich und schwierig wäre, so nur gegen Lohn. Ja, reichen Lohn«, und ich sah ihn so finster an wie ein Wucherer einen Minderjährigen, der um ein Darlehen ersucht.

»Ich verstehe. Das ist ja selbstverständlich. Hör zu, Herr, ich habe Münze für Münze hundert britische Goldsovereigns zusammengespart. Die sollen dir gehören, wenn wir am See sind.«

Ich sprang auf.

»Hundert Sovereigns! Wenn wir am See sind, den wir vermutlich gar nie erreichen! Mann, ich sehe, daß du mich beleidigen willst. Gute Nacht, ja leb wohl, denn morgen früh ziehe ich weiter.« Und ich hob den Fuß, um von der Veranda zu steigen.

»Herr«, sagte er und hielt mich am Mantel fest, »zürn deinem Sklaven nicht. Alles, was ich habe, gehöre dir.«

»Das ist schon besser«, erwiderte ich. »Was hast du?«

»Herr, ich handle mit Elfenbein, wovon ich einen Berg vergraben habe.«

»Wieviel?«

»Herr, ich denke an die hundert Bullenstoßzähne, die ich zum nächsten Neumond auf den Weg schicken wollte. Wenn du davon ein par haben möchtest ...«

»Ein paar?« wiederholte ich. »Alle, meinst du, und die hundert Sovereigns als Anzahlung für meine Unkosten.«

Er rollte die Augen, seufzte und sagte dann:

»Nun, wenn's denn sein muß, sei's so! Das Elfenbein zeige ich dir morgen.«

Nun ging er ins Haus und kehrte sogleich mit einem Leinenbeutel zurück, den er aufzog, um mir zu zeigen, daß er mit Gold gefüllt war.

»Nimm das als Anzahlung, Herr«, sagte er.

Wieder kam mir mein Geschäftsgeist zu Hilfe. Hätte ich nur eine Münze angefaßt, wäre der Handel perfekt gewesen, fiel mir ein, auch wenn das Elfenbein sich als minderwertig erwiesen hätte, also wedelte ich abwehrend mit der Hand.

»Wenn ich die Stoßzähne gesehen habe, reden wir weiter«, sagte ich; »eher nicht. Und jetzt gute Nacht!«

Am nächsten Morgen traf ein Bote ein und lud mich abermals in das Haus des Kaneke ein.

Ich ging dieses Mal in Begleitung von Hans, dem ich die Situation erklärt hatte, worauf dieser mir exzellenten Rat erteilte.

»Bleib hart, Baas«, sagte er; »bleib nur hart und hole, was du kriegen kannst. Was für ein Pech, daß du keine Frauen verkaufst wie die Araber, denn dieser Kaneke besitzt eine ganze Schar junger Mädchen, die er dir abtreten würde, wenn du es verlangtest, aber dazu bist du ein zu guter Christ. Hör zu, Baas, ich habe erfahren, du kannst gar nicht zu viel verlangen, denn dieser Kaneke muß hier weg, und zwar bald, wenn er noch länger leben will. Ich bin mir meiner Sache sicher, und ohne deine Hilfe wagt er es nicht, einen Schritt zu tun.«

»Schluß mit dem Unsinn!« entgegnete ich, obwohl ich eigentlich zum gleichen Schluß gekommen war.

Bei unserer Ankunft am Haus wurde das Tor wiederum von Kaneke selbst geöffnet, der Hans mit argwöhnischen Blicken bedachte, aber nichts sagte. Drinnen war hauptsächlich entlang der Umfriedung das Elfenbein aufgestellt. Meine Augen leuchteten bei seinem Anblick, denn es waren erlesene Stücke, wovon das eine oder andere jedoch etwas geschwärzt war, als hätte es schon lange unter der Erde gelegen. Allerdings waren drei, vier Stoßzähne darunter, die alles an Größe übertrafen, was ich bislang erlegt hatte. Hans, ein Kenner von Elfenbein, untersuchte die Sammlung Stück für Stück, was eine lange Zeit in Anspruch nahm. Ich machte anhand derzeitiger Preise eine Rechnung auf, subtrahierte ein Viertel für Transport- und andere Kosten und kam so auf einen Wert von wenigstens £ 700, den Hans, wie sich zeigte, sogar noch höher ansetzte.

Dann verhandelten wir lange und kamen schließlich zu folgender Übereinkunft, die ich schriftlich festhielt: Ich verpflichtete mich, Kaneke ins Land der Dabanda, seine Heimat, zu geleiten, außer wenn Krankheit oder Katastrophen dies vereitelten, woraufhin es mir freistünde, umzukehren oder zu gehen, wohin ich wollte. Er verpflichtete sich seinerseits, als Lohn das Elfenbein an mich abzutreten, das er auf seine Kosten an meinen Agenten in Sansibar, einem vertrauenswürdigen Mann, liefern sollte, der es für mich bestmöglich verkaufen und den Erlös an meine Bank in Durban überweisen sollte.

Darüber hinaus wurde mir der Beutel, der einhundertdrei Sovereigns enthielt, wie sich zeigte, übereignet. Darüber freute ich mich zunächst sehr, obwohl ich es später bereute, denn was nützt es einem schon, wenn man ein Säckchen Gold durch die Wildnis schleppt, wo es keinen Wert hat? Kaneke verpflichtete sich weiterhin, mich in sein Land zu führen und zu veranlassen, daß ich dort freundlich empfangen würde, und allgemein nach Kräften für meinen Schutz zu sorgen.

Dies also war, grob zusammengefaßt, unser Vertrag, den ich mit heimlicher Freude abschloß, solange ich das Elfenbein vor Augen hatte. Ich unterzeichnete in meiner großen, kühnen Handschrift; Kaneke unterzeichnete in kratziger arabischer Schrift, wovon er sich einige Kenntnisse angeeignet hatte, und Hans unterzeichnete als Zeuge mit einem Kreuz, besser gesagt mit einem Klecks, da sich beim Andrücken die Feder spreizte. Somit war alles erledigt, und ich ging, wie schon gesagt, hocherfreut von dannen, um, wie versprochen, am Nachmittag wiederzukehren und den Elfenbeintransport und die Reise näher zu besprechen.

»Hans«, sagte ich, da ich keinen andern Gesprächspartner hatte, »da habe ich ein gutes Geschäft gemacht, nicht wahr? Nimm dir ein Beispiel an mir und merk dir, daß man das Eisen schmiedet, solange es heiß ist. Morgen hätte Kaneke es sich vielleicht schon anders überlegt und viel weniger gezahlt.«

»Ja, Baas, wirklich gut, obwohl einen manchmal, wenn das Eisen zu heiß ist, die Funken blenden, Baas. Ich meine halt, daß Kaneke morgen das Doppelte geboten hätte, denn ich weiß, daß er noch viel mehr Elfenbein vergraben hat. Wenn du dir an *mir* ein Beispiel genommen hättest, dann hättest du gewartet, Baas. Sagte ich dir nicht, er *muß* weg von hier und zahlt dir alles, was er hat, wenn du ihm hilfst?«

»Jedenfalls«, erwiderte ich verdutzt, »habe ich mehr bekommen, als man erwarten durfte, Hans.«

»Das hängt davon ab, welchen Preis der Baas für sein Leben ansetzt«, bemerkte Hans nachdenklich. »Was mich angeht, so leuchtet mir nicht ein, was einem alle Stoßzähne aller Elefanten der ganzen Welt nützen, wenn man tot ist, läßt sich doch nicht mal ein Sarg daraus zimmern, Baas.«

»Was meinst du damit?« fragte ich ärgerlich.

»Ach nichts, Baas, nur – ich glaube halt, wir beide sind längst tot, bis diese Sache durchgefochten ist. Hast du auch bedacht, Baas, daß dieses Elfenbein unter Umständen gar nicht zur Küste gelangt. Denn Kaneke, nicht wahr, der auch kein schlechter Geschäftsmann ist, wird veranlassen, daß es unterwegs gestohlen und später an ihn zurückgegeben wird, genau wie es du und ich an seiner Stelle getan hätten. Freilich hat der Baas noch die hundert Sovereigns, die sicher bestens zum Essen geeignet sind, wenn wir in der Wildnis verhungern, oder als Bestechung für Kanekes Fetisch, was immer das sein mag. Oder ...«

Das war genug! Ich wirbelte herum, um Hans körperlich zu züchtigen, aber dieser rannte grinsend davon, so daß ich mir mein Dinner selbst richten mußte. Es war ein bedrückendes Mahl, denn der kleine Wicht, überlegte ich, hatte wohl recht. Um mir dubiose Vorteile zu verschaffen, hatte ich mich auf ungewisse Probleme und Gefahren und auf die Gesellschaft eines Eingeborenen eingelassen, von dem ich weiter nichts wußte, als daß er ein seltsamer Vogel war, und in dessen Dienst ich nun praktisch stand aufgrund der übereigneten Werte. Denn selbst wenn ich das Elfenbein – oder seinen Erlös – nicht wiedersehen würde, drückten da noch die hundert Sovereigns wie ein Batzen Blei in meiner Tasche – und auf mein Gewissen.

Wie wünschte ich mir, diese Sache nie angefaßt zu haben! Ich überlegte schon, Kaneke das Gold durch Hans zurückbringen zu lassen, aber verwarf den Gedanken aus verschiedenen Gründen. Der wichtigste darunter war, daß das Gold vermutlich gar nicht ankäme, nicht weil Hans unehrlich war, was Geld anging, sondern weil es gegen *sein* Gewissen verstieße, einem Menschen dieser Sorte etwas zurückzugeben. Er würde es vielleicht vergraben oder gar dieser eifersüchtigen Frau bringen, der er so viele Geheimnisse entlockte; Kaneke indes sähe das funkelnde Gold nicht wieder, würde nicht ich persönlich es ihm zurückgeben, wozu ich zu stolz war.

Dann wandelte sich mit einemmal meine Stimmung, vielleicht unter einem geistigen Einfluß, vielleicht, was wahrscheinlicher ist, durch den Einfluß eines guten Mahls, ist es doch eine traurige Tatsache, daß unser Ausblick aufs Leben und seine Zusammenhänge wesentlich von unserem Magen bestimmt wird. Was war ich nur für ein Feigling, daß ich mich angesichts einer großen Herausforderung von Hans ins Bockshorn jagen ließ, der mit seinem müßigen Geschwätz und seinen Unkenrufen bestimmt nur seinen Schalk gegen mich ausspielte. Würde ich das Hasenpanier ergreifen und somit wieder zur Küste abdrehen, wäre Hans, der das Abenteuer noch mehr als ich liebte, der erste, der mich tadelte – nicht offen, sondern durch scharfe, geistreiche Spitzen. Zu alledem war es sowieso sinnlos, vor irgend etwas davonzulaufen, müssen wir doch, wie er tags zuvor selber festgestellt hatte, gehn, wohin das Schicksal uns führt. Nun hatte mich das Schicksal dazu bestimmt, Kanekes Sovereigns einzustecken und mir auf dem Papier eine Ladung Elfenbein übereignet, womit der Fall erledigt war. Ich würde mich aufmachen zum Volk der Dabanda und zu den unbetretenen Ufern des Sees Mone; was spielte es schon für eine Rolle, falls ich nicht ankäme? Eines Tages schließlich endet unsere lange Reise, sei es nun im nächsten Monat, im nächsten Jahr oder im nächsten Jahrzehnt.

Ich schickte nach Hans, der ein frommes, betrübtes Gesicht machte, was mir die wohl lästigste seiner vielen Stimmungen war.

»Hans«, sagte ich, »ich habe mich entschlossen, mit Kaneke ins Dabanda-Land zu gehn. Falls du weiterhin versuchst, mich davon abzubringen, ziehst du dir meinen Zorn zu; in dem Fall schicke ich dich mit dem Elfenbeintransport zur Küste.«

»Ja, Baas«, antwortete er unterwürfig. »Dem Baas bleibt wohl keine andere Wahl, hat er doch das Geld schon eingesteckt, das Kaneke bestimmt mit Mädchenhandel verdient hat, wenn's nicht gar gestohlen ist. Zudem habe ich nie versucht, den Baas aufzuhalten. Warum sollte ich, wenn ich froh bin, von diesem Ort wegzukommen, wo diese eifersüchtige Frau von Kaneke, die mir so viel ausplaudert, ehrlich gesagt Gefallen an mir findet und die Augen verdreht und sich den

Bauch hält, wenn sie mich sieht, wovon mir ganz übel wird, Baas.«

»Du meinst, ihr wird übel von dir, du Aufschneider«, bemerkte ich.

»Nein, Baas, ich wünschte, das wäre so, denn dann könnte ich eine bessere Meinung von ihr haben. Wenn ich ansonsten auf die Gefahren dieser Reise hingewiesen habe, Baas, so nicht aus Eigennutz, sondern nur, weil mir der Baas von seinem ehrwürdigen Vater anvertraut worden ist und ich demzufolge nach Kräften einschreiten muß, wenn der Baas in die Irre geht.«

Hierauf sprang ich auf, und Hans machte sich schleunigst davon.

»Der Baas wird mich doch nicht mit dem Elfenbein zur Küste schicken, wie er's angedroht hat, nicht wahr? Er weiß, daß ich einerseits ein schwacher Mensch bin und vor lauter Kummer ob der Trennung vom Baas zu viel von dem krankmachenden Palmwein trinken würde.« Als er in meinem Gesicht las, daß ich keine solche Absicht hatte, ergriff Hans meine Hand, küßte sie und ging.

An der Ecke des Kochhauses wandte er sich noch einmal um und sagte:

»Der Entschluß des Baas steht fest, nicht wahr? Also brauche ich ihn nur noch daran zu erinnern, sollte er noch Auf-wiedersehn-im-Himmel-Briefe schreiben wollen, dies gleich zu tun, damit wir sie mit dem Elfenbein zur Küste schicken können.«

3

Kanekes Verurteilung

Ich möchte alle Einzelheiten zur Entsendung des Elfenbeins auf den langen Weg nach Sansibar und zu den eigenen Reisevorbereitungen übergehen und nur erwähnen, daß die Träger ordnungsgemäß aufbrachen mit der geschulterten Ware und anderem mehr, denn Hans mutmaßte richtig, wenn er sagte, Kaneke halte viel mehr Stoßzähne versteckt, obgleich dieser versicherte, daß sie einem andern gehörten. Viel wichtiger ist, daß die Sendung, mag es auch seltsam anmuten, nach angemessener Zeit unbeschadet in Sansibar eintraf und meinem Agenten überstellt wurde, der sie weisungsgemäß verkaufte und den Erlös abzüglich seiner Provision an meine Bank in Durban überwies. In dieser Sache betrieb Kaneke also kein falsches Spiel.

Was aus dem Rest des Elfenbeins wurde, das ihm gehörte, wie ich stark vermute, weiß ich nicht. Kaneke selbst konnte es egal sein, denn er kam nicht wieder, um die Ware einzulösen. Ebensowenig weiß ich, was die Karawane, die von Arabern angeführt wurde, außerdem an Ware beförderte, da ich mich hütete, danach zu fragen.

Trotz der Andeutung von Hans sah ich jedenfalls keine Sklavenmädchen darunter, also war diese Anspielung wohl eine reine Unterstellung. Eigentlich bin ich überzeugt, daß Kaneke mit Pulver und Feuerwaffen Handel trieb. Alljährlich traf eine Karawane von Sansibar ein, die diese und andere Güter wie Tuch, Kattun und Glasperlen mitführte und mit dem Elfenbein heimkehrte, das Kaneke in der Zwischenzeit angehäuft hatte. Die Summen, die er bei diesen Transaktionen verdiente, waren beträchtlich und wurden in einer britischen Bank in Sansibar deponiert, wie ich Jahre später erfuhr. Ich frage mich, was aus dem Geld geworden ist.

Nun, die Schar der Träger zog, von Arabern auf Eseln geführt, davon und wurde nicht mehr gesehn. Auch wir bereiteten unsere Abreise vor. An dieser Stelle sollte ich erwähnen, daß sich mein Gefolge in Grenzen hielt. Ich hatte bei mir zwei Gewehrträger, gute Jäger, die mir in Sansibar wärmstens empfohlen worden waren und die, als sie von meinem Ruf als Großwildjäger hörten, der mir aus dem Süden folgte, gern in meinen Dienst traten. Einer der beiden war offenbar von abessinischer Abstammung und hatte einen so unaussprechlichen Namen, daß ich ihn Tom taufte, obwohl die Eingeborenen ihn aufgrund seines pockennarbigen Gesichts ›Lochgesicht‹ nannten.

Der andere hatte eine Somalierin zur Mutter und einen Araber oder auch Europäer zum Vater gehabt. Offengestanden sah er erstaunlich britisch aus mit seinem vollen Gesicht und den fast glatten, rötlichen Haaren, obwohl natürlich seine Haut, von bestimmten hellen Stellen abgesehen, dunkel war. Sein Name, so eröffnete er mir stolz in ausgezeichnetem Englisch, da er eine der ersten Missionsschulen besucht und bei mehreren britischen Großwildjägern als Gewehrträger gedient hatte, sei Jeremiah Jackson. Wer sein Vater gewesen sein könnte, da hatte er keine Ahnung; von der Mutter, die starb, als er fünf war, hatte er es nie erfahren.

Diesen Mann nannte ich Jerry wegen der naheliegenden Assoziation des Namens mit Tom, denn wer kennt nicht Tom and Jerry, die ›wilden Hunde‹ aus der georgianischen Zeit, von denen mir mein Vater oft erzählt hat. Beide waren etwa gleichaltrig und irgendwo zwischen dreißig und vierzig. Beide waren mehr oder weniger Christen, wobei Tom dem abessinischen Ritus angehörte, und beide waren sie mutig und verstanden ihr Handwerk. Tom war der Hitzigere, weährend Jerry der Überlegtere, Hartnäckigere war, was vielleicht vom

Schuß europäischen Bluts in seinen Adern herrührte. Es entwickelte sich bald eine Freundschaft zwischen uns, was Hans zumindest am Anfang mit Argwohn verfolgte, da er wohl eifersüchtig war.

Diese Gewehrträger erhielten einen für jene Zeit stattlichen Lohn; dennoch fühlte ich mich, zumal sie mit mir gekommen waren, um Elefanten zu jagen, und nicht um lange Forschungsreisen zu unternehmen, verpflichtet, ihnen meinen Sinneswandel zu erklären und die Möglichkeit einzuräumen, mit der Elfenbeinkarawane zur Küste zurückzukehren, falls sie dies möchten.

Tom sagte sofort, er werde mir folgen bis zum Ende meiner Reise, wo immer das sein möge, da er ein geborener Abenteurer sei und einen Hang zum Mystischen in sich trage, wie ich das bei Abessiniern oft bemerkt habe. Jerry, der Vorsichtigere, fing an, von seiner Frau zu reden, von der er offenbar getrennt war, und von seiner kleinen Tochter, die eine Missionsschule besuchte, was Hans zu einer spöttischen Bemerkung über den ›Familienmenschen‹ verleitete, der daheim bleiben und die Kinder hüten solle. Dies wollte Jerry nicht auf sich sitzen lassen, so daß er erwiderte, er werde ebenfalls mitkommen und Hans werde schon sehen, wer von ihnen beiden eher werde Kinder hüten wollen bei diesem Unternehmen.

Nachdem dies alles beredet war, dankte ich beiden und teilte ihnen mit, daß Kaneke mir hundert Pfund in Gold gegeben habe und ich angesichts der Gefahren dieser Reise gedenke, diesen Betrag durch drei zu teilen, so daß sie jeweils einen und Hans den dritten Teil erhielten. Daraufhin bedankten sie sich herzlich, nur Jerry bemerkte, daß er die Auszahlung wahrscheinlich gar nicht erleben werde, was er bedauere, da es eine gute Mitgift für seine kleine Tochter wäre.

»Du irrst«, entgegnete ich. »Ich gedenke, euch das Geld schon jetzt zu geben, denn ich vertraue euch und weiß, daß ihr bei eurer Ehre bis zum Ende bei mir ausharrt. Wenn es also unter denjenigen, die mit der Karawane zur Küste gehen« (denn dieses Gespräch fand vor dem Aufbruch der Karawane statt) »jemanden gibt, dem ihr vertraut, könnt ihr durch diesen das Geld euern Leuten zukommen lassen.« Sie waren sehr erstaunt und gerührt, wie ich sehen konnte, und schwörten – der eine, Tom, der Protestant war, beim Allmächtigen, und Jerry, ein Katholik, bei der Jungfrau Maria –, daß sie mich nie im Stich lassen und auf jeden Fall bis zum bitteren Ende bei mir bleiben würden. Nach diesen Beteuerungen wandte ich mich an Hans, der die ganze Zeit dabeigestanden, an seinem Hut gezupft und die Visage zu einem überlegenen Grinsen verzogen hatte, und fragte ihn, ob er mir nicht für seinen Anteil danken wolle.

»Nein, Baas. Ich nehme das Geld nicht, also wofür sollte ich mich bedanken? Ich bin kein Mietling wie diese beiden Jäger. Ich bin der Vormund des Baas, wozu mich der ehrwürdige Vater des Baas bestellt hat, und wenn ich etwas vom Baas möchte, dann nehme ich es mir, wie's einem Vormund zusteht.«

Als er dann davonging, rief ich ihm auf holländisch, was die andern nicht verstanden, nach:

»Du eifersüchtiger, übelgelaunter Wicht, dann behalt' ich deinen Anteil eben für mich.« Dies tat ich, bis er lange Zeit später das Geld schließlich in Anspruch nahm. Ich sollte ergänzen, daß ich neben Tom und Jerry an die zwanzig Eingeborene als Träger hatte, die allesamt – wenn auch nur widerwillig – bereit waren, mit mir zu gehen und die Lasten zu tragen.

Als das Datum unserer Abreise näherrückte, beobachtete ich, daß Kaneke zusehends nervöser wurde, obwohl mir schleierhaft blieb, was seine Unruhe eigentlich auslöste. Er berief eine Versammlung der Ältesten seines Dorfes ein, der ich beiwohnte, und erklärte, daß er mich auf eine Elefantensafari zu begleiten gedenke und in angemessener Zeit wiederkehren werde. Diese

Ankündigung löste wenig Begeisterung aus, obwohl er hinzugefügt hatte, daß sie aus ihrer Mitte jemanden zum Dorfältesten für die Zeit seiner Abwesenheit wählen dürften. Sie erwiderten, es werde die Stunde kommen, wo er um Regen beten müsse, und daß sie keinen bekämen, wäre er nicht da.

An dieser Stelle sollte ich erklären, daß die Religion dieser Leute eine eigenartige Mischung aus dem Islam und dem Aberglauben der Wilden von der Ostküste war. So sprang denn ein Mann namens Gaika, ein gehässiger Araber mit finsteren Augen, der auch Negerblut in den Adern hatte, auf und nahm die geplante Reise zum Anlaß, um ihn wüst zu beschimpfen.

Kaneke blieb zu meiner Überraschung gelassen und fromm und erklärte, er wolle sein Vorhaben überdenken und dann das Gespräch fortführen, womit die Versammlung sich auflöste.

»Was steckt eigentlich dahinter?« fragte ich Hans, der mich begleitet hatte, als wir wieder im Camp waren.

»Der Baas ist stockblind«, sagte er. »Sieht er denn nicht, daß dieser Gaika Kaneke töten und seinen Platz einnehmen möchte?«

Ich wandte ein, daß Gaika in dem Fall doch froh sein sollte, Kaneke eine Weile los zu sein.

»Dem ist nicht so«, erwiderte Hans, »denn sie glauben, daß er in Wirklichkeit Männer von anderen Stämmen zusammenschart, wo er als Zauberdoktor einen großen Namen hat, um dann anzurücken und sie alle ums Leben zu bringen, Baas.« Flüsternd fügte er hinzu: »Sie haben vor, Kaneke zu töten, den sie hassen und fürchten, aber ihr Vorhaben ist noch nicht so weit gediehen, weshalb sie nicht wollen, daß er jetzt geht.«

»Woher weißt du das alles? Von dieser Frau?« fragte ich Hans.

Hans nickte.

»Ja, manches davon, Baas. Den Rest habe ich da und dort aufgeschnappt, indem ich mich schlafend stellte oder den Alten, den man Mullah heißt, ersuchte, mich zum Glauben Mohammeds zu bekehren. Ja, Baas, ich sitze in seiner Hütte an der Moschee und lausche seinem Unsinn und schwärme ihm vor, wie ach so froh ich im Herzen geworden sei, während ich die Ohren spitze und gar vieles aufschnappe. Denn sie halten mich für weise, Bass, und sagen mir viel, das sie dir nicht anvertrauen würden.«

Ich sah Hans halb angewidert, halb bewundernd an und mußte zugeben, daß er sich auf dieses Geschäft verstand. Aber ich sagte nicht mehr, denn es wimmelte an diesem Ort von Spitzeln.

An jenem Nachmittag schickte ich die Träger mit den Lasten zu einer bestimmten Stelle, etwa drei Meilen entfernt. Dies tat ich, weil ich fürchtete, man könnte sie bestechen und die Lasten stehlen. Somit hielten sich nur Hans, Tom und Jerry und ich im Dorf auf.

Am nächsten Morgen brachte mir Hans wie üblich den Kaffee und bemerkte ganz beiläufig:

»Baas, es gibt Ärger. Kaneke wurde während der Nacht im Schlaf ergriffen. Sie brachen in sein Haus ein und fesselten ihn mit Stricken. Wie's scheint, hat er gestern nachmittag mit einem von ihnen Streit gehabt und ihn mit der Faust oder mit einem Stein in der Hand erschlagen, denn er ist stark wie ein Ochse.«

Ich pfiff durch die Zähne und fragte, wie es nun weitergehe.

»Sie werden ihn heute des Mordes anklagen, Baas, wie es hier Gesetz ist, und haben anfragen lassen, ob wir dem Prozeß beiwohnen möchten. Was soll ich ihnen ausrichten lassen, Baas?«

Zunächst war ich geneigt zu antworten, ich wolle mit der Sache nichts zu tun haben, überlegte dann aber, daß man mein Fernbleiben als Angst auslegen könnte; darüber hinaus hatte ich Kanekes Gold und Elfenbein kassiert, so daß es gemein wäre, würde ich ihn nun in seiner mißlichen Lage im Stich lassen. Folglich ließ ich ausrichten, daß ich dem Prozeß mit meinen Dienern beiwohnen werde.

Zur vereinbarten Stunde machten wir uns also – alle vier bewaffnet – auf den Weg und erfuhren am Tor zum Dorf, daß der Prozeß unter dem Ratsbaum stattfinde, der bekanntermaßen außerhalb des Dorfes stand. Dorthin begaben wir uns also und fanden die ganze Bevölkerung vor, die an die drei- bis vierhundert Köpfe ausmachte und rings um den Baum, jedoch außerhalb seines Schattens, Aufstellung genommen hatte. Im Schatten nun saßen auf Hockern oder am Boden, zehn, zwölf weißgewandete Männer, Älteste vermutlich, die als Richter fungierten.

Als wir durch die Menge zu ihnen schritten, musterten sie argwöhnisch unsere Gewehre, wiesen mir aber schließlich einen Platz etwas abseits zur Rechten des Gerichts zu, wenn man es so bezeichnen wollte, während meine Männer sich hinter mich stellten. Wir wurden weder angesprochen noch gehört. Sodann teilte sich die Menge zu einer Gasse, durch die Kaneke einmarschierte, dem die Hände am Rücken gebunden waren und der von sechs Speerträgern bewacht wurde. Wie mir auffiel, sahen ihn alle, die er passierte, kalt an. Nach ihren Mienen zu urteilen, hatte er nicht einen Freund darunter.

Schließlich wurde er so aufgestellt, daß er die Richter, die mit dem Rücken zum Baumstamm saßen, vor sich hatte, mich zu seiner Rechten und das Publikum zu seiner Linken. Da stand er nun regungslos, trotz der Fesseln stolz und schön und um einen Kopf größer als jeder andere in der Menge. Irgendwie erinnerte er mich an Samson, wie er in Fesseln vor die spottenden Philister geführt wurde, und zwar so sehr, daß ich mich schon fragte, wo Delila war. Dann fiel mir ein, was Hans von der eifersüchtigen Frau erzählt hatte, und glaubte es zu wissen – was ein Irrtum war. Kaneke rollte die großen Augen und blickte sich um. Sofort bemerkte er mich und verbeugte sich. Den Richtern und auch den Leuten schenkte er keinerlei Beachtung.

Der »Mullahmann«, wie Hans ihn nannte, eröffnete die Verhandlung mit Gebeten und zahlreichen Kniefällen. Dann begann Gaika, der offenbar zugleich als Anklagevertreter und Oberrichter fungierte, den Fall aufzurollen, was er in aller Ausführlichkeit und mit viel Bosheit tat. Er berichtete, Kaneke sei ein Sklave von einem seltsamen Volk gewesen, der sich vor vielen Jahren durch einen Mord und durch List und Tücke an die Spitze ihrer Gemeinde gesetzt habe. Dann führte er detailliert alle Verbrechen aus seiner Herrschaftszeit auf, die, durfte man ihm glauben, schlimm genug waren: Grausamkeit, Unterdrückung, Diebstahl, Frauenraub und was sonst noch ...

Sodann folgte eine Reihe von Vergehen einer anderen Kategorie: Schwarze Kunst wider das Gesetz des Propheten, Zauberei, Totenbeschwörung, Verstöße gegen den Ramadan, Verrat am Glauben durch geheuchelte Gläubigkeit, Anbetung fremder Götter oder Teufel, Genuß von geistigen Getränken, Verschwörung mit den Feinden des Volks, mitternächtliche Opferung von Lämmern und Kindern für die Sterne und so fort. Den Abschluß bildete der unmittelbare Anlaß, die Anklage auf Mord an einem Ältesten am Vortag. Für all diese Verbrechen, erklärte Gaika, habe der Sklave und Thronräuber Kaneke den Tod verdient.

Nachdem er Kaneke auf diese Weise niedergemacht hatte, setzte er sich und forderte den Angeklagten auf, sich zu seiner Verteidigung zu äußern.

Kaneke antwortete mit mächtiger Stimme, die mich ebenso beeindruckte wie wohl alle andern auch.

»Was nutzt es, wenn ich mich verteidige?« sagte er. »Hat mein erster Richter und Widersacher mich nicht so vieler Verbrechen bezichtigt, wie man sie nicht verüben könnte, würde man auch hundert Jahr' leben? Davon abgesehen möchte ich mich freilich in einer Sache schuldig bekennen, nämlich gestern im Streit einen Mann getötet zu haben, der mich zu erstechen versuchte, obgleich ich, um der Wahrheit Genüge zu tun, sagen muß, daß ich ihn nicht töten, sondern lediglich niederstrecken wollte. Allah, nicht ich, hat ihn getötet. Und nun will ich dir, o Volk, sagen, warum ich hier vor dir abgeurteilt werde, der ich dich aus dem Nichts zu Wohlstand und Macht emporgehoben habe.

Der Grund ist, daß jener Gaika meinen Platz als dein Führer einnehmen will. Er sei an meinem Platze willkommen. Wisset, daß ich es müde bin, über euch zu herrschen und euch zu beschützen. Was mehr brauche ich zu sagen? Es ist genug. Seit langem plant ihr, mich zu töten. So laßt mich denn meine Wege gehn und geht ihr die euren.«

»Das genügt nicht«, rief Gaika. »O Kaneke, du sagst, du begleitest Macumazahn, jenen weißen Jäger dort, um mit ihm Elefanten zu schießen. Das ist gelogen. Du gehst und bringst die Stämme im Norden gegen uns auf, die uns schon seit der Zeit unsrer Väter feindlich gesonnen sind, indem du ihnen sagst, unsere Väter hätten ihre Knaben und Mädchen geraubt und als Sklaven verkauft. Wir wissen, daß dies dein Plan ist, weshalb wir dich seit Jahren nicht mehr aus dem Dorf fortgelassen haben, das du auch jetzt nicht verlassen wirst. Nein, du sollst auf ewig hierbleiben, während deine Seele in die Hölle fährt, wohin alle Zauberer kommen.«

Als er verstummte, ging ein zustimmendes Raunen durchs Publikum. Was immer er auch an guten Seiten besitzen mochte, sofern er überhaupt welche hatte, bei seinem Volk war er jedenfalls nicht beliebt. Da der Gefangene keine Antwort gab, fuhr Gaika fort, der sich nun an die übrigen Richter wandte:

»Brüder, ihr habt es gehört. Zeugen erübrigen sich, da einige von euch gesehen haben, wie Kaneke gestern unsern Mitbruder ermordet hat. Ist er dieses Verbrechens und andrer schuldig oder nicht?«

»Schuldig«, antworteten alle durcheinander.

»Was soll denn seine Strafe sein?«

»Der Tod«, antworteten sie wieder durcheinander, wobei auch im Publikum der Ruf nach dem Tod laut wurde.

»Kaneke«, rief Gaika triumphierend, »du bist zum Tode verurteilt. Nicht einer unter den vielen Hunderten hier hat um Gnade für dich gefleht; nein, nicht einmal die Frauen. Auch hast du keine Kinder, die für dich eintreten könnten, denn als Zauberer hast du sie sicher schon als Ungeborene getötet, damit sie nicht heranwachsen und dann dich töten. Nun wäre es nach dem Gesetz nicht recht, dich auf der Stelle zu richten. Deshalb schicken wir dich in ein Haus zurück, wo du unter Bewachung stehst und zu Allah und seinem Propheten um Vergebung deiner Sünden beten mögest. Morgen bei Sonnenaufgang werden wir dich wieder an diesen Ort bringen und mit Knüppeln erschlagen, auf daß dein Blut nicht vergossen werde. Hast du mich gehört und verstanden?«

Nach einer Weile hob Kaneke wieder an und sagte leise, fast gleichgültig, aber dennoch mit klarer Stimme, so daß keinem ein Wort entging, mitten in die tiefe Stille hinein:

»O Gaika, Sohn eines Hundes, und ihr alle, die ihr Söhne und Töchter von Hunden seid, ich habe euch gehört und verstanden. Morgen wollt ihr mich also mit Knüppeln erschlagen. So mag es geschehen oder auch nicht; auch wenn ich es weiß, sag' ich es euch nicht. Dennoch lauscht der letzten Weisheit, die ihr aus meinem Munde hört. Ihr habt recht, wenn ihr sagt, daß ich ein Zauberer bin. Dem ist so, und somit kann ich in die Zukunft sehen. Ich rufe einen Fluch auf euch herab. Möge Allah euch beistehn, wenn er kann, und Mohammed für euch beten. Dies ist mein Fluch: eine schwere Krankheit soll euch befallen. Ich glaube, heut' nacht bricht sie aus. Und ich glaube, dort drüben sitzt mancher, der sie schon in sich hat«, und deutete mit einem Nicken in die Menge, »obwohl er noch nichts merkt. Ja, sie sind eben krank geworden, als dieser Fluch über meine Lippen gekommen ist.« (Hier kam Bewegung in die Menge; jeder schaute seinen Nachbarn an.) »Die meisten von euch wird die Krankheit dahinraffen, denn wenn ich nicht mehr bin, kann euch keiner mehr gesund machen. Die übrigen werden die Flucht ergreifen und sich in alle Winde zerstreun wie Ziegen ohne Hirte. Sie werden gefangengenommen von jenen, deren Söhne und Töchter ihr geraubt habt, und als Sklaven leben und als Sklaven sterben.«

Dann kehrte er sich mir zu und sagte: »Leb wohl, Macumazahn. Wenn es das Schicksal will, daß ich dich nicht im Fleische auf deiner Reise zum Ziel geleiten kann, so fürchte dich nicht, denn mein Geist wird dich leiten. Bist du dort erst sicher angekommen, so überbring dem, von dem ich gesprochen habe, eine Nachricht von mir. Die Nachricht wird dir vielleicht in der Nacht kundgetan, wenn du schläfst. Ich verlange nicht, daß du dein Gewehr erhebst und diesen Schurken erschießt«, wobei er zu Gaika nickte, »weil du allein bist und sie dich und deine Diener überwältigen würden. Nein, ich bitt dich nur, lausche der Botschaft, wenn sie kommt, und tu, was darin verlangt wird.«

Da ich nicht wußte, was ich antworten sollte, sagte ich nichts auf diesen seltsamen Appell hin, obwohl Hans, seinem Gestupse und Gemurmel nach zu urteilen, eine Antwort für angemessen hielt. Da ich dennoch schwieg, machte er sich, unverschämt wie er war, zu meinem Sprecher, indem er in holprigem Arabisch verkündete:

»Mein werter Herr läßt dir, Kaneke, sagen, er bedauert sehr, daß du sterben mußt. Ich soll dir aber auch sagen, daß er dich, solltest du sterben und zum Geist werden, bittet, von ihm fernzubleiben, denn ein Geist, besonders der eines Zauberers, der wegen seiner Missetaten hingerichtet worden ist, ist keine angenehme Gesellschaft.«

Als ich dies vernahm, verschlug es mir vor Empörung den Atem, aber ehe ich etwas sagen konnte, hatte sich Gaika zornig an mich gewandt und geschrien:

»Weißer Wanderer, wir glauben, daß du mit diesem Übeltäter unter einer Decke steckst und Unheil gegen uns ausbrütest. Mach, daß du wegkommst aus unserm Dorf, sonst trifft dich das gleiche Schicksal wie ihn!«

Diese grundlose Attacke brachte mich in Wut, so daß ich, ohne lange zu überlegen, erwiderte:

»Wer bist du, daß du solche Behauptungen aufstellst und mir mit dem Schicksal drohst? Laß mein Schicksal meine Sorge sein, Bursche, und kümmere dich um dein eigenes, das dich vielleicht schneller ereilt, als dir lieb ist.«

Nun ahnte ich nicht, als ich in dieser wohl nicht ungefährlichen Lage dieses sagte, daß ich diesem Schurken sehr bald schon zum Verhängnis werden würde. Sind wir zuweilen prophetisch begabt, frage ich mich? Oder sind wir vielleicht in tiefster Seele allwissend, wovon hie und da ein Funke Wahrheit aufglimmt?

Hiernach löste sich die Versammlung in Tumult auf. Kaneke wurde von seinen Schergen abgeführt; Männer, die drohend ihre Speere erhoben, rückten gegen uns an und wurden so dreist, daß ich kurz umschaute und mein Gewehr hob – ich erinnere mich, daß es der erste Winchester Mehrlader mit fünf Patronen war. Daraufhin wichen sie zurück und ließ man uns ungehindert in unsere Hütten zurückkehren.

Dort hielt ich mich nicht lange auf. Praktisch unsere komplette Ausrüstung war mit den Trägern vorausgeschickt worden; so war nicht mehr verblieben, als wir vier tragen konnten, obwohl ausgemacht war, daß Kanekes Leute diesen Dienst am nächsten Morgen übernehmen sollten. Da dies nun nicht mehr in Frage kam, beluden wir uns und den Esel, den ich besaß, mit Dekken, Gewehren, Kochgeschirr, Munition und dergleichen mehr und brachen auf, wobei ich den Esel ritt, so daß ich, wie ich im Nachhinein finde, aussah wie der Weiße Springer aus »Alice im Wunderland«.

Wir machten einen Bogen um das Dorf und zogen zu der Stelle, wo unsere Träger ein Lager aufgeschlagen hatten, die wir schließlich eine Stunde später unbehelligt erreichten. Der Lagerplatz, den ich persönlich ausgesucht hatte, befand sich im unteren Hang eines steilen Berges und war mit Dornengestrüpp bedeckt, durch das sich ein Bergbach schlängelte. Als erstes schnitten wir Dornbüsche und schichteten sie zu einer Umfriedung auf, die man in diesem Teil Afrikas *Boma* nennt und die uns notfalls Schutz bot. Als das geschehen und mein Zelt aufgestellt war, war es schon später Nachmittag. Da ich müde war, was meines Erachtens mehr von der Aufregung als von den Strapazen herrührte, legte ich mich hin, dachte eine Weile über das Schicksal des unseligen Kaneke nach, den ich, auch wenn ich ihn nicht leiden mochte, vor seinem meiner Meinung nach unverdienten Los bewahren wollte, was mir nicht machbar schien, und fiel dann in Schlaf, denn schlafen kann ich jederzeit. Im Schlaf überkam mich ein seltsamer Traum, der so seltsam nicht war, wenn man bedenkt, wie sehr mich diese Sache beschäftigte.

Ich träumte, daß Kaneke zu mir sprach, obgleich ich ihn nicht sehen konnte; deutlich hörte ich jedoch seine Stimme oder glaubte zu hören, wie er sagte:

»Folg der Frau! Tu, was die Frau sagt, und du kannst mich retten!«

Zweimal hörte ich diese Worte, dann – wie lange danach, weiß ich nicht – wurde ich wach, besser gesagt geweckt von Hans, der Essen auf den Klapptisch neben mir stellte. Als ich hinausging, sah ich, daß es Nacht war, denn der Vollmond war gerade aufgegangen und schien so hell vom sternenklaren Himmel, daß ich ohne Lampe essen konnte.

»Hans«, sagte ich alsdann, »was meinte Kaneke, als er von der großen Krankheit sprach, die bald im Dorf ausbrechen werde?«

»Dem Baas entgeht viel«, erwiderte Hans. »Fiel ihm denn nichts auf an den Männern der Karawane, die das Elfenbein fortschafften?«

»Ja, mir fiel auf, daß es ein dreckiges Pack war, das dermaßen stank, daß ich es mied.«

»Wenn der Baas sie sich aus der Nähe besehen hätte, wäre ihm aufgefallen, daß der eine oder andere davon sprießende Pusteln im Gesicht hatte.«

»Pocken?« mutmaßte ich.

»Ja, Baas, Pocken, denn die habe ich schon einmal gesehen. Nun mischten sie sich unter die Leute des Dorfes, wo es seit vielen Jahren keine Pocken mehr gibt, da Kaneke sie mit seinem Zauber fernhielt oder heilte, wenn sie ausbrachen. Diesmal, Baas, hielt er sie nicht fern, und mancher aus dem Dorf, wie ich heute morgen hörte, fühlt sich zerschlagen und hat Hals- und Kopfweh, Baas. Kaneke weiß das ebenso wie ich, und darum hat er von einer Seuche gesprochen. Was man weiß, Baas, kann man leicht vorhersagen.«

»Und Träume eingeben, ist das auch leicht, Hans?« fragte ich. Ehe er antworten konnte, hatte ich ihm berichtet, was ich im Traum zu hören glaubte.

Ich bemerkte eine momentane Verwunderung in seinem faltigen, regungslosen Gesicht. Dann erklärte Hans gleichgültig:

»Gewiß, Baas, wenn man weiß, wie. Oder aber Kaneke hat dir gar keinen Traum eingegeben. Vielleicht hat der Baas mich mit der Frau reden hören, denn sie ist hier und möchte den Baas sprechen, wenn er gegessen hat.«

4
Weiße Maus

»Eine Frau!« sagte ich und sprang auf. »Was für eine Frau?«

»Kanekes eifersüchtige Frau, der ich so gefalle, die sie Weiße Maus nennen, weil sie so flink und leise ist, nehme ich an. Sie hat einen Plan, diesen Bullen von Mann zu retten, wie du es im Traum oder von uns gehört hast.«

»Dann muß sie ihn doch mögen, Hans.«

»Nehme ich an, Baas. Oder sie glaubt, jetzt bekommt sie ihn wieder, weil eine andere Frau, auf die sie eifersüchtig ist, die Pocken bekommen hat, woran diese, hofft sie, stirbt oder wovon sie entstellt wird. Zumindest sagt sie das, Baas.«

»Ich will sofort mit ihr sprechen.«

»Iß besser zuerst, Baas. Es ist stets klug, wenn man Frauen eine Weile warten läßt, denn das hebt die Wertschätzung.«

Da ich wußte, daß Hans immer gute Gründe hatte für seine Empfehlungen, selbst wenn er kompletten Unsinn zu faseln schien, nahm ich seinen Rat an.

Nachdem ich gespeist hatte, führte er mich zu einem Waldstück bei einem Teich am Fuße des Hanges etwa zweihundert Schritt vom Lager entfernt. Wir gingen hinein, und sogleich trat eine Frau so leise unter einem Baum hervor, als wäre sie ein Geist, und blieb stehen. Mondschein umspielte ihre weißen Gewänder. Sie zog die Haube zurück, womit sie das Haupt verhüllte, und offenbarte das Gesicht, das feine Züge hatte und auf seine Art sehr hübsch war; obendrein so hell für eine Araberin, daß ich europäisches Blut in ihr vermutete. Sie betrachtete mich eine Weile und erforschte mein Gesicht mit ihren reizvollen dunklen Augen, fiel dann mit einemmal auf die Knie, ergriff meine Hand und küßte sie.

»Schon gut«, sagte ich und hob sie auf. »Was willst du von mir?«

»Herr«, sagte sie mit tiefer, feuriger Stimme auf arabisch, »ich bin jene Sklavin des Kaneke, die hier Weiße Maus genannt wird, gleichwohl sie anderswo einen andern Namen trägt. Obschon er mich schlecht behandelt hat, denn wer einen Schatten liebt, der macht sich nichts aus Frauen, stehe ich noch in seinem Bann. Deshalb flehe ich dich an, ihn zu retten, wenn du kannst.«

»Ich!«

»Ja, Herr, du.« Da ich darauf nichts sagte, fuhr sie rasch fort: »Ich weiß, ihr Weißen arbeitet nicht ohne Lohn, aber ich habe nichts, das ich euch geben könnte – außer mich selbst. Ich werde dir eine gute Dienerin sein, und Kaneke stört es nicht, denn er sagte, ich könne gehen, wohin ich wolle.«

»Keine Angst, Baas«, flüsterte mir Hans auf holländisch ins Ohr. »Wenn sie ›du‹ sagt, meint sie sicher mich.«

Ich rammte ihm den Ellbogen in den Bauch, daß ihm der Atem stockte. Dann sagte ich:

»Unterbreite mir deinen Plan, Weiße Maus, falls du einen hast. Aber sei dir darüber im klaren, daß ich dich nicht als Dienerin haben möchte.«

»Dann schick mich fort, Herr, denn wenn du meinen Wunsch erfüllst, bin ich deine Sklavin bis zum Tode. Nur um eines bitte ich, daß du mich nicht diesem kleinen gelbhäutigen Affen gibst oder einem deiner Jäger.«

»Wie die schauspielern kann!« brummte der nicht eroberte Hans hinter mir.

»Den Plan, den Plan!« drängte ich.

»Herr, der geht so: Es gibt einen Pfad über das Kliff, an dessen Rand das Haus des Kaneke steht, worin er in Fesseln liegt und auf die Hinrichtung bei Sonnenaufgang wartet. Ihn kennen wenige; eigentlich nur Kaneke und ich. Ich führe dich und die Jäger und den Gelben über diesen Pfad zum Haus des Kaneke. Dort könnt ihr notfalls die Wachen überwältigen – es sind ihrer nur drei, denn die andern wachen außerhalb der Umfriedung – und ihn über das Kliff fortschaffen.«

»Unsinn«, sagte ich. »Ich sah mir das Kliff genau an, als ich Kaneke besuchte. Es steht kein Zaun an seinem Rand, weil er dermaßen überhängt, daß man dort nur mit langen Seilen, die wir nicht haben und die oben festgemacht sein müssen, auf- oder absteigen könnte.«

»Mag sein, Herr, aber unter diesem Überhang tut sich ein Loch auf, das zu einem Gang führt. Dieser Gang endet unter dem Pflaster im Haus des Kaneke, und zwar dort, wo er sitzt, wenn er die Sterne betrachtet. Verstehst du, Herr?«

Ich nickte, denn sie meinte das *Stoep,* wo Kaneke und ich zusammen Brandy mit Wasser getrunken hatten.

»Das Pflaster ist fest«, sagte ich. »Wie kommt man da durch?«

»Eine Platte des harten Bodens, die aus Kalk und anderem gefertigt ist, so daß sie wie Stein ist, läßt sich von unten verschieben. Ich kenne das Geheimnis, Herr. Das ist alles. Willst du nun mitkommen? Der Anfang jenes Felspfads liegt nicht sehr weit von hier, obwohl es auf allen andern Wegen, wie ihr wißt, weit zum Dorf ist. Deshalb brauchen wir noch nicht aufzubrechen, denn ich möchte frühestens zwei Stunden nach Mitternacht im Haus sein, wenn alles schläft bis auf solche, die bei den Kranken im Dorf wachen, wo eine Seuche ausgebrochen ist, wie Kaneke vorausgesagt hat, und diese werden kaum darauf achten, wenn sie ein Geräusch hören.«

»Ich will nicht mitkommen«, erwiderte ich entschlossen. »Das ist der reine Wahnsinn. Warum sollte ich mein Leben und das Leben meiner Diener verwirken bei dem Versuch, Kaneke zu retten, den ich erst seit ein, zwei Wochen kenne und der vielleicht der Verbrecher ist, für den seine Feinde ihn hinstellen?«

Sie bedachte den Einwand und antwortete darauf:

»Weil er allein dich an jenen verborgenen Ort führen kann, zu dem es dich drängt.«

»Mich drängt's an sich nirgendwohin«, entgegnete ich, um sie zu prüfen, »höchstens zurück nach Sansibar.«

Wieder überlegte sie und sagte dann:

»Weil du das Elfenbein und Gold des Kaneke genommen hast, Herr.«

Hierauf zuckte ich ein bißchen und hielt dann dagegen:

»Ich nahm das Elfenbein und das Gold als Lohn für Dienste, die ich erbrächte, könnte Kaneke mich auf einer bestimmten Reise begleiten. Kaneke bezahlte und verlangte nichts zurück für den Fall, daß er nicht könnte. Nicht durch mein Verschulden kann er nun nicht mehr mitkommen, womit das Geschäft erledigt ist.«

»Schöne Worte, Herr, und sicher richtig nach den geschäftlichen Gepflogenheiten der Weißen. Aber es gibt noch einen anderen Grund, wo jeder Mann, glaube ich, aufhorchen wird. Du solltest Kaneke helfen, weil ich, deine Sklavin, die jung und schön ist, dich darum bitte.«

»Ah! Dumm ist sie nicht; sie kennt den Baas«, hörte ich Hans hinter mir mauscheln; seine Worte verhärteten mein Herz und entlockten mir als Antwort:

»Keiner Frau in Afrika und nicht allen miteinander zuliebe würde ich tun, was du von mir verlangst, Weiße Maus. Glaubst du, ich bin verrückt?«

Sie lachte trübselig und meinte:

»Das glaube ich keinesfalls, Herr, die ich weiß, daß ich verrückt bin. Horch: wie den andern sind auch mir Geschichten über Macumazahn zu Ohren gekommen. Ich habe gehört, daß er weitherzig und edelmütig ist; einer, der sein Wort hält, eine Stütze in der Stunde der Not, ein Mann, der das Flehen der Leidenden erhört; mutig dazu, liebt er das Abenteuer, wenn einer guten Sache gedient ist; ein großer Mann, der sich gern als klein hinstellt. All das habe ich von dem Gelbhäutigen und von andern gehört; ja, auch von Kaneke selbst. Obwohl du's nicht bemerkt hast, habe ich dich aus der Ferne beobachtet und gesehen, daß wahr ist, was man sich von dir erzählt. Jetzt muß ich erkennen, daß ich mich getäuscht habe. Macumazahn ist ein Mann wie jeder andere Weiße, nicht besser und nicht schlechter. Damit ist es aus. Ohne Hilfe kann ich Kaneke nicht retten, wie ich es bei meiner Seele zu tun geschworen habe. Deshalb bitte ich dich um Verzeihung, Herr, für die aufgebürdete Ungemach und mache Schluß vor deinen Augen, damit ich gehen und die Kunde hiervon jenen überbringen kann, denen ich fern von hier diene.«

Während ich sie groß ansah und überlegte, was sie denn meinte und wieviel Wahrheit hinter jenen Mythen steckte, zog sie mit einemmal ein Messer aus ihrem Gürtel, riß ihr Gewand auf und schob es über die bloße Brust. Ich sprang hinzu und packte ihren Arm.

»Du mußt diesen Mann sehr lieben!« sagte ich, wohl mehr zu mir als zu ihr.

»Du irrst, Herr«, erwiderte sie mit ihrem seltsamen Gelächter. »Ich liebe ihn nicht; vielmehr hasse ich ihn wohl, die ich keinen gefunden habe, den ich lieben könnte – bisher. Dennoch ist er vorerst noch mein Gebieter, zu dessen Schutz ich mich durch Schwüre verpflichtet habe, die man nicht brechen darf. Pflichtgemäß halte ich mein Wort, sonst gehe ich für immer unter.«

Es herrschte kurzes Schweigen zwischen uns. Niemals werde ich diese seltsame Szene vergessen. Das Waldstück am Teichufer, die kleine, mondhelle Lichtung, darin, vom Mond beschienen, die Frau mit der hellen, runden Brust, dem kleinen, elfenhaften Gesicht, den dunklen Augen, dem lockigen Haar und dem Dolch in der erhobenen Rechten.

Und daneben ich, ganz perplex und aufgeregt, der ich, fürchte ich, recht lächerlich wirkte, wie ich so ihre Hand hielt, um das Messer am Niederfahren zu hindern; und im dunklen Hintergrund am Rande der Lichtung mit einem Gesicht, aus dem die uralte Weisheit des Wilden strahlte, der vom Baum des Wissens gegessen hat, aufmerksam und doch gleichgültig, tückisch und doch liebenswert – Hans, der Hottentotte. Und der Ausdruck im schönen Frauengesicht, denn auf seine Art war es schön, zumindest reizend, jener unergründliche Ausdruck voller Rätsel, voller Mystik gar – oh, ich sage euch, das werde ich nie vergessen.

Als wir uns so gegenüberstanden wie Akteure auf einer Bühne, kam mir ein Gedanke, dieser Gedanke: Wenn diese Frau bereit ist, zu sterben, weil es ihr mißlingt, einen Mann vor dem Tod zu bewahren, den sie erklärtermaßen haßt (warum war sie bereit, dafür zu sterben, und warum haßte sie ihn, fragte ich mich), sollte ich dann nicht versuchen, sie zu retten, selbst wenn ich mich dabei in Gefahr brächte? Und sollte ich nicht auch versuchen, Kaneke zu retten, falls ich könnte, dessen Lohn ich eingesteckt habe? Sicherlich durfte ich nicht zulassen, daß sie sich vor meinen Augen hinschlachtete. Ich könnte ihr das Messer abnehmen, aber dann könnte sie sich ein anderes suchen; darüber hinaus gab es viele andere Wege der Selbstvernichtung, die sie beschreiten könnte.

»Gib mir den Dolch«, sagte ich. »Wir wollen darüber reden.«

Sie ließ ihn fallen. Ich setzte den Fuß darauf und sah sie an.

»Hör zu!« fuhr ich fort. »Ich bin gewillt, zu tun, was du wünschst, wenn ich kann.«

»Ja, Herr, ich habe es schon in deinem Gesicht gelesen«, erwiderte sie und lächelte zaghaft.

»Aber, Weiße Maus«, fuhr ich fort, »ich bin nicht der einzige, den's angeht. Ich kann diese Sache nicht allein erledigen. Andere müssen ihr Leben ebenso aufs Spiel setzen. Hans hier, zum Beispiel, und wohl auch die beiden Jäger. So etwas kann ich ihnen nicht einfach abverlangen, und ob sie von sich aus mitkommen, das weiß ich nicht.«

Sie wandte sich um und sah den Hottentotten forschend an. Hans zappelte unter ihren Blicken, spie dann auf die Erde und sagte:

»Wenn der Baas geht, ist der Baas dumm. Dennoch muß ich gehn, wohin der Baas geht, nicht um Kaneke aus der Falle zu ziehen, sondern weil ich dem ehrwürdigen Vater des Baas versprochen habe, nicht von seiner Seite zu weichen. Was die andern Männer angeht, so kann ich nicht für sie sprechen. Ich glaube, sie werden ›nein, danke‹ sagen, aber wenn sie ›gern‹ sagen, dann sollten wir wohl besser auf sie verzichten, denn dann sind sie so töricht und auf ihr Seelenheil bedacht, daß sie sicher zur unrechten Zeit Angst bekämen oder ein falsches Geräusch machten, was uns alle in Bedrängnis brächte. In einem Loch, wie Weiße Maus es schildert, tun sich zwei Männer leichter als vier. Auch wäre es klüger, Tom und Jerry mit den Trägern vorauszuschikken, denn wenn wir Kaneke durch jenes Loch fortholen, werden die Araber versuchen, uns zu folgen und Kaneke zurückzuholen, und je weiter weg unsre Sachen sind, desto besser. Träger gehn langsam, so daß wir sie einholen, Baas.«

»Du hast gehört«, sagte ich zu der Frau. »Was meinst du?«

»Der Gelbhäutige, den ich für einen reinen Narren hielt, ist gar nicht dumm, muß ich sagen, Herr. Was getan werden muß, kann ich nicht alleine tun, denn es müssen die Wachen überwältigt und der Höhleneingang freigehalten werden, während ich Kanekes Fesseln durchschneide. Freilich reichen dafür auch zwei aus; es ist sogar besser so, denn zwei sind schneller wieder im Tunnel. Deshalb sage ich: tut, was der Gelbhäutige sagt. Die Jäger sollen mit den Trägern und den Lasten vorausgehen – so früh vor Tagesanbruch, wie sie die Träger auf die Beine bekommen. Wenn ihr mit Kaneke entkommt, könnt ihr ihrer Fährte folgen und sie viel eher einholen als die Araber, die umherirren müssen. Sollten die Araber euch einholen, sind sie müde und lassen sich mit den Gewehren in die Flucht schlagen.«

»Und was wird aus dir?« erkundigte ich mich neugierig, da mir auffiel, daß sie die eigene Person bei diesem Plan ausließ.

»Oh! Das weiß ich nicht«, antwortete sie mit ihrem rätselhaften Lächeln. »Herr, habe ich nicht gesagt, daß ich deine Sklavin bin? Sicher werde ich meinem Herrn auf diese oder jene Weise folgen, wie es sich für einen Sklaven geziemt, oder vielleicht sogar vorausgehen.«

Jetzt fiel mir ein, daß sie von Kaneke als ihrem »Gebieter« gesprochen hatte, und nahm an, daß sie sich auf ihn bezog, obwohl sie sich aus der Übertreibungssucht ihres Volkes heraus als meine Sklavin bezeichnete. Freilich ging ich der Sache nicht näher auf den Grund, die mich seinerzeit wenig interessierte, da ich Wichtigeres im Kopf hatte. Vielmehr begann ich, Einzelheiten zu erfragen, die ich hier nicht aufzuführen brauche, und ihren Plan zur Rettung zu prüfen.

Nachdem ich alles erfahren hatte, was zu erfahren war, bat ich Weiße Maus, sich versteckt zu halten, während ich mit Hans zum Lager zurückkehrte und nach Tom und Jerry schicken ließ. So sorglos, wie ich es vermochte, erklärte ich ihnen, daß ich mit Hans in die Nähe des Dorfes zurückkehren müsse, wo ich mich in einer wichtigen Angelegenheit heimlich mit einem Mann treffen wolle. Dann hieß ich sie, zwei Stunden vor Sonnenaufgang die Träger zu wecken und mit ihnen zu einem bestimmten Berg vorauszugehen, den wir während unsres Aufenthalts in Kenekes Dorf gemeinsam auf einer kleinen Safari besucht hatten, wo wir Schopfantilopen und *Pauw,* wie wir die Trappen nannten, erlegten, um für Abwechslung auf unsrer Speisekarte zu sorgen.

Obwohl ich ihnen ansah, daß sie besorgt waren, erklärten sich Tom und Jerry einverstanden und holten, um Mißverständnissen vorzubeugen, den Ersten Träger, damit ich vor diesem die Befehle wiederhole. Als dies geschehen war, gingen sie schlafen, wobei Tom nach dem Gutenachtsagen meinte, er würde mich lieber zum Dorf begleiten, wo er mich in Gefahr wähne. Ich dankte und versicherte ihm, daß mir schon nichts geschehen werde. So trennten wir uns – ich mit dem Gedanken, ob ich sie je wiedersehen würde und was sie täten, falls ich nicht wiederkäme. Vermutlich zur Küste zurückkehren und meine Gewehre und Habseligkeiten verkaufen und somit für ihre Begriffe reich werden.

Sodann legte ich mich eine Weile hin und schickte auch Hans schlafen.

Zur vereinbarten Stunde erwachte ich aus meinem Halbschlaf, was ich jederzeit vermag, und verließ mein Zelt, vor dem Hans schon herrichtete, was wir mitzunehmen hätten. Es war nicht viel: eine Wasserflasche mit kaltem Tee, ein Schnapsflakon, ein, zwei Streifen *Biltong* oder Trockenfleisch, falls wir etwas zum Essen bräuchten, und einige Yards Schnur. Als Waffe wählte ich einen Winchester Mehrlader und eine Handvoll Patronen, dazu einen Revolver und ein scharfes Schlachtermesser in einer Scheide. Hans hatte kein Gewehr, aber er führte zwei Revolver und ein Messer und dazu Kerzen samt Streichholzschächtelchen mit.

Nachdem wir uns vergewissert hatten, alles Nötige beisammen zu haben, und unsere Habseligkeiten, um die sich, wie abgesprochen Tom und Jerry kümmern sollten, verpackt hatten, schlichen wir uns zum Waldstück am Teich, wohin wir zusätzliche Speisen mitnahmen, da Weiße Maus sicher Hunger haben mußte. Wir fanden sie nicht auf Anhieb, woraufhin Hans mir erklärte, daß sie uns sicher zum Narren gehalten habe und zweifelsohne fortgelaufen sei. Während er noch sprach, sah ich sie an einem Baumstamm lehnen. Vielmehr sah ich ihre Augen, die ich zunächst für Tieraugen hielt, da sie nicht länger weiß gewandet, sondern schwarz vermummt war und sich einen dünnen dunklen Umhang, den sie in ihrem Bündel mitgebracht hatte, übergeworfen hatte. Ich bot ihr die Speisen an, aber sie schüttelte den Kopf mit den Worten:

»Nein, ich esse nicht mehr«, worüber ich etwas erschrak.

Überhaupt hatte diese Frau etwas Verhängnisvolles an sich. Sie blickte zum Mond auf und flüsterte:

»Herr, es ist Zeit, daß wir aufbrechen. Bitte folgt mir und raucht nicht und macht kein Feuer und sprecht nicht laut.«

Dahin ging sie und glitt wie ein Schatten vor uns her, während wir ihr voller Ungewißheit folgten. Unser Weg führte an einem kleinen Wasserlauf entlang, den offenbar die Quelle des schon erwähnten Bergbachs speiste und der sich durch das spärliche Buschland zum Felspfad schlängelte, welcher sich dort steil bergan in den Hang schnitt. Sicher war dieser Wasserlauf dereinst ein reißender Bach gewesen und hatte diese Schlucht im Laufe von Jahrtausenden in den Berg gegraben. Während wir so gingen, flüsterte Hans mir seine Gedanken ins Ohr.

»Ein merkwürdiger Gang, Baas, den wir da zu nachtschlafender Zeit tun. Ich wundere mich, daß der Baas ihn angetreten hat. Ich glaube, er hätte es – was ihm zwar nicht bewußt sein mag – nie getan, wäre Weiße Maus nicht so hübsch. Wenn eine Frau, wie dem Baas vielleicht schon aufgefallen ist, einen Mann um etwas bittet, so tut er sich normalerweise schwer, die Bitte zu erfüllen, wenn die Frau alt und häßlich ist, aber leicht, ist die Frau jung und sehr hübsch.«

»Unsinn!« entgegnete ich. »Ich habe eingewilligt, weil sich Weiße Maus sonst das Leben genommen hätte, und aus sonst keinem Grund.«

»Ja, aber wenn sie eine gräßliche alte Muhme gewesen wäre mit einem schwarzen Gesicht, runzlig wie das des Baas, so wäre es ihm schlicht egal gewesen, ob sie sich umgebracht hätte oder nicht. Denn wer will schon eine Sklavin mit einer Haut wie das Fell eines Bocks, das ein Vierteljahr in Sonne und Regen gelegen hat?«

»Wie ich schon sagte, will ich keine Sklavin, Hans«, erwiderte ich empört.

»Ah, das sagt der Baas jetzt, aber zuweilen ändert er seine Meinung. So hat der Baas eben noch geschworen, daß er niemals, niemals durch die Höhle steigen würde, um Kaneke zu retten. Dennoch laufen wir nun durch die Nacht, umringt von Löwen und was weiß ich, und versuchen, was nach den Worten des Baas unmöglich ist. Warum also hat er seine Meinung geändert, wenn nicht wegen dieser Frau, die eine so süße Maus ist mit ihren großen Augen und ihrem schrägen Lächeln und keine alte, zahnlückige Ratte? Ist er sich überhaupt sicher, daß alles wahr ist, was sie sagt? Ich jedenfalls glaube ihr nicht und bezweifle sogar, daß sie Kanekes Frau ist, wie sie mir gegenüber vorgegeben hat.«

In diesem Augenblick betraten wir die Schlucht, und unsere Führerin wandte sich um und legte den Finger auf den Mund, um uns zur Ruhe anzuhalten. Ich war froh darüber, denn Hans ging mir mit seinem Gefasel ziemlich auf die Nerven.

Sehr bald stiegen wir in den eigentlichen Einschnitt ein, eine große Klamm mit stellenweise bis zu zweihundert Fuß hohen Steilwänden. Der Boden mit dem verkümmerten Wasserlauf war mit Steinen übersät, die aus dem Kliff herausgewaschen worden waren und das Vorankommen erschwerten. Dies insbesondere an den tiefsten Stellen, wo uns meist nur noch spärliches Mondlicht erreichte und tropische Gewächse und hohe Palmen und Gräser am Bachufer zuweilen gar den Himmel verdeckten.

Zum Glück dauerte der Marsch nicht lange, denn nach einer etwa halbstündigen halsbrecherischen Partie hielt Weiße Maus inne.

»Hier ist die Stelle«, flüsterte sie. »Horch! Du kannst die Hunde im Dorf oben hören.«

Es stimmte; ich konnte sie hören, und das Gejaule dieser Bestien, die zum Mond heulten, wie das die Hunde in Afrika tun, war schauerlich genug in unserer bedrückenden Lage.

»Hier ist die Stelle«, wiederholte sie und fügte nach einem Blick zum Himmel hinzu: »Eine kleine Weile noch. Rasten wir bis dahin, denn wir werden unsere ganze Kraft brauchen.«

Nachdem sie Hans bedeutet hatte, zu bleiben wo er war, führte sie mich zu einem flachen Stein außerhalb seiner Hörweite, auf den ich mich setzte, während sie zu meinen Füßen nach der Art der Eingeborenen in die Hocke ging, wo sie im Dunkeln als schwarzes Häuflein kauerte, an dem eine helle Stelle – ihr Gesicht, wie ich wußte – im schwachen Licht glänzte.

»Herr«, sagte sie, »du stehst vor einem gefährlichen Unterfangen, dennoch sage ich dir, bange nicht um dich oder den Gelbhäutigen.«

»So? Ich bange sehr.«

»Herr, wer mit Kanekes Volk zu tun hat, wie ich von Kindheit an, auf den färbt sein Geist, seine Weisheit ab; auch habe ich gelernt, die Sterne zu deuten, die er verehrt.«

Also ist unser Freund ein Astrologe, dachte ich für mich; das ist neu für mich in Afrika. Laut fragte ich:

»Nun, was sagen die Sterne, wovon künden sie?«

»Nur, daß euch beiden nichts zustößt, nicht jetzt und nicht auf der Reise, die ihr mit Kaneke antreten werdet; ja, auch in den Jahren danach nicht.«

»Freut mich zu hören«, bemerkte ich nicht ohne Sarkasmus, obwohl ich im Herzen jubelte, wie's selbst den Gebildetsten und Zivilisiertesten unter uns ergeht, wenn ihnen Glück geweissagt wird. Darüber hinaus richtete an diesem finsteren Ort in tiefster Nacht an der Schwelle zu einem tollkühnen Abenteuer ein kleiner

Trost viel aus, ›denn ist das Brot trocken, ist ein etwas Butter besser als gar nichts‹, wie Hans gerne bemerkte.

»Herr, ein Wort noch, und ich belästige dich nicht mehr. Glaubst du an Segnungen, Herr?«

»Oh! Ja, weiße Maus, obwohl ich im Moment keine sehe.«

»Irrtum, Herr. Ich sehe sie. Sie ruhen vielfach auf dir, begleiten dich durchs Leben, wonach dich Tausende lieben werden. Es ist auch der Segen darunter, den ich dir erteile.«

»Das ist ganz bestimmt sehr gütig von dir, Weiße Maus. Aber wie du sagst, haßt du diesen Kaneke, weshalb ich nicht verstehe, warum du mich dafür segnen solltest.«

»Ja, Herr, und du wirst es vielleicht dein Leben lang nicht verstehen. Dennoch solltest du eines wissen: Ich bin nicht Kanekes eifersüchtige Frau, wie ich diesen Gelbhäutigen glauben machte. Ich bin überhaupt nicht seine Frau, niemandes Frau, wie auch mein Name nicht Weiße Maus ist. Herr, du begibst dich auf die Suche nach der Wunderbaren, der ich diene, und ich glaube, du wirst sie in der Ferne finden. Vielleicht werde ich dort sein bei ihr. Indem du ihr hilfst, hilfst du mir. Und nun ist es Zeit, unser Werk anzugehn.«

Daraufhin ergriff sie meine Hand und küßte sie. Ich weiß noch, ihr Kuß war wie die Berührung eines Schmetterlings, der sich auf der Haut niederläßt, und ihr Atem war wunderbar süß. Sodann winkte sie Hans hinzu, der, von Neugier geplagt, zu uns herüberglotzte, und führte uns hinauf zum Kliff, an dessen Fuß sich ein Hang aus Geröll auftürmte, das die Strudel in grauer Vorzeit angespült hatten oder das aus dem Fels gebrochen war. Wir gelangten an ein Gebüsch mit einem großen Stein darin. Dort hielt sie inne und flüsterte:

»Hinter diesem Stein liegt der Eingang zur Felsspalte. Wenn ihr schaut, seht ihr, daß der obere Rand des Kliffs um viele Fuß überhängt, so daß daran aufgrund der großen Höhe nicht auf- und abzusteigen ist, auch mit den Seilen, wie sie die Araber haben, nicht. Wie ich schon sagte, führt dieser Tunnel oder Wasserschacht größtenteils unterirdisch hinauf und liegt nur hie und da offen. Wo er die schiere Wand mit dem Überhang erreicht, dringt er durch massiven Fels und wird sehr steil. Dort sind zwei Lampen versteckt, die ich mit den Streichhölzern, die mir dein Diener gegeben hat, entzünde. Eine Lampe muß dort verbleiben, um euch nachher beim Abstieg den Weg zu weisen; die andere trage ich, die ich vorausgehe, um euch beim Aufstieg zu leuchten. Verstanden, Herr?«

»Ja, aber was ich gerne wüßte, ist, was geschieht, wenn wir den Tunnelausgang erreichen?«

»Herr, wie gesagt ist der obere Ausgang durch eine bewegliche Platte verschlossen, die unauffällig in den Fußboden von Kanekes Haus eingelassen ist. Ich kenne den Mechanismus und kann sie öffnen, was ich tue, sobald ich die Lampe verborgen habe. Sodann müssen wir in den Hof kriechen. Kaneke ist, glaube ich, auf dem *Stoep* des Hauses, hat die Hände am Rücken gebunden und ist mit einem Seil um den Leib an den Pfosten gefesselt, der das Dach des *Stoep* trägt. Er könnte aber auch in einem der Raume des Hauses sein, was unser Werk erschweren würde ...«

»Sehr erschweren«, unterbrach ich stöhnend.

»Meine Hoffnung ist die«, fuhr sie fort, ohne meinen Einwurf zu beachten, »daß seine Bewacher schlafen oder gar trunken sind, denn sicher werden sie das Getränk des weißen Manns finden, das Kaneke in seinem Haus vorrätig hält und das sie allesamt lieben, obwohl es nach ihrem Gesetz verboten ist. Oder Kaneke selbst hat ihnen gesagt, wo es zu finden ist, und um einen Schluck gebeten. Ist dem so, durchschneide ich seine Fesseln, so daß er zum Eingang des Lochs gehen und hinabsteigen und so entkommen kann.«

»Und wenn sie wach und nüchtern sind, wie es sich für Wachen gehört?« fragte ich.

»Dann, Herr, kommen du und dein Diener ins Spiel; was zu tun ist, bleibt euch überlassen«, antwortete sie trocken. »Es werden nicht viele Männer dazu abgestellt sein, einen Mann zu bewachen, der in Fesseln liegt, und die meisten werden außerhalb der Umfriedung wachen, denn sollte eine Befreiung versucht werden, ist diese ihrer Meinung nach vom Dorf aus zu erwarten. Nun habe ich euch alles gesagt. Gehen wir!«

So gingen wir denn; allen voran Weiße Maus, die den Stein umrundete und dahinter etwas Geröll wegschob und so eine Öffnung freilegte, in die sie kroch. Hans und dann auch ich folgten ihrem Beispiel. Ein ganzes Stück krochen wir im Dunkeln steil hinauf. Dann drang, wie sie gesagt hatte, das Licht des Himmels zu uns vor, da die Spalte hier offen lag. Tatsächlich folgten noch drei, vier dieser abwechselnd dunklen und hellen Passagen.

Nach etwa zehn Minuten hielt Weiße Maus inne und flüsterte:

»Jetzt fängt der eigentliche Tunnel an. Ruht euch kurz aus, denn er ist steil.«

Ich gehorchte gern. Bald hörte ich, wie ein Streichholz angezündet wurde. Sie hatte die Lampe gefunden, ein irdenes, mit Palmöl gefülltes Gefäß, wie es bei den Arabern in jener Zeit verwendet wurde, und steckte sie an. Nach der Dunkelheit wirkte ihr Licht grell. Darin sah ich ein rundes Loch, das sich zu einem fast senkrechten Kamin auftat; es war der Schacht, der sich durch den nackten Fels mit dem Überhang bohrte. Allem Anschein nach war er Menschenwerk und dabei uralt. Vielleicht ein ehemaliger Minenschacht, von urzeitlichen Metallwerkern in den Fels gehauen; schließlich ist dergleichen häufig anzutreffen in Afrika, wo ich in Matabeleland zahlreiche gesehen habe.

Jedenfalls bemerkte ich an den Wänden glitzernde

Stellen, die ich für Erz hielt, was natürlich nicht stimmen muß. Den Schacht hinauf führte eine Art Leiter aus kleinen Mulden, die in Abständen nischenförmig in den Fels gehauen waren und sicheren Stand und Griff boten. Daneben baumelte ein Seil herab, das irgendwo droben befestigt war und mir, möchte ich bemerken, reichlich verrottet vorkam, als hinge es dort schon sehr lange. Mir sank der Mut, als ich das Seil und die Nischen sah, und ich wünschte mich von Herzen an jeden anderen Ort, nur fort aus diesem mörderischen Schlund. Freilich half es nichts, Angst zu zeigen; es blieb keine andere Wahl, als die Sache durchzufechten, also hielt ich den Mund, obwohl ich Hans vor mir beten oder fluchen oder beides tun hörte.

»Vorwärts. Keine Furcht«, hauchte unsere Führerin. »Setzt Hände und Füße in die Nischen, wie ich es tue! Sie brechen nicht aus, und das Seil ist fester, als es aussieht.«

Sodann hängte oder band sie sich die zweite Lampe auf den Rücken, die sie, wie ich zu erwähnen vergaß, ebenfalls angezündet und in ein korbartiges Geflecht gesteckt hatte, das ermöglichte, die Lampe zu tragen, ohne sich zu brennen, so daß sie uns beim Klettern damit leuchtete, und stürzte sich nun auf den Fels. Flugs ging es hinauf mit ihr, so daß ich in einem unachtsamen Moment dachte, daß sie zurecht Maus heißt: ein Tier, das über die Wand laufen kann.

Wir folgten, so schnell wir konnten, mit Hilfe des ver rottet aussehenden Seils, das anscheinend aus Büffelleder gedreht war und an dem wir uns mit der Rechten festhielten, während die Linke in die Mulde griff, in die wir anschließend den Fuß setzten. Ich glaube, das Seil war das Schlimmste bei diesem schrecklichen Gang, obwohl Weiße Maus, wie wir beweisen sollten, recht hatte, wenn sie sagte, es sei fester, als es aussehe. Es war nämlich, was wir zu diesem Zeitpunkt noch nicht wußten, außerordentlich reißfest.

Nein, das Seil war gar nicht das Schlimmste; als das Allerschlimmste stellte sich, nachdem wir ein großes Stück erklommen hatten, die Lampe heraus, die wir brennend am Schachtboden zurückgelassen hatten, denn ihr Lichtschein führte vor Augen, wie furchtbar tief man fiele, machte man einen Fehlgriff. Ich schaute nur ein, höchstens zwei Mal hinab, so schreckte mich der Anblick. Eine viel geringere Plage war mir mein Winchester Mehrlader, den ich über die Schulter gehängt hatte und dessen Gurt an der Schulter einschnitt und dessen Schloß mir scheuernd ins Kreuz drückte. Sehr bedauerte ich, daß ich nicht dem Beispiel von Hans gefolgt war und die Büchse zurückgelassen hatte.

Wir erreichten den ersten Rastplatz und ruhten uns aus. Nachdem er mich mit Sorge betrachtet und die Erschöpfung und Angst in meinem Gesicht gesehen hatte, nutzte Hans, der mich damit wohl ablenken wollte, die Gelegenheit und hielt mir eine kleine Standpauke.

»Der Baas«, sagte er und wischte sich mit dem Handrücken den Schweiß von der Stirn, »liebt es geradezu, Leuten in Not zu helfen, was eine schlechte Angewohnheit ist, die der Baas, wie ich hoffe, in Zukunft ablegen wird. Denn sieh, was passiert, wenn man so töricht ist. Nicht einmal, um meinem Vater beizustehen, würde ich dieses Loch ein zweites Mal betreten, zumal ich gar nicht weiß, wer mein Vater ist. Aber«, fügte er in einem heiteren Ton hinzu, da ich Hans insgeheim recht gab und nichts dagegenhielt, »wenn das ein alter Minenschacht ist, dann stell dir vor, Baas, um wieviel schlimmer es den Bergleuten erging, die Zentnersäcke Erz auf dem Buckel heraufschleppen mußten; besonders da sie keine Christen waren wie du und ich, Baas, und nicht wußten, daß sie in den Himmel kämen, falls sie hinunterpurzelten, wie wir das wissen. Wenn man eine reißende Furt sicher durchwatet, Baas, wie wir es tun, denkt man immer gern an die vielen anderen, die in den Fluten ertrunken sind.«

Ob man es glaubt oder nicht, selbst in jener Situation gelang es diesem kleinen Wicht, mich zum Lachen zu bringen oder mir wenigstens ein Lächeln zu entlocken, insbesondere weil ich wußte, daß sein Zynismus gespielt war und deshalb kein Unglück bringen konnte. Denn im Grunde war Hans die Warmherzigkeit in Person.

Sodann gingen wir die nächste Partie aus Nischen und anscheinend verrottetem Seil an und gelangten in angemessener Zeit zum zweiten Rastplatz. Hier ließ Weiße Maus uns warten.

Sie komme gleich wieder, sagte sie und erklomm flugs einen dritten Abschnitt bis zu einem weiteren Rastplatz, wo sie etwas machte – was konnten wir nicht sehn.

Dann kehrte sie zurück, und wir staunten nicht schlecht über ihren Abstieg. Das Seil mit beiden Händen umfassend (später entdeckten wir, daß es an einer Felsspitze oder -nase am dritten Rastplatz in einer Weise befestigt war, daß es frei nach unten hing), glitt sie Hand über – besser unter – Hand herunter, wobei sie sich manchmal mit den Füßen in den Nischen abstützte, meist aber frei hing. Sie war wunderschön anzusehn. Die schlanke, vom Schein der Lampe am Rücken umspielte und in Dunkelheit gehüllte Gestalt glich mehr einem schwebenden Geist als einem Frauenkörper. Schon stand sie neben uns.

»Herr«, sagte sie nach kurzer Rast, »ich habe nachgesehen, ob der Mechanismus des Steins, der das Loch verschließt, in Ordnung ist. Er ist's, und ich habe ihn gelöst. Drückt man nun dagegen, klappt der Stein auf, der wie der Rest des Hofs mit Kalkpflaster bedeckt ist, denn er ist an einem Eisen aufgehängt, bleibt hochkant stehen und gibt eine Öffnung frei, durch die leicht ein Mensch paßt, der mittels einer kleinen, am Rastplatz verankerten Leiter in den Hof klettern kann. Hütet euch jedoch, den Stein zu berühren, wenn ihr die Öffnung in den Hof passiert habt, denn schon der kleinste Fingerdruck läßt ihn wieder zuklappen und einschnappen, womit der Rückzug abgeschnitten ist.«

»Von oben läßt er sich nicht öffnen?« fragte ich gespannt.

»Doch, Herr, wenn man weiß, wie, was ich euch nur im Hof selbst erklären kann, wozu dann vielleicht die Zeit fehlt. Doch keine Bange, ich sperre ihn mit einem Keil, so daß er nicht zufallen kann, solange der Keil nicht entfernt ist. Nein, nun keine weiteren Fragen, denn ich habe keine Zeit mehr«, fuhr sie ungeduldig fort, als ich den Mund zum Sprechen auftat. »Habe ich euch nicht gesagt, daß alles gut gehen wird? Nehmt euch ein Herz und folgt mir!«

Dann trat sie, als wollte sie weiteren Worten vorbeugen, an den Rand des Rastplatzes und fing zu klettern an. Hans und ich kraxelten, wie gehabt, hinterher. Von diesem Aufstieg weiß ich nicht mehr viel, war mein Denken doch dermaßen auf das ausgerichtet, was uns oben erwarten würde, daß er, so schrecklich er auch war, keine Eindrücke hinterließ. Außerdem gewöhnte ich mich allmählich an diese Schornsteinfegerarbeit und faßte, da ich die Frau daran hatte hängen sehen, Zutrauen zum Seil. Zu guter Letzt erreichten wir heil den dritten Rastplatz und waren damit schätzungsweise gut zweihundert Fuß über der Stelle, wo der eigentliche Schacht sich auftat in der Felsspalte, die teils unter, teils über Tage verlief.

5

Die Rettung

Nachdem wir Atem geschöpft hatten, entledigte sich Weiße Maus der Laterne auf dem Rücken und zeigte uns eine massive Holzleiter mit breiten, fast stufenartigen Sprossen, die vom Rand des Rastplatzes zu einer vermeintlichen Decke führte, die in Wirklichkeit die Unterseite des beweglichen Steins war.

»Seht sie euch genau an«, sagte sie, »und achtet darauf, daß der Rastplatz nicht unterm Stein liegt, sondern nach rechts versetzt. Darum kann ich die Lampe brennen lassen, damit sie für den Abstieg bereitsteht; denn legt man den Korb vor die Flamme, leuchtet sie nicht bis in den Hof hinauf.«

Dies tat sie nun, und dabei sah ich, wie das Seil an einer hakenförmigen Felsspitze am Rande dieser Standfläche befestigt war; zugleich sah ich, und das gefiel mir weniger, daß es an der Kante scheuerte, obwohl die Schlaufe ursprünglich mit Gras und einem Tuch umwickelt gewesen war.

Nun herrschte Halbdunkel, und entsprechend sank mir der Mut.

»Was sollen wir tun, Weiße Maus?« fragte ich.

»Dies, Herr. Ich steige, wie gesagt, die Leiter hoch und stoße den Stein auf. Dann steige ich in den Hof hinauf und krieche zum *Stoep,* wo ich den gefesselten Kaneke vermute, dessen Fesseln ich hoffentlich durchtrennen kann, ohne die Wachen zu wecken, die wohl schlafen oder trunken sind oder beides. Du und Hans folgt mir durch die Öffnung und stellt oder kniet euch mit schußbereiten Waffen an die beiden Seiten davon. Falls wir auf Widerstand stoßen, benutzt ihr die Waffen, Herr, und tötet jeden, der Kanekes Flucht vereiteln will!«

Nun war meine Geduld erschöpft, und ich fragte sie:

»Warum sollte ich das tun? Warum sollte ich, um Kaneke zu retten, Männer töten, mit denen ich keinen Streit habe, und dabei wohl auch noch das eigene Leben hingeben?«

»Zum einen, weil du zu diesem Zwecke gekommen bist, Herr«, erwiderte sie ruhig. »Zum andern, weil es erforderlich ist, Kaneke zu retten, damit er dir, was nur er vermag, den Weg weise zu einem Ort, wo du andere rettest und damit einer Heiligen dienst, gegen die er sich einst versündigt hat.«

Nun fiel mir wieder ein, was Kaneke mir erzählt hatte von der rätselhaften Frau, die auf einer Insel im See lebe und die er beleidigt habe. Ich gab zur Antwort:

»O ja, ich habe von ihr gehört, aber ich glaube diese Geschichte nicht.«

»Du hast sicher recht, wenn du die Geschichte so, wie Kaneke sie erzählt hat, nicht glaubst, Herr. Wisse, daß er sich einst, von ihrer Schönheit betört, an dieser Heiligen vergehen wollte – ja, und ein Sakrileg wider unsere Göttin verübte. (Ich erinnerte mich später an dieses ›unsere‹, obwohl ich seinerzeit nicht darauf einging.) »In ihrer Gnade schonte sie sein Leben, aber mit seinen Missetaten brachte er Unglück über sich und mußte viele Jahre in der Fremde leben. Nun ist die Stunde gekommen, wo er aus bestimmten Gründen heimgerufen wird, um seine Frevel zu sühnen, also darf nicht hier das Schicksal ihn ereilen, Herr.«

»Baas«, warf Hans ein, »es hat keinen Sinn, mit dieser Weißen Maus zu sprechen, die uns mit ihren Spinnweben umgarnt und allerhand weismacht. Ihretwegen oder derentwegen, deren Sprachrohr sie ist, sollen wir Kaneke retten, und wir haben gesagt, daß wir's versuchen. Also müssen wir entweder Wort halten oder unser Wort brechen und wieder hinuntersteigen durch dieses Loch, wenn wir können – was viel gescheiter wäre. Wirklich, Baas, wir sollten sofort ...«

Hier warf Weiße Maus Hans einen Blick zu, der es in sich hatte, denn er verstummte augenblicklich und fing an, sich mit seinem Hut zu befächeln.

»Welchen Rat gedenkt Macumazahn nun anzunehmen?« fragte sie mit kalter, gefaßter Stimme.

»Geh schon«, sagte ich und nickte in Richtung Leiter, »wir kommen mit.«

Im nächsten Moment lief sie die Leiter hinauf, und Hans, der sich vor mich gedrängt hatte, heftete sich an ihre Fersen. Es ist zu bemerken, daß es finster war auf der Leiter, was mir gar nicht behagte.

Bald klappte über mir etwas zurück. Ich spürte einen frischen Luftzug im Gesicht und sah, als ich hinaufschaute, einen Stern am Himmel leuchten, da sich gerade eine Wolke vor den Mond geschoben hatte; der Stern flößte mir, was ich freilich nicht verstand, Zuversicht ein.

Ich gelangte ans obere Ende der Leiter und sah, daß Weiße Maus verschwunden war und Hans gerade in den Hof kletterte. Schon gab er mir die Hand und zog mich hinaus. Es war mäuschenstill, und wegen der Wolke konnte ich das Haus nur als schwarze Masse sehen und die Umrisse des *Stoep*, das ich gut in Erinnerung hatte, nur erahnen. Sodann vernahm ich ein feines Rascheln auf diesem *Stoep* und legte das Gewehr an; Hans auf der andern Seite des Lochs hatte bereits den Revolver gezückt.

Eine Weile verging, eine Minute vielleicht, die mir wie eine Stunde vorkam, und ich stellte bei einem Blick zum Himmel mit Entsetzen fest, daß der Mond nun hinter der Wolke hervorlugte. Rasch kam er zum Vorschein und überströmte uns mit seinem Licht, wie der afrikanische Mond das vermag. Nun sah ich alles. Langsam humpelnd, als hätten ihn die Fesseln steif gemacht, kam über die Stufen des *Stoep* die mächtige Gestalt des Kaneke, auf die Schulter des zierlichen Mädchens gestützt, wie wenn ein Mann am Stock geht. Seilenden hingen von seinen Armen und Beinen, und die Frau hielt ein blankes Messer in der Hand. Im Schatten des *Stoep* machte ich düstere Männergestalten aus, deren ich zwei sah, die ihrer aber drei waren in Wirklichkeit und die zu schlafen schienen.

Auf der letzten Stufe stolperte Kaneke, stürzte vornüber und plumpste auf Hände und Knie, rappelte sich aber sofort wieder auf und lief zu uns. Die Männer auf dem *Stoep* schreckten hoch – und nun zählte ich ihrer drei. Weiße Maus warf ihren dunklen Umhang ab, stand leuchtend weiß da und sah aus wie ein Geist im Mondschein, was sie offenbar auch bezweckte. Immerhin hatte sie Erfolg damit, was zwei der Männer betraf, denn die kreischten entsetzt auf und schrien etwas von *Afreets*. Ein dritter indes, der mutiger war oder die Wahrheit erriet, stürzte sich auf sie. Ich sah das Messer aufblitzen, und schon sank er, vor Schmerz und Furcht wimmernd, zu Boden. Die anderen verschwanden und zogen sich wohl ins Haus zurück, wo ich sie schreien hörte. Kaneke war nun bei uns. Die Frau eilte ihm nach und sagte:

»Hinein ins Loch! Hinein! Helft ihm!«

Wir halfen ihm, und er kletterte die Leiter hinab.

In diesem Moment setzte ein großes Stimmengewirr ein. Die Wachen außerhalb des Zauns, ein ganzer Haufen, wie viele weiß ich nicht, rannten durchs Tor herein.

»Folgt ihm, Herr«, sagte sie, »macht schnell, wenn euch euer Leben lieb ist.«

Hans riß mir das Gewehr aus der Hand und schubste mich zur Öffnung – mir fiel auf, daß der höfliche Mensch diesmal nicht vorausgehen wollte! Ich stürmte flugs die Leiter hinab, wobei ich Hans zurief, nachzukommen, was er so unverzüglich befolgte, daß er mir auf die Finger trat.

»Wo bleibt Weiße Maus?« fragte ich.

»Weiß nicht, Baas. Redet mit diesen Burschen droben, nehme ich an.«

»Aus dem Weg«, rief ich. »Wir können sie nicht zurücklassen. Die bringen sie um!«

Ich kletterte an ihm vorbei die Leiter wieder hoch, bis ich über den Rand der Öffnung sehen konnte.

Dies sah und hörte ich: Weiße Maus bewarf, das Messer in der Hand, die anstürmenden Araber mit einem dermaßen wüsten Wortschwall, daß diese zurückschreckten, wobei sie diese vermutlich mit Flüchen bedachte, welche sie ordentlich einschüchterten, und bald auf diesen, bald auf jenen das Messer richtete. Während sie ihre Verwünschungen ausstieß, wich sie langsam zur Schachtöffnung zurück, von wo aus sie den durchs Tor einfallenden Männern entgegengerannt war, wie ich annahm, um Zeit zum Einstieg für uns zu gewinnen. Mit einemmal faßte der Haufen wieder Mut. Einer rief:

»Das ist Weiße Maus, kein Geist!« Ein zweiter rief Allah an; ein dritter schrie: »Tötet die fremdländische Hexe, die die Fleckenkrankheit über uns gebracht und uns den Sternanbeter entrissen hat.«

Sie rückten näher und erhoben unsicher die Speere, denn Feuerwaffen besaßen sie anscheinend keine.

»Gib mir mein Gewehr!« rief ich Hans zu, vergaß ich in der Eile doch, daß ich eine Pistole in der Tasche hatte. Ich wollte nämlich auf die oberste Sprosse steigen, das Feuer auf sie eröffnen und sie zurückhalten, bis Weiße Maus bei uns wäre.

»Jawohl, Baas«, rief Hans herauf, der nun mit dem Gewehr auf die Leiter kletterte, das ihn arg behinderte, weshalb er nur langsam vorankam. Ich bückte mich, so tief ich konnte, um es entgegenzunehmen, wobei ich den Kopf einziehen mußte, allerdings immer noch sehen konnte, was sich draußen im Hof ereignete.

Gerade als ich mit den Fingerspitzen den Lauf der Winchester berührte, schleuderte Weiße Maus ihr Messer auf den vordersten Angreifer. Dann wirbelte sie herum und rannte, vom ganzen Haufen verfolgt, zum Loch. Einer packte sie, aber sie entwand sich seinem

Griff, und obwohl ein zweiter ihr Kleid erwischte, erreichte sie den Stein, der hochkant an die drei Fuß über den Boden des Hofs ragte.

Blitzschnell erfaßte ich, was sie vorhatte. Nicht fliehen wollte sie, was nun gar nicht mehr möglich war, sondern die Platte aus Stein oder Zement schließen, womit unsere Verfolgung ebenso unmöglich wäre. Blankes Entsetzen befiel mich, und das Blut geronn mir in den Adern, wußte ich doch, daß sie damit ihren Feinden ausgeliefert wäre.

Es war zu spät, um daran etwas zu ändern; denn während mir noch dieser Gedanke durch den Kopf schoß, warf sie sich mit Wucht gegen den Stein (falls sie ihn mit einem Keil gesichert hatte, wie sie uns versprach, was ich allerdings stark bezweifle, mußte sie ihn mit dem Fuß weggestoßen haben). Ich sah den Deckel zuklappen und duckte mich instinktiv, was nur gut war, denn sonst hätte er mir den Schädel zertrümmert; so bekam lediglich der Hut, den ich trug, eine Delle ab. Dröhnend schlug der Deckel zu, und es war finster.

»Hans«, rief ich, »bring die Lampe hoch und hilf mir, diesen Stein hochzuwuchten!«

Er gehorchte, brauchte aber eine ganze Weile, da er zuerst hinuntersteigen mußte, um die Lampe vom Rastplatz zu holen. Dann drückten wir, Seite an Seite auf der Leiter stehend, gegen den Stein, der sich nicht einmal bewegen ließ. Wir sahen eine Art Bolzen, an dem wir uns zu schaffen machten, aber völlig umsonst. Der Mechanismus, falls ein solcher existierte, war uns unbekannt. Dann fiel mir Kaneke ein, der die ganze Zeit über drunten auf dem Rastplatz wartete, und schickte Hans los, der sich erkundigen sollte, wie der Stein zu öffnen sei. Bald kam er wieder und richtete von Kaneke aus, der Stein lasse sich nach diesem gewaltsamen Schließen, wenn überhaupt, nur noch von oben öffnen.

Ich lief aufgebracht die Leiter hinunter zu Kaneke, der nachdenklich auf dem Rastplatz saß.

Ich machte ihm Vorhaltungen und verlangte, daß er sofort mitkomme und den Stein öffne, dessen Geheimnis er zweifellos kenne, damit wir versuchen könnten, die Frau zu retten, die ihn befreit habe. Er lauschte teilnahmslos und erwiderte darauf:

»Herr, du verlangst das Unmögliche. Glaube mir, ich würde Weiße Maus helfen, wenn ich könnte, sofern sie überhaupt Hilfe braucht, aber der Mechanismus, der den Stein bewegt, ist sehr empfindlich und wurde durch das heftige Schließen bestimmt zerstört. Zudem ist sie inzwischen gewiß längst zu Tode gekommen, falls der Tod ihr etwas anhaben kann, und wäre es sogar möglich, den Stein zu heben, würde auch ich den Tod finden, denn jene Teufelssöhne lauern droben und warten nur, daß dies geschehe.«

Dennoch gab ich mich damit nicht zufrieden und hieß den Mann hochzusteigen, was er steifbeinig tat, nachdem ich ihm angedroht hatte, ihn andernfalls zu erschießen. Dies hätte ich in jenem Moment offengestanden auch getan, ohne mit der Wimper zu zucken, so entsetzt war ich und aufgebracht angesichts dieser Wendung, wofür ich ihn – vielleicht unverdientermaßen – zum Teil verantwortlich machte.

Nun, er kam mit und erklärte mir die Bestandteile des Mechanismus, die mir wieder entfallen sind, woraufhin wir uns mit aller Kraft gegen den Stein stemmten, bis die Leitersprosse, auf der wir standen, schon zu knacksen anfing, aber er rührte sich nicht. Offenbar war der Stein von oben her blockiert, oder waren die Stützen oder Angeln, die ihn trugen, geborsten. Ich weiß nicht, was, und es spielt keine Rolle mehr.

Alles war umsonst. Wir konnten nichts tun. Und die arme Frau – ach, die arme Frau –, was geschah mit ihr?

Ich kehrte zum Rastplatz zurück und setzte mich, den Tränen nahe, zum Ausruhen hin. Hans war, wie ich beobachtete, in ähnlicher Verfassung, und das Spotten war ihm gründlich vergangen.

»Baas«, sagte er, »wenn wir gleichfalls hinausgekommen wären, so wäre das nicht besser gewesen, sondern eher schlechter, denn dann wären wir umgekommen wie Weiße Maus, selbst wenn wir ein paar von diesen prophetengläubigen Hunden mit in den Tod gerissen hätten, ehe sie uns hätten aufspießen können. Auch glaube ich, daß Weiße Maus von Anfang an zu sterben beabsichtigte. Vielleicht hatte sie genug von diesem Mann«, und er deutete mit einem Kopfnicken auf Kaneke, der in Gedanken versunken war und nicht darauf achtete, »oder vielleicht war ihr Auftrag erfüllt, wie sie annahm. Oder vielleicht kann sie gar nicht sterben, wie dieser Kaneke zu glauben scheint.«

Während ich mir dies anhörte, überlegte ich, daß er recht haben mußte, denn nun fiel mir wieder ein, wie Weiße Maus mehrmals die Flucht von Hans, Kaneke und mir erläutert hatte, ohne sich zu erwähnen, obwohl mir das bei jenen Gelegenheiten nicht bewußt geworden war. Ob die Frau nun sterben wollte oder wußte, daß sie sterben würde, spielte nun keine Rolle mehr, denn das Resultat war dasselbe. Oder aber sie hegte eine ganz andere Absicht, die mir verborgen war.

Nun fuhr Hans fort:

»Baas, dieser Ort ist ein gutes Grab, aber ich will nicht darin begraben sein, und das Öl in diesen arabischen Lampen reicht nicht ewig. Es sind keine solchen wie die der Witwe, die der alte Prophet Jahre und Jahre zum Kochen brennen ließ, wie dein ehrwürdiger Vater uns immer erzählt hat. Sollten wir uns also nicht allmählich auf den Weg machen, Baas?«

»Doch«, antwortete ich, »aber was ist mit Kaneke? Sein Zustand gefällt mir nicht.«

»Oh! Baas, soll er mitkommen oder nicht. Mir ist das egal. Jetzt binde ich mir wie Weiße Maus den Korb mit der Lampe auf den Buckel und gehe voraus, und du mußt mir folgen, und Kaneke kann nachkommen, wenn er will, oder hierbleiben und seine Sünden bereuen.«

Nach einer Pause (er sprach die ganze Zeit auf holländisch) fügte er hinzu:

»Nein, Baas, ich habe es mir anders überlegt. Kaneke soll als erster gehen. Er ist sehr schwer und steif dazu, und wenn er als letzter kommt und uns auf den Kopf fällt, was soll dann aus uns werden, Baas? Lieber fallen wir auf Kaneke als er auf uns.«

Da ich unschlüssig war, wandte ich mich an den Mann. Hans, der sich gerade den Korb auf den Rücken band, hatte die Lampe, die darin Platz finden sollte, so hingestellt, daß ihr Schein auf Kaneke fiel. In ihm sah ich, daß sich sein Gesicht gewandelt hatte. Während ich ihn über den Mechanismus des Steins befragt hatte, war es das Gesicht eines Geistesabwesenden gewesen, eines Mannes, der aus trunkenem Schlaf erwacht oder unter Drogen steht oder im letzten Stadium von Todesangst und Erschöpfung sich befindet. Nun war es lebendig und beinahe verklärt wie das Gesicht eines verzückten Beters. Die großen runden Augen waren nach oben gerichtet, als schauten sie eine Vision, die Lippen bewegten sich, als würde er sprechen, wobei dennoch kein Laut über sie kam und sie zuweilen innehielten, als lauschten die Ohren einer Antwort.

Ich sah ihn verwundert an und sagte dann höflich auf arabisch:

»Darf ich fragen, was du tust, Freund Kaneke?«

Er sah mich erstaunt an, und ein Schleier fiel über sein Gesicht; ich meine, seine Miene änderte sich und wurde wieder normal.

»Herr«, erwiderte er, »ich habe Dank gesagt für meine Flucht.«

»Du bist voreilig, denn noch bist du nicht entkommen«, erwiderte ich ziemlich forsch, »und hast du Dank gesagt für die Großtat einer andern, die nicht entkommen ist, der Frau, die Weiße Maus genannt wird?«

»Woher weißt du eigentlich, daß sie nicht entkommen ist?«

»Du hast doch selber gesagt, daß sie tot sein müsse – falls sie sterben könne, was sie natürlich kann.«

»Ja, so etwas habe ich gesagt, aber nun glaube ich, daß sie zu mir gesprochen hat, obwohl es ihr Geist gewesen sein mag, der sich mir mitgeteilt hat.«

»Siehe da!« sagte ich ärgerlich. »Wer und was ist oder war Weiße Maus? Deine Frau oder Tochter?«

»Weder noch, Herr«, antwortete er mit einem kleinen Schauder.

»Wer dann? Sag die Wahrheit, oder ich bin fertig mit dir.«

»Herr, sie ist eine Gesandte meines Landes, die vor einer Weile herkam, um mich heimzuholen. Sie ist der Grund, warum die Araber mich so hassen, glauben sie doch, ich stehe mit ihr im Bunde und treibe durch sie Zauber und bringe durch sie Unheil über sie.«

»Und ist dem so, Kaneke?«

»Baas«, unterbrach Hans, »bist du fertig mit deinem Plausch, denn das Öl in der Lampe neigt sich dem Ende, und ich habe nur zwei Kerzen dabei. Diese Mulden sind tückisch im Dunkeln, Baas.«

»Stimmt«, sagte ich.

Nun bat ich Kaneke, daß er als erster gehe, kenne er doch den Weg; Hans, schlug ich vor, solle als zweiter gehn, ich zuletzt.

»Meine Beine sind steif, Herr«, sagte er, »aber die Arme wieder locker. Ich gehe.«

Er ging; er ging und legte ein atemberaubendes Tempo an den Tag. Binnen Sekunden schwang er sich über den Rand und glitt rasch Hand über Hand hinunter, wobei er, wie mir schien, nur selten mit den Füßen die Nischen berührte. Freilich blieb nicht viel Zeit, mir darüber Klarheit zu verschaffen, denn schon war er außer Sicht, so daß wir nur noch am wackelnden Lederseil feststellen konnten, daß er noch daran hing.

»Ob es reißt, Baas?« fragte Hans skeptisch. »Dieser Rohling Kaneke wiegt viel.«

»Was weiß ich und was kümmert's mich?« gab ich zur Antwort. »Weiße Maus hat gesagt, es geschieht uns nichts, und ich glaube allmählich an Weiße Maus. Also sprich ein Stoßgebet und geh!«

Er gehorchte, und ich folgte hinterher.

Ich will jenen schrecklichen Abstieg nicht in allen Einzelheiten schildern. Hans und ich erreichten die zweite Standfläche und ruhten uns aus. Leider riskierte ich, als wir wieder aufbrachen, einen Blick nach unten und sah tief, tief drunten die Lampe brennen, die wir zurückgelassen hatten und die mir eine dermaßen jähe Tiefe vorspiegelte, daß mir schwindelig wurde. Die Kraft verließ mich, und ich wäre beinahe abgestürzt, zumal mein Fuß an einer der Mulden abglitt, so daß ich allein an den Armen hing. Ich glaube, ich wäre auch abgestürzt, hätte nicht eine Stimme, vermutlich meine innere Stimme, zu mir gesagt:

»Wenn du stürzt, reißt du wohlgemerkt auch Hans mit in die Tiefe.«

Nun konnte ich wieder klar denken, und meine Kraft kehrte zurück, so daß ich ein kurzes Stück am Seil hinabglitt und mit dem linken Fuß die nächste Nische ertastete. Sicher war dieser Abstieg noch schlimmer als der Aufstieg, was vielleicht auf körperliche Erschöpfung zurückzuführen war oder darauf, daß das Ziel des Vorhabens erreicht war und nichts mehr zu hoffen blieb als die eigene Sicherheit, was stets der Vater der Angst ist. Ich weiß es nicht; jedenfalls lief es mir heiß und kalt über den Rücken und war es mir banger zumute als beim abenteuerlichen Aufstieg.

Schließlich war – Gott sei Dank – das Schlimmste überstanden; wir erreichten den steilen Tunnel oder Gang oder was immer es war, der stellenweise offenlag. Im Licht der Lampen, die nun fast aufgebraucht waren, überwanden wir vergleichsweise mühelos die abschüssige Strecke und gelangten so zum Einstieg, der im Gebüsch verborgen lag.

Zitternd wie Espenlaub, setzte ich mich nieder; der Schweiß triefte mir vom Körper, so schwül war es dort gewesen. Hans, der zähere von uns, war in ähnlicher Verfassung; er zog die Wasserflasche mit kaltem Tee hervor, die wir, um Gewicht zu sparen, wie alles, das wir erübrigen konnten, mit unsern Jacken hier versteckt hatten und reichte sie mir. Ich trank, und das fade Gebräu schmeckte wie Nektar; dann ließ ich Hans trinken, obwohl ich gut und gern die ganze Flasche hätte leeren können.

Nach einigen Zügen unterbrach ich ihn und erinnerte an Kaneke, der ebenfalls durstig sein mußte. Aber wo war Kaneke nur? Wir konnten ihn nirgends sehen. Hans meinte, er sei weggerannt, um sich irgendwo zu verstecken, und da ich zu erschöpft war, um mich verbal oder gedanklich damit auseinanderzusetzen, ließ ich es bei seiner Feststellung bewenden.

Hiernach tranken wir den Tee leer und spülten mit einem Brandy nach, den ich sorgsam im Becher abmaß. Die Flasche selbst, auf die der Becher aufzuschrauben war, traute ich mich nicht, Hans zu geben, wußte ich doch, daß er der Versuchung nicht widerstehen könnte und die Flasche bis zum letzten Tröpfchen leeren würde.

Gestärkt und unaussprechlich dankbar dafür, daß wir die Gefahren jener finstren Kletterpartie hinter uns gebracht hatten, packte ich in den Korb der toten Weißen Maus die gelöschten Lampen, die ich vielleicht noch einmal würde gut gebrauchen können (oder vielleicht schlicht als Andenken aufbewahren wollte, ich weiß es nicht mehr). Dann einigten wir uns darauf, den Weg durch die tiefe Schlucht anzutreten, um schließlich in unser Lager zurückzukehren. Als wir an den Wasserlauf gelangten, hielten wir inne und tranken, denn unser Durst war noch groß, wuschen uns den Staub aus dem Gesicht und kühlten unsere Füße, die von jenen endlosen Nischen im Kamin lädiert waren.

Während ich all dies tat, vernahm ich ein Geräusch, lugte um einen Stein und sah den verloren geglaubten Kaneka in betender Haltung schluchzend auf dem Fels knien. Mein erster Gedanke war, er habe sich bei seinem erstaunlich schnellen Abstieg vielleicht verletzt, und mein zweiter, er trauere um Weiße Maus, vielleicht aber auch um seine Haremsfrauen, die er nie wieder zu Gesicht bekommen würde. Später überlegte ich mir allerdings, daß letzteres unwahrscheinlich war, zumal er mehr als bereit gewesen war, sie zu verlassen. Ich bezweifelte sogar, ob er überhaupt Frauen oder Kinder habe. Immerhin hatte ich keine gesehn in dem Haus, das er bewohnte wie ein Einsiedlerkrebs; nichts hatte auf ihr Vorhandensein hingedeutet. Gäbe es sie, hätte Hans das bestimmt in Erfahrung gebracht.

Wie dem auch sei, ich wollte meine Nase nicht in seine persönlichen Sorgen stecken, also hustete ich, woraufhin er aufstand und um den Stein herumging.

»Du warst also vor uns hier«, sagte ich.

»Ja, Herr«, antwortete er, »ich habe auf euch gewartet. Wer den Weg kennt, dem fällt der Abstieg im Schacht nicht schwer.«

»Soso. Wir fanden ihn schwer und gefährlich dazu. Wie auch die Frau, die Weiße Maus hieß« – hier zuckte er zusammen und neigte das Haupt – »und nicht mehr ist. Darf ich fragen, was du nun vorhast, Kaneke?«

»Was ich immer vorhatte, Herr. Ich führe dich zu meinem Volk, den Dabanda, die im Land des heiligen Sees leben. Nur meine ich, daß wir uns schleunigst auf den Weg machen sollten, ist doch bestimmt davon auszugehen, daß die Araber, meine Feinde, annehmen, wir sind entkommen, und dir zu deinem Lager folgen, um dich dort anzugreifen.«

»Stimmt«, pflichtete ich ihm bei. »Brechen wir sofort auf!«

Also machten wir uns auf den langen Weg durch die finstre Schlucht – ich offengestanden voller Ungehaltenheit und Mißmut. Schließlich konnte ich mich nicht länger beherrschen.

»Kaneke«, sagte ich, denn er ging an meiner Seite, während Hans vorauseilte und den Weg im Dunkeln erkundete und nach Feinden Ausschau hielt. »Kaneke, mein Diener und ich, wir müssen deinetwegen wohl viel auf uns nehmen. Heut' nacht haben wir viel gewagt, um dich vor dem Tod zu bewahren, wie auch eine andere, die nicht mehr ist, und jetzt sagst du mir, daß wir deinetwegen von jenen angegriffen werden, die dich hassen. Ich glaube, es ist besser, ich zahle dir zurück, was ich erhalten habe – zusammen mit dem, was das Elfenbein von dir an Erlösen einbringt –, und du gehst deines Weges und läßt mich meines Weges gehn.«

»Das kann nicht sein«, antwortete er nachdrücklich. »Herr, auch wenn du's nicht weißt, sind wir aneinandergekettet, bis alles geschafft ist, was das Schicksal geben möge. Ja, es steht in den Sternen, und die Vorsehung bindet uns aneinander. Du hältst mich für undankbar, aber dem ist nicht so; mein Herz ist voll des Dankes an dich, und ich bin dein Sklave. Aber frag nicht, bitt' ich dich, denn du glaubtest mir nicht, würde ich dir alles sagen.«

»Du hast mir schon viel gesagt, das ich nicht glaube«, entgegnete ich scharf, »also behalt besser deine Geschichten und Versprechungen für dich. Jedenfalls kann ich dich im Moment nicht im Stich lassen, denn sonst würde dir dieses Araberpack den Hals durchschneiden.«

»Ja, Herr, und dir auch. Gemeinsam bezwingen wir sie, wie du sehen wirst, aber einzeln werden sie uns beide umbringen, und deine Diener und Träger obendrein.«

Hiernach gingen wir schweigend weiter; schließlich entstiegen wir der Schlucht und gelangten unbehelligt – von der Begegnung mit einem Löwen abgesehen – zu der Kuppe, wo wir unser Camp aufgeschlagen hatten. Wir bemerkten das Raubtier im offenen Busch unmittelbar außerhalb der Schlucht oder besser gesagt, es bemerkte uns und heftete sich uns beharrlich auf die Fersen, was mich zu der Vermutung veranlaßte, daß es völlig ausgehungert sein mußte. Gelegentlich brüllte es, aber meist schlich es keine dreißig, vierzig Schritt zu unsrer Rechten durchs hohe Gras oder Gebüsch, das ihm Deckung bot. Zweimal eilte es auch voraus zu Dorngestrüpp, als wollte es uns auflauern. Ich glaube, ich hätte es nun erschießen können, aber Hans bestürmte mich, nicht zu schießen, um den Arabern, die vielleicht nach uns suchten, nicht unsern Aufenthalt zu verraten. Also legten wir Umwege ein und mieden solches Dorngestrüpp.

Dies schien den Löwen zu verärgern, der nun zum dritten Mal vorausschlich und sich, wie ich im Schein des untergehenden Monds deutlich erkannte, gut fünfzig Schritt vor uns an einer Stelle niederduckte, die aufgrund der landschaftlichen Gegebenheiten nur durch einen langwierigen Umweg zu umgehen gewesen wäre.

Nun dachte ich, ich müsse mich diesem wilden oder hungrigen Tier eben stellen, aber Hans, der ängstlich darauf bedacht war, daß kein Schuß fiele, bemerkte voller Sarkasmus, daß der »Eulenmensch«, wie er Kaneke nannte, der so ein wunderbarer Zauberer sei, vielleicht seine Macht benutzen und ihn fortschicken könnte.

Kaneke, der gedankenverloren dahinwanderte, so schnell ihn seine von den Fesseln noch steifen Beine tragen wollten, und der sich kaum oder gar nicht um den Löwen kümmerte, hörte ihn und horchte auf.

»Ja«, sagte er, »wenn ihr das Tier fürchtet, kann ich das tun. Ich bitt' euch nur, Herr, bleibt hier, bis ich euch rufe.«

Völlig unbewaffnet, wobei er nicht mal einen Stock in der Hand hielt, ging er leise voraus zum Löwen, einem stattlichen Tier mit struppiger Mähne, das auf einem

Fels zwischen dem Ufer des Wasserlaufs und einer kleinen Steilwand kauerte. Ich beobachtete ihn staunend und legte das Gewehr an, denn ich war mir sicher, könnte ich es nicht vorher erschießen, was unmöglich war, da Kaneke sich in der Schußlinie befand, wäre es bald zu Ende mit Kaneke. Dazu kam es aber nicht, denn der Mann trottete weiter und war dem Löwen bald so nahe, daß sein Leib die Sicht auf das Tier verwehrte.

Hiernach vernahm ich ein Knurren, das in ein gequältes Winseln umschlug. Sodann sah ich Kaneke, dessen Gestalt sich deutlich vom Nachthimmel abzeichnete, auf dem Fels stehen, wo eben noch der Löwe gelauert hatte, und uns heranwinken. So gingen wir denn nicht ohne Furcht zu ihm und fanden Kaneke uns zugewandt und scheinbar abermals entrückt auf einem Stein sitzen, als wollte er seinen Beinen Ruhe gönnen.

»Der Löwe ist weg«, sagte er knapp, »das heißt, die Löwen, denn es waren zwei. Sie werden euch nicht mehr belästigen. Ziehen wir weiter; ich gehe voraus.«

»Er ist ein sehr guter Zauberer, Baas«, meinte Hans nachdenklich auf holländisch, als wir ihm folgten. »Oder aber«, fügte er hinzu, »er wandelt auf vertrautem Fuße mit dem Löwen, den er rufen und fortsenden kann, wie es ihm beliebt.«

»Quatsch!« brummte ich. »Die Bestie hat Reißaus genommen, das ist alles.«

»Ja, Baas. Doch meine ich, wenn du ohne Gewehr zu ihnen gegangen wärst oder ich, hätten sie nicht Reißaus genommen, sondern uns zerrissen, denn du weißt, wenn ein Löwe einem Menschen so beharrlich folgt, hat er seit Tagen einen leeren Magen. Dieser Kaneke könnte auch Daniel heißen, Baas, der gern bei den Löwen geschlafen hat.«

Ich stritt mich nicht mit Hans, denn das Reden war mir viel zu anstrengend, sondern stolperte voran, bis wir nach einer kurzen Weile den Lagerplatz erreichten, von dem wir in dieser ereignisreichen Nacht – mir kam es vor, als wäre es Tage her – aufgebrochen waren. Wie sich zeigte, waren meine Befehle ausgeführt worden und Tom und Jerry vor knapp einer Stunde, was anhand des Lagerfeuers und anderer Spuren erkennbar war, mit den Trägern losgezogen. Darum blieb uns weiter nichts zu tun, als ihrer Fährte zu folgen, die breit und deutlich zu sehen war, obwohl der Mond schon tief stand.

So zogen wir denn weiter; unser Weg führte ständig bergab, weshalb wir nur mühsam vorankamen. Schließlich brach die Dämmerung an, eine heiße, stille Morgendämmerung, der der Sonnenaufgang folgte. Im strahlenden Licht des Morgens sahen wir zweierlei: unsere Träger lagerten an der verabredeten Stelle etwa eine halbe Meile voraus zwischen den Felsen über einem Teich, der in einem trockenen Flußbett verblieben war; und hinter uns in gut zwei Meilen Entfernung folgten unserer Spur bergan weißgewandete Araber, die ihrer zwanzig oder mehr waren.

»Jetzt geht's los«, sagte ich. »Komm, Hans, wir dürfen keine Zeit verlieren!«

6

Kanekes Freunde

Ich kenne keinen besseren Antrieb für einen Erschöpften als den Anblick von Feinden, die seiner Fährte folgen mit der unmißverständlichen Absicht, seinem Erdendasein ein Ende zu setzen. So fühlte ich mich zum Beispiel bei dieser Gelegenheit wieder recht frisch und bezwang diese halbe Meile, die uns vom Camp trennte, nahezu in Rekordzeit. Ebenso gelang dies meinen beiden Gefährten, denn wir kamen praktisch Kopf an Kopf an.

Als wir ins Camp eilten, stellte ich mit Freude fest, daß Tom und Jerry die Situation erfaßt hatten, denn schon schichteten die Träger aus Steinen eine Mauer auf oder hackten Dornengestrüpp um, das sie zur *Boma* zusammentrugen. Mehr noch, die tüchtigen Männer hielten bereits unser Frühstück am Feuer warm und hatten Kaffee gekocht.

Nachdem ich alle nötigen Anweisungen erteilt hatte, obwohl mir offengestanden nicht mehr viel zu tun blieb, stürzte ich mich aufs Frühstück, das ich heißhungrig verschlang. Kaffee und warme Speisen haben eine anregende Wirkung, so daß ich mich nach einer halben Stunde wie neugeboren fühlte. Sodann berieten wir vier uns, nämlich Tom, Jerry, Hans und ich, da Kaneke, nachdem er etwas Fleisch gegessen hatte, verschwunden war, um vermutlich beim Bau der *Boma* zu helfen. Das war notwendig, denn unsere Lage war recht verzweifelt.

Inzwischen waren die Araber, die langsam anrückten, etwa eine halbe Meile entfernt, und mit Hilfe meines Feldstechers sah ich, daß es mehr waren, als ich angenommen hatte, nämlich vierzig bis fünfzig, von denen gut die Hälfte diverse Gewehre trugen. Ich betrachtete unsere Stellung, die gut zu verteidigen war. Das Camp stand auf einer kleinen, runden Kuppe, die mit großen Steinen übersät war. Zu unserer Rechten lag am Fuße der Kuppe der lange, breite Teich, den ich erwähnt habe.

Dahinter lag das Flußbett, das die Kuppe im Halbkreis umschloß, besser gesagt ein Sumpf, durch den der Strom floß, wenn das Bett Wasser führte. Dieser Sumpf war so schlammig, daß man ihn nur schwer, falls überhaupt durchwaten könnte. Zu unsrer Linken jedoch lag ein dürres *Vlei,* das mit hohem Gras und Dorngestrüpp bestanden war und durch den sich der Trampelpfad wand, dem wir gefolgt waren. Vor uns breitete sich offenes Grasland aus, durch das wir gekommen waren, das aber keine Deckung bot, da das Gras bis zum Erdboden niedergebrannt war. Somit konnten die Araber nur aus dieser Richtung angreifen oder auch durch das dichte Gras- und Buschland zu unsrer Linken.

Aber die Sache hatte eine Haken. Mit einem Dutzend anständiger Schützen hätte ich nichts gefürchtet. Wir hingegen waren nur vier zuverlässige Mann und der nicht einschätzbare Kaneke. Falls die Araber ernst machten, wäre unsere Lage hoffnungslos, denn auf die Träger, zumindest die Mehrzahl von ihnen, die zudem keine Gewehre besaßen, war kein Verlaß. Kurzum, wir konnten nichts anderes tun, als auf die Vorsehung zu bauen und uns nach Kräften zu wehren.

Wir holten die Gewehre hervor, allesamt Winchester Mehrlader, wovon ich sechs bei mir hatte, und öffneten Munitionskisten. Die schweren Gewehre zur Großwildjagd luden wir und legten wir bereit, ebenso einige Flinten mit grobem Schrot, die gute Dienste leisteten bei einem Massenangriff. Dann hieß ich Hans, Kaneke zu suchen, dem ich einiges erklären und ein Gewehr aushändigen wollte. Er ging los und kehrte sogleich zurück; Kaneke, so sagte er, arbeite nicht an den Mauern oder beim Schneiden von Dornen.

»Baas«, fügte er hinzu, »ich glaube, der gemeine Hund ist davongerannt oder hat sich in eine Schlange verwandelt und im Schilf verkrochen.«

»Unsinn«, erwiderte ich. »Wohin könnte er gehn? Ich suche ihn selber. Bis die Araber hier sind, das dauert noch.«

Also setzte ich mich in Bewegung und bestieg die Spitze der Kuppe, wo ich eine bessere Übersicht hatte. Sodann glaubte ich ein Geräusch hinter mir zu hören, spähte über einen Stein und sah Kaneke in einer Felsmulde stehn, wo er ganz eigenartig mit den Armen fuchtelte und leise vor sich hin murmelte, als führte er ein Gespräch mit einem Unsichtbaren.

»He!« rief ich ihn verärgert an, »hast wohl noch nicht gemerkt, daß deine Freunde anrücken und du helfen sollst, sie uns vom Leib zu halten. Darf ich fragen, was du hier tust?«

»Das wird sich noch zeigen, Herr«, antwortete er ruhig. Nach einer letzten Geste und einem Kopfnicken, das ausfiel wie bei jemand, der seine Zustimmung ausdrükken will, wandte er sich um und stieg zu mir herauf.

Kein einziges Wort mehr verlor er, bis wir zu den andern kamen; auch ich stellte keine Fragen. Das hielt ich für sinnlos, da ich zwischenzeitlich zu dem Schluß gekommen war, daß der Kerl verrückt sei. Trotzdem gab ich ihm, da er ein stark gebauter Mann war und sagte, daß er schießen könne, eins der Gewehre und eine Handvoll Patronen und hoffte das Beste.

Mittlerweile waren die Araber auf vierhundert Yards herangerückt, womit sich eine neue Schwierigkeit ergab, da die Träger es mit der Angst zu tun bekamen und weglaufen wollten. Ich ließ ihnen von Hans ausrichten, daß ich den ersten, der sich rührte, niederschießen würde, und als trotz allem einer zu rennen anfing, feuerte ich einen Schuß ab, der ihn beabsichtigterweise um eine Handbreit verfehlte und am Stein vor seinem Gesicht aufschlug. Dies erschreckte ihn dermaßen, daß er zu Boden stürzte und regungslos liegenblieb, was mich zu der Befürchtung veranlaßte, ihm versehentlich durch den Kopf geschossen zu haben. Die Wirkung auf die andern war nachhaltig, denn sie hockten sich auf die Erde und fingen an, zu den Göttern oder Götzen zu beten, die sie verehrten, oder von ihren Müttern zu reden; jedenfalls rührte sich keiner mehr von der Stelle.

Als dieser Schuß fiel, hielten die Araber, die glaubten, er hätte ihnen gegolten, inne und beratschlagten gemeinsam. Nachdem sie sich eine Weile abgesprochen hatten, trat einer von ihnen mit einer Friedensfahne aus einem weißen, an einen Speer geknüpften Turban vor. Als Antwort schwenkte ich mein Taschentuch, das alles andere als weiß war, woraufhin er sich der *Boma* bis auf zwanzig Yards näherte. Dort forderte ich ihn zum Stehenbleiben auf, da ich argwöhnte, er wolle unsere Stellung auskundschaften, und ging ihm mit Hans, der mich partout begleiten wollte, entgegen.

»Was wollt ihr?« fragte ich den Mann mit lauter Stimme, den ich als einen der Richter, die Kaneke abgeurteilt hatten, wiedererkannte.

»Weißer Mann«, antwortete er, »wir wollen den Zauberer Kaneke, den du uns weggenommen hast und den wir zum Tode verurteilt haben. Gib ihn uns heraus, tot oder lebendig, und wir lassen dich und die deinen in Frieden ziehn, denn wir haben keinen andern Streit mit dir. Wenn nicht, töten wir dich und alle mit dir.«

»Das wird sich erst zeigen müssen«, antwortete ich dreist. »Im übrigen möchte ich sagen, händigt mir die Weiße Maus genannte Frau aus, und ich lasse mit mir reden.«

»Das geht nicht«, entgegnete er.

»Warum nicht? Habt ihr sie getötet?«

»Bei Allah! Nein«, rief er in ernstem Tonfall. »Wir haben die Hexe nicht getötet, obwohl wir es offengestanden wollten. Irgendwie entwischte sie uns bei dem Tumult, und wir können sie nicht mehr finden. Wir glauben, daß sie sich in eine Eule verwandelt hat und zu Satan, ihrem Meister, geflogen ist.«

»Wirklich? Nun, das halte ich für ein Gerücht. Aber sag, warum ihr Kaneke töten wollt, der doch von euch gegangen ist und euch eigene Wege beschreiten läßt?«

»Weil er uns«, schoß der Araber wütend zurück, »seinen Fluch hinterlassen hat, der nur mit seinem Blut abgewendet werden kann. Hast du nicht gehört, wie er gelobte, uns eine Seuche zu schicken, und ist nicht das Fleckfieber im Dorf ausgebrochen, an dem viele erkrankt sind und gewiß sterben werden? Hat er nicht auch unsern Bruder ermordet und uns auf vielerlei Weise verhext, und wird er uns nicht zugrunde richten, indem er unsere Feinde auf uns hetzt, was zu tun er vor zwei Monaten geschworen hat, falls wir ihn nicht freiließen?«

»Also habt ihr ihn gefangengehalten?«

»Natürlich, weißer Mann. Er ist unser Gefangener, seit er bei uns ist, obwohl es stimmt, daß er zuweilen außerhalb des Dorfes gesehen worden ist, wobei wir nun wissen, wie er dorthin gekommen ist.«

»Warum habt ihr ihn gefangengehalten?«

»Damit er, indem er sich schützt, auch uns schütze mit seinem Zauber, denn wir wissen, daß er Unheil über uns bringt, falls er entkommt. Lieferst du ihn uns jetzt aus oder nicht?«

Der unverschämte Beiklang in seiner Frage brachte mich in Rage, so daß ich impulsiv erwiderte:

»Nein. Vorher schicke ich euch allesamt zur Hölle. Was fällt dir und deinen halbarabischen Gesellen ein, mir, einem Untertan der Königin von England, einen Angriff anzudrohen, weil ich einem Flüchtling Zuflucht gewähre, den ihr ermorden wollt? Und was habt ihr mit der Frau gemacht, die Weiße Maus heißt und sich, behauptest du, in eine Eule verwandelt hat? Her mit ihr, oder ich mache euch für ihr Leben verantwortlich. Oh! Du glaubst, daß ich schwach bin, weil ich nur wenige

Männer bei mir habe. Dennoch sage ich dir, daß ich, Macumazahn, euch werde eine Lektion erteilt haben, ehe die Sonne untergeht, falls ihr das überhaupt noch erlebt.«

Der Mann, den meine kühnen Worte mit Angst erfüllten, starrte mich an. Ohne ein Wort drehte er sich um und lief zu seinen Leuten zurück, wobei er im Zickzack rannte, weil er sicher befürchtete, ich würde auf ihn schießen. Auch ich wandte mich um und schlenderte seelenruhig über den Hang zur *Boma* zurück, nur um ihnen zu verdeutlichen, daß ich keine Angst hatte.

»Baas«, sagte Hans unterwegs, »wie immer irrst du dich. Warum lieferst du ihnen den glotzäugigen Zauberer, der uns so viele Unannehmlichkeiten bereitet, nicht aus?«

»Weil ich mich dafür schämen würde, Hans, und weil du dich meiner schämen würdest.«

»Ja, Baas, das stimmt schon. Ich hätte keine so hohe Meinung mehr von dir. Aber, Baas, wenn einem die Kehle durchschnitten wird, erinnert man sich nicht daran, was für eine Meinung man nachher hätte, würde sie nicht durchschnitten. Tja, wir werden alle umkommen, denn ich sehe nicht, daß wir gegen die etwas ausrichten können, und wenn wir dann gleich im Fegefeuer deinem ehrwürdigen Vater begegnen, sage ich ihm, daß ich mein Bestes getan habe, um dich davor zu bewahren, allzu rasch hier anzukommen. Und jetzt, Baas, wette ich meinen affenledernen Tabaksbeutel, auf den du so neidisch bist, gegen eine Flasche Gin, die zu zahlen ist, wenn wir wieder an der Küste sind, daß ich, bevor der Tag zu Ende ist, diesem arabischen Schurken, der so frech zu dir gesprochen hat, eine Kugel in den Leib jage.«

Wieder in der *Boma,* berichtete ich kurz Tom und Jerry und ebenso Kaneke, was gewesen war. Der hitzköpfige Tom schien einem Kampf nicht abgeneigt zu sein, während der phlegmatische Jerry den Kopf schüttelte und die Achseln zuckte, woraufhin sie sich kurz hinter einen Fels zurückzogen, um ihre Gebete zu sprechen und sich gegenseitig ihre Sünden zu beichten. Kaneke lauschte und sagte lediglich einen Satz darauf:

»Du bist sehr anständig zu mir, Macumazahn, und jetzt will ich auch anständig zu dir sein.«

»Danke«, antwortete ich. »Daran werde ich dich erinnern, wenn wir uns auf der andern Seite der Sonne treffen oder in jenem Stern, den du verehrst. Nun geh bitte auf deinen Posten, schieß so treffsicher, wie du kannst, und verschwende keine Patronen!«

Nachdem die Jäger ihre religiöse Übung hinter sich gebracht hatten, nahmen wir unsere durch Steine geschützten Plätze ein, die so angelegt waren, daß wir über die Umfriedung der *Boma* schießen konnten. Ich befand mich in der Mitte, flankiert von Hans und Kaneke, während Tom und Jerry jeweils die äußere Spitze bildeten. Dort kauerten wir nun und warteten auf den Frontalangriff, der allerdings ausblieb. Nach langer Unterredung feuerten die Araber aus einer Entfernung von etwa vierhundert Yards einige Schüsse ab, die gar nicht heraufreichten oder sonstwo einschlugen. Dann fingen sie plötzlich zu laufen an und rannten durchs offene Gelände, wo das Gras, wie gesagt, niedergebrannt war, zum hohen Gras mit dem Dorngestrüpp zu unsrer Linken, wo sie uns offensichtlich in die Flanke fallen wollten.

An der Spitze des langgezogenen Haufens lief ein großer Mann, den ich mit Hilfe meines Feldstechers als den tückischen, boshaften Gaika erkannte, der bei Kanekes Verurteilung als Oberrichter mitgewirkt und mich bedroht hatte und gegen den ich eine tiefe Abneigung empfand. Hans, der das scharfe Auge eines Geiers besaß, erkannte ihn ebenso, denn er sagte:

»Dort geht diese Hyäne Gaika.«

»Gib mir mein Jagdgewehr«, sagte ich und legte die

Winchester aus der Hand, woraufhin er mir das gespannte Gewehr reichte.

»Keiner schießt!« rief ich, nahm das Gewehr und klappte das Zielfernrohr heraus, das mit fünfhundert Yards gekennzeichnet war. Sodann stand ich auf, stützte den linken Ellbogen auf einen Stein und wartete auf eine Gelegenheit.

Diese ergab sich wenige Momente später, als Gaika eine kleine Geländeerhebung überqueren mußte, wobei er sich deutlich vom Himmel abzeichnete. Die Entfernung war groß für ein Jagdgewehr, aber ich kannte meine Büchse und beschloß, den Schuß zu wagen. Ich legte an, zielte auf die Körpermitte und schwenkte den Lauf das allerwinzigste Stück weiter, um die Flugzeit der Kugel auszugleichen. Dann hielt ich die Luft an, um nicht zu verwackeln, und drückte den Abzug, der sehr leichtgängig war.

Der Schuß krachte, und ich wartete gespannt, fürchtete ich doch, ihn verfehlt zu haben, wofür sich auch der beste Schütze nicht hätte zu schämen brauchen, denn wäre dem so, würde dies als schlechtes Omen gedeutet. Nun, ich verfehlte ihn nicht, denn zwei Sekunden später sah ich Gaika zu Boden stürzen, wo er sich wälzte und regungslos liegenblieb.

»Oh!« entfuhr es meinen Leuten gleichzeitig, die mich mit Stolz und Bewunderung ansahen. Ich freilich war nicht stolz, höchstens ein bißchen auf meine Schießkunst, bedauerte ich doch, daß ich diesen widerlichen und für uns so gefährlichen Mann hatte erschießen müssen, woraufhin ich den zweiten Lauf des Jagdgewehrs nicht mehr abfeuern wollte.

Einen Moment hielten seine nächsten Gefährten inne und starrten auf Gaika; dann flüchteten sie sich ins hohe Gras und Schilf, wobei sie ihn einfach am Boden liegen ließen, was mir zeigte, daß er tot sein mußte. Ich hoffte, daß sie lediglich Deckung suchten und daß das jähe Ende des Gaika sie davon abbrächte, uns anzugreifen, was ich mit dem Schuß bezwecken wollte. Dies war jedoch nicht der Fall, denn eine Weile später wurde von zwei Dutzend Stellen in jenem Schilf das Feuer auf uns eröffnet. Hie und da inmitten des Röhrichts und hinter den Stämmen des Dorngestrüpps hatten sich die Araber einzeln oder paarweise versteckt, und das Schlimme dabei war, daß wir nicht einen von ihnen zu sehen bekamen. Damit hatte es praktisch keinen Sinn, ihr Feuer zu erwidern, denn wir hätten unsre Kugeln nur vergeudet und ich konnte es mir nicht leisten, Munition derart zu verschwenden. Also duckten wir uns notgedrungen und unternahmen nichts.

Es stimmte, daß wir vorerst noch nicht gefährdet waren, denn die Steine boten uns Deckung, wo sich die Geschosse der Araber plattdrückten, falls sie überhaupt trafen, denn bei der wilden Schießerei flogen die meisten Kugeln, ohne Schaden anzurichten, über uns hinweg. Das Tosen der Geschosse, die zuweilen wohl nur bleiummantelte Kiesel oder Eisenkörner waren, versetzte unsere Träger in Angst und Schrecken, insbesondere nachdem einer durch einen Blei- oder Steinsplitter leicht verwundet worden war. Die erbärmlichen Kerle fingen zu schnattern an und schrien immer wieder entsetzt auf, was ich selbst durch viele Worte und Drohungen nicht zu unterbinden vermochte.

Nach etwa zweistündigem Beschuß spitzte sich die Lage schließlich zu. Plötzlich sprangen die Träger wie auf ein Kommando hin auf und rannten den Hang hinunter wie eine aufgescheuchte Antilopenherde. Sie stürmten zum Teichufer, von dem ich gesprochen habe, und folgten ihm ostwärts in Richtung von Kanekes Dorf, bis sie in das Flußbett gelangten, das außerhalb der Regenzeit bis auf den Teich austrocknete, wo sie schließlich verschwanden.

Natürlich hätten wir ein paar von ihnen auf der Flucht erschießen können, wie Hans gehässig vorschlug, aber davon wollte ich nichts wissen, denn was hatte es für einen Sinn, diesen feigen Haufen aufhalten zu wollen, der uns beim feindlichen Ansturm womöglich noch in den Rücken gefallen wäre, um die Araber günstig zu stimmen. Was aus den Männern geworden ist, weiß ich nicht, denn sie ließen nichts mehr von sich hören und sehen. Vielleicht schafften es einige, sich zur Küste durchzuschlagen, was sehr ungewiß ist, da sie ohne Waffen und Nahrung waren. Die armen Burschen irrten wohl umher, bis sie verhungerten oder von wilden Tieren zerrissen oder gefangengenommen und versklavt wurden.

Unsre Lage war nun höchst bedrohlich. Da saßen wir, fünf Männer und ein Esel; denn ich habe, glaube ich, schon erwähnt, daß ich einen solchen besaß, ein besonders kluges Tier, das Donna hieß nach einer Halbportugiesin, dessen ganzer Name mir entfallen ist und die ihn mir zusammen mit zwei andern verkauft hat, die unterwegs eingegangen sind. Unter uns saßen, gut versteckt, vierzig oder fünfzig zu allem entschlossene Feinde, die wohl auf die Dämmerung warteten, um im Schutze der Nacht die Kuppe zu ersteigen und uns den Hals durchzuschneiden. Was konnten wir nur tun?

Hans, der eine rege Phantasie besaß, schlug mehrere Notbehelfe vor. Sein erster Vorschlag war, wir sollten das Schilf und hohe Gras, in dem die Araber sich verbargen, in Brand stecken, was kaum machbar war, da wir erst einmal hätten hingelangen müssen, ohne erschossen zu werden; auch war es noch ziemlich grün und würde nicht leicht brennen und blies der Wind in die falsche Richtung. Seine zweite Idee war, wir sollten es den Trägern gleichtun und uns aus dem Staub machen. Das, so wandte ich ein, wäre leichtsinnig, denn sie würden uns spielend einholen und umbringen. Selbst wenn wir bis zum Einbruch der Dunkelheit warteten, wäre unser Ende höchstwahrscheinlich besiegelt; zudem wären wir gezwungen, den Großteil unsrer Ausrüstung und Munition zurückzulassen. Sodann unterbreitete er – halb auf englisch, halb auf holländisch – einen dritten Vorschlag, der an sich ein alter in neuem Gewand war, nämlich die Araber zu kaufen, indem wir ihnen Kaneke auslieferten.

»Ich habe dir schon gesagt, daß etwas Derartiges nicht in Frage kommt. Ich habe Weiße Maus versprochen, den Mann zu retten, und dabei bleibt's!«

»Ja, Baas. Ach! Was für ein Pech, daß Weiße Maus so hübsch war. Hätte sie nur ein Gesicht wie ein zerdrückter Kürbis gehabt oder lauter winziges Getier im Haar, so würden wir jetzt nicht zum letzten Mal die Sonne sehn, Baas. Nun, bald werden wir alles im Fegefeuer mit ihr bereden können, wohin sie bestimmt gekommen ist, auch wenn dieser verlogene Bote was anderes behauptet hat. Ich bin am Ende mit meiner Weisheit, und es fällt mir nichts mehr ein, außer deinen ehrwürdigen Vater zu bitten, der uns sicher helfen kann, wenn er möchte, was er vielleicht nicht tut, weil er so erpicht darauf ist, mich wiederzusehn.«

Nachdem er sich derart geäußert hatte, duckte sich Hans noch tiefer unter den Stein, über den gerade mit tückischem Schwirren eine Kugel geflogen war, und zündete sich seine Pfeife an.

Als nächstes versuchte ich es bei den Jägern, die ziemlich ratlos waren, denn sie schüttelten nur den Kopf und stammelten weiter ihre Gebete.

Übrig blieb Kaneke, den ich verzweifelt ansah. Da saß er mit steinerner Miene, als lauschte er in sich hinein. Wonach, fragte ich mich.

»Kaneke«, sagte ich, »durch dich oder eine andere, die nicht mehr ist, jedenfalls deinetwegen sitzen wir in dieser Falle. Wir, die man uns an den Fingern einer Hand abzählen kann, werden beschossen von jenen, die dich hassen, aber mit denen wir keinen Streit haben, sieht man von dir ab. Die Träger sind davongelaufen, und die Feinde, auf die wir nicht schießen können, weil sie sich im Schilf und Gras dieser Senke versteckt haben, warten nur auf den Einbruch der Dunkelheit, um uns anzugreifen und ein Ende zu bereiten. Wenn du also ein Wort des Trostes hast, so sprich, denn den brauchen wir, und vergiß nicht, wenn wir sterben, stirbst auch du.«

»Trost!« gab er wie im Traum zur Antwort. »O ja, der steht bevor. Ich warte schon darauf, Macumazahn«, und er lauschte weiter wie einer, der durch belangloses Geschwätz in einer ernsten Sache unterbrochen worden ist.

Das war zu viel für mich; meine Geduld war erschöpft, und ich beschimpfte Kaneke mit Worten, die ich hier nicht wiederholen möchte, und warf ihm unter anderem an den Kopf, daß es mir leid tue, den Rat von Hans nicht befolgt und ihn im Stich gelassen oder den Arabern ausgeliefert zu haben.

»Das könntest du nicht tun, Macumazahn«, erwiderte er gütig, »hast du doch Weiße Maus versprochen, mich zu retten. Niemand könnte sein Versprechen gegenüber Weißer Maus brechen, nicht wahr?«

»Weiße Maus!« rief ich. »Wo ist sie? Die Ärmste ist tot, wie auch wir deinetwegen bald tot sein werden. Wie weißt du, was ich ihr versprochen habe, du verbanntes wandelndes Rätsel?«

»Ich weiß es, Herr«, erwiderte er noch gelassener, noch gütiger. Mit einemmal fügte er hinzu: »Horch, ich höre den Trost nahen«, und hob in einer imposanten Geste die Hand, nur um sie rasch wieder fallenzulassen, da eine Kugel ihn am Finger gestreift und die Haut abgeschürft hatte.

Es drang mir etwas zu Ohren, und ich lauschte. Aus großer Ferne hallten Laute herüber, die mich an ein Rudel wilder Hunde bei der nächtlichen Jagd auf einen Bock erinnerten. Es war eine brausende, barbarische Weise.

»Was ist das?« fragte ich.

Kaneke, der am abgeschürften Finger lutschte, nahm

ihn aus dem Mund und antwortete, das sei der ›Trost‹, den ich, würde ich nur schauen, vielleicht sehen könnte.

Also schaute ich durch einen Spalt zwischen zwei Steinen in die Richtung, aus der die Laute zu kommen schienen, nämlich ostwärts, wo jenseits des trockenen Sumpfes das vereinzelt mit Dornbüschen bestandene Grasland sich faltig wellte und aufwölbte wie überdimensionale Wogen auf hoher See. Sogleich kam über eine solche Geländewelle, bald sichtbar, bald von Dorngestrüpp verborgen, eine große Männerschar, grimmig aussehende Gesellen, die mit nicht viel mehr als Federn im Haar bekleidet waren und breite, langstielige Speere trugen.

»Wer, zum Teufel, sind die?« fragte ich, aber Kaneke gab darauf keine Antwort.

Er hockte hinter seinem Stein und deutete mit dem blutenden Finger zum Schilf, wo die Araber sich verbargen, und murmelte etwas vor sich hin.

Hans, der vor Neugier brannte und sein dreckiges Gesicht an das meine drückte, um wie ich durch den Spalt zu sehen, flüsterte mir ins Ohr:

»Stör ihn nicht, Baas. Das sind seine Freunde, und er sagt ihnen gerade, wo die Araber stecken.«

»Wie kann er jemand was sagen, der eine halbe Meile entfernt ist, du Idiot?« fragte ich.

»Oh, ganz einfach, Baas. Du weißt ja, er ist ein Zauberer, und so einer kann Gedanken übertragen. Das ist ihre Art, ein Telegramm zu schicken, wie's der Baas in Natal tut. Also jetzt sieht die Sache schon besser aus. Wie hat dein ehrwürdiger Vater immer gesagt: wart's ab, und der Teufel erbarmt sich und eilt dir zu Hilfe.«

»Blödsinn!« entfuhr es mir, obwohl ich ihm beipflichten mußte, daß die Sache schon besser aussah, vorausgesetzt diese Wilden hatten es nicht auf uns, sondern die Araber abgesehen. Nun begnügte ich mich damit, die Ereignisse mit größtem Interesse zu verfolgen.

Die wilde Horde, die mit großer Geschwindigkeit näherkam und schätzungsweise aus zwei- bis dreihundert Mann bestand, steuerte die trockene Senke an wie Bienen ihren Stock. Ob die Hinweise nun von Kaneke stammten oder nicht, sicher war, daß sie einen exzellenten Geheimdienst besaßen, denn sie wußten genau, was zu tun war. Am Rand der trockenen Senke angelangt, hielten sie inne und beendeten ihren grimmigen Gesang, wohl um Atem zu schöpfen und sich zu formieren. Auf ein Signal hin stimmten sie ihren Gesang wieder an und stürzten sich ins Röhricht, wie eine Hundemeute einem Otter nachjagt.

Bis zu diesem Zeitpunkt hatten die dort versteckten Araber die Neuankömmlinge noch nicht bemerkt, wie ich annahm, war ihre Aufmerksamkeit doch dermaßen auf uns fixiert, die sie in einem fort ziellos beschossen auf der Kuppe. Nun hörte dieses Feuer urplötzlich auf, und ängstliche, zornige Schreckensschreie ertönten drunten im Röhricht. Dann erschienen am andern Ende, das zu Kanekes Dorf zeigte, die Araber, die um ihr Leben rannten, und bald darauf die wilden Angreifer, die sie verfolgten.

Herrje! War das ein Wettlauf. Nie habe ich Männer schneller laufen sehen als diese Araber, die, von den Wilden gejagt, über die Steppe flogen. Manche wurden erwischt und getötet, aber als sie schließlich außer Sicht gerieten, hatten die meisten noch einen beträchtlichen Vorsprung. Hans wollte das Feuer auf sie eröffnen, aber das gestattete ich nicht, denn was hätte es eingebracht, die armen Würstchen zu erschießen, wo doch andere für uns die Schlacht fochten? So kam es also, daß der einzige Schuß, den wir an diesem Tag abfeuerten, ungelogen der Schuß war, den ich Gaika verpaßt hatte, was verwunderlich war, wo wir uns doch auf einen verzweifelten Kampf gegen eine überwältigende Überzahl eingestellt hatten.

Nachdem alle hinter den Erhebungen des Geländes

verschwunden waren bis auf die wenigen, die erwischt und aufgespießt worden waren, wandte ich mich in der Stille, die dem Kriegsgesang und Geschrei folgte, an Kaneke und verlangte ihm eine Erklärung ab. Er antwortete recht freundlich und unumwunden, daß diese Schwarzen seine »Freunde« seien, welche die Araber immer gefürchtet hätten, und da er ihnen damit gedroht habe, hielten sie ihn gefangen und wollten ihn töten.

»Dergleichen war nie meine Absicht, Herr«, fügte er hinzu, »bis es unumgänglich wurde, um unser Leben zu retten. Da rief ich sie natürlich um Hilfe an, woraufhin sie prompt kamen und meiner Bitte folgten, wie du selber gesehen hast.«

»Und wie, bitt' ich dich, hast du sie um Hilfe angerufen, Kaneke?«

»Oh! Herr, durch Boten, wie immer, wenn jemand in der Ferne anruft, obwohl es so lange dauerte, bis sie kamen, daß ich schon fürchtete, die Boten seien nicht angekommen.«

»Er lügt, Baas«, erklärte Hans auf holländisch. »Es hat keinen Sinn, ihm die Wahrheit entlocken zu wollen, denn du wirst nur immer mehr Lügen zutage fördern.«

Da ich seiner Meinung war, ließ ich das Thema fallen und erkundigte mich bei Kaneke, ob seine Freunde zurückkehren würden. Er bejahte dies; und zwar schon bald, da er ihnen aufgetragen hätte, das Dorf zu schonen, in dem viele unschuldige Frauen und Kinder lebten.

»Aber, Herr«, fuhr er mit ungewöhnlicher Eindringlichkeit fort, »wenn sie zurückkehren, so ist es ratsam, daß ihr nicht zu ihnen geht. Wenn ich ehrlich bin, sind sie ein wildes Volk, das splitternackt geht und somit ganz verrückt ist nach euren Kleidern und euren Gewehren samt Munition. Ich gehe nur hinunter, um ihnen ein Wort des Dankes zu sagen und ein paar Träger zu holen, die den Platz jener einnehmen sollen, welche fortgerannt sind, wobei ich im übrigen nur hoffe, daß sie ihnen nicht über den Weg gelaufen sind. Da ich dergleichen ahnte, bat ich sie, geeignete Männer mitzubringen.«

»Wirklich?« staunte ich. »Was für ein vorausblickender Mensch du bist! Darf ich nun fragen, ob du in dein Dorf zurückkehren willst oder was du sonst zu tun gedenkst?«

»Ich werde ganz bestimmt nicht zurückkehren, Herr, und mich dieser Leute annehmen, die mir solchen Undank entgegenbrachten. Darüber hinaus ist dieses Fleckfieber durchaus kein schöner Anblick. Nein, Herr, ich will dich in das Land begleiten, in dem der See Mone liegt.«

»Der See Mone!« sagte ich. »Ich habe genug von diesem See, beziehungsweise von der Reise dorthin, und somit beschlossen, den Weg nicht anzutreten.«

Er schaute mich an, und hinter der gespielten Güte in seinem Blick sah ich wilde Entschlossenheit, als er darauf erwiderte:

»Du wirst doch zum See Mone gehn, Macumazahn.«

»Und ich werde doch nicht gehn, Kaneke.«

»Soso. In dem Fall, Herr, muß ich mich mit meinen Freunden unterhalten, wenn sie zurückkehren, und bestimmte Absprachen treffen.«

Wir schauten uns lange an; zumindest kam es mir lange vor, obwohl es sicher nur Sekunden waren. Ich weiß nicht, was Kaneke in meinen Gedanken las, aber was ich von ihm ablas war die unverrückbare Absicht, daß ich ihn entweder zum See Mone begleite oder auf Gedeih und Verderben seinen ›Freunden‹ überstellt werde, die im Moment noch auf Araber Jagd machten und scheinbar eine große Schwäche für europäische Gewehre und Gewänder hatten.

Nun gibt es Zeiten, wo es nur klug ist, wenn man nachgibt, und im Erkennen solcher Augenblicke unterscheidet sich meiner Meinung nach oft der Weise vom Dummen. Wie wir alle wissen, liegen Weisheit und

Torheit eng beieinander, und die Grenze dazwischen ist sehr schmal und gewunden, so daß es schwer ist, sie nicht zu übertreten, ich meine vom Reich der Weisheit ins Reich der Torheit, da der umgekehrte Schritt selten getan wird und nur von dem, der vom besten Engel geleitet wird.

Obwohl ich mich keiner außergewöhnlichen Klugheit rühmen will, spürte ich in diesem Falle deutlich, daß es ratsam wäre, bei der Stange zu bleiben und nicht dem Schicksal zu trotzen, das sich mir in der Person des sonderbaren Kaneke und seiner ›Freunde‹ darbot, die er scheinbar aus dem Nichts herbeigerufen hatte. Schließlich steckte ich in der Klemme. Selbst wenn ich den ›Freunden‹ entkommen sollte und den Arabern, die nun Streit mit mir hatten, so wäre es unmöglich gewesen, ohne Träger die Rückreise anzutreten, und das gleiche galt auch für eine Reise in jede andere Richtung. So schien es mir denn am besten zu sein, die bekannten Unannehmlichkeiten, nämlich die Gesellschaft von Kaneke bei einer Expedition ins Unbekannte, in Kauf zu nehmen.

»Schon gut«, bemerkte ich lässig, nachdem ich dies alles rasch bedacht und mich noch schneller der Prophezeiung der Weißen Maus besonnen hatte, ich werde die Sache heil überstehen. (Wieso mir dies gerade jetzt in den Sinn kam, konnte ich nicht sagen.) »Schon gut, es macht mir nicht recht viel aus, ob ich mich nach Osten oder Westen wende. Also gehn wir zum See Mone, falls es einen solchen gibt, obwohl ich frage, was uns am Ende der Reise erwartet.«

»Das frag' ich mich auch«, erwiderte Kaneke trocken.

7

Die Reise

Nun folge ich aus diversen Gründen dem Beispiel einer Bekannten, die es sich zur Regel gemacht hat, pro Woche einen dreibändigen Roman zu lesen, und mache Sprünge, das heißt, ich fasse unsre Reise ins geheimnisvolle Land des Sees Mone auf engstem Raum zusammen. In allen Einzelheiten geschildert, würde ein Treck wie dieser durch ein Land, das damals praktisch noch kein Weißer betreten hatte, ein ganzes Buch füllen. Es wäre vielleicht ein auf seine Art durchaus reizvolles Buch für jene, denen an der Beschreibung afrikanischer Landschaften und Rassen etwas liegt, vielen indes würden seine Kapitel eine gewisse Eintönigkeit bescheren. Also verzichte ich darauf und übe mich in der Kunst der Zusammenfassung, bis ich zum eigentlichen Kern der Geschichte vorstoße.

Nach der erwähnten Unterhaltung kochten und aßen wir, was wir alle bitter nötig hatten. Sodann legten Hans und ich, die wir sehr müde und von der Aufregung sehr mitgenommen waren, uns im Schatten eines Steins schlafen, während Tom und Jerry Wache hielten. Gegen drei Uhr nachmittags weckte einer der beiden uns, das heißt mich, da Hans, der mit sehr wenig Schlaf auskam, bereits auf war und gerade die Gewehre in Ordnung brachte. Sie sagten mir, die Schwarzen kämen zurück. Ich fragte, wo Kaneke sei, und erfuhr, daß er ihnen entgegengegangen sei. Daraufhin nahm ich meinen Feldstecher zur Hand und verfolgte von einer günstigen Stelle aus, was sich abspielte.

Die Wilden, respektgebietende Gestalten mit ihrer federgeschmückten Nacktheit, schwärmten über die Grassteppe zurück, wobei einige etwas in der Hand trugen, das ich für den Kopf eines Arabers hielt, obwohl ich mir dessen aufgrund der großen Entfernung nicht sicher sein kann. Die Wilden sangen und hasteten nicht mehr, sondern trotteten gemächlich dahin – selbstzufrieden nach getaner Pflicht. Kaneke kam ins Bild, der auf sie zuging, worauf sie innehielten und salutierten, indem sie die Speere erhoben, was mir zeigte, daß sie ihn als einen großen Mann von Rang ansahen. Sie bildeten einen Kreis um Kaneke, aus dessen Mitte er offenbar zu ihnen sprach. Als der Kreis sich nach einer Weile wieder öffnete, bemerkte ich, daß ein Feuer entfacht worden war, obwohl ich nicht weiß, wie und womit, und daß die Wilden das, was sie in der Hand trugen und ich für die Köpfe der Araber hielt, darauflegten.

»Kaneke ist ihr Oberteufel, und sie bringen ihm ein Opfer dar, Baas«, flüsterte Hans.

»Diesmal auf alle Fälle ein nützlicher Teufel«, meinte ich darauf. »Wenigstens waren seine Anhänger nützlich.«

Kurze Zeit später, als das Ritual oder Opfer, oder was immer, beendet war, setzten sich die Wilden wieder in Bewegung, wobei sie das Feuer in der Steppe brennen ließen, und marschierten fast bis zum Fuß der Kuppe heran, was mich einigermaßen beunruhigte, dachte ich doch, sie kämen in unser Camp. Dem war jedoch nicht so, denn als sie bis auf wenige hundert Yards herangekommen waren, brachen sie plötzlich in einen Singsang aus, der sich deutlich von demjenigen bei ihrem Anrükken unterschied und eine Abschiedsstimmung in sich barg, rannten im Laufschritt um das trockene *Vlei* herum, aus dem sie die Araber vertrieben hatten, und waren bald außer Sicht. Ja, immer schwächer wurde ihr Gesang, bis er sich schließlich vollends in Stille auflöste und die Sänger in der Ferne verschwanden, aus der sie gekommen waren.

Woher kamen sie und wer waren sie? Ich weiß es nicht, denn dazu schwieg sich Kaneke beharrlich aus, daß ihr rätselhaftes Auftauchen und Verschwinden für mich zuletzt den Charakter einer Episode aus einem Traum annahm; das heißt, angenommen hätte, wären alle verschwunden. Aber so blieben an die zwanzig zurück, die mit verschränkten Armen vor Kaneke standen und die Speere mit der Spitze nach oben vor sich in den Boden gerammt hatten mittels des eisernen Dorns am Stiel. Zu Füßen eines jeden Mannes lag ein in eine Matte gewickeltes Bündel.

»He!« sagte ich, »was wollen die? Haben die was vor gegen uns?«

»O nein, Baas«, erwiderte Hans. »Der Baas wird sich erinnern, daß Kaneke uns neue Träger versprochen hat, und das sind die Männer. Er ist bestimmt ein großer Zauberer, und wüßt' ich es nicht besser, würde ich meinen, er hat sie und die andern aus Lehm gemacht. Wie Adam und Eva, Baas. Aber trotzdem habe ich jetzt eine bessere Meinung von Kaneke, der nicht nur ein Aufschneider ist, wie ich dachte, sondern einer, der was zuwege bringt.«

Mittlerweile hatten die Männer auf ein Zeichen hin ihre Bündel aufgehoben und über die Schulter geworfen und die Speere aus dem Boden gezogen und folgten Kaneke zum Camp herauf, wo wir sie, auf Zwischenfälle gefaßt, mit schußbereiten Gewehren empfingen.

»Baas«, sagte Hans, als sie näher kamen, »ich glaube nicht, daß diese Männer Brüder derjenigen sind, die vorhin die Araber angegriffen haben; ich glaube, das ist ein anderer Schlag.«

Ich sah sie mir an und kam zum gleichen Schluß. Zunächst einmal waren sie, sofern ich dies beurteilen konnte, hatte ich unsre wilden Retter doch nur aus der Ferne gesehn, hellhäutiger – mehr braun als schwarz – und von höherem Wuchs; ihr Haar war keinesfalls kraus, sondern nur an den Spitzen gelockt, die bis auf die Schultern fielen. Im übrigen waren sie prächtig gebaut, haten große braune Augen ähnlich denen von Kaneke und wohlgeformte Züge ohne negroiden Einschlag. Zudem waren sie keine arabischen Typen, sondern schienen vielmehr einer sehr alten Rasse von reinem Geblüt anzugehören, die mir freilich neu war.

Ob sie, fragte ich mich, vom gleichen Volk wie Kaneke selbst stammten? Nein; trotz der Ähnlichkeit schien dies ausgeschlossen, denn wie wären sie hierher gekommen?

Still und ernst näherten sich die Männer dem Stein, auf dem ich saß, indem sie in Zweierreihen schritten, soweit das Gelände dies zuließ, als seien sie Disziplin gewohnt, legten die Rechte aufs Herz und verneigten sich in einer höflichen Weise vor mir, die mich geradezu europäisch anmutete; so höflich, daß ich mich genötigt fühlte, aufzustehen, den Hut zu ziehen und mich gleichfalls zu verneigen. Nicht verneigten sie sich vor Hans, den sie nur einigermaßen neugierig musterten, und nicht vor den Jägern, die sie offenbar als Diener erkannten.

Der Anblick der Eselin Donna hingegen schien sie in Erstaunen zu versetzen, und als diese in dem Moment in ihr herzhaftestes »Iah« ausbrach, weil sie ihr Futter begehrte, waren ihre Mienen geradezu erschrocken, da sie sie wohl für ein seltsames Raubtier hielten.

Kaneke richtete ein, zwei Worte an sie in einer Sprache, die mir fremd war, woraufhin sie beschämt lächelten. Dann sagte er:

»Macumazahn, du und vor allem dein Diener Hans habt mir mißtraut, habt mich für verrückt gehalten oder geglaubt, ich führte euch in eine Falle. Und es wundert mich nicht, ist doch seit gestern allerhand geschehen, das euch seltsam anmuten wird. Dennoch hat sich alles, Herr, wie du zugeben mußt, zum Guten gewendet. Jene, die ich zu Hilfe gerufen habe, haben ihr Werk getan und sind auf Nimmerwiedersehen verschwunden. Die Araber, über die ich geherrscht habe und die mich um ein Haar ermordet hätten und die euch ermordet hätten, weil ihr mich nicht ausgeliefert habt, wozu dein Diener Hans geraten hat, haben eine Lektion erteilt bekommen und werden dich nie wieder belästigen. Diese Männer ...« – und er deutete auf seine Gefährten – »sind tapfer und verläßlich, wie du sehen wirst, und werden dir in keiner Weise zur Last fallen; im Gegenteil, sie werden deine Last tragen. Nur bitt' ich dich, frag sie nicht, wer sie sind oder woher sie kommen, denn sie sind durch einen Schwur zum Schweigen verpflichtet. Habe ich dein Wort darauf?«

»O ja«, erwiderte ich und fügte, obwohl ich meine Bedenken hatte, hinzu: »Und das von Hans und den Jägern auch. Und nun, da ich diese Angelegenheit nicht ganz verstehe, die meiner Meinung nach nicht so gut gelaufen ist, wie du sagst: immerhin ist Weiße Maus, die Frau, die dir das Leben gerettet hat, obwohl sie, sagte sie mir, nicht deine Frau sei ...«

»Das stimmt, wie ich bereits sagte«, unterbrach Kaneke und beugte das Haupt geradezu ehrerbietig, wie mir auffiel.

»... immerhin ist Weiße Maus sicher deinen Arabern, die dich hassen, in die Hände gefallen und umgekommen, was einen dunklen Schatten auf die Sache wirft, nun also hast du vielleicht die Güte und sagst mir, Kaneke, was also nun ansteht.«

»Unsre Reise«, antwortete er mit einem verdutzten Blick. »Was sonst? Ferner laß dir gesagt sein, daß du dir über die Reise nicht mehr den Kopf zu zerbrechen brauchst. Von jetzt an werde ich, bis wir im Gebiet meines Volkes sind, das Kommando führen und mich um alles kümmern. Du brauchst weiter nichts zu tun, als mir zu folgen, wohin ich dich führe, und kannst dir eine schöne Zeit machen, indem du dich schonst oder Jagdausflüge einlegst und mir benennst, was du diesbezüglich an Wünschen hast, die ich erfüllen werde. Dies tu ohne Furcht, wird doch, wie Weiße Maus gesagt hat, alles gutgehen mit dir.«

Nun war ich wiederum versucht, ihn nach der Quelle seiner Information darüber zu fragen, was zwischen Weißer Maus und mir vorgefallen war, sah jedoch davon ab und bemerkte lediglich, wie gut er doch raten könne.

»Ja, Herr«, entgegnete er, »in der Hinsicht bin ich begabt, wie dir vielleicht auffiel, als ich erriet, daß diese Wilden uns zu Hilfe eilten und Männer mit sich führten, die den Platz der geflohenen Träger einnehmen sollten. Nun, ich sehe, daß du meiner Mutmaßung nicht widersprichst und versichere dir abermals, daß Weiße Maus die Wahrheit gesprochen hat.«

Nun war ich eine Zeitlang entsetzt über diese Unverschämtheit Kanekes. Es war empörend, daß er oder ein anderer Afrikaner sich anmaßen wollte, mich, Allan Quatermain, unter seinen Befehl zu stellen, so daß ich gehen müßte, wohin *er* wollte, und zu tun hätte, was *er* verlangte. Mit Entschiedenheit wollte ich dieses Ansinnen schon zurückweisen, als mir plötzlich bewußt wurde, daß die Sache eine Kehrseite hatte.

Obwohl ich in diese Gegend nie gekommen bin, habe ich von Freunden gehört, daß Leute, die in den Osten reisen, sich einem Dragoman anvertrauen, einem gescheiten, aber servilen Mann, der sie Tag und Nacht betreut, über sie schaltet und waltet, für ihr leibliches Wohl sorgt, Probleme meistert, Schranken überwindet, mit Wucherern feilscht und seine Auftraggeber umsichtig ans Ziel ihrer Reise und wieder zurück bringt. Freilich habe ich auch gehört, daß diese tüchtigen Führer sich gern verkriechen, wenn ernste Probleme und wirkliche Gefahren auftauchen, so daß sich die Herrschaften allein ihrer Haut wehren müssen, und daß ihr Honorar immer stattlich ausfällt. So hat jedes System seine Nachteile, die man als Risiken in Kauf nehmen muß.

Dennoch hatte die Idee eines Dragomans, eines persönlichen Führers, der einen durch unbetretene Gebiete Afrikas begleitet wie einen Cookschen Touristen, seine

Reize. Zumindest wäre es einmal etwas gänzlich Neues für mich. So beschloß ich denn an Ort und Stelle, das Angebot anzunehmen, denn ich überlegte mir, daß ich, käme es hart auf hart, das Kommando jederzeit wieder an mich reißen könnte. Entweder, das lag auf der Hand, ginge ich mit Kaneke oder aber liefe Gefahr, daß mir durch ihn und seine Anhänger, die er aus dem Nichts herbeigezaubert hatte, Seltsames widerführe. Warum also ihm nicht die gleiche Verantwortung für die Expedition zukommen lassen wie mir?

Also antwortete ich freundlich:

»Einverstanden, Kaneke. Du führst, und ich folge dir. Ich gebe mich und meine Diener in deine Hand und vertraue darauf, daß du uns sicher geleitest und vor jeglichen Gefahren bewahrst. Aber«, fügte ich etwas strenger hinzu, »ich warne dich, beim ersten Verdacht, daß du uns hintergehst, erschieße ich dich. Und jetzt sag mir, wann wir aufbrechen.«

»Sobald der Mond aufgeht, meine ich, Herr, denn dann ist es kühler. Bis dahin könnt ihr schlafen, die ihr den Schlaf braucht nach all den Mühen. Habt keine Angst; ich und meine Männer werden über euch wachen.«

»Baas«, sagte Hans, als wir uns entfernten, um diesen Rat zu befolgen, »ich hätte nie gedacht, daß du und ich uns auf unsre alten Tage noch eine Amme zulegen, eine mit den Augen und dem Schnabel einer Eule, die wie eine Eule gern zu den Sternen starrt und des Nachts sich aufschwingt. Aber wenn es den Baas nicht stört, mich stört's nicht.«

Ich gab keine Antwort, obwohl ich für mich dachte, daß Kanekes große, schläfrige Augen gar keine Verwandtschaft mit der Eule hatten, jenem geheimnisvollen Vogel der Nacht, dem die Eingeborenen die Bedeutung eines Omens und magische Kräfte zuschreiben. Ja, indem er ihn eine Eule hieß, bewies Hans, was er von ihm hielt, machte er ihn doch für den Tod der rätselhaften und wunderschönen Frau namens Weiße Maus verantwortlich.

Nun, wir legten uns zur Ruhe und aßen nach dem Aufstehen und traten bei Aufgang des Monds unsre Reise an, die uns Richtung Nordwest führte. Alles war vorbereitet, sogar die Lasten waren auf die neuen Träger verteilt. In der Tat brauchten wir nicht mehr zu tun als das kleine Zelt abzubauen und zusammen mit unsern persönlichen Dingen auf Donnas Rücken zu packen, die Hans gefüttert hatte und die abwechselnd Tom und Jerry führten. Zwischenfälle blieben uns erspart. Der oder die Löwen, die Kaneke laut Hans mit einem Bann belegt hatte, belästigten uns nicht; auch die Araber und die Wilden, die der seltsame Kaneke seine »Freunde« nannte, ließen sich nicht mehr blicken. Kurzum, wir folgten einfach, wohin Kaneke uns führte, und waren sicher, als spazierten wir über eine englische Landstraße, bis wir an eine Stelle gelangten, wo er das Lager errichten ließ.

So verlief also unser erster Marsch, der sich in den kommenden Wochen oftmals ähnlich wiederholte. Es passierte uns nichts auf diesem langen Treck; zumindest nichts Ungewöhnliches. Es war, als ruhte ein Zauber auf uns, der uns vor allem Unheil und allen Widrigkeiten bewahrte. Ein Großteil des Landes, durch das wir zogen, war praktisch unbewohnt. Ich nehme an, daß die Sklavenhändler es in früheren Jahren entvölkert hatten, denn häufig stießen wir auf menschenleere Ruinendörfer. Waren die Dörfer allerdings bewohnt, so ging Kaneke voraus und verhandelte mit ihrem Häuptling. Was er denen sagte, weiß ich nicht, jedenfalls wurden wir daraufhin stets freundlich empfangen und hilfsbereit mit allem versorgt, was sie hatten, ohne normalerweise dafür bezahlen zu müssen.

Eins fiel mir auf: daß sie mich voller Scheu betrachteten. Zunächst begründete ich es damit, daß die meisten noch nie einen echten weißen Mann gesehen hatten, gelangte nach und nach aber zu dem Schluß, daß mehr dahintersteckte, nämlich daß ich aus dem einen oder andern Grund als mächtiger Fetisch oder gar als Gottheit angesehen wurde. So warfen sie sich denn vor mir zu Boden und opferten mir sogar von dem, was sie hatten, nämlich meist Getreide und Obst.

Solange sie sich auf dies beschränkten, nahm ich davon keine Notiz, als jedoch in einem Dorf der Häuptling, der ein bißchen Arabisch sprach, da er in seiner Jugend unter die Sklavenhändler gegangen war, einen weißen Hahn brachte, ihm den Hals durchschnitt und meine Füße mit seinem Blut bespritzte, hielt ich es an der Zeit, dem Treiben Einhalt zu gebieten. Ich riß ihm das tote Federvieh aus der Hand, warf es fort und fragte ihn, warum er so was tue. Zuerst brachte er vor Schreck keine Silbe hervor, stellte er sich doch bestimmt vor, daß sein Opfer zurückgewiesen worden sei und ich ihm zürne.

Dann aber fiel er auf die Knie und nuschelte etwas, das darauf hinauslief, daß er mir nur Ehre erweise, wie der ›Bote‹ oder ›mein Bote‹ ihm aufgetragen habe. Ich verstand nicht um alles in der Welt, was er meinte, es sei denn, er bezog sich auf Kaneke. Als ich das gerade herausfinden wollte, kam der gute Mann und warf dem Häuptling einen Blick zu, daß dieser aufsprang und davonlief.

Nun stellte ich Kaneke erfolglos zur Rede, denn er zuckte nur die Achseln und meinte, das seien sehr einfache Leute hier, die einem Weißen eben gern eine Ehre erweisen.

Hans war andrer Meinung.

»Wie kommt es, Baas«, fragte er, »daß sie immer bereitstehn und uns in ihren Dörfern mit Geschenken willkommen heißen? Keiner von den Männern der Eule« (er nannte Kaneke häufig »Eule«) »gehen voraus, um uns anzumelden, denn ich zähle sie ständig, besonders abends und morgens, ob einer fehlt. Auch können sie uns nicht aus der Ferne kommen sehen, wenn wir durch den Busch ziehen. Wie also wissen sie von unserem Kommen?«

»Ich habe keine Ahnung.«

»Dann sag' ich's dir, Baas. Der Eulenmann sendet seinen Geist voraus, um ihnen Mitteilung zu machen.« Nach einer Pause fügte er hinzu: »Oder vielleicht ...« Er hielt inne, sagte, er habe seine Pfeife am Boden liegengelassen oder dergleichen und ging.

Also blieb das Rätsel wie viele andere ungelöst.

Wir hatten in jeder Hinsicht soviel Glück, daß ich als Jäger aus dem ewigen Aberglauben unsres Gewerbes heraus mißtrauisch wurde und etwas Schlimmes befürchtete. Stießen wir an einen Fluß, gab es jedesmal eine Furt. Wollten wir Fleisch haben, befand sich stets Wild in der Nähe, das Tom und Jerry leicht erlegen konnten. (Kaneke, fiel mir auf, wollte keine Tiere schießen, selbst wenn ich ihm leihweise mein Gewehr dafür anbot.) Das Wetter war immer bestens, und wenn wirklich ein Unwetter losbrach, hatten wir ein Obdach. Niemand bekam Fieber oder andere Beschwerden; niemand erlitt einen Unfall. Wir wurden nicht von Löwen belästigt, nicht von Schlangen gebissen und so weiter. Schließlich machte dieser unnatürliche Zustand uns nervös, insbesondere Tom und Jerry, die eines Abends fast weinend zu mir kamen und erklärten, wir seien verhext und liefen geradewegs in unsern Tod.

»Unsinn«, erwiderte ich, »seid doch froh, daß wir so viel Glück haben.«

»Zucker ist gut«, sagte Tom, der Süßigkeiten liebte, »aber man kann nicht allein von Zucker leben; es wird einem übel dabei, und ich träume schon schlecht nachts.«

»Ich rechne nicht damit, daß ich mein Töchterchen noch einmal sehe, aber wenn das der Wille des Himmels ist, kann man nichts machen«, bemerkte der eher phlegmatische Jerry und fügte hinzu: »Herr, wir mögen diesen Kaneke nicht, den Hans eine Eule nennt, und möchten, daß du das Kommando übernimmst, da wir nicht wissen, wohin er uns führt.«

»Ich weiß es auch nicht und wäre als Führer nicht brauchbar. Aber keine Sorge, ich zeichne eine Karte vom Weg, damit wir zurückfinden.«

»Wenn wir zurückkehren, werden wir keine Karte brauchen«, meinte Tom mit hohler Stimme. »Wir wissen von Hans, daß die Frau namens Weiße Maus ihm und dir Glück und eine sichere Rückkehr verheißen hat, Herr, aber von uns hat sie offenbar nicht geredet.«

»Hört«, unterbrach ich gereizt, »wenn ihr zwei solche Angst habt, wofür ich keinen Anlaß sehe, denn es geht bestens voran, dann folgt dem Beispiel unsrer Träger im ersten Camp und rennt fort. Ich lasse euch eure Gewehre und Patronen, soviel ihr wollt, und den Esel Donna dazu zum Tragen. So solltet ihr euch sicher zur Küste durchschlagen können, zumal ihr ja Geld in der Tasche habt.«

Tom schüttelte den Kopf und meinte, man würde sie noch vor dem Ende ihrer ersten Tagesreise umgebracht haben. Sodann zeigte Jerry, der phlegmatische, sein wahres Gesicht, oder das englische Blut, das meiner Meinung nach in seinen Adern floß, setzte sich durch.

»Hör mal, Lochgesicht«, sagte er zu Tom. »Wenn wir so weitermachen, wird unser Herr Macumazahn uns bald geringschätzen und machen wir uns zum Gespött des gelben Mannes Hans und vielleicht auch des Kaneke und der Seinen. Wir haben diese Reise angetreten; also wollen wir sie mannhaft zu Ende führen. Man stirbt nur einmal. Sollen wir, weil wir Christen sind, deshalb feige sein? Du hast keinen, der um dich trauert, und ich habe nur ein Töchterlein, das mich kaum gesehen hat und gut versorgt ist, falls ich nicht zurückkehre. Deshalb sage ich, hinfort mit den Ängsten, die schließlich nur auf Wasser gebaut sind; belästigen wir den Herrn nicht mehr damit.«

»Das hast du schön gesagt«, erwiderte Tom alias Lochgesicht, »und wäre da nicht der verfluchte Zauberer, einer derer, gegen die in der Heiligen Schrift gewettert wird, so wäre ich ganz zufrieden. Aber solange er uns führt, er, der mit den Seinen, wie ich beobachtet habe, des Nachts die Sterne anruft ...«

Hier hob Tom zufällig den Blick und bemerkte Kaneke, der in einiger Entfernung anscheinend außer Hörweite stand und uns mit seinen großen Augen fixierte. Die Wirkung war umwerfend. »Vorsicht, da steht er, der Zauberer«, flüsterte Tom Jerry zu, woraufhin sie sich umwandten und davongingen.

Kaneke kam zu mir.

»Diese Jäger fürchten etwas, Herr«, sagte er leise. »Seit Tagen sehe ich ihnen das an. Was ist es, das sie fürchten?«

»Dich und die Zukunft«, antwortete ich ganz unverblümt.

»Jeder sollte die Zukunft fürchten, Herr, so er weise ist. Aber warum fürchten sie mich?«

»Weil sie glauben, daß du ein Zauberer bist, Kaneke.«

Er lächelte in seiner trägen Art und gab zur Antwort:

»Wie es andere tun und getan haben. Wenn jemand mehr Voraussicht hat und tiefer in die Herzen blickt oder sich von Frauen abkehrt oder das verehrt, was die meisten nicht verehren, oder sich anderweitig von den übrigen unterscheidet, dann wird er stets ein Zauberer genannt wie ich. Herr, was deine Diener brauchen, ist etwas, das sie auf andere Gedanken bringt, so daß sie nicht mehr ständig über sich nachdenken. Ich bin gekommen, um dir zu sagen, daß wir morgen ein Waldgebiet betreten, das um diese Jahreszeit von großen Elefantenherden aufgesucht wird, die von fern kommen und sich hier versammeln zu einem Zwecke, der uns Menschen verborgen ist. Du und deine wackeren Jäger, ihr hättet vielleicht Freude daran, diese Versammlung zu sehen und den einen oder andern dieser Elefanten zu schießen, sind doch mächtige Bullen, ihre Könige, darunter.«

»So was sehe ich mir gern an«, antwortete ich, »aber es hätte wenig Sinn, Tiere zu schießen, wenn man das Elfenbein nicht mitnehmen kann.«

»Du könntest es vergraben bis zur Rückkehr, Herr. Jedenfalls würde es die Jäger eine Weile beschäftigen.«

»Also gut«, erwiderte ich gleichgültig, denn offengestanden glaubte ich nicht an Kanekes Geschichte von gewaltigen Elefantenherden, die in irgendeinem Wald eine Art Thing abhielten.

Am nächsten Abend kampierten wir am Rande dieser Wälder, von denen Kaneke gesprochen hatte. Es war ein sehr eigenartiger Wald, wie ich ihn noch nie gesehen hatte. Stattliche Bäume wuchsen darin, die mir unbekannt waren; glattstämmige Riesen mit laubreichen Wipfeln, die zusammenschmolzen und die Sonne aussperrten, so daß an den dichtesten Stellen selbst gegen Mittag Dämmerlicht herrschte und nirgendwo etwas gedeihen konnte am Boden. Dabei standen die Bäume nicht überall, sondern sparten hie und da große Lichtungen aus, in denen sie aus unerfindlichen Gründen nicht Fuß fassen wollten. Diese Lichtungen, die manchmal eine Meile maßen, waren spärlich mit Busch und Gras bedeckt.

Die ganze Nacht hörten wir ringsum Elefanten trompeten, und als der Morgen anbrach, entdeckten wir, daß eine große Herde keine Viertelmeile entfernt unser Camp passiert haben mußte. Der Anblick der Fährte weckte große Jagdlust bei Tom und Jerry, die ihre Trübsal vergaßen und mich bestürmten, der Herde zu folgen. Ich weigerte mich aus dem bekannten Grunde, daß es nämlich, sollten wir Tiere schießen, nicht einfach wäre, das Elfenbein abzutransportieren. Kaneke indes, der dieses Gespräch hörte, erklärte, die Träger brauchten unbedingt ein, zwei Tage Rast, währenddessen wir uns durch Jagd Kurzweil verschaffen könnten.

Nun gab ich nach, war ich doch gespannt, ob Kanekes Geschichte von einer Thingstätte der Elefanten, die angeblich in diesem Wald liegen sollte, stimmte. Zudem wollte ich den Jägern etwas bieten, das sie auf andere Gedanken brächte. Und selber freute ich mich nach den langen, ereignislosen Märschen gleichfalls auf ein bißchen Abwechslung.

Also machten wir vier – das heißt Tom, Jerry, Hans und ich; Kaneke wollte nicht mitkommen – uns auf den Weg, nachdem wir gegessen und alle Vorbereitungen getroffen hatten; im Gepäck hatten wir großkalibrige Gewehre, reichlich Patronen und etwas Nahrung und Wasser. Den ganzen Tag lang folgten wir der Spur der Elefanten, die nicht in den erwähnten Lichtungen zum Fressen innehielten, wie ich gehofft hatte, sondern in flottem Tempo an ein bestimmtes Ziel zu eilen schienen. Mit nur einer Pause marschierten wir unentwegt durch den dämmrigen Wald, wobei uns auffiel, daß die Elefantenspur einem Pfad folgte, der sich zwischen den Stämmen hindurchschlängelte und kerzengerade durch die spärlich mit Busch und Gras bestandenen Lichtungen schnitt.

Mehr als einmal wollte ich umkehren, wie Hans auch, der keinen Sinn in diesem Abenteuer sah. Stets bettelten Tom und Jerry indes darum, weitergehen zu dürfen, also gingen wir weiter. Gegen Sonnenuntergang verloren wir die Spur in einem dichten Waldstück. Um sie wiederzufinden, so lange es hell wäre, drängten wir weiter und stießen unverhofft auf eine der erwähnten Lichtungen, die uns größer vorkam als alle andern zuvor und noch spärlicher bewachsen. Sie maß wenigstens tausend Morgen und war vollkommen eben, so daß ich den Eindruck hatte, sie hätte in grauer Vorzeit den Grund eines Sees gebildet.

Inmitten dieser Oase im Wald erhob sich ein Erdhügel, der, nach den Bildern, die ich gesehen habe, zu urteilen, den mächtigen Grabhügeln glich, wie sie wilde

Stämme in gewissen Gegenden Europas vor Jahrtausenden über den Skeletten ihrer Ältesten errichtet haben. Oder es war, wie ich später entdeckte, viel wahrscheinlicher das natürliche Fundament einer Inselsiedlung, die einem Stamme Schutz bot, als diese Lichtung mit Wasser bedeckt war. Jedenfalls lag sie da, die niedrige, flache Kuppe, in ein spärliches Kleid aus blühenden Büschen und Bäumchen gehüllt.

In der Annahme, von dieser Erhebung aus die Elefanten oder zumindest ihre Spur sehen zu können, gingen wir dorthin, wobei ich überlegte, daß sie schlimmstenfalls einen besseren Lagerplatz böte als der finstre Wald. Nachdem wir den flachen Hang erklommen hatten, stellten wir fest, daß die Kuppe abgeflacht war und in ihrer Mitte eine große Vertiefung aufwies, in die sich einst vielleicht die Hütten der Ureinwohner geduckt hatten. Von größerem Interesse freilich als die Geschichte dieses Ortes war für uns, daß in ihrem Grunde ein Teich lag, den eine Quelle speiste oder der letzte Regen gefüllt hatte.

Als ich das Wasser sah, das wir brauchten, da wir das eigene schon getrunken hatten, beschloß ich, die Nacht auf dem Hügel zu verbringen, obwohl von den Elefanten, denen wir gefolgt waren, nichts zu sehen war, mochten wir auch noch so angestrengt Ausschau halten.

»Ja, Baas«, sagte Hans, als ich den Befehl dazu erteilte, »aber trotzdem gefällt es mir hier nicht, Baas. Ich würde lieber in den Wald zurückkehren, sobald wir getrunken und unsre Flaschen gefüllt haben.«

Ich erkundigte mich nach dem Grund.

»Ich weiß nicht, Baas. Vielleicht spuken hier noch die Geister derjenigen, die den Hügel bewohnt haben, obwohl wir sie nicht sehen können. Oder ... Aber sag, Baas, warum hat dieser Eulenmann Kaneke uns zu den Elefanten geschickt?«

»Damit Tom und Jerry auf andere Gedanken kommen, Hans.«

Er grinste und meinte darauf:

»Kaneke ist es egal, ob Tom und Jerry auf andere Gedanken kommen. Ich meine schon eher, er hat uns losgeschickt, um uns zu entwischen, nur wette ich, daß er nicht allein weitergehen will. Also wird es darum gewesen sein, Baas, uns eine Lektion zu erteilen und vor Augen zu führen, wie mächtig er ist, so mächtig nämlich, daß er den Baas dazu bringen kann, zu tun, was er will, was bisher noch keiner geschafft hat.«

Ich überlegte und kam zu dem Schluß, daß Hans recht hatte. Es war nicht mein Wunsch gewesen, diese absurde Jagd anzutreten, dennoch hatte ich mich von Kaneke dazu drängen lassen.

»Ich glaube gar nicht, daß es hier Elefanten gibt«, fuhr Hans überzeugt fort. »Die Spur? Oh! Ein Zauberer wie Kaneke kann eine Spur zaubern, Baas. Oder wenn es den Anschein hat, daß es hier Elefanten gibt, dann sind es in Wirklichkeit Geister, welche diese Gestalt annehmen. Kehren wir zum Wald zurück, Baas – falls der Eulenmann dies gestattet.«

Nun hielt ich es für an der Zeit, mit der Faust auf den Tisch zu schlagen, was ich denn auch kräftig tat.

»Hör auf mit dem Quatsch, Hans!« fuhr ich ihn an. »Ich weiß gar nicht, was mit euch Burschen los ist. Ist dein Hirn weich geworden wie eine faule Kakaobohne, weich wie das von Tom und Jerry? Wir schlafen hier heut' nacht und kehren morgen ins Camp zurück!«

»Oh! Der Baas glaubt, er kann schlafen heut' nacht. Ja, schlafen, glaubt er, kann er«, spöttelte Hans. »Wir werden ja sehn«, und er war noch immer spottend fortgerannt, ehe mein Zorn ihn treffen konnte.

Die Sonne ging unter, und bald zog der große Mond auf. Wir aßen von dem, was wir bei uns hatten; da wir kein Kochgeschirr mitgebracht hatten, war es zwecklos ein Feuer zu machen, was wir auch gar nicht gewollt hätten, denn an einer Stelle wie dieser war ein verräterisches Feuer gefährlich. Da es uns töricht erschien, mitten in dem offenen Gelände, wo es keine Böcke und somit keine Löwen gab, da Löwen nicht auf Elefanten Jagd machen, eine Wache aufzustellen, legten wir uns zur Ruhe und schliefen, wie es sich für müde Männer geziemt. Ich weiß noch, daß mir beim Wegdämmern aufgefallen ist, wie außergewöhnlich still es ringsum war. Kein Tier schrie, kein Nachtvogel kreischte, nichts regte sich in dieser unbelebten, windstillen Gegend. Die Stille war richtig bedrückend, so daß mir diesmal das vertraute Schwirren eines Moskitos, das freilich ausblieb, geradezu willkommen gewesen wäre.

So schlummerte ich denn ein, um irgendwann, es war nach dem Stand des Mondes gegen Mitternacht, durch ein Gefühl der Bedrücktheit geweckt zu werden. Ich träumte, daß eine große Vampirfledermaus über mir flatterte und an meinem Zeh Blut saugte. Nun lag ich auf dem Gesicht, wie ich das meist tue, wenn ich unter freiem Himmel schlafe, um nicht mondblind zu werden, unmittelbar am Rande dieser Mulde, wo sich, wie gesagt, Wasser gesammelt hatte, so daß ich auf den Teich sehen konnte. Sein Wasser war still und klar und bildete somit einen vollendeten Spiegel.

Es fügte sich nun, daß dieser Spiegel etwas Wunderliches wiedergab, nämlich Kopf, Rüssel und Stoßzähne eines der größten Elefanten, die ich je zu Gesicht bekommen habe. Jana* selbst hätte nicht recht viel größer sein können! Wie ich im Spiegel sah, stand er über mir; ja, ich lag zwischen seinen Vorderbeinen, während er mich mit der Rüsselspitze am Nacken beschnupperte, ohne mich damit zu berühren.

Ich sage, kein Alptraum, kein Alptraumelefant in diesem Falle, ist schlimmer gewesen! Natürlich dachte ich,

---

* Zur Geschichte des Elefantenriesen Jana siehe *Das Elfenbeinkind*, Band 18 der Haggard-Ausgabe im Wilhelm Heyne Verlag (HEYNE-BUCH Nr. 06/4369)

es sei ein Traum, ein besonders lebhafter eben, der von unverdautem Biltongue* oder dergleichen herrührte. Aber das machte die Sache nicht besser, denn obwohl ich wach geworden war, wich die Vision nicht von mir, wie's jeder anständige Alptraum tut. Und was sollte darüber hinaus, falls es ein Traum war, das gräßliche Pieken an meinem linken Bein? (Dies klärte sich anschließend auf: Hans versuchte mich zu wecken, ohne den Elefanten auf sich aufmerksam zu machen, indem er mir den Dorn, womit er sich das Hosenbein hochzustecken pflegte, in den Oberschenkel stach.) War es ferner möglich, daß ein Elefant im Traum einem so heftig in den Nacken prustete, daß Staub und dürres Gras einem in die Nase fuhren und heftigsten Niesreiz auslösten?

Während ich unter Höllenqualen dieser Frage nachging und auf das Schreckensbild im Wasser starrte, beendete das monströse Tier seine Visitation meiner Person, trat gemessen über mich hinweg und ging zu Tom und Jerry, die nahebei am Boden lagen. Ob die Guten wach waren oder schliefen, wußte ich nicht, denn was nun geschah, versetzte die beiden dermaßen in Schrekken, daß sich hierzu und zu folgendem eine Aphasie einstellte, so daß sie es mir nie sagen konnten. Das Tier beschnüffelte zunächst Tom und Jerry; es würdigte sie nur eines Schnaufers pro Kopf. Dann packte es mit dem Rüssel zunächst Tom und dann Jerry und schleuderte sie mit einer spielerischen Bewegung nacheinander in den Wassertümpel. Sodann schritt es, wobei es Hans mied, als mißfalle ihm sein Geruch, über den Rand der Mulde oder Senke in der Kuppe hinweg und verschwand.

Augenblicklich setzte ich mich auf und verpaßte Hans, der noch immer wie ein Irrer mit seinem Dorn auf

* Über offenem Feuer geröstetes und geräuchertes Fleisch bzw. Dörrfleisch. – *Anm. d. Übers.*

mich einstach und mir heftige Schmerzen verursachte, eine Ohrfeige, denn zu sprechen getraute ich mich nicht, und glitt über den Rand der Mulde zum Teich, um Tom und Jerry vor dem Ertrinken zu retten, falls sie nicht schon tot wären. Nun war es so, daß meine Hilfe sich erübrigte, denn der Teich war recht seicht und die beiden, die vom Elefanten gar nicht verletzt worden waren, saßen auf dem Grund und streckten, ihre Hysterie bändigend, die Köpfe aus dem Wasser.

Es war trotz der schrecklichen Umstände ein Bild zum Totlachen, wie man's sich nicht vorstellen kann. Mein Leben lang habe ich nichts Lustigeres gesehen. Man stelle sich vor, zwei Männer, bis zum Hals untergetaucht im Wasser sitzend, zitternd aneinandergeschmiegt in einem Anfall von nackter Angst.

Ich flüsterte ihnen zu, sie sollten herauskommen, und daß ich sie, sollten sie nur einen Laut von sich geben, erschießen würde, woraufhin sie, bei meinem Erscheinen ruhiger geworden, ans Ufer kletterten, womit sie bewiesen, daß sie keine Knochenbrüche davongetragen hatten, und triefend an Land stiegen. Ich ließ sie zurück, damit sie sich erst einmal einigermaßen erholten, während ich mit dem schweren Gewehr in der Hand Hans voraus auf den Rand der Mulde kletterte und hinüberspähte.

Dort stand in hellem Mondschein keine zwanzig Yards entfernt auf einer kleinen Erhebung oder Plattform, die mich an eine Rednertribüne bei einer Versammlung unter freiem Himmel erinnerte, der mächtige Bulle. Ja, dort stand er wie aus Stein gehauen.

8
Der Elefantentanz

Niemals werde ich jene wunderliche Szene vergessen, die mir mein Bangen und Staunen mit scharfem Griffel ins Gedächtnis geritzt hat. Man stelle sich vor! Der weite Kessel oder Seegrund, rundherum von einem finstren Waldring eingeschlossen und in eine Stille getaucht, die so vollkommen war, daß man sie zu hören glaubte. Dann dort, unmittelbar unter uns, der gigantische, steinalte Elefant – denn steinalt war er, wie ich an verschiedenen Merkmalen erkannte – in einer regungslosen Pose, die eine seltsame Melancholie ausstrahlte, die Melancholie eines Greises, der den Ort seiner Kindheit aufsucht und ihn verlassen findet.

»Baas«, flüsterte Hans, »wenn du ein bißchen weiter nach links rückst, kannst du ihn hinterm Ohr erwischen und totschießen.«

»Ich will ihn nicht schießen«, erwiderte ich, »und wenn du schießt, brech' ich dir das Kreuz!«

Hans dachte bestimmt, daß ich diese Antwort gab, weil ich die Nerven verloren hatte und fürchtete, einen Fehlschuß zu tun. Freilich war dergleichen nicht der Fall. Aus unerfindlichen Gründen hätte ich eher einen Menschen ermordet, als diesen Elefanten zu erschießen, der eben mein Leben geschont hatte, als ich ihm hilflos ausgeliefert war.

So leise wir auch sprachen, der Bulle hörte uns wohl trotzdem. Jedenfalls drehte er den Kopf und blickte in unsre Richtung, so daß ich mich ängstlich fragte, ob ich nun doch schießen müsse. Dem war jedoch nicht so, denn der Elefant, der sich offenbar von unsrer Harmlosigkeit überzeugt hatte, fiel wieder in seine Versenkung, die an die zwei Minuten lang anhielt.

Dann hob er mit einemmal den Rüssel und stieß einen

Ruf oder Schrei aus, der lauter und durchdringender als jeder Trompetenstoß war. Dreimal wiederholte er diesen Ruf, und als der dritte verklang, wurde die Stille der Nacht von einer schrecklichen Antwort zerrissen. Ringsum im Wald hob allenthalben ein Getöse an von Elefanten, die im Chor trompeteten; es waren ihrer Hunderte, wie's schien.

»Allemagter! Baas!« flüsterte Hans mit bebender Stimme, »dieser alte Spukelefant ruft seine Freunde, um uns zu töten. Nichts wie weg, Baas!«

»Wohin, sind wir doch umzingelt?« fragte ich zaghaft und fügte hinzu: »Falls er uns töten wollte, könnte er das allein tun. Lieg still; das ist unsre einzige Chance! Und sag den Jägern drunten, sie sollen nicht so laut beten und ihre Gewehre entladen, damit sie nicht in Versuchung kommen zu schießen!«

Hans krabbelte zum Ufer des Teichs, wo der triefende Tom und Jerry in ihrer Todesangst hörbare Stoßgebete zum Himmel schickten. Dann erlebte ich das spektakulärste Schauspiel meiner ganzen Jägerlaufbahn. Wie die abgerichteten Elefanten Indiens oder der alten Könige zogen in endloser Folge und in geordneten Reihen drei gewaltige Elefantenherden auf. Aus dem Wald vor uns, zu unsrer Rechten und zu unsrer Linken – und ebenso, wette ich, auch hinter uns, obwohl ich sie dort nicht sehen konnte – traten sie in die mondbeschienene Lichtung und marschierten im Gleichschritt, der die Erde erschütterte, auf den Hügel zu.

Vielleicht sah ich alles doppelt. Vielleicht war ich dermaßen nervös, daß ich mein Gefühl für Zahlen verloren hatte, dennoch könnte ich schwören, daß es wenigstens tausend Tiere waren, wobei die andern sie nachher auf noch viel mehr schätzten. In jeder Truppe gingen die Bullen, deren Stoßzähne im Mondschein glänzten, voraus. Dann folgten die Kühe mit den Kälbern und zuletzt alle halbwüchsigen Tiere, die nach Größe geordnet zu sein schienen.

Also hatte Kaneke nicht gelogen. Hier sammelten sich die Elefanten, wie er uns prophezeit hatte. Nur wie wußte er um Himmels willen davon? Schon glaubte ich, daß er doch sei, wofür Hans und die Jäger ihn hielten – ein Zauberer, der uns vielleicht hierher geschickt hatte, auf daß wir in Stücke gerissen oder totgetrampelt würden.

Dann vergaß ich Kaneke wieder in der Aufregung dieses wilden, wunderlichen Spektakels. Die Herden kamen an. Sie stellten sich im Halbkreis, in vielen gebogenen Reihen, vor dem Hügel mit dem steinalten Bullen auf. Nach kurzem Verharren sanken sie wie ein Zeichen hin auf die Knie. Ja, sogar die Kälber knieten nieder und legten den Rüssel flach vor sich auf den Boden.

»Sie huldigen ihrem König, Baas«, hauchte Hans, und eben dies schien wahrhaftig der Fall zu sein.

Der riesige Bulle trompetete einmal gleichsam als Antwort. Die Herde erhob sich, woraufhin eine wunderbare Darbietung folgte, die einem Traum hätte entstammen können. Die Bullen scharten sich ungelogen zu einer Abteilung zusammen und schritten feierlich von rechts nach links am Hügel vorbei, wobei sie eifrig trompeteten. Nach ihnen folgte das Regiment der Kühe und zuletzt die Schar der Halbwüchsigen, die allesamt trompeteten; selbst die kleinen Kälber ließen ein schrilles Quieken verlauten. Daraufhin formierten sie sich wieder, allerdings nicht wie zuvor. Denn nun standen die Bullen den Kühen und andern gegenüber. Ein Tanz begann, so schnell und figurenreich, daß ich ihm nicht zu folgen vermochte. Er stellte sich mir als unirdische Quadrille dar, wobei die Bullen zu den Kühen strebten oder umgekehrt, und sie einander mit dem Rüssel liebkosten. Vielleicht war es irgendein Hochzeitstanz, ich weiß es nicht.

Es hörte so plötzlich auf, wie es begonnen hatte. Die Herden ordneten sich wie zu Anfang, wendeten sich um und marschierten in drei Richtungen in den Wald davon, woher sie gekommen waren. Bald waren alle

Elefanten verschwunden bis auf den alten Königsbullen, der nach wie vor regungslos direkt unter uns stand als personifizierte Majestät und Einsamkeit.

»Glaubst du, der steht immer da, Baas?« flüsterte Hans. »Denn in dem Fall wäre es besser, ihn jetzt zu schießen, wo die andern fort sind.«

»Still«, sagte ich; »vielleicht versteht er dich.«

Ja, ich war noch so nervös von dem Spektakel, daß ich solchen Unsinn redete.

»Ja, Baas«, pflichtete Hans mir, heiser flüsternd, bei. »Ich vergaß; vielleicht versteht er mich gar. Also ich habe das mit dem Erschießen nicht so gemeint. Es war nur ein Scherz. Und der Schuß könnte die andern wieder anlocken.«

In diesem Moment wandte sich der Königsbulle zu meinem Entsetzen um und stapfte geradenwegs zu uns herauf. Selbst wenn ich gewollt hätte, hätte ich ihn nicht erschießen können, da ich, wie ich es von den andern verlangt hatte, mein Gewehr entladen hatte, um nicht in Versuchung zu kommen. Und ich wollte es gar nicht, so groß war meine Angst. Er blieb stehen und betrachtete uns, dieser Koloß mit den sanften, nachdenklichen Augen. Dann hob er den Rüssel, und ich sprach ein Stoßgebet, glaubte ich doch, nun habe mein letztes Stündlein geschlagen. Aber nein, er führte die Rüsselspitze an den Bauch von Hans, der jetzt kniete, und stieß einen fürchterlichen Laut aus, den ein solcher Luftstrom begleitete, daß Hans rückwärts über den Hang flog zu Tom und Jerry, die dort am Boden lagen.

Daraufhin wandte sich der Bulle ab, stapfte den Hügel hinunter und hinaus auf die Lichtung, bis er – ein Bild hehrer Einsamkeit – im finstern Wald verschwand.

Als er außer Sicht war, ging ich hinab zum Teich und trank, denn der viele Angstschweiß hatte mich scheinbar ausgetrocknet. Dann kehrte ich mich meinen drei Gefolgsleuten zu, die als ein Häuflein Elend am Teichufer lagen.

»Ich bin tot«, murmelte Hans, der auf den beiden andern lag. »Dieser Teufel von Elefant hat mir die Gedärme herausgepustet. Ich bin leer; nur mein Kreuz ist noch da.«

»Kein Wunder, du hast ihn verwünscht und Macumazahn bedrängt, ihn zu erschießen«, murmelte Tom. »Denn hat dieses *Afreet* uns nicht für nichts und wieder nichts in den Teich geworfen?«

»Ob du noch einen Bauch hast oder nicht, sei so gut, und nimm endlich dein Hinterteil von meinem Gesicht, gelber Mann, oder ich laß dich meine Zähne spüren«, brummte Jerry.

So ging es weiter, und der Anblick und das Gefasle der drei war so lustig, daß ich schließlich in heftiges Gelächter ausbrach, was meine Verkrampfung löste und mir gut tat. Dann steckte ich meine Pfeife an, wobei ich hoffte, daß die Elefanten das Feuer nicht sehen und den Tabak nicht wittern würden, was mir andrerseits ziemlich einerlei war, denn nach einer Pfeife verlangte es mich nun mehr als nach allem andern auf der Welt.

»Reden wir«, sagte ich zu den andern. »Was sollen wir tun?«

»Weg von hier, Herr, und zwar sofort!« meinte Tom. »Dieses Tier ist kein Elefant, sondern ein böser Geist in der Gestalt desselben. Ja, ich, der ich Christ bin und allen Aberglauben abgelegt habe, sage, das ist ein böser Geist.«

»Lochgesicht hat ganz recht«, warf Jerry ein. »Wäre das ein Elefant gewesen, hätte er uns umgebracht, aber da's ein böser Geist war, warf er uns ins Wasser.«

»Dummkopf!« knurrte Hans, der sich den Bauch rieb, »du machst einen bösen Geist besser als einen Elefanten? In Wirklichkeit ist der Bulle, wie der Baas weiß, weder das eine noch das andere; er ist ein Häuptling oder König, der einst als Mensch hier gelebt hat und zu einem Elefanten geworden ist, und die vielen andern Tiere, die ihr vor lauter Angst nicht gesehen habt, sind einst sein Volk gewesen, aber jetzt Elefanten geworden. Für den Baas ist das ganz klar und für mich, die wir bessere Christen sind als ihr zwei. Dennoch bin ich auch der Meinung, je eher wir diesen verwunschenen Ort verlassen, desto besser.«

So stritten sie sich bis zur Erschöpfung. Nachdem sie aufgehört hatten, sagte ich:

»Wir bleiben hier bis zum Tagesanbruch. Ihr drei steigt mir auf den Rand dieser Mulde und haltet Wacht! Ich bin müde und lege mich schlafen. Weckt mich, wenn ihr die Elefanten zurückkommen seht!«

So legte ich mich denn nieder und schlief oder döste zumindest, was ich, wie gesagt, Gott sei Dank, zu jeder Zeit und nach jeglicher Aufregung tun kann. Ich bin ein Fatalist, der sich nicht grämt, was die Zukunft bringt, weiß ich doch, daß geschieht, was geschehen muß, womit banges Sorgen sich erübrigt. Falls die Elefanten mich töten, kann ich es nicht abwenden; inzwischen könnte ich wenigstens eine Zeitlang schlafen.

Also schlief ich und träumte, daß ich diesen Ort inmitten eines Sees und voller Menschen sah. Es waren hochgewachsene, dunkelhäutige Männer und Frauen, wobei letztere anständig bekleidet waren mit bunt gefärbten Gewändern. Auf dem Hügel standen Hütten, die mit Schilf gedeckt waren, und hölzerne Stege, an denen Kanus festgemacht waren, ragten an den Ufern aus dem seichten Wasser. Auf dem glänzenden See fuhren weitere Kanus, die mit ein, zwei fischenden Männern besetzt waren, während den See der dichte Wald umschloß, wie er auch jetzt noch stand. In meinem Traum war die Mulde, in der sich der Teich befand, bei dem ich nun schlief, mit einem Dach überspannt, das beschnitzte Pfosten aus schwarzem Holz trugen. Es waren höchst wunderliche Schnitzereien, aber beim Erwachen konnte ich mich an Einzelheiten nicht mehr erinnern.

Es fand eine Kundgebung statt an diesem großen öffentlichen Versammlungsort, und ein Mann mit Umhang und Federhaube, der Häuptling, wie ich annahm, hatte sich von seinem Stuhl aus vier Elefantenstoßzähnen und einem Sitz aus geflochtenen Binsen erhoben und sprach zur Versammlung in einer offensichtlich wichtigen Angelegenheit, denn sein Publikum aus greisen Männern war ganz Ohr. Er schlug sich auf die Brust und stellte Fragen an sie. Als die Zuhörer sich dann mit gedämpfter Stimme bezüglich einer Antwort besprachen, erwachte ich und sah, daß es hell war.

Natürlich war dieser Traum Unsinn und gab lediglich wieder, wie ich mir diesen Ort früher vorstellte, so daß ich ihm keine Beachtung schenkte. Dennoch fügte er sich nahtlos in diese Umgebung ein, so nahtlos, daß ich, wäre mein Hang zur Mystik ausgeprägter gewesen, tatsächlich geglaubt hätte, der Traum spiegele ein Ereignis der Vergangenheit wider, das sich zugetragen hatte, als dieser Hügel eine Insel in einem See war, auf der Ureinwohner lebten, um vor feindlichen Angriffen geschützt zu sein.

Hans hatte wie ich tief geschlafen, während die Jäger vor lauter Angst kein Auge zutaten und meldeten, keine Elefanten mehr gesehen oder gehört zu haben.

»Dann machen wir uns auf den Weg, bevor sie wiederkehren«, sagte ich heiter.

Also trank ich einen Schluck Wasser und aß eine Handvoll Brunnenkresse, die ich stets als sehr kräftigend geschätzt habe, und los zogen wir und waren recht froh, diesem verwunschenen Hügel, wie Hans ihn nannte, den Rücken zu kehren. Auf der Lichtung hob sich unsre Stimmung, zumindest die von Hans und mir, obwohl es seltsam gewesen war, auf den einsamen See zu blicken und sich vorzustellen, was für ein Spektakel sich vor wenigen Stunden hier abgespielt hatte, so seltsam, daß ich geradezu versucht war zu glauben, wir seien einer nächtlichen Vision aufgesessen, beflügelt von Kanekes Geschichte einer großen Elefantenherde, die sich in dieser Gegend versammle.

Als der Wald uns aufnahm, sank freilich unsere Stimmung wieder, denn dieser Ort mit seinen Baumriesen, die das Sonnenlicht aussperrten, hatte etwas Finsteres, höchst Bedrückendes an sich. Immer tiefer drangen wir ein, wobei wir unsrer Spur in umgekehrter Richtung folgten, da ich umsichtigerweise in Indianermanier diesen oder jenen Stamm markiert hatte, um bei der Rückkehr nicht vom Weg abzukommen. Sich in diesem Wald zu verirren, wäre wirklich ein grausiges Los gewesen. Als wir ein gutes Stück marschiert waren und die Stelle erreichten, wo wir am Vortag die Elefantenfährte verloren hatten, fiel mir auf, daß Hans zusehends nervöser wurde und ständig über die Schulter zurückblickte.

»Was ist los?« fragte ich.

»Wenn der Baas sich umblickt, wird der Baas es selber sehen, es sei denn, das Wasser und das Wasserkraut haben mich berauscht«, erwiderte er kläglich.

Ich blickte also um und sah es. Dort stand keine hundert Yards hinter uns direkt auf unsrer Spur zwischen zwei Stämmen unser Freund, der Königselefant.

Ich hielt inne, denn ich muß gestehen, im ersten Moment bekam ich weiche Knie.

»Vielleicht nur ein Schatten – eine Täuschung«, sagte ich.

»O nein, Baas. Das ist er, wie er leibt und lebt. Ich spüre ihn schon seit einer halben Meile in meinem werten Hinterteil, aber habe mich nicht umzuschauen getraut. Aber vielleicht mag der Baas, wenn er seine Zweifel hat, nachsehn gehn?«

In diesem Moment kamen Tom und Jerry, die weit vorausgingen, angerannt und meldeten, links und rechts Elefanten gesehen zu haben, so daß wir umkehren müßten.

»O ja«, sagte Hans, »ihr seid zwei sehr wackere Männer, wie ihr immer sagt, also geht, bitte schön, zurück!«

und er deutete mit dem Finger auf die Erscheinung hinter uns, die offenbar nähergekommen war, während wir sprachen, obschon sie jetzt, war dem so, wieder regungslos verharrte.

Tom und Jerry sahen sie, und ich fürchtete allen Ernstes, daß einer oder alle beide ohnmächtig zusammenbrechen würden, war ihr Schreck doch, wie meiner auch, gewaltig. Allerdings riß ich mich zusammen und sprach ein ernstes Wort mit ihnen und gab zuletzt den Befehl zum Weitermarsch.

»O ja«, wiederholte Hans, der in dieser kritischen Lage eine grimmige Art von Humor an den Tag legte. »Vorwärts, ihr wackeren Jäger, denn das ist euer Geschäft, nicht wahr? Und bitte, beschützt mich, den armen, kleinen, gelben Mann. Nein, guckt nicht zu den Bäumen, denn wir sind keine Eidechsen oder Spechte, und nur die könnten daran hochklettern. Und selbst wenn wir's könnten, was würde das schon nützen, würden die Spukelefanten doch warten, bis wir wieder herunterkämen. Vorwärts, wackere Jäger, die ihr mir erst neulich abend erzählt habt, daß alle Elefanten vor dem Menschen davonlaufen.«

So redete er in einem fort, bis ich seinem Gespött ein Ende setzte.

»Kommt schon«, sagte ich, »und bleibt dicht beisammen, denn was anderes können wir nicht tun. Und merkt euch, wenn einer feuert, bevor wir tatsächlich angegriffen werden, bedeutet das wohl unsern sicheren Tod. Jetzt folgt mir!«

Sie gehorchten; sie folgten mir in der Tat ungewöhnlich dicht, so dicht, daß mir, hielt ich kurz inne, der Lauf des Gewehrs vom Hintermann, das, wie ich bemerkte, voll gespannt war, ins Kreuz stieß.

Bald merkte ich, daß wir von Elefanten richtiggehend umzingelt waren. Das heißt, der große Bulle war hinter uns, während unzählige Tiere uns von links und rechts einschlossen, wobei ich vor uns keine entdecken konnte. Es war geradezu so, als würden sie uns aus ihrem Gebiet geleiten, indem sie uns höflichst den Weg wiesen, der am schnellsten hinausführte. Daß sie uns sahen, daran bestand kein Zweifel, denn hin und wieder streckte einer den Rüssel aus und schnupperte, wenn wir keine zwanzig, dreißig Yards entfernt passierten. Darüber hinaus war noch eines auffallend: Alle diese Elefanten hatten in Abständen entlang unsres Weges so Aufstellung genommen, daß sie uns zugewandt waren, womit sie uns zwangen, einer schnurgeraden, schmalen Gasse zu folgen.

Aber ein jeder fiel, hatten wir ihn passiert, hinter den Bullen zurück und schloß sich hinten an. Das wurde offensichtlich, als wir eine der erwähnten Lichtungen durchquerten und ich umschaute und eine große Schar von schätzungsweise Hunderten von Elefanten in ernster, zielstrebiger Prozession nachfolgen sah. Dabei standen links und rechts vor uns weitere Tiere. Mir war, als hätten sich sämtliche Elefanten Afrikas in diesem Wald versammelt!

Nun, es hätte keinen Sinn, mit der Beschreibung fortzufahren, denn dies würde lediglich bedeuten, daß ich mich immerzu wiederholen müßte. Stunden ging das so, praktisch bis wir in die Nähe des Camps vorstießen, dem wir viel rascher zueilten, als wir es verlassen hatten. Hier lichtete sich der Wald und wurde häufiger von freien Flächen unterbrochen. Ich zählte eine nach der andern, bis ich wußte, daß wir uns der letzten näherten, die nur mehr eine Meile oder vielleicht etwas mehr von der *Boma* trennte. In dem Moment blickte einer der Jäger zurück und keuchte:

»Herr, die Elefanten fangen zu rennen an.«

Ich verschaffte mir Gewißheit. Es stimmte. Der Königsbulle fiel in einen würdevollen Trab, und seine Untertanen folgten dem Beispiel. Es erübrigt sich zu sagen, daß auch wir zu rennen anfingen.

Oh! Diese letzte Meile! Selten habe ich die in einer

solchen Zeit geschafft seit den Langstreckenläufen meiner Schulzeit, und so schnell ich auch rannte, die andern hielten mit mir Schritt oder überholten mich gar. Wir flogen durch jene Lichtung, und hinter uns polterten die Elefanten her, daß die Erde unter ihren wuchtigen Schritten erbebte. Sie holten auf, dicht auf; ich konnte ihr tiefes Schnaufen hinter mir hören. Vor uns lag das Camp, und auf einem großen Termitenhügel davor stand in seinem verräterisch weißen Gewand Kaneke und verfolgte den Wettlauf.

Mit einemmal schienen die Elefanten diesen zu sehen oder aber den Rauch des Feuers. Jedenfalls hielten sie abrupt an, machten kehrt und zogen sich ohne einen Ton in den tiefen Wald zurück, wobei der Königsbulle, als wollte er nur ungern von uns lassen, als letzter den Rückzug antrat.

Ich stolperte ins Camp; zerzaust und atemlos, bot ich ein lächerliches Bild nach dieser Demütigung, wie ich durchaus bemerkte. Denn galt ich nicht in großen Teilen Afrikas als einer der größten Elefantenjäger meiner Zeit, und hier lief ich in panischer Flucht vor Elefanten ein, ohne auch nur einen Schuß abgegeben zu haben? Schon richtig, daß es ein kleines Publikum war, das aus dem rätselhaften Kaneke, einer Spinne von Mensch, der ich anscheinend ins Netz gegangen war, und knapp zwei Dutzend Trägern bestand, die vermutlich seine Stammesbrüder waren. Aber das machte die Sache nicht besser; denn selbst wenn kein Mensch Zeuge dieser meiner Schande gewesen wäre, hätte ich mich kaum weniger geschämt. Ich war wütend, insbesondere auf Kaneke, den ich zu Unrecht, darf ich wohl sagen, unter dem Verdacht hatte, hinter dieser Sache zu stecken. Zudem hatte ich meinen Hut verloren, und was ist ein Engländer schon ohne Hut?

Kaneke stieg von seinem Termitenhügel herab und empfing mich – ein einziges Lächeln und Verbeugen.

»Ich schätze, die Jagd war erfolgreich, Herr, sehe ich

doch, daß du eine Menge Elefanten gefunden hast«, sagte er.

»Du machst dich über mich lustig«, entgegnete ich. »Wie du weißt, habe ich nicht gejagt; ich bin gejagt worden. Nun, vielleicht wirst auch du eines Tages gejagt, und ich kann über dich lachen.«

Dann bedeutete ich ihm mit einer Handbewegung, aus dem Weg zu gehen, und zog mich in mein Zelt zurück, um zu verschnaufen und die Fassung wiederzuerlangen.

Als ich mich auf die kleine, mit Segeltuch bespannte Klappliege warf, die ich, wenn es möglich war, stets mitführte bei meinen diversen Expeditionen, verfolgte ich die Ankunft der beiden nächsten, die langsamer geworden waren, als die Elefanten umkehrten. Tom und Jerry brachten vor Wut kein Wort hervor. Sie drohten Kaneke mit geballten Fäusten; falls sie ihre Gewehre zur Hand gehabt hätten, was nicht der Fall war, da sie diese bei ihrem verzweifelten Rennen um Leben und Tod zuletzt weggeworfen hatten (sie wurden später ebenso wie mein Hut unversehrt wieder aufgelesen), hätten sie Kaneke höchstwahrscheinlich erschossen oder das zumindest versucht.

»Du hast uns vor den Augen unsres Herrn zu Feiglingen gemacht«, schnaubte einer von ihnen, welcher weiß ich nicht mehr. Dann verschwanden sie außer Hörweite.

Ganz zuletzt trabte Hans ein (*er* hatte sein Gewehr nicht weggeworfen), der sich auf den Boden hockte und sich mit seinem Hut befächelte.

»Warum sind sie nur so böse auf mich, Hans?« fragte Kaneke.

»Ich weiß nicht«, antwortete Hans, »aber wenn du mir einen Tropfen aus der Flasche gibst, die du unter deiner Bettdecke aufbewahrst, fällt's mir vielleicht wieder ein. Ich meine die Flasche, die dir der Baas gab, als du Zahnweh hattest.«

Kaneke ging in den aus Ästen errichteten Unterstand, wo er schlief, und kehrte mit einer Flasche purem Gin wieder, goß einen ordentlichen Schluck in eine Schale und reichte sie Hans, der den Schnaps in sich hineinschüttete.

»Jetzt fällt's mir allmählich wieder ein«, sagte Hans und leckte den Rand der geleerten Schale ab. »Sie sind sauer auf dich, Kaneke, weil sie glauben, du hättest ihnen übel mitgespielt und als der Zauberer, der du bist, die Geister, die dir hörig sind, in Elefantengestalt gesteckt, damit diese uns jagen und du was zu lachen hast.«

»Aber dergleichen habe ich nicht getan, Hans«, erwiderte Kaneke gekränkt. »Bin ich ein Gott, der Elefanten schaffen kann?«

»O nein, Kaneke, was immer du bist, ein Gott bist du sicher nicht. Übrigens glaube ich nicht an diese Geschichte wie die dummen Jäger. Dennoch hoffe ich um deinetwillen, daß beim nächsten Mal, wenn du uns zur Jagd schickst, dergleichen nicht passiert, Kaneeke, denn wir haben das Schießen nicht verlernt und diese Jäger könnten versucht sein, auszuprobieren, ob die Haut eines Zauberers Kugeln standhalten kann. Und jetzt nehme ich, da du kein Zahnweh mehr hast, den Gin wieder mit und bringe ihn dem Baas, der nicht mehr viel davon besitzt, denn nicht mal ein Zauberer kann einen guten Gin machen.«

Damit stand Hans auf und entriß Kaneke die Flasche. Zu seinen Gunsten muß ich anmerken, daß er mir die Flasche unangetastet zurückgegeben hat, was – für Hans – ein höchst tugendsamer Akt gewesen ist.

So endete also die Elefantenjagd, mittels derer ich die Langweiligkeit dieser merkwürdig ereignislosen Reise aufzuheben und die Moral von Tom und Jerry und in einem geringeren Maße die von Hans und mir wiederherzustellen hoffte. Gewiß ging diese erste Absicht in

Erfüllung, denn was immer von unseren Erlebnissen am Versammlungsort der Elefanten und danach zu halten ist, langweilig waren sie ganz bestimmt nicht. Von der zweiten Absicht indes ließ sich das in dem Umfang nicht sagen. Vielmehr blieb bei den Jägern große Furcht zurück, insbesondere weil sie nicht genau wußten, was sie zu fürchten hatten.

Die ganze Sache war nicht normal. Keiner von uns hatte bei Elefanten je ein solches Verhalten beobachtet, wie diese großen Herden es an den Tag legten, und allein das Erbarmen, das diese Tiere uns gegenüber zeigten, war unglaublich.

Wie kam es, daß der alte Königsbulle nicht die Flucht ergriff oder aber uns tötete auf dem Hügel? Warum scheuchte er uns mit seiner Herde auf jene Weise in unser Lager zurück, ohne uns auch nur ein Haar zu krümmen? Kein Wunder, daß jene ungebildeten Männer dahinter Zauberwerk vermuteten und sich ängstigten.

Während ich diesen Unsinn, den ich als solchen durchschaute, aus meinem Denken verbannte, konnte ich nicht umhin, den merkwürdigen Umstand anzuerkennen, daß während dieses langwierigen Unterfangens unsrer Expedition nichts zu passieren schien. Bislang war sie mit der Inkonsequenz eines Traums behaftet. So kam es gleich zu Beginn, als wir mit einer blutigen Schlacht auf Leben und Tod rechneten, zu keinem Kampf, zumindest nicht auf unsrer Seite. Nur ein einziger Schuß fiel, mein Todesschuß auf den Araber Gaika, der, das sei bemerkt, Kanekes Erzfeind war und sehnlichst dessen Tod wünschte. Ebenso fiel, als wir, gut ausgerüstet, auszogen, um Elefanten zu erlegen und sie massenhaft vorfanden, kein einziger Schuß; vielmehr scheuchten uns die Tiere mit Schimpf und Schande in unser Lager zurück. Es gab noch mehr Ereignisse dieser Art, die ich nicht alle anzuführen brauche.

Mir war nicht mehr wohl bei der Sache, und ich

wollte abbrechen. An jenem Abend ging ich sogar zu Kaneke und sagte ihm dies, wobei ich ausführte, die Jäger seien in schlechter Verfassung, ich wolle sie aber nicht allein zurückschicken, weshalb ich ihm empfähle, sich von mir und meinen Männern zu trennen, gedächte ich doch, zur Küste zurückzukehren. Kaneke war sehr betroffen und redete, zunächst ganz höflich, auf mich ein, indem er mich auf die vielen Gefahren eines solchen Gangs hinwies. Da ich nicht nachgeben wollte, schlug er einen andern Ton an und sagte mir ins Gesicht, daß mein Vorhaben den sicheren Tod von uns vieren bedeuten würde.

»Durch wessen Hand? Durch deine, Kaneke?« fragte ich.

»Aber nein, Herr«, antwortete er. »Und mögest du noch so brutal unsere Vereinbarung brechen und hiernach meinen Lohn einstreichen« (dabei bezog er sich auf die Goldmünzen und das Elfenbein, das ich törichterweise angenommen hatte), »ich wäre nie so gemein, die Hand gegen dich zu erheben, der du mein Leben gerettet hast unter Einsatz deines Lebens, wie du glaubst, obwohl du in Wahrheit keinerlei Risiko eingegangen bist.«

»Was meinst du damit? Wie willst du das wissen, Kaneke?«

»Ich meine, was ich sage, und ich weiß es wirklich, Herr. Selbst in jener Höhle, die dir so gefährlich vorkam, warst du nicht in Gefahr, wie du nicht in Gefahr warst, als die Araber dich angriffen und die Elefanten dich jagten, und wie du bis zum Ende dieses Abenteuers nicht in Gefahr kommen wirst, falls du nur dein Wort hältst. Denn wurde dir dies nicht zu Beginn verheißen?«

»Ja, Kaneke, durch eine unglückliche Frau, die ich nicht mehr sehe.«

»Auch jene, die man nicht sieht, können bei einem sein, Herr, oder sich ihre Kraft bewahren. Aber wenn du kehrt machst, ehe deine Mission erfüllt ist, wird sie dich verlassen. Jene Stämme, die euch willkommen geheißen haben bei der Reise hierher, werden euch ausnahmslos bekriegen auf dem Rückweg, bis sie euch auf die eine oder andere Art ums Leben gebracht haben. Nie wieder werdet ihr das Meer schauen, Herr.«

»Das ist aber nett«, rief ich und beherrschte meinen Unmut, so gut ich konnte. »Hör zu! Du sprichst von meiner Mission. Sei so gut und erklär mir, was das ist. Die einzige Mission, die ich habe oder hatte, ist der Gang zu einem gewissen See Mone, falls es den gibt, um meine Neugier und meinen Pioniergeist zu befriedigen. Tja, aber davon nehme ich nun Abstand; ich will nicht mehr zum See Mone gehn.«

»Dennoch glaube ich, daß dir keine andere Wahl bleibt, Herr, denn etwas, das stärker ist als wir beide, zieht uns beide dorthin. Auf dieser Welt, Herr, dienen wir nicht uns, sondern etwas andrem; was, das weiß ich nicht. Alles, was wir tun oder zu tun scheinen, ob gut oder böse, tun wir im Dienste dessen, das wir nicht sehen können. Wie dieses dein Tier Donna gehn wir unsern Weg bald gern, bald um unsre Triebe zu befriedigen und bald, weil wir mit dem Stock getrieben werden. Jeder hat seine Fähigkeiten, die ihm geschenkt sind, nicht daß er damit erreiche, was er möchte, sondern einem unsichtbaren Ziel diene. So hast du also das deine und ich das meine. Ich weiß, daß deine Diener und die andern mich für einen Zauberer halten und du zuweilen geneigt bist, ihnen Glauben zu schenken. Nun, vielleicht habe ich in gewisser Hinsicht etwas von einem Zauberer an mir, das heißt, aus mir wirkt eine Kraft, obwohl ich nicht weiß, woher diese Kraft kommt.«

»Ich bin nicht weiser als zuvor, Kaneke.«

»Wie könnten wir, die wir unwissend sind, weiser werden, Herr? Dazu müßten wir zuerst weise sein, aber das sind wir erst, wenn wir – tot sind, wo wir lernen, daß Weisheit Nichts und Nichts Weisheit ist.«

»Oh, verschon mich damit«, sagte ich zornig. »Du redest in einem fort, ohne etwas zu sagen. Du willst mich mit deinen Sprüchen hinters Licht führen, aber worauf du hinauswillst ist, daß wir mit dir weitergehen müssen.«

»Ja, Herr, das meine ich unter anderem, es sei denn, du möchtest vollends innehalten und die Weisheit in den Sternen, oder wo immer sie wohnt, suchen gehn. Sicherheit und Glück sind dir und dem Gelbhäutigen, deinem Diener, versprochen worden, und alles Wissen, das dich reizt. Alles das liegt vor dir, während hinter dir alles lauert, was der Mensch meidet, so lese ich das zumindest heraus.«

»Wo liest du das, Kaneke?«

»Dort«, antwortete er und deutete zum Himmel, der mit Sternen übersät war, obwohl der Mond noch nicht aufgegangen war.

Ich schaute in das ernste Gesicht mit den großen Augen. Nichts von alledem, was er sagte, glaubte ich ihm, war ich doch überzeugt, daß er, war er nicht bloß ein gerissener Schwindler wie andere seiner Art, sich selbst etwas vormachte. Eines stand für mich freilich fest: wenn ich mich seinem Willen widersetzte und ihn verließe, würden seine Prophezeiungen, was uns anbetraf, bestimmt in Erfüllung gehn. Es lag auf der Hand, daß dieser Kaneke großen Einfluß auf die Eingeborenen hatte. Es wäre ein Kinderspiel für ihn, uns auf allen Wegen, die wir einschlagen würden, eine Meldung vorauseilen zu lassen, eine Meldung, welche bedeuten würde, was er uns vorausgesagt hatte, daß wir nur zu viert den wilden Haufen ausgeliefert wären – nämlich den Tod. Anderseits würde, gingen wir weiter mit ihm, schon seine Eitelkeit dafür sorgen, daß sich bewahrheitete, was er gesagt hatte, nämlich daß wir nicht in Gefahr gerieten. Erst im nachhinein fiel mir auf, daß nur Hans und ich in diese Zusage eingeschlossen waren. Von den beiden Jägern wurde kein Wort gesagt.

Insgesamt haßte ich Kaneke nach dieser Unterredung mehr denn je. Irgend etwas sagte mir, daß er, mochte er noch so vertrauenerweckend und glattzüngig sein, ein falsches Herz hatte und keine guten Absichten verfolgte.

9

Erklärungen

Gleich am nächsten Morgen legte ich all dies Tom und Jerry dar, denen ich mitteilte, daß ich mich entschlossen hätte, mit Kaneke weiterzuziehn, und daß Hans mich begleite, was ich für das insgesamt weniger gefährliche Vorgehen hielte. Falls sie jedoch umkehren wollten, gäbe ich ihnen Gewehre mit und einen gerechten Anteil unserer Munition, dazu die Eselin Donna als Ersatz für Träger. Eigentlich wiederholte ich lediglich detaillierter das Angebot, das ich ihnen unterbreitet hatte, bevor wir loszogen, um Elefanten zu jagen oder, besser gesagt von ihnen gejagt zu werden, und erklärte dazu, ich tue dies aus dem Grunde, weil sie sich nach jenem Erlebnis nun vielleicht anders entscheiden würden.

Sie besprachen sich, woraufhin Tom, der Abessinier, der immer als Sprecher fungierte, erwiderte:

»Herr, nach dem, was wir auf dem Hügel in der Lichtung und in dem Wald mit den Elefanten erlebten, die unsrer Meinung nach verzaubert waren, sind wir, das stimmt, schon ängstlicher denn je. Unsre Angst ist so groß, daß wir, wäre eine Sache nicht, täten, was wir nicht vorhatten, und versuchten, uns zur Küste durchzuschlagen, müßten wir auch allein gehn.«

»Welche Sache?« fragte ich.

»Diese, Macumazahn: Wir sind entehrt; wir sind nicht nur davongerannt im Dienst und haben Angst gezeigt, nein, schlimmer noch, wir haben unsre Gewehre weggeworfen, um schneller laufen zu können, und deshalb sind wir, obgleich sie von Kanekes Leuten aufgelesen worden sind, entehrt.«

»Oh!« sagte ich und versuchte, sie in ihrem verletzten Stolz zu besänftigen. »Hans und ich sind auch gerannt. Wer würde nicht rennen, wenn ihm so viele Elefanten hinterherdonnern? Das war das einzig Vernünftige.«

»Ja, Macumazahn, ihr seid auch gerannt, und das war das einzig Vernünftige. Aber weder du, Herr, noch Hans habt wider das Gesetz des Jägers euer Gewehr weggeworfen ...«

»Ja, das sollte man nicht tun«, versuchte ich ihn zu unterbrechen, aber er fuhr rasch fort:

»Wir schämen uns so, Macumazahn, daß ich dir sage, wären wir keine Christen alle beide, dann hätten wir uns aufgehängt oder wären anderweitig aus dem Leben geschieden. Aber als Christen dürfen wir dies nicht, hätten wir dieses Verbrechen dann doch vor einem größeren Herrn als dir zu verantworten. Da wir also diese Schmach nicht tilgen können, wie die Wilden dies täten, Macumazahn, gedenken wir demnach, unsere Ehre auf andere Weise wiederherzustellen. Wir meinen, wenn wir mit Kaneke weiterziehn, werden wir sterben, denn wir glauben, daß wir verhext, ja verdammt worden sind von diesem Zauberer, was immer auch das Schicksal von dir, Herr, und Hans sein mag. Wenn ja, gut so, denn wir sind, wenn wir schon sterben müssen, entschlossen, einen Heldentod zu sterben, auf daß du, Herr, vergessen mögest, daß wir das Gesetz des Jägers gebrochen und unsere Gewehre weggeworfen haben, mit denen wir dich eigentlich hätten verteidigen sollen, und uns als zwei treue Diener in Erinnerung behalten mögest, die ihr Leben hingegeben haben, um das ihres Herrn zu retten.«

Ich war so erstaunt über diese ernste Rede, daß ich mich schon fragte, ob Tom sich zum Trost für diesen Makel auf seiner Ehre, diesen Verstoß gegen das »Gesetz des Jägers«, wie er sagte, an meinem spärlichen Weinbrandvorrat vergriffen hatte.

»Was meinst du?« sagte ich zu Jerry und sah ihn scharf an.

»O Macumzahn«, antwortete der phlegmatische Mensch, »ich meine, Lochgesicht hat ganz recht. Wir beide, die wir immer einen guten Ruf hatten, wie du den Schreiben zu unsrer Person entnehmen konntest, erwiesen uns in einer Stunde der Gefahr nicht als Wachhunde, sondern als Schakale. Ja, wir sind zwei, die in der Stunde der Gefahr unsere Gewehre wegwarfen, die wir bis zuletzt hätten behalten sollen, um den weißen Herrn zu beschützen, in dessen Dienst wir standen. Deshalb gehen wir nicht zurück, obschon wir glauben, daß wir geradenwegs in den Tod laufen, da ein Fluch auf uns liegt. Nein, wir gehn weiter in der Hoffnung, dir vor dem Ende beweisen zu können, daß wir gar keine Schakale sind, sondern tapfere Wachhunde; ja, dir, ist Gott uns gnädig, zeigen zu können, daß wir mehr sind, daß wir Büffelbullen sind, daß wir Löwen sind.«

»Alles barer Unsinn«, rief ich. »Ihr macht aus einer Mücke einen Elefanten. Ich habe euch nie für Schakale gehalten, die ich euch als beherzte Männer kenne. Und ich darf wohl sagen, daß ich, hätte ich nur daran gedacht, als mir die Elefanten auf den Fersen waren, mein Gewehr auch weggeworfen hätte, um schneller rennen zu können. Dennoch ist es aus genannten Gründen insgesamt wohl klüger von euch, mitzukommen, als zu versuchen, allein zurückzukehren. Die Gefahren, die hinter uns liegen, sind weitaus schlimmer als diejenigen vor uns, denn obwohl Kaneke kein Zauberer ist, wie ihr glaubt, ist es nur ratsam, ihn nicht zum Feind, sondern zum Freund zu haben. So bitt' ich euch denn, laßt ab von euren ängstlichen Hirngespinsten, die dem Aberglauben entspringen, den ein Christ mit Verachtung strafen sollte, und seid guten Mutes.« Da nun genug geredet war, schüttelte ich ihnen die Hand, um ihnen zu zeigen, daß ich keinen Groll gegen sie hegte, und schickte sie fort.

Anschließend machte ich mich sehr diplomatisch daran, Hans von dieser Unterredung zu berichten, hoffte ich doch, von ihm zu erfahren, was diese Jäger wirklich fürchteten.

»Oh, Baas«, unterbrach er mich, »es ist unnütz, wenn du mir von dem, was zwischen dir und den Burschen vorgefallen ist, mit halber Zunge und halbem Herzen erzählst« (womit er meinte, daß ich nur einen Teil der Wahrheit offenlegte), »denn ich bin auf der andern Seite dieses Busches gewesen und habe jedes Wort gehört.«

»Du schmutziger kleiner Spitzel«, sagte ich empört.

»Ja, Baas, ganz genau, denn wenn man die Wahrheit wissen will, muß man zuweilen ein Spitzel sein. Nun, es gibt nichts hinzuzufügen. Sicher haben Lochgesicht und Jerry ganz recht; sie wissen, daß sie verhext sind oder daß der Eulenmann bei seinen nächtlichen Streifzügen zumindest ihren Tod in den Sternen gelesen hat. Aber sie wissen gleichfalls, wenn sie schon sterben müssen, spielt es keine Rolle, ob sie mit uns gehn oder alleine ziehn. Gehen sie also durchs Mitkommen fröhlich und singend ins Fegefeuer ein, und nicht traurig und voller Scham, weil sie sich für Löwen halten, und nicht für Schakale, wie sie gesagt haben – nun, Baas, dann laß sie doch mitkommen und zerbrich dir nicht mehr den Kopf über sie. Was mich betrifft, ich bin, so gern ich sie habe, recht froh, daß sie es sind, die sterben müssen, und nicht wir. Also Kopf hoch, Baas, und nimm die Dinge, wie sie kommen!«

»Hinaus, du herzlose kleine Bestie«, sagte ich, und Hans ging hinaus. Dabei wußte ich freilich, daß er kein wirklich herzloser Mensch war, und überdies wußte Hans, daß ich es wußte. Hans war auf seine Art nach außen hin ein recht zynischer, halbzivilisierter Philosoph, hatte aber einen weichen Kern.

Zu guter Letzt zogen wir also weiter, wie gehabt; und wie gehabt, passierte nichts Aufregendes. Kaneke, der uns führte, da ich keine Ahnung hatte, wohin unser Weg ging, geleitete uns durch sämtliche Arten afrikanischer Landschaft. Wir durchwateten Flüsse oder wurden, waren diese zu tief und zu breit, von freundlichen Eingeborenen auf Flößen oder Kanus übergesetzt, denn sobald Kaneke ein Wort mit ihren Häuptlingen gesprochen hatte, wurden alle Eingeborenen äußerst hilfsbereit. An einer Stelle, stimmt schon, mußten wir, da keine Eingeborenen oder solche mit Kanus oder Flößen dort seßhaft waren, einen Strom durchschwimmen, was ich zitternd tat, fürchtete ich doch die Krokodile. Die Krokodile indes, falls es welche gab dort, ließen uns freundlicherweise in Ruhe, so daß wir wie stets sicher ans andere Ufer gelangten.

Nachdem wir den letzten dieser Flüsse passiert hatten, führte unser Weg zwei Tage lang durch dichten Wald. Am Nachmittag des zweiten Tages lichtete sich der Wald und ging schließlich in eine Ebene über, eine dürre Steppe mit kleinen Bäumen, also Gras- und Buschland. Diese Ebene war äußerst heiß und beheimatete allerlei Wild und, wie wir bald anhand zahlreicher Stiche feststellen mußten, Schwärme von Tsetsefliegen, die sich vom Wild ernährten. Da die Tsetsefliege, von ihren juckenden Stichen abgesehen, harmlos für den Menschen ist und wir keine Pferde und Rinder bei uns hatten, waren wir nicht besorgt, glaubte ich doch bis dahin, daß der Esel wie der Mensch und die Antilope immun gegen ihr Gift wäre. Dem war jedoch nicht so, wie sich zeigte, zumindest nicht im Falle von Donna, auf der ich viel ritt, weil das Gehen in der Hitze ein mühsames Geschäft war.

Eines Tages merkte ich, daß sie so schwach geworden war und so häufig stolperte, daß ich schließlich abstieg. Von meinem Gewicht befreit, kam sie wieder recht gut vom Fleck, ohne daß man sie hätte führen müssen, denn das kluge, liebenswerte Tier lief mir oder Hans, der sie fütterte, wie ein Hund nach. Als wir an jenem Abend unser Lager aufschlugen, wollte sie nicht fressen und litt an Schwindel.

Ich erriet sofort, was los war. Vermutlich war sie

schon lange infiziert, und das neuerlich verabreichte Gift aus jener mückenverseuchten Ebene hatte den Anstoß gegeben, wobei ein kräftiger Regen nachgeholfen hatte, der oft eine Krankheit zum Ausbruch bringt. Es war nichts zu machen, da es gegen das Gift kein Gegenmittel gab. Also legten wir uns wie immer schlafen. Mitten in der Nacht wurde ich geweckt, weil etwas gegen mich drückte. Zunächst erschrak ich, dachte ich doch, es müsse ein Löwe oder anderes Raubtier sein, entdeckte aber dann, daß die arme Donna irgendwie durch den errichteten Dornenzaun gedrungen und bis in mein Zelt vorgestoßen war, das wegen der Hitze offenstand, wo sie mich nun mit der Nase anstupste, um auf ihren Zustand aufmerksam zu machen und Hilfe zu erbitten.

Natürlich konnte ich weiter nichts tun, als sie aus dem Zelt zu führen und ihr Wasser anzubieten, das sie nicht trinken wollte. Ich versuchte, mich zu entfernen, aber sie versuchte kläglich, mir zu folgen, wurde sie doch zusehends schwächer, bis sie zuletzt umfiel. Ich setzte mich neben sie, und sogleich drehte sie sich um, legte, ob durch Zufall oder Absicht, den Kopf auf meine Knie und starb.

Ich habe ihr Ende ausführlicher geschildert, weil es, von einem Hund namens Stump abgesehen, den ich als Kind besessen hatte, das ergreifendste war, das ich, was Tiere angeht, erleben mußte. Sicher wird es, wenn es für uns Menschen ein zweites Leben gibt, ebenso eins für Tiere geben, die so viel Liebe aufbringen können; zumindest wäre mir an einem Himmel ohne Tiere nicht gelegen.

Als alles vorüber war, kehrte ich in mein Zelt zurück und schlief, so gut es ging, um beim ersten Tageslicht durch Wehklagen geweckt zu werden. Ich erhob mich und spähte, dem Klagen nachgehend, über den Zaun, wo ich im Dämmerlicht – nun, wen wohl? – Hans sah, der so gern den Abgebrühten und Hartherzigen herauskehrte und jetzt am Boden hockte und Rotz und Wasser heulte – anders kann man nicht sagen – und der armen Donna immerzu die Nase küßte. Ich legte mich also wieder hin, bis Hans, wie gewohnt bei Sonnenaufgang, mir den Kaffee brachte.

»Baas«, sagte er fröhlich, »es gibt eine gute Nachricht heute morgen. Die Tsetsefliegen haben Donna den Garaus gemacht.«

»Warum ist das eine gute Nachricht?« wollte ich wissen.

»Oh! Baas, weil der Eulenmann Kaneke sagt, vor uns lägen Berge, die sie nicht hätte passieren können. Erst neulich sagte er mir, wir müßten sie dort erschießen oder den Löwen überlassen, was schade gewesen wäre. Zudem war sie geschwächt und uns damit keine rechte Hilfe mehr, weshalb ich froh bin, daß sie jetzt tot ist, denn das erspart mir die Fütterei.«

»Ja, Hans«, erwiderte ich, »ich habe gesehen, wie froh du bist, als ich, es blitzten gerade die Speere der Träger Kanekes im ersten Tageslicht, einen Blick über den Zaun tat.«

Hierauf stellte Hans flugs den Kaffee ab und machte sich fort, weil er sich offenbar sehr schämte, sagte er doch, nachdem ich ihm später davon erzählt hatte, er möge es nicht, bespitzelt zu werden, wenn er sich vor lauter Magendrücken wie ein Idiot aufführe. Ich sollte noch erwähnen, daß die Jäger ziemlich niedergeschlagen reagierten, nicht weil ihnen viel an Donna gelegen hätte, sondern weil sie sagten, nun sei es mit unserm Glück vorbei und der Tod sei »ein hungriger Löwe«, der, sobald er Tierfleisch gekostet habe, Menschenfleisch begehre.

Sie hatten recht. Das Glück verließ uns. Der Tod von Donna markierte das Ende unseres friedlichen Marsches.

Einige Tage später gelangten wir an ein Gebirge, das wir seit langem in der Ferne hatten aufragen sehen, kühne Berge, die des Nachts ein wunderbarer, geheimnisvoller blauer Lichtschimmer einzuhüllen schien und die meines Wissens Rugagebirge hießen. Es stimmte durchaus, daß wir genötigt gewesen wären, Donna – tot oder lebendig – zurückzulassen, denn der Aufstieg artete in eine arge Kraxelei aus. Hätte Kaneke den Weg nicht gekannt, so hätten wir die Berge überhaupt nicht erklimmen können aufgrund der jähen Wände, die stufenartig oder terrassenförmig aufragten und die wir umgehen mußten, da sie unbesteigbar waren.

Allerdings kannte er den Weg, wobei »Weg« übertrieben ist, denn nichts deutete darauf hin, daß er von Menschen begangen wurde. Drei, vier Tage krabbelten wir am Fuße jener Steilwände entlang und stießen stets auf Rinnen, die ein Umgehen ermöglichten. So ging es dahin, ein kräftezehrendes Geschäft, das uns immer höher führte, wo es nachts empfindlich kalt war, obwohl kein Schnee lag, und die Luft dünn und schneidend wurde.

Zu guter Letzt erreichten wir den Gipfel des Berges, der sich als abgeflacht erwies, wie man es häufig beobachtet in Afrika. (Woher das wohl rührt? Wurden die Grate in der frühen Erdgeschichte, also vor einigen Hundertmillionen Jahren, von Eis abgetragen?) Da sich die Nacht herabsenkte, konnte ich nicht mehr sehen, zumal dichter Nebel, in den sich jene abgeflachten Gipfel gern hüllen, aufzog und die Sicht verwehrte.

Am nächsten Morgen weckte Hans mich noch vor dem Morgengrauen und sagte, Kaneke wolle mit mir sprechen. Murrend zog ich sämtliche Kleider an, die ich besaß, hängte mir eine Decke um und warf ein altes Otter-Karos* darüber, das ich als Auflage der dünnen Korkmatratze meiner tragbaren Bettstatt verwendete, denn es war bitter kalt, zumindest kam es mir so vor nach der Hitze der mückenverseuchten Ebene. Ich fand Kaneke am Rand der Gipfelplatte, wo er auf einem

* ärmelloser südafrikanischer Mantel aus Fellen. – *Anm. d. Übers.*

Stein saß. Er erhob sich und begrüßte mich in seiner feierlichen Art, wobei er sagte:

»Herr, du hättest nicht so lange schlafen sollen, denn nach Mitternacht legte sich der Nebel oder wurde verweht, so daß die Sterne so schön und klar sichtbar wurden, wie ich sie nicht mehr gesehen hatte, seit ich vor langer Zeit das letzte Mal hier stand. Ja, so klar waren sie, daß ich aus ihnen vieles las, das mir bislang verborgen geblieben war.«

»Wirklich?« staunte ich. »Ich hoffe, du hast in ihnen gelesen, daß wir bald diese Kälte hinter uns lassen können, die mir in die Knochen kriecht.«

»Ja, Herr, ich kann dir versprechen, es dauert nicht mehr lange, und du brauchst nicht mehr zu frieren. Horch«, fuhr er in einem andern Ton fort, »die Zeit ist gekommen, wo ich dir etwas über mein Land und über das, was uns bevorsteht, erzählen muß. Schau! Die Sonne geht im Osten auf. Ein schöner Anblick, nicht wahr?«

Ich nickte. Es war ein schöner Anblick. Im Licht des Tages offenbarte sich eine unermeßliche Ebene, die einige tausend Fuß unter uns ausgebreitet lag, und in großer Entfernung ragten etwa in der Mitte dieser Ebene Berge auf, die sich zu einem Ring vereinten. Vielleicht war es auch nur ein einziger Berg; auf diese Entfernung konnte ich mir nicht sicher sein.

»Sieh«, fuhr Kaneke fort, »dort in diesem Felskessel liegt die Heimat meines Volkes, der Dabanda, und dort liegt auch der heilige See der Mone. Von hier sieht das alles klein aus, aber klein ist es nicht. Und liefe ein schnellfüßiger Mann den ganzen Tag, er würde nicht von einer Seite zur andern gelangen.«

»Was ist es?« fragte ich. »Ein Tal?«

»Das glaube ich nicht, Herr. Ich glaube, es ist der Trichter eines Berges, der einst Feuer gespien hat, oder mehrerer solcher Berge; ein großes Becken mit Steilwänden, die unbesteigbar sind, mit Hängen darunter, die bis zum Wald am Grunde des Kessels abfallen, zum Wald, der den Heiligen See umgibt.«

»Wie groß ist der See, Kaneke?«

»Ich weiß nicht. Wenn jemand auf dem Wasser gehen könnte, brauchte er vielleicht zwei Stunden bis zur Insel in der Mitte, eine Stunde, um diese zu durchqueren, und zwei weitere Stunden, um ans andere Ufer zu gelangen.«

»Das ist ein großes Gewässer, Kaneke, folglich muß das Becken im Berg entsprechend groß sein. Ist dein Volk, das darin lebt, auch groß?«

»Nein, Herr. Es zählt vielleicht fünfhundert Männer, die eine Waffe führen können; mehr nicht. Dennoch sind sie stark, weil sie heilig sind und noch aus einem andern Grund.«

»Aus was für einem andern Grund?«

Er senkte die Stimme, als er darauf antwortete:

»Erzählte ich dir nicht von der Göttin, die in meinem Land wohnt, der Göttin, die den Titel Engoi die Göttliche trägt und den Namen Schatten führt?«

»Du hast mir davon erzählt, erinnere ich mich; ich erinnere mich auch, daß ich dir kein Wort geglaubt habe.«

»Zu Recht und zu Unrecht, Macumazahn, denn die Geschichte besteht teils aus Lügen, mit denen ich dich aus ganz besonderen Gründen gefüttert habe, teils aus der Wahrheit. So war zum Beispiel erlogen, daß die Engoi auf einen weißen Mann warte. Das war der Köder in meiner Falle. Herr, es war erforderlich, daß du mich begleitest; ich weiß zwar nicht recht, warum, aber so ist es mir aufgetragen.«

»Von wem aufgetragen?«

»Das ist mein Geheimnis, Herr.«

Nun besann ich mich der verblichenen Weißen Maus und ging der Sache nicht weiter nach, fragte aber:

»Wie meinst du das, wenn du sagst, diese Lüge sei ein Köder gewesen?«

»Wie ich es sage, Herr. Ich habe durch deinen Diener,

den Gelbhäutigen, erfahren, obwohl er's nicht zu mir, sondern zu jemand anders gesagt hat, daß du alles Schöne verehrst, insbesondere schöne Frauen, die sich, läßt du verkünden, allesamt auf den ersten Blick in dich verlieben. Jetzt wirst du verstehen, Herr, warum ich meiner Falle als Köder jene Geschichte von einer gar lieblichen Frau beigegeben habe, die auf einen weißen Mann warte; ich wußte nämlich, du würdest dich für diesen weißen Mann halten und somit die Reise antreten in der Gewißheit, daß sie, die man Schatten nennt, dir zum Lohn die Füße küssen und alle Sünden wider die andern schönen Frauen nachlassen würde, die du, wie der gelbe Mann sagt, eine um die andere wegwirfst, sobald du ihrer überdrüssig bist.«

Als ich dieses lächerliche und höchst beschämende Garn vernahm, schoß mir, das stimmt schon, trotz der Kälte heiße Zornesröte ins Gesicht. Wenn dieses schelmisch Romanzen erdichtende Hänschen in der Nähe gewesen wäre, hätte ich ihm offengestanden übel mitgespielt; sogar auf Kaneke, der diese Verleumdungen wiederholte, war ich dermaßen wütend, daß ich um ein Haar handgreiflich geworden wäre. Das ließ ich tunlichst bleiben, als ich mir einerseits überlegte, daß er viel größer und stärker war als ich, und daß ich andrerseits dieser rätselhaften Geschichte auf den Grund gehen wollte, bei der es, nachdem Kaneke sein findiges Beiwerk demontiert hatte, noch allerhand höchst Ungewöhnliches zu erhellen gab. Also zügelte ich mein Temperament und erwiderte:

»Ich habe dich für einen einigermaßen klugen Mann gehalten, Kaneke, aber stelle nun fest, daß du doch nur ein Tor bist, denn sonst hättest du erkannt, daß Hans ein noch größerer Lügner ist, als du es erklärtermaßen bist, und daß es das letzte für mich wäre, schönen Frauen oder Frauen überhaupt nachzulaufen, was nämlich immer endet, wie unser Abenteuer mit den Elefanten geendet hat, daß nämlich der Jäger zum Gejagten wird. Aber lassen wir das. Ist an deiner Geschichte auch etwas Wahres?«

»Ja, Herr, viel. Wir haben eine Göttin, die ›Schatten‹ heißt und die, wie wir, aber nicht wir allein, glauben, die Gaben des Himmels verwaltet, also Regen schickt oder zurückhält, die Frauen fruchtbar oder kinderlos macht und vieles mehr erwirkt, das den Menschen Glück und Unglück bringt, obwohl ich diese Göttin nie gesehen habe bis auf das eine Mal, von dem ich erzählte.«

»Eine Göttin! Heißt das, daß sie unsterblich ist?«

»Nein, Herr, es heißt, daß ihre Macht unsterblich ist oder zumindest von einer Generation auf die andere übergeht. Die Göttin, so glaube ich, stirbt oder wird getötet, sobald ihr Amt erfüllt ist.«

»Welches Amt?«

»Herr, der Häuptling meines Stammes der Dabanda ist ihr Hoherpriester. Wenn die Göttin reif ist, wird er mit ihr vermählt und bald der Vater einer Tochter, deren Mutter sie ist. Vielleicht wird er auch Vater von Söhnen, aber davon hört man nichts, also werden diese wohl getötet. Wenn diese Tochter, die künftige Engoi, groß wird, dann verschwindet ihre Mutter, die ehemalige Engoi.«

»Verschwindet! Wie verschwindet sie?«

»Ich weiß nicht, Herr. Die einen sagen, daß sie, die Schatten heißt, in den Himmel auffährt, die andern sagen, daß sie, die auch ›Seefrau‹ oder ›Schatz des Sees‹ genannt wird, hinaus in den See schwimmt und in seinen Wassern untergeht, und wieder andere sagen, daß die Jungfrauen, die ihr aufwarten, sie mit dem Duft gewisser Blüten vergiften, die auf dem Eiland blühn. Zuletzt geht sie dahin, und ihre Tochter, die neue Engoi, herrscht an ihrer Stelle und wird, wie zuvor die Mütter, mit ihrem Hohenpriester, dem Häuptling der Dabanda, vermählt ...«

»Was!« entrüstete ich mich. »Willst du damit sagen, daß dieser Häuptling die eigene Tochter heiratet?«

»O nein, Herr. Der Häuptling überlebt den Schatten nicht. Er weiß, wann sie scheidet, und scheidet mit oder schon vor ihr.«

»Wie ›scheidet‹ er, wie du's nennst?«

»Das bleibt ihm überlassen, Herr. Im allgemeinen sucht er den Heldentod im Kampf gegen unsre Feinde, die Abanda, auf die er sich allein stürzen wird, bis er niedergestreckt ist. Zuweilen wählt er andre Pfade in die Dunkelheit. Einen davon muß er schließlich beschreiten, denn andernfalls wird er ergriffen und bei lebendigem Leibe verbrannt. Da das Ergebnis das gleiche ist, spielt es keine Rolle, wie es bewerkstelligt wird.«

»Ich muß schon sagen«, staunte ich, »da wundert es mich, daß diese Göttin ohne weiteres einen Gemahl findet.«

»Das ist gar nicht verwunderlich, Herr«, erwiderte Kaneke hochmütig, »ist doch die Vermählung mit der Engoi die größte Ehre, die einem auf der Welt zuteil werden kann. Zudem weiß er, daß er, ist seine Zeit hier abgelaufen, auf ewig mit ihr die Freuden des Himmels teilen kann. Ja, sie werden für alle Zeiten als Doppelstern scheinen. Deshalb ernennt der Häuptling, bevor er Gemahl der Engoi wird, einen Knaben, den er liebt, zum künftigen Gemahl der kommenden Engoi.

Und so fügte es sich, Herr, daß ich als Knabe vom Häuptling, dem Halbbruder meiner Mutter, der künftigen Engoi zugesprochen wurde. Ich indes lud schwere Schuld auf mich. Ich drang in den heiligen Wald ein, um die Engoi zu sehen, von deren Schönheit ich gehörte hatte, nicht sie, die ich heiraten sollte, denn diese war noch nicht geboren, sondern ihre Vorgängerin. Es war dieses Verbrechen, das Unglück über mich brachte, wie ich schon sagte, und für das ich aus dem Land vertrieben wurde, um meine Sünden zu sühnen. Nun wurde ich wieder heimgerufen, um der Gemahl der neuen Engoi zu werden, denn dies ist meine glorreiche Bestimmung.«

»Oh!« sagte ich, »jetzt weiß ich endlich, wie der Hase läuft. Nun, jeder nach seinem Geschmack. Freilich bin ich, was ich so höre, froh, daß mich niemand dazu erkoren hat, eine Engoi zu heiraten oder den Schatten oder wie immer sie heißt.«

»Die Wege der Menschen sind sonderbar! Was du, weißer Herr, geringschätzig abtust, erachten wir als größte Ehre, die einem Menschensohn zuteil werden kann. Es stimmt, daß jenseits dieser Ehre der Tod wartet, aber was macht das schon, wo einen der Tod doch sowieso früher oder später trifft? Es stimmt ebenso, daß der, welcher zum Gemahl der künftigen Engoi bestimmt und geweiht ist, nach keiner andern Frau sehen darf.«

Hier konnte ich mir die Bemerkung nicht verkneifen:

»Aber du hast mir doch, Kaneke, eine Geschichte von einer Frau erzählt, die dir half, Vorsteher der Araber in deinem Dorf zu werden, und gesagt, du habest ihren Tod sehr betrauert; gleichfalls hast du mir wohl von deinen Frauen gesprochen, die außerhalb deines Zaunes wohnten.«

»Sicher, Herr, denn habe ich dir nicht vieles erzählt? Aber sagte ich auch, daß das Kind, welches der Frau das Leben kostete, das meinige wäre, oder zeigte ich dir die Frauen, die außerhalb meines Zaunes wohnten? Du mußt wissen, das sagte ich nicht und eine Frau hatte ich keine, was einer der Gründe ist, warum jene Araber mich für einen Zauberer hielten. Was will ein Mann mit Frauen, der zum Gemahl der Engoi, des Schattens höchstpersönlich ausersehen ist, wär's auch nur für ein Jahr oder gar nur eine Stunde?«

»Nichts. Nichts natürlich«, antwortete ich begeistert. Dann kam mir ein Gedanke in den Sinn, und ich merkte an: »Aber angenommen, die Engoi gefällt ihm nicht, wenn er sie endlich zu Gesicht bekommt, oder sie mag ihn nicht, da sie einen andern kennt, der ihr lieber ist?«

»Herr, du sprichst aus Unkenntnis, deshalb sehe ich

dir nach, was ansonsten beleidigend oder gar blasphemisch wäre. Es ist nicht möglich, daß der zum Gemahl Bestimmte die Engoi nicht mag. Und wäre sie auch bösartig, würde er sie ob der Seele in ihrer Brust anbeten. Erst recht so, da sie immer die liebenswürdigste Frau auf Erden ist, von Licht erfüllt wie ein Stern und bekrönt mit der Weisheit des Himmels.«

»Soso! In dem Fall ist nichts mehr hinzuzufügen. Aber warum, Kaneke, wird diese göttliche Schönheit und Weisheit dann von ihrem entzückten Volk ertränkt oder anderweitig hingeopfert, sobald ihre Tochter erwachsen wird?«

»Was die zweite Frage angeht«, führte Kaneke aus, der meinen Einwurf, den er sicher als belanglos und banal erachtete, schlicht ignorierte, »so ist erst recht unmöglich, daß die Engoi einem andern Mann als dem Verlobten den Vorzug gibt, weil sie keinen andern Mann zu Gesicht bekommt.«

»Oh!« sagte ich, »jetzt verstehe ich. Das erklärt alles, auch deine Verbannung aus der Heimat. Eine Frau, die keinen andern Mann sieht als den, den sie heiraten soll, ist natürlich leicht zufriedenzustellen, selbst wenn sie als Göttin gilt.«

»Herr«, versetzte Kaneke voller Entrüstung, »wie ich sehe, willst du dich über mich und meinen Glauben lustig machen.«

»Wie du dich über den Glauben der Mohammedaner lustig gemacht hast«, meinte ich gelassen.

»Wie ich ebenfalls sehe«, fuhr er fort, »glaubst du, daß ich dich belüge.«

»Was du, wie eben zugegeben, bisher auch getan hast.«

Er wedelte mit der Hand, als wollte er diese Lappalie von sich weisen, und fuhr fort:

»Dennoch wirst du merken, daß ich in bezug auf die Schattenfrau, den Schatz des Sees, und ihren Gemahl, der ›Schild des Schattens‹ genannt wird, die Wahrheit spreche. Eigentlich hättest du es längst merken sollen, denn habe ich dir nicht gesagt, wer verlobt ist mit ihr, die den Titel Engoi trägt, hat – ja, selbst vor der Vermählung – Macht über die wilden Tiere und die Menschen. Was ist mit dem Löwen, den ich in jener Nacht fortschickte, als du die Höhle bestiegst? Was ist mit jenen, die ich rief, um dich zu retten, als die Araber sich gegen dich erhoben? Was ist mit den Elefanten, die dich jagten, als du auszogst, um sie zu sehen, und die innehielten, als sie mich erblickten?«

»Ja was denn?« wiederholte ich. »Vielleicht kannst du, wenn du einmal Zeit hast, deine Fragen selbst beantworten. Vorerst habe ich noch eine für dich. Warum hast du es so geplant und angestellt und eingerichtet, daß ich bei dieser höchst geheimnisvollen Sache dein Wegbegleiter bin?«

»Weil es mir aufgetragen wurde, Herr, obwohl mir nähere Gründe noch nicht offenbart sind. Sicher bist du dazu bestimmt, der Engoi und damit mir einen Dienst zu erweisen. Darüber hinaus weiß ich, daß es einen großen Krieg geben wird zwischen meinem Volk der Dabanda und den Abanda, die zu Tausenden jenseits dieses Berges leben und möchten, wie sie es immer gewollt haben, daß ihr Häuptling den Schatten heiratet und ihnen somit Regen und Wohlstand beschere, und in diesem Krieg kanst du mir, der du ein großer Feldherr bist, wie ich gehört habe, und so vorzüglich mit dem Gewehr umzugehen verstehst, wie ich gesehen habe, von Nutzen sein.«

»Verstehe«, sagte ich. »Wie ich es schon war, als ich dich aus deinem Haus befreite und jenen Gaika niederschoß. Nun, vielleicht werde ich's sein, vielleicht auch nicht, da niemand weiß, wem er von Nutzen sein wird. Vorerst danke ich dir, daß du mir vieles anvertraut hast, wovon manches wahr sein mag. Und nun gehe ich frühstücken. Also adieu einstweilen«, und ich ging, wobei mir bewußt war, daß ich Kaneke, wenn ich ihn bisher nicht gemocht hatte, nun sogar zutiefst verabscheute.

In meinen Augen war der Mann eine Mischung aus Lügner, Aufschneider, Egoist und Mystiker, eine höchst widerliche Kombination. Dennoch hatte ich sein Geld genommen und war ihm zum Dienst verpflichtet, ihm oder zumindest dieser wunderbaren Engoi, die sich Schatten nannte, falls diese existierte. Wahrscheinlich war sie ein besserer Mensch als dieser Kaneke; das hoffte ich jedenfalls.

um eine Stelle zu erreichen, wo wir, wie Kaneke versprach, eine Quelle finden würden. Diese sollten wir unbedingt vor Einbruch der Dunkelheit erreichen, da die Nächte nun fast mondlos waren. Während wir nun, mit Staub bedeckt und in der drückenden Hitze schnaufend, so dahinstapften, stieß mich Hans, der neben mir ging, in die Seite und rief auf holländisch:

»*Kek!*« (Das heißt: Schau!)

Ich schaute in die Richtung, in die er deutete, und sah ein so merkwürdiges Bild, daß ich zunächst an eine Sinnestäuschung glaubte. Dort kam über den Hang eines niedrigen Kamms jener Felsmassen, der zur Ebene führte, ein Mann in unsre Richtung gelaufen, ein Mann am Ende seiner Kräfte, der sich mehr dahinschleppte in kurzen Sätzen als lief und alle paar Schritte zum Atemholen innehielt. Dies konnte ich mit bloßen Augen sehen, aber als ich mein Fernglas zur Hand nahm, das ich stets bei mir trage, sah ich mehr, nämlich daß dieser Mann ein Weißer war! Ja, daran bestand kein Zweifel, denn seine Kleidung, die in Fetzen von den Schultern hing, zeigte die helle Haut darunter. Des weitern waren Bart und Haar rötlich oder rotblond oder nur blond und übertraf er die meisten Eingeborenen an Größe und Statur.

Im nächsten Moment sah ich noch etwas, denn auf dem Kamm, den er überquert hatte, tauchten einige schwarze Speerträger auf, die ihn offenbar jagten. Ich steckte das Fernglas in die Tasche und rief Tom und Jerry zu, mir meine Winchester zu geben, die einer von ihnen neben seinem eigenen Gewehr trug, da die schweren Flinten und die Munition den Trägern anvertraut waren. Bald lag die Waffe mit einem Beutel Patronen in meiner Hand.

»Jetzt kommt mit!« sagte ich, und zu viert liefen wir durch die Träger voraus.

Mittlerweile war der erschöpfte Weiße bis auf fünfzig Schritt an uns herangekommen, während seine Verfolger, die keine fünf, sechs Schritt hinter ihm waren, anfingen, Speere auf ihn zu werfen, als wollten sie ihn unbedingt töten, ehe er uns erreichen könnte. Wie es der Zufall nun wollte, waren sie es, die getötet wurden, denn auf mein Wort hin eröffneten wir das Feuer und streckten sie alle nieder, da wir alle vier gute Schützen waren. Der Mann erreichte uns unversehrt, sank zu Boden und keuchte:

»Mein Gott! Ein Weißer! Gebt mir ein Gewehr!«

Das tat ich nicht, denn ich hatte keins bei der Hand und erachtete ihn überdies nicht für fähig, jetzt mit einer Schußwaffe zu hantieren. Zudem brach im nächsten Moment ein allgemeiner Kampf aus.

Weitere Speerträger – große, kräftige Gestalten – erschienen auf dem Kamm, es mochten ihrer dreißig oder vierzig gewesen sein. Unsere Träger warfen ihre Lasten ab und stürzten sich mit großem Eifer in den Kampf, wobei sie den Kriegsruf *»Engoi! Engoi!«* erschallen ließen. Wir feuerten mit den Repetiergewehren darauf los.

In wenigen Minuten war alles vorbei, denn der Großteil der Angreifer war gefallen und der Rest über den Kamm geflohen, während unsere Verluste sich auf einen Mann beschränkten, dem ein Speer in die Schulter gefahren war. Da flohen sie, von unsern Trägern verfolgt, die sich mit einemmal von friedlichen Lastenkulis in richtige Tiger verwandelt hatten, in grimmige Krieger, die sich trotz ihrer Erschöpfung wie die besten Zulu-Veteranen in den Kampf stürzten. Die Verwandlung war so nachhaltig und unverhofft, daß ich nur staunen konnte, wie es auch Hans erging, der sagte:

»Schau dir die Kerle an, Baas! Sie kämpfen nicht gegen Fremde, sondern alte Feinde, die sie von der Mutterbrust an hassen. Und schau dir Kaneke an. Ihm sträuben sich die Haare vor Haß wie bei einem Stachelschwein.« (Dies stimmte; die Bart- und Kopfhaare standen ihm zu Berge, und seine für gewöhnlich so schläfrigen Augen funkelten gefährlich.)

»Hast du gesehen, wie er den Großen erledigt hat, den du verfehlt hast« (dies war gelogen; ich hatte gar nicht auf ihn geschossen), »den Krieger, der ein Messer nach dir warf und dem er einfach den Speer entriß und den er damit aufspießte? Ich glaube, das müssen die Abanda sein, welche die Dabanda, wie du gehört hast, hassen.«

»Meine ich auch«, antwortete ich, »aber in dem Fall sind sie Kanekes Leuten außergewöhnlich ähnlich; vielleicht sind sie von gleichem Blut.«

Nun besann ich mich des weißen Mannes, den ich im Eifer des Gefechts vergessen hatte, und ging nach ihm sehen. Er saß auf dem Boden und leerte die Wasserflasche, die Jerry ihm gegeben hatte.

»Also haben Horoskope doch was Wahres an sich«, keuchte er, denn er war noch immer atemlos.

»Horoskope! Wie, zum Teufel, meinen Sie das?« fragte ich, glaubte ich doch, daß er verrückt sein müsse.

»Wie ich's sage, erwiderte er. »Mein Vater war ein begeisterter Astrologe und hat mir nach meiner Geburt ein Horoskop erstellt. Ich weiß noch, es hat vorausgesagt, ich werde einem Weißen in der Wüste begegnen, der mich davor bewahren wird, von Wilden ermordet zu werden.«

»Ach ja? Darf ich Sie, um das Thema zu wechseln, nach Ihrem Namen fragen?«

»John Taurus Arkle«, murmelte er. »Taurus von der Konstellation, unter der ich geboren bin, habe ich mir sagen lassen«, fügte er mit einem zaghaften Lächeln hinzu und im Tonfall eines Geistesabwesenden; dann schloß er die Augen und fiel in Ohnmacht.

In so tiefe Ohnmacht, daß ich ihn mit meinen knappen Weinbrandbeständen wiederbeleben mußte. Während er zu sich kam, schätzte ich den Mann ab, der sichtlich am Ende seiner Kräfte war. Daß er Engländer von guter Herkunft war, ergab sich aus dem verläßlichen Indikator Stimme und Sprechweise. Zudem paßte der Name Taurus, das heißt Stier, obwohl vielleicht, wäre die Konstellation Leo im Aszendenten gewesen, oder wie immer das heißen mag, der Name Löwe noch besser gepaßt hätte.

Offengestanden vereinigte er in seinem Äußeren Qualitäten des Stiers und des Löwen. Die breite Brust, die starken Glieder und die markante Stirn hatten etwas eindeutig Stierhaftes, während der blonde Bart und das blonde Haar, das wild wuchs und wie eine Mähne auf die Schultern fiel, und ebenso die Augen, die in der Sonne golden glänzten wie die der Raubkatze, etwas Löwenhaftes hatten.

Kurzum, er war, obwohl nicht schön, ein höchst bemerkenswerter Mann, wie ich noch keinen zweiten zu Gesicht bekommen habe. Sein Alter schätzte ich zwischen dreißig und fünfunddreißig. Sehr wunderte ich mich darüber, wie er an diesen seltsamen Ort gekommen war, den vor mir, so glaubte ich, Kanekes Äußerungen zu entnehmen, noch kein Weißer betreten hatte.

Der Alkohol tat seine Wirkung, und allmählich kam John Taurus Arkle – ein dennoch ungewöhnlicher Name – wieder zu sich. Während er noch bewußtlos war, trat Kaneke, der ein verstörtes und finsteres Gesicht machte und den Speer, mit dem er den Besitzer getötet hatte, noch in der Hand hielt, heran und starrte ihn an.

»Ihm fehlt nichts«, sagte ich. »Nur eine Ohnmacht. Er wacht gleich auf.«

»Wirklich, Herr?« erwiderte er und sah Arkle voller Unmut und Abneigung, wie mir schien, an. »Ich habe gehofft, er wäre tot.«

»Und warum?« erkundigte ich mich knapp.

»Weil dieser weiße Mann Unheil über uns bringen wird, wie ich es immer befürchtet habe.«

»Wie du befürchtet hast! Was soll das heißen?«

»Oh, nur, daß mir die Sterne etwas über ihn gesagt

haben; wie ich auch aus ihnen gelesen habe, daß wir den Leichnam finden werden.«

Sterne, dachte ich für mich, ich höre immerzu Sterne. Laut indes sagte ich: »Nun, du hast sie falsch gelesen – wenn überhaupt; denn er lebt, und merk dir, bitte, das soll auch so bleiben. Aber was ist das für ein Geschwätz von Unheil?«

»Geschwätz«, wiederholte Kaneke und deutete mit dem Speer auf regungslose Gestalten, die umherlagen. »Ist das kein Unheil? Zudem erfuhr ich von einem der Abanda vor seinem Tod, daß dieser weiße Mann über den Berg in mein Land der Dabanda eindrang; daß er ins Land der Abanda vertrieben wurde; daß er vor ihnen fliehen mußte, da sie ihn töten wollten, wie sie alle Fremden töten; daß er floh und ihnen als starker, schnellfüßiger Läufer davonrannte, bis er schließlich, als sie ihn stellten, wie ein müder Bock von einer Hundemeute gestellt wird, auf uns stieß und damit geschah, was bestimmt war.«

»Ja«, wiederholte ich, »und damit geschah, was bestimmt war, ob von deinen Sternen oder sonstwie. Aber nun sollst du erfahren, was als nächstes geschehen wird. Mir scheint, weder die Abanda noch die Dabanda mögen diesen weißen Herrn, weshalb wir ihn mitnehmen werden.«

»Warum mitnehmen, Macumazahn? Sieh, er ist bewußtlos. Ein Schlag auf den Kopf, und er wacht nicht wieder auf, der uns, falls er mit uns zu meinem Volk kommt, gegen das er sich wie auch immer vergangen hat, alle das Leben kosten kann.«

Wie geistesabwesend zog ich den Revolver aus meinem Gürtel und schaute ihn mir an, als wollte ich sehen, ob er geladen sei.

»Schau, Kaneke«, sagte ich, »machen wir uns eines klar. Du hast soeben vorgeschlagen, ich soll aus irgendwelchen Gründen, die du dafür hast, einen Landsmann von mir ermorden oder von dir ermorden lassen, einen Landsmann, der von deinem Volk und anderen Wilden angegriffen worden ist und hat fliehen können. Vielleicht verstehst du nicht, was das für einen Weißen bedeutet, also werde ich es dir verraten.«

Damit riß ich den Revolver hoch und hielt ihn ihm eine Handbreit vor die Augen. Dann sagte ich ruhig:

»Hör zu, mein Freund, wenn man in deinem Land einen Schwur tut, bei wem schwört man dann?«

»Bei der Engoi, Herr«, antwortete er verdutzt. »Einen Schwur auf die Engoi brechen bedeutet Tod und mehr als Tod.«

»Gut. Also schwöre mir bei der Engoi, daß du diesem weißen Herrn nichts tun und nichts antun lassen wirst.«

»Und wenn ich mich weigere?« fragte er störrisch.

»Wenn du dich weigerst, Kaneke, dann lasse ich dir Bedenkzeit, so lange ich brauche, um leise bis fünfzig zu zählen. Wenn ich bis fünfzig gezählt habe und du dich immer noch weigerst oder schweigst, dann jage ich dir eine Kugel durch den Schädel, denn jetzt, Freund Kaneke, wird es Zeit zu klären, wer hier der Herr ist.«

»Wenn du mich umbringst, werden meine Leute dich umbringen, Macumazahn.«

»O nein, Kaneke. Hast du vergessen, daß eine gewisse Dame namens Weiße Maus, der ich vertraue, versprochen hat, daß mir auf dieser Reise nichts zustoßen wird? Also zerbrich dir darüber nicht den Kopf, denn mit deinen Leuten werde ich schon fertig, sobald du tot bist. Und nun fange ich zu zählen an.«

Also zählte ich, wobei ich bei zehn und zwanzig innehielt. Bei dreißig sah ich, wie Kaneke den Speer, mit dem er den Abanda getötet hatte, fester packte.

»Hab die Güte und laß den Speer fallen«, sagte ich, »oder ich höre zu zählen auf.«

Er öffnete die Hand, und der Speer fiel zu Boden.

Dann zählte ich weiter bis vierzig, hielt wiederum inne und bemerkte, daß seine Zeit auslaufe, er vielleicht aber durchaus recht habe, wenn er's hinter sich bringe und sein Glück in oder jenseits von den Sternen versuche, die er verehre, sei diese Welt doch ein Jammertal.

Ich zählte weiter bis fünfundvierzig und richtete bei dieser Zahl die Pistole sorgfältig auf die Stelle über Kanekes Nasenwurzel aus.

»Sechsundvierzig, siebenundvierzig, achtundvierzig«, sagte ich und fing an, auf den Abzug zu drücken.

Nun kam der Zusammenbruch, denn Kaneke warf sich auf den Boden und begann, in echter östlicher Manier den Boden vor meinen Füßen zu küssen. Dabei drückte ich ab, so daß die Kugel natürlich über seinen Kopf flog.

»Du meine Güte!« rief ich, »hast du Glück, daß du dich entschlossen hast. Ich hätte nicht geglaubt, daß diese Pistole einen so leichtgängigen Abzug hat. Oder die Hitze hat die Feder beeinträchtigt. Nun, schwörst du jetzt?«

»Ja, Herr«, sagte er heiser. »Ich schwöre bei der Engoi, daß ich jenem weißen Mann nichts tue oder antun lasse. Das war der Schwur, den du von mir verlangt hast, aber ich weiß, daß er einen viel größeren umfaßt, nämlich daß fürderhin nicht mehr du mir dienst, sondern ich dir zu dienen habe, der du mich besiegt hast.«

»Genau. Das hast du schön gesagt«, erwiderte ich freudig. »Und nun – mein Gegengeschenk. Ich bin durchaus bereit, auf meine neuerworbene Herrschaft über dich zu verzichten und dich zu verlassen, wobei ich den weißen Wanderer mitnehme, wenn er möchte, auf daß du deine eigenen Wege gehen kannst, während ich mit meinen Dienern die meinen gehe, wobei du mir versprichst, mir nicht zu folgen und in keiner Weise zu belästigen. Möchtest du das?«

»Nein, Herr«, antwortete er mürrisch. »Du mußt mich zum See Mone begleiten.«

»Also gut, Kaneke, so sei's denn. Sag mir, wie die Dinge stehn, und ich gebe dir meine Befehle. Aber vergiß nicht, wenn du nur einen davon mißachtest oder versuchst, falsches Spiel mit mir zu treiben, oder diesem weißen Herrn ein Haar krümmst, dann werde ich, der ich nur bis achtundvierzig gezählt habe, bis neunundvierzig und fünfzig zählen. Einverstanden?«

»Einverstanden, Herr«, wiederholte er unterwürfig. »Horch! Dort«, und er eutete auf einen Fels in einem Hang, der nur wenige hundert Yards entfernt lag und wo andere, üppigere, grünere Bäume standen als ringsum, »dort, sage ich, liegt die Quelle, die wir suchen. Diese müssen wir schnellstens erreichen, denn unser Wasser ist alle, der weiße Mann hat das letzte getrunken, und es wird sehr bald dunkel sein, so daß man nicht mehr weiterkommt.«

»Gut«, sagte ich. »Geh los mit deinen Männern und schlage ein Lager auf! Ich werde mit dem Wanderer nachkommen, sobald er gehen kann. Danach können wir uns weiter unterhalten.«

Er musterte mich argwöhnisch, wobei er sich, das sah ich ihm an, bestimmt fragte, ob ich vorhätte, mich aus dem Staub zu machen. Wenn ja, so zog er vermutlich den Schluß, daß mir dies unmöglich wäre ohne Wasser und mit einem kranken Mann. Schließlich ging er seine Leute sammeln, und sogleich sah ich sie mit den Lasten losmarschieren zum Hang, wo die grünen Bäume standen. Um mich seines Vorgehens zu vergewissern, sandte ich Hans mit ihnen, der sofort zurückkehren und mir melden sollte, ob dort eine Quelle sei und ob Kaneke ein Lager vorbereitet hatte.

Offengestanden war ich mir über seine Absichten keinesfalls im klaren. Vielleicht gedachte er, sich im Dunkeln fortzustehlen und uns in dieser Wildnis unserm Schicksal zu überlassen. Dies hätte mir weniger Kopfzerbrechen bereitet, wären nicht praktisch alle Munition, alle Lebensmittel und einige meiner Gewehre bei den Lasten gewesen. Andernfalls wäre ich geradezu froh gewesen, Kaneke loszuwerden, war ich doch voller Mißtrauen in bezug auf seine Person und das Vorhaben, in das er mich hineinzog. Freilich mußte ich es riskieren; was bedeutet unter so vielen Wagnissen schon eins mehr?

Nachdem er gegangen war, begab ich mich zu dem Fremden, der hinter Steinen lag, und stellte zu meiner Freude fest, daß er aus seiner Ohnmacht erwacht war, hatte er sich doch aufgesetzt und schaute sich mit stierem Blick um.

»Wer sind Sie und wo bin ich? Oh, war da nicht ein Kampf? Geben Sie mir Waser!«

»Gedulden Sie sich, Mr. Arkle«, sagte ich. »Ich hoffe, bald Wasser für Sie zu haben.« (Ich hatte Hans eine Flasche zum Füllen mitgegeben.) »Es hat einen Kampf gegeben. Doch Gott sei Dank konnten wir Sie retten. Sie müssen mir später erzählen, was Sie erlebt haben.«

Er nickte und sah mir mit seinen reizenden Augen, die mich an einen Apportierhund erinnerten, ins Gesicht. Dann sagte er, sicher ohne zu merken, daß er laut redete, einigermaßen rüde:

»Komischer Vogel; Haar wie'n halbgeschorener Pudel; dünn wie altes Pergament, aber derb wie Stroh; und glatt. Ja, glatt bestimmt. John Taurus, du hast Glück. Nun, Zeit wird's.«

Natürlich schenkte ich dem keinerlei Beachtung und ging zu Tom und Jerry, die verdutzt tuschelnd in der Nähe standen und die ich fragte, wie viele Patronen sie in dem Scharmützel verschossen hatten, und denen ich ihre Fragen beantwortete, so gut ich konnte, bis ich im schwindenden Tageslicht Hans zurückkehren sah.

»Es ist alles in Ordnung, Baas«, meldete er. »Dort gibt es eine klare Quelle, wie der Eulenmann gesagt hat, und er schlägt daneben das Lager auf. Hier ist Wasser.«

Ich nahm die Flasche und reichte sie Arkle, der sie gierig packte, sich dann aber plötzlich anders besann und mir die Flasche hinhielt und mit seiner angenehmen, kultivierten Stimme sagte:

»Sie sehen durstig aus, Sir. Trinken Sie zuerst ...«

Worte, die bewiesen, daß ich es mit einem Gentleman zu tun hatte.

Offengestanden war ich ausgetrocknet und starb vor Durst. Aber um mir nichts nachsagen zu lassen, überredete ich ihn dazu, zuerst zu trinken. Daraufhin trank ich und ließ dann Tom und Jerry trinken. Die zwei Liter reichten uns nicht lange; aber immerhin war ein halber Liter pro Nase auch etwas.

»Können Sie ein bißchen gehn?« fragte ich Arkle.

»Und ob«, erwiderte er. »Ich fühle mich wie ein neuer Mensch. Gott sei Dank haben diese Schurken meine Stiefel nicht gekriegt. Aber wohin gehn wir denn?«

»Zuerst zu dem Lager drüben. Später zum See Mone, wenn wir können.«

Freude erhellte seine Züge.

»Das kommt mir sehr gelegen«, sagte er. Wieder ernüchtert, merkte er an: »Sie sind sehr gut zu mir, und es ist meine Pflicht, Sie zu warnen, daß der Weg nicht ungefährlich ist und daß der Ort selber, falls wir hinkommen, und die Leute – nun, nicht gemütlich sind. Ja, es wäre klüger, wenn Sie umkehren, denn am See Mone ist der Tod zu Hause.«

»Dachte ich mir«, meinte ich darauf. »Waren Sie schon dort, Mr. Arkle?«

Er nickte.

»Dann nehmen Sie meinen Rat an und erwähnen Sie nichts davon gegenüber den Leuten, mit denen wir kampieren, denn ich vermute, Sie sprechen wohl arabisch. Den Grund erkläre ich Ihnen später.«

»Wie heißen Sie, Sir?«

Ich sagte ihm meinen Namen.

»Allan Quatermain«, wiederholte er. »Kommt mir irgendwie bekannt vor. Oh! Jetzt fällt's mir wieder ein. Ein Bekannter von mir, Lord Ragnall, erzählte mir von Ihnen. Er gab mir sogar ein Empfehlungsschreiben für den Fall, daß ich in den Süden ginge. Aber das ist jetzt futsch wie der ganze Rest. Seltsam, daß ich Sie auf diese

Weise kennenlerne, aber seltsam ist hier alles. So, Mr. Quatermain, wenn ich mich mit der Hand auf Ihre Schulter stützen darf, denn um mich dreht sich noch alles, können wir losgehn.«

»Gern«, meinte ich darauf. »Aber ich möchte Sie noch einmal bitten, nicht davon zu sprechen, wenigstens nicht in einer andern Sprache als Englisch, das außer Hans, dem man in wichtigen Dingen voll vertrauen kann«, und ich deutete auf den Hottentotten, »keiner von jenen Leuten versteht.«

»Klar«, sagte er, und wir setzten uns in Bewegung, wobei sich Arkle, der böse hinkte und mich überragte, da er sehr groß war, auf mich stützte wie auf einen Stock.

Wir erreichten das Lager ohne Zwischenfälle, gerade als sich die Nacht herabsenkte. Während die Jäger mein Zelt aufstellten, das zwar niedrig, aber breit genug für zwei Männer war, legte sich Arkle an den Bach und trank, bis ich ihn aufzuhören bat. Dann schüttete er sich Wasser über den Kopf und tauchte die Arme bis zu den Schultern ein, als wollte er das kühle Naß aufsaugen wie ein trockener Schwamm, woraufhin er nach Nahrung verlangte. Glücklicherweise hatten wir noch reichlich zu essen: harte Fladen aus zerstoßenem Korn, die wir von den letzten Eingeborenen erhalten hatten, und Dörrfleisch in Streifen von der Antilope. Diese Speisen verschlang er gierig, als wären sie eine Köstlichkeit, was mir zeigte, daß er halb verhungert war. Sodann legte er sich ins Zelt und fiel sofort in tiefen Schlaf.

Ich blieb eine Weile sitzen und lauschte seinem regelmäßigen Atmen, das in der großen Stille ringsum ziemlich laut klang, und schaute zu den Sternen auf, die am klaren Himmel prunkten. In ihrem Schein sah ich Kaneke vorübergehen und in einiger Entfernung auf einen flachen Stein steigen, wo er mit den Händen zu fuchteln begann, die er über den Kopf gestreckt hatte.

»Der Eulenmann spricht zu seinem Stern, Baas; zu jenem hellen dort oben«, flüsterte Hans neben mir und deutete zum Planeten Venus. »Er tut dies jede Nacht, Baas, und läßt sich eingeben, was er als nächstes tun soll.«

»Da bin ich aber froh«, erwiderte ich, »denn ich weiß überhaupt nicht, was zu tun ist.«

»O Baas, einfach weitergehn«, riet Hans. »Wenn man nur lange genug weitergeht, kommt man stets auf der andern Seite wieder hinaus.« Eine Bemerkung von philosophischer Tiefe, wie ich fand, die allerdings offenließ, was auf der andern Seite vorzufinden wäre.

Nachdem ich Hans und die beiden Jäger zu abwechselnden Wachen eingeteilt hatte, was in bezug auf Hans überflüssig gewesen wäre, schlief er doch stets mit einem offenen Auge, legte ich mich ins Zelt, sprach ein kurzes Nachtgebet, wie ich es, dessen schäme ich mich nicht, immer tue seit meiner Kindheit oder fast immer, und fiel sogleich in tiefen Schlummer.

Es war noch dunkel – obwohl die Sterne und die frische Würze der Luft auf den nahenden Morgen hindeuteten –, als ich von Arkle geweckt wurde, der ins Zelt gekrochen kam.

»Habe ein Bad genommen in dem Bach«, sagte er, als er bemerkte, daß ich aufgewacht war. »Das braucht man, wenn man sich eine Woche nicht mehr gewaschen hat. Jetzt fühle ich mich wieder wohl.«

Das freue mich, sagte ich und bemerkte, daß er wirklich mit knapper Not davongekommen sei.

»Ja«, pflichtete er mir nachdenklich bei, »es war ein knappes Entrinnen. Ein Glück, daß ich ein guter Läufer bin. Ich habe zwei Jahre hintereinander den Drei-Meilen-Lauf in Oxford und Cambridge gewonnen. Hören Sie, Mr. Quatermain, Sie wundern sich sicher, wer ich bin und wie ich in diese Gegend komme. Ich erzähl's Ihnen, da es gerade ruhig ist, wenn Sie mir zuhören wollen.

Die Arkles betreiben, obwohl das nicht der Firmenname ist, seit einigen Generationen ein blühendes Handelsgeschäft in Manchester und London als Kolonialwarenkaufleute. Sie unterhalten Geschäftsbeziehungen mit der ganzen Welt, unter anderm auch mit Westafrika. Mein Vater, der schon seit ein paar Jahren tot ist, schlug jedoch aus der Art. Er war ein Schwärmer, ein Spinner, wie die Verwandten ihn nannten, der sich mit allerlei ausgefallenen Dingen beschäftigte, so etwa mit Astrologie, wie ich wohl bereits erwähnte. Zudem wollte er nicht in den Handel einsteigen, sondern bestand darauf, Arzt, besser gesagt Chirurg zu werden. Er brachte es zu großem Erfolg in seinem Beruf, denn trotz seiner Marotten war er ein begnadeter Chirurg. Als wohlhabender Mann praktizierte er kaum privat, sondern arbeitete unentgeltlich in Krankenhäusern.

Nach dem College wurde ich auf seinen Wunsch hin ebenfalls Arzt, aber kurz nach Beendigung meines Studiums starb mein Vater, dessen einziges Kind ich war. Zudem verunglückte mein Cousin, der einzige Sohn meines Onkels, Sir Thomas Arkle, Baronet, tödlich, woraufhin mein Onkel mich bat, in das Geschäft einzutreten. Dies tat ich schließlich sehr unwillig, um meine Verwandten zu besänftigen. Um die Sache kurz zu machen, das Geschäft interessierte mich nicht, und als mit dem Baronet so viel Besitz auf mich überging, sah ich nicht mehr ein, warum ich im Büro sitzen sollte. Andrerseits wollte mein Onkel nicht, daß ich wieder praktizierte.

Also einigten wir uns auf einen Kompromiß; ich erklärte mich bereit, im Interesse der Firma einige Jahre zu reisen, insbesondere in Westafrika, wo sie ihr Geschäft ausbauen wollten, was sich nebenbei mit meinen Interessen deckte, wollte ich doch als Arzt den primitiven Menschen mit seinen typischen Krankheiten studieren. Nach Beendigung der Reise sollte ich heimkehren und mich ins Parlament wählen lassen und in angemessener Frist das Vermögen der Arkles erben, das beträchtlich ist, und die Stellung der Arkles, die nichts Besonderes ist, ausbauen durch den klugen Kauf einer Pairswürde, denn darauf lief das Ganze wohl hinaus. So also war alles mehr oder weniger arrangiert.«

»Ganz recht«, sagte ich, »soweit Sie Ihre Karten aufdecken wollen, obwohl vielleicht mehr dahintersteckt, das Sie mir völlig zu Recht verschweigen.«

»Stimmt genau, Mr. Quatermain. Übrigens, würde es Ihnen, wo ich Ihnen doch von mir erzähle, etwas ausmachen, mir zu sagen, wer und was Sie sind?«

»Durchaus nicht. Ich wurde in England als Kind einer angesehenen Familie geboren und anständig erzogen von meinem Vater, der ein Gelehrter und ein Gentleman war und etwas von einem Heiligen an sich hatte. Im übrigen bin ich nichts Besonderes, nur ein Jäger, der sein Handwerk einigermaßen versteht, ein Beobachter, wie Sie auch, der Menschheit im urtümlichen Zustand und ein mit Neugier und Wißbegier Gestrafter, welche eines Tages meinen Torheiten sicher ein jähes Ende setzen werden.«

»Aber nein«, erwiderte er heiter, »zumindest nicht vor der festgesetzten Stunde. Ich erstelle Ihnen gern ein Horoskop, wenn Sie möchten – mein Vater hat mir die Feinheiten beigebracht –, und sage Ihnen, wann es so weit ist.«

»Nein«, lehnte ich entschieden ab.

In diesem Moment kam Hans mit dem Kaffee und teilte mir mit, daß Kaneke darauf dränge, bei Sonnenaufgang aufzubrechen, da wir hier in Gefahr schwebten.

Es folgten besorgte Rücksprachen. Arkle hatte einen Mantel, besser gesagt eine lange Jacke mit Gürtel, aber kein Hemd; also mußte eins, das ich entbehren konnte, ein Flanellhemd, das ich für fünfzehn Schilling in Durban gekauft und noch nicht getragen hatte, hergeschafft werden. Zum Glück war es groß ausgefallen, so daß er mit seinen breiten Schultern hineinpaßte. Dann war ein Hut aufzutreiben und so fort. Schließlich war es erforderlich, ihm eins der übrigen Winchester-Gewehre mit einigen Patronen zur Verfügung zu stellen.

Wir waren noch nicht fertig, als Kaneke auftauchte, der gar nicht aufgeregt war, wie ich feststellte, und uns um Beeilung bat.

»Wohin geht's denn, Kaneke?« fragte ich.

»Den Berg hinauf und über den Grat, Herr, wo wir bei meinem Volk der Dabanda Zuflucht finden. Denn du kannst sicher sein, daß die Abanda nach dem, was gestern passiert ist, uns umbringen werden, wenn sie können. Wenn der weiße Wanderer, den deine Diener Roten Stier nennen, nicht gehen kann, müssen wir ihn zurücklassen.«

Arkle, der offenbar Arabisch verstand und fließend sprechen konnte, musterte Kaneke vom Scheitel bis zur Sohle und entgegnete, dies sei nicht nötig, da er wohl Schritt halten könne.

Also brachen wir auf, nachdem wir rasch einen Bissen gegessen hatten, und ließen uns von Kaneke in den steilen Fels führen.

»Haben Sie jenen Mann Kaneke genannt?« erkundigte sich Arkle, als der Gute außer Hörweite war.

»Ja«, gab ich zur Antwort, »warum?«

»Oh, ich frage nur, weil ich in letzter Zeit von einem Eingeborenen, den ich kenne, recht viel von einem gewissen Kaneke gehört habe. Aber es gibt vielleicht zwei Kaneke. Derjenige, von dem er sprach, war ein junger Bursche, der ein schweres Verbrechen verübt hatte.«

Sodann wechselte er recht abrupt das Thema, so daß ich mich sehr wunderte.

11
Arkles Geschichte

Zunächst humpelte Arkle, der ein steifes Bein und eine wunde Ferse hatte, aber der Schmerz ließ vorerst nach, so daß mit der frischen Morgenluft der alte Schwung zurückkehrte. Zweifelsohne war er ein prächtiges Mannsbild, überlegte ich, als ich neben ihm ging, ein perfektes Exemplar erster Güte der angelsächsischen Rasse.

Unterwegs setzte er seine Geschichte fort.

»Sie hatten ganz recht mit der Annahme, daß es neben den Gründen, die ich erwähnte, noch weitere gab, die mich nach Afrika lockten. Ich will sie Ihnen darlegen, falls Sie interessiert sind, denn warum nicht gleich reinen Wein einschenken? Falls nicht, sagen Sie es, denn ich möchte niemanden mit meinen Geschichten langweilen.«

Ich erwiderte, daß mir nichts lieber wäre, denn offengestanden hatte er meine Neugier geweckt.

»Also gut«, begann er, »obwohl ich annehme, daß die Geschichte Ihre Meinung von mir und meiner Intelligenz nicht gerade aufwerten wird. Wie gesagt, bin ich, was man einen Mann mit Perspektiven nennt, vielmehr bin ich das gewesen, denn jene scheinen jetzt unerreichbar geworden zu sein, und als solcher war ich natürlich reichlich mit Kapital ausgestattet und entsprechend vielen Versuchungen ausgesetzt. Nun kann ich, Mr. Quatermain, nicht von mir behaupten, allen standgehalten zu haben. Ich übergehe meine Torheiten, derer ich mich schäme, mit dem Hinweis, daß es Torheiten waren, wie sie impulsiven jungen Männern für gewöhnlich unterlaufen.

Kurzum, ich lebte flott, so flott, daß mein Onkel – übrigens starb meine Mutter, als ich noch klein war – und meine Verwandtschaft, die Nonkonformisten jener puritanischen Prägung waren, welche Frömmigkeit oft mit einer Gier nach weltlichem Weiterkommen vereinigt, einen Skandal witterten und mir ernste Vorhaltungen machten. Sie sagten, ich müsse mein Leben ändern und, um einen Anfang zu machen, heiraten. Dies verlangte mein Onkel vor allem anderen, denn es war kein Erbe vorhanden und das Leben, wie er in ernstem Ton zu bemerken pflegte, ungewiß.

Schließlich gab ich also nach und verlobte mich mit einer hochwohlgeborenen und bildschönen, aber mittellosen Dame, was einerlei war, da ich genug besaß. Um ehrlich zu sein, mir lag nicht viel an dieser Dame, wie auch ihr nicht viel an mir lag, da sie, wie ich später herausfand, einen andern liebte. Diese Heirat wäre also eine reine Vernunftehe gewesen, mehr nicht. Und nun gibt's gleich etwas zu lachen.

Obschon es niemand ahnte und ich kaum erwarte, daß Sie es mir abnehmen, habe ich, der ich, wie gesagt, allerlei Zerstreuungen nachgehen konnte und nachging, zwei Seelen in der Brust. Zuweilen bin ich ein Träumer, Mr. Quatermain, und das, was man einen Mystiker nennt. Das habe ich wohl von meinem Vater geerbt; jedenfalls ist die Veranlagung da.«

»Das ist nichts Ungewöhnliches«, bemerkte ich; »die alte Geschichte von Fleisch und Geist, mehr nicht.«

»Vielleicht. Jedenfalls glaube ich an ausgefallene, unbeweisbare Dinge, beispielsweise an die sogenannte ›Seelenaffinität‹ und selbst an die Theorie, daß wir schon einmal gelebt haben. Können Sie sich vorstellen, daß dieser große Brocken aus britischem Fleisch und Blut, den Sie vor sich sehen, eine ›Seelenaffinität‹, wenn man so sagen kann, zu einer wildfremden Person entwickelt hat?«

Ich sah ihn skeptisch an und überlegte, daß die Unbill, die ihm widerfahren war, wohl seinen Verstand verwirrt hatte. Er erriet meine Gedanken und erklärte:

»Klingt, als wäre ich nicht ganz bei Trost, was? Der Meinung war ich auch und wäre ich noch, wäre da nicht der Umstand, daß sich diese Affinität in Afrika erfüllt hat.«

»Wo denn?« fragte ich gelassen. »Am See Mone?«

»Ja«, antwortete er, »am See Mone, wo ich sie schon immer zu finden hoffte.«

Ich sperrte den Mund auf und hätte mich jetzt gern hingesetzt, aber das ging nicht, da wir in großer Eile waren. Der Ärmste war offensichtlich verrückt.

»Da ich schon angefangen habe mit der Geschichte, erzähle ich sie besser zu Ende, wobei ich der Reihe nach vorgehe«, fuhr er in sachlichem Ton fort. »Ich sage Ihnen, mitten in meinen wilden, recht unerquicklichen Tagen wurde ich nachts von Visionen heimgesucht.«

»Von Träumen«, meinte ich.

»Nein, immer wenn ich wach war und zu den Sternen aufschaute und normalerweise unter freiem Himmel. Die erste, weiß ich noch, befiel mich auf dem Trafalgar Square um drei Uhr morgens nach einem Tanzfest.«

»Der Wein ist nicht immer der beste auf solchen Festen, habe ich mir sagen lassen, oder wenn doch, so trinkt man manchmal zu viel davon«, meinte ich abermals.

»Stimmt schon, aber dieses Tanzfest wurde zufällig von einer Verwandten gegeben, die eine strenge Abstinenzlerin ist und keinen Alkohol in ihrem Haus duldet. Ich war dort mit meiner Verlobten verabredet; ein schreckliches Fest. Als ich es hinter mich gebracht hatte, ging ich spazieren und kam auf den Trafalgar Square, wo's um diese Zeit sehr ruhig und einsam war. Da stand ich nun und schaute zur Nelson-Säule, vielmehr zu den Sternen darüber auf, die in jener Frostnacht sehr schön zu sehen waren. Dann geschah es. Ich sah ein einsames Gewässer im Mondschein, das unheimlich wirkte. Sodann erschien mir die weißgewandete Gestalt einer Frau, die übers Wasser heranglitt, aber nicht ging, sondern schwebte. Sie erreichte das Ufer und trat vor mich, und ich sah, daß die Frau jung und sehr schön war und große, zärtliche Augen hatte.

Sie hielt vor mir inne und betrachtete mich, wobei sich ihre Miene wandelte, als hätte sie nach langer Suche gefunden, wonach sie geforscht hatte. Als ich sie ansah, war auch mir, als hätte ich gefunden, was ich suchte. Sie hielt mir die Arme entgegen, sprach zu mir; deutlich hörte ich ihre Worte, aber nicht mit den Ohren, sondern durch einen inneren Sinn. Zudem verstand ich das eine oder andere, obwohl sie Arabisch sprach.

Ich hatte schon immer eine Ader für das Außergewöhnliche, und so kam es, daß ich während meines Medizinstudiums ein Interesse an den Werken alter arabischer Ärzte entwickelte und mich notgedrungen mit der Sprache beschäftigte, in der sie geschrieben waren. Dies lag zu dem Zeitpunkt schon einige Jahre zurück, und ich hatte das meiste wieder vergessen, jedoch nicht alles. So fügte es sich, daß ich den einen oder andern Satz verstand. Zum Beispiel ...

›Endlich, o Langersehnter. Endlich auf Erden‹ ... ›Nicht im Traum allein‹ ... ›Folge, folge mir‹ ... ›In der Ferne findest du mich, erinnerst du dich‹ ... ›Ja, hier werden die Tore aufgetan, die Tore der Vergangenheit und Zukunft‹ ...

In diesem Moment nahm die Vision, oder was immer es war, ein profanes Ende, denn ein Polizist kam des Weges, beäugte mich mißtrauisch und sagte:

›Gehen Sie weiter, junger Mann! Das ist kein Ort für jemanden wie Sie in einer kalten Nacht. Gehen Sie heim und schlafen Sie sich aus!‹

Ich weiß noch, daß ich mich vor Lachen schüttelte. Der Gegensatz war einfach zu witzig. Da mein Herz von einer seltsamen Freude erfüllt war, wie sie die alten Mystiker beschreiben, wenn sie glauben, mit dem Göttlichen in Verbindung zu sein, bedachte ich den Polizisten mit einer Zehn-Schillingmünze, wünschte ihm eine gute Nacht und ging still heim in meine Wohnung am St. James' Place, wo ich mich als neuer Mensch schlafen legte.«

»Was meinen Sie, wenn Sie ›neuer Mensch‹ sagen?«

»Oh, einfach daß ich mir in jeglicher Hinsicht anders vorkam. Es war, als wäre etwas abgefallen, als hätte sich ein Schleier vor meinen Augen gelüftet, so daß ich nun allerlei Neues sah; zumindest stellten sich die alten Dinge neu dar. Von dem Moment an verabscheute ich beispielsweise die Zerstreuungen, denen ich so zugetan gewesen war. Ich setzte mir andere, höhere Ziele; ich erfuhr, was sich nicht leugnen läßt, daß wir nämlich nur Wanderer sind in dieser Welt, die im Nebel irren, der den Blick auf glorreiche Aussichten und göttliche Realitäten verwehrt, so daß wir nicht viel mehr sehen können als die feuchten Kräutlein, die von den Felsen hängen, an denen wir uns entlangtasten, und die Kiesel, die in den Pfützen unter unsern Füßen glänzen. Wir binden Kränze aus den Kräutlein und schlagen uns um die Kiesel, aber die Kräutlein welken und die Kiesel erweisen sich, kaum trocken, als gemeiner Schiefer. Die Traumfrau, die ich auf dem Trafalgar Square gesehen hatte, führte mir all dies und noch viel mehr vor Augen. Ich war wie verwandelt! Ich, der ich eine gierige Raupe gewesen war, die alles verschlang, was sie kriegen konnte, verpuppte mich in jener halben Stunde auf dem Trafalgar Square, um schließlich als Schmetterling zu schlüpfen.«

»Ist ja interessant«, rief ich, ehrlich erstaunt, denn ungeachtet der schönen Worte und Metaphern, denen ich nur mühsam nachvollziehen konnte, interessierte mich diese Geschichte wirklich. Ich glaubte nicht an die Vision vom Trafalgar Square, konnte aber die Verwandlung nachempfinden, die früher oder später jeder von uns mehr oder minder ausgeprägt durchmacht, mögen sich daraus auch nur kurzlebige Resultate ergeben. An seinem persönlichen Trafalgar Square ist praktisch jedem von uns das Ideal oder Göttliche begegnet, in dessen überirdischem Schein wir Hehres, Fremdes schauen; aber auch sehen, wie erbärmlich und faul die Ziele unseres momentanen Verlangens sind.

Eine halbe Stunde später hat man das erstere vermutlich wieder vergessen und jagt dem letzteren verbissener denn je nach. Dennoch hat die Vision stattgefunden, und wem solche Visionen erscheinen, der hat immer Hoffnung. Er hat erfahren, daß es Türen in den rohen Mauern gibt, die um die Seele errichtet sind ...

»Ist ja interessant«, wiederholte ich. »Aber wie stand es mit der Dame, mit der Sie verlobt waren? Erzählten Sie ihr, was Sie auf dem Trafalgar Square gesehen und gehört hatten?«

»Nein, zumindest nicht alles. Der einzige Unterschied war der, daß ich sie, wenn ich sie bisher nicht gemocht hatte, hiernach verabscheute, das heißt als zukünftigen Ehepartner. Allerdings darf ich vorwegnehmen, daß dieses Verlöbnis sich einvernehmlich von selber löste. Die Abneigung der Dame mir gegenüber war sogar noch ausgeprägter als die meine ihr gegenüber. Zudem war sie so unverschämt und hielt mich für verrückt und sagte mir das auch noch ins Gesicht.«

»Ganz schön direkt, obwohl es mich, wenn Sie so zu ihr gesprochen haben wie zu mir, überhaupt nicht wundert«, bemerkte ich.

»Ziemlich direkt, was mir freilich imponierte. Schließlich war, wie ich schon sagte, ein anderer Gentleman im Spiel. Können Sie sich denken, was passiert ist?«

»Klar. Sie haben Schluß gemacht, das ist alles.«

»Keineswegs. Das trauten wir uns nicht, denn es hätte in beiden Familien einen Mordskrach gegeben. Nein, mein verhaßter Rivale war mittellos wie meine teure Verlobte, während ich über eine ordentliche Summe Bares verfügte, das mein Vater mir hinterlassen hatte. Also borgte ich ihm £ 5000 – ich nenne es höflichkeitshalber borgen –, und sie setzten sich damit nach

Florida ab, um eine Orangenplantage zu eröffnen. Es erübrigt sich zu sagen, daß ich den Untröstlichen spielte und alle mir ihr Mitgefühl bekundeten, während sie hinter meinem Rücken über mich lachten, fast so herzhaft, wie ich hinter ihrem Rücken lachte. Mittlerweile büffelte ich Arabisch, was mir Spaß machte, da ich sprachbegabt bin, und unternahm lange Nachtspaziergänge, um meine geistige Natur zu fördern.«

»Nun«, warf ich skeptisch ein, »Sie machen sich doch wohl nicht etwa über mich lustig, oder, Mr. Arkle?«

»Bestimmt nicht. Zumindest nicht bewußt, denn diese Abanda haben mir meinen Sinn für Humor geraubt. Aber bilden Sie sich ein Urteil, wenn Sie den Rest gehört haben. Um es kurz zu machen, ich kam immer enger in Berührung mit der Dame vom See. Ja, in jenen sternenklaren Mitternachtsstunden erschien sie mir immer häufiger, um mir, während sich mein Arabisch verbesserte, allerlei merkwürdige Dinge über die Vergangenheit zu erzählen, die ferne Vergangenheit, wie ich den Eindruck hatte, in der wir engstens miteinander verbunden gewesen waren und verschiedene Abenteuer erlebt hatten, die teils tragisch endeten und allesamt auf ihre Weise verblüffend, aber schön waren. Diese möchte ich übergehen, denn was bringt es schon, eine Reihe alter Liebschaften aufzuzählen, die offenbar in ferner Vergangenheit stattgefunden haben; vielmehr beschränke ich mich aufs letzte, wo sie irgendwann meinen und ihren Tod herbeiführte, auf daß wir gemeinsam in den Himmel kämen, das heißt auf einen bestimmten Stern, ein Verbrechen, nach dessen Wiedergutmachung sie gemäß den Visionen trachtet. Das ist, wieder gemäß den Visionen, der Grund, warum sie an jenem fernen Ort leben muß, wo es geschehen ist, denn wenn ich recht verstanden habe, schlug das Experiment fehl – das heißt, auf den Stern kamen wir nicht.«

»Hören Sie«, sagte ich, »das alles klingt mir eher nach einem Alptraum, nicht wahr?«

Aber noch während diese Worte über meine Lippen kamen, besann ich mich auf Kanekes Garn über seine Göttin im See, die angeblich vom Himmel herabgestiegen war und sich in einen Mann verliebt hatte. Auch Kaneke hatte erzählt, sie habe diesen Mann getötet, um ihn in den Himmel mitzunehmen, was verboten sei. Deshalb harre sie am See auf seine Rückkehr; was dann geschähe, wußte ich nicht. Nun waren Sagen dieser Art nicht unbekannt in Zentral- und Westafrika; dennoch war es höchst befremdend, eine solche aus Arkles Mund zu hören.

»Klingt sehr nach einem Alptraum«, pflichtete er mir heiter bei. »Als Arzt kam ich zum gleichen Schluß, ebenso wie die namhaftesten Kollegen, die ich konsultierte. Einer von ihnen fragte mich, ob ich den Ort dieses seltsamen Geschehens ausfindig gemacht hätte. Ich bejahte dies; irgendwo bei einem zentralafrikanischen Gebirge namens Ruga, wohin meines Wissens bislang kein Weißer vorgedrungen sei, obwohl ich den Namen in einer alten Karte verzeichnet gefunden hätte. ›Nun‹, meinte er zwinkernd darauf, ›ich an Ihrer Stelle würde losziehen und die Dame dort suchen. Schlimmstenfalls erleben Sie ein paar spannende Großwildjagden, und ich habe festgestellt, daß Leuten, die unter Halluzinationen leiden, nichts zustößt.‹

Von dieser Idee begeistert, machte ich mich bald daran, meinen Onkel dahingehend zu bearbeiten, daß er mich nach Afrika entsende, um die Handelsbeziehungen auszubauen. Zu guter Letzt waren er und die anderen Kompagnons einverstanden; wissen Sie, durch mein Ehefiasko hatte ich ihr volles Mitgefühl, und eine Veränderung, glaubten sie, würde mir guttun.

›In so einem Fall‹, sagte mein Onkel, der einen Hang zu Gemeinplätzen hat, ›sind andere Länder, andere Sitten, andere Gesichter eine gute Medizin.‹ Ich schüttelte seufzend den Kopf und meinte nur, das würde ich hoffen.«

»Wie lange sind Sie schon hier?« erkundigte ich mich.

»Oh! Ich ging vor etwa drei Jahren an der Westküste an Land. Es dauerte lange, bis ich dieses verdammte Rugagebirge fand, und dabei waren viele Abenteuer zu bestehen. Allerdings gelangte ich schließlich wohlbehalten ans Ziel; ein halbes Dutzend Männer von der Küste, lauter gute Leute, waren noch bei mir, denn der Rest der Mannschaft war nach und nach davongelaufen. Und nun komme ich zum interessanten Teil der Geschichte, wenn Sie den hören möchten.«

»Natürlich! Wer möchte das nicht?« antwortete ich. »Erzählen Sie!«

»Nun, ich hatte vom See Mone erfahren, dem heiligen See, wie er genannt wird; schon am Kongo und davor hatten mich Gerüchte von diesem Ort erreicht. Ich sagte bereits, daß ich mich leicht mit Sprachen tue, und während meines ersten Jahrs in Afrika, als ich mich um die Geschäfte der Firma kümmerte, befaßte ich mich bei jeder Gelegenheit mit örtlichen Dialekten und Gebräuchen. So kam ich zu Dienern, die kein Wort Englisch sprachen, und lernte von ihnen. Alsdann begann ich meine Wanderung ins Landesinnere und freundete mich bei jedem Stamm, das heißt in jedem Dorf mit dem obersten Medizinmann an, denn die afrikanischen Medizinmänner wissen alles, was im Umkreis vieler hundert Meilen vor sich geht. Oft wissen sie sogar mehr, habe ich den Eindruck, obwohl ich keine Ahnung habe, wie und warum das geschieht.«

»Stimmt«, sagte ich und dachte dabei an Zikali, den großen Zauberer des Zululandes, von dem ich manche Geschichte erzählt habe.

»Nun«, fuhr Arkle fort, »war ich mir nicht sicher, wonach ich suchen sollte. Die Visionen, die ich in England erlebte, hatten mir einen verlassenen See offenbart und eine Frau, die von der Vergangenheit sprach und von unseren früheren Beziehungen. Aber bis auf den Hinweis, daß die Gegend in Zentralafrika liege, hatte sie nie den Namen des Sees erwähnt oder eröffnet, wie er zu finden sei, und von dem Moment an, als ich von Liverpool in See stach, hörten die Visionen, oder was immer es gewesen sein mochte, gänzlich auf. Kurzum, ich hatte keine Anhaltspunkte.

Hier nun kamen die Medizinmänner ins Spiel. Ich legte mehreren mein Anliegen dar, und weil ich ihnen mit Geschenken den Mund geöffnet hatte und weil sie überdies glaubten, daß ich trotz meiner weißen Haut einer ihrer Brüder sei, wurden sie gesprächig. Sie hätten von einem heiligen See gehört, auf dem ein großer Fetisch weile, eine Frau vermeintlich; sie wollten sich umhören. Das war der Tenor ihrer Antwort. Darüber hinaus erkundigten sie sich tatsächlich, nämlich in ein, zwei Fällen durch Trommelsignale, welche die Eingeborenen, wie Sie wissen, Hunderte von Meilen weitertragen können, meist aber auf eine Art, die mir verborgen blieb. Es trafen auch Antworten ein, aus denen ich schließlich erfuhr, daß der See, auf dem eine große Regenmacherin lebe, den Namen Mone trage und sie den Titel Engoi und bei den Leuten ringsum als ›Schatten‹ oder als ›Der Schatten‹ bekannt sei.

Anhand dieser knappen Hinweise kämpfte ich mich langsam südostwärts vor, obwohl ich mir die ganze Zeit darüber im klaren war, daß diese Engoi, dieser Schatten jemand ganz andres sein könnte als diejenige, von der ich geträumt hatte, bis ich endlich zu einem Gebirge vorstieß, das, so ließ ich mir sagen, ans Land grenze, in dem die Engoi lebe. Tatsächlich zeigte man mir von seinen Gipfeln den großen Vulkan, oder was immer es sein mag, den wir gerade ersteigen, der als ihre Heimat ausgegeben wurde. Zugleich erfuhr ich, daß zwischen dem Vulkan und mir ein grimmiges, vielköpfiges Volk namens Abanda lebe, das jeden, der den Fuß über seine Grenze setze, zu töten pflege.

»Hier nun geschah es, daß die letzten sechs Männer, die noch zu mir hielten, die Flinte ins Korn warfen. Es waren gute Kerle, treue und tapfere Gefährten; ich hatte nie bessere. Dennoch traten sie versammelt vor mich hin und erklärten, gleichwohl sie keinen Menschen fürchteten, fürchteten sie Zauberer und Geister. Im Land der Abanda und insbesondere im Land der Dabanda dahinter wimmele es nur so davon, wie sie aus sicherer Quelle wüßten, und kein Fremder, der es betrete, käme je lebend zurück: ›Selbst die Seele bleibt nach dem Tod gefangen.‹ Darum wollten sie keinen Schritt weitergehn.

Ich erkannte, daß es keinen Sinn hätte, sie überreden zu wollen, also machte ich ihnen ein Angebot. Das Dorf, in dem dieses Gespräch stattfand, wurde von gutmütigen, friedliebenden, Ackerbau- und Viehzucht betreibenden Menschen bewohnt, deren Gebiet die Abanda nie heimsuchten. Dies war mein Angebot: daß jene Männer ein Jahr hierbleiben und auf meine Rückkehr warten sollten. Wäre ich am Ende dieses Jahres nicht aufgetaucht oder hätte ihnen nicht anderweitige Befehle zukommen lassen, stünde es ihnen frei, meine Waren unter sich aufzuteilen und zu gehen, wohin sie wollten. Diese Waren, sollte ich erläutern, die von ansehnlichem Wert waren, bestanden aus Handelsgütern aller Art zum Verschenken und Tauschen, aber auch aus Gewehren, Munition, Kleidung und so fort.«

»Wie haben die sechs es geschafft, das alles zu tragen?« erkundigte ich mich.

»Sie brauchten es nicht zu tragen. Nachdem mir die meisten Männer davongerannt waren, richtete ich mit Hilfe der Medizinmänner und Häuptlinge den Transport der Waren von Dorf zu Dorf und Stamm zu Stamm ein, wobei die Träger jeweils heimkehrten und durch neue ersetzt wurden, sobald ich weiterzog. Wenn ich also nicht wieder auftauche, werden diese sechs Männer von der Küste, meist alte Veteranen, reich sein, das heißt, falls sie das Zeug fortschaffen können.«

»Was sie, sind sie nicht ehrlicher als die meisten dieser Sorte, sicher längst getan haben«, bemerkte ich lächelnd.

»Möglich. Ich weiß es nicht, und es ist mir, offengestanden, einerlei, denn ich werde ihnen mit aller Wahrscheinlichkeit nicht mehr begegnen. Dies wurde mir klar, als ich mich entschloß, die Reise zum See Mone allein fortzusetzen.«

»Wollen Sie behaupten, daß Sie dies tatsächlich versucht haben, Mr. Arkle?«

»Na, und was mir überdies gelungen ist. Nein, es stimmt insofern nicht, als ich nicht ganz allein gegangen bin. Im letzten Moment, als ich schon aufbrechen wollte, tauchte ein faltiger alter Mann mit stechenden Augen auf – woher, das wußte wohl niemand – und sagte, er sei vom Volk derer, die im Land des heiligen Sees lebten, wohin er zurückkehren wolle. Er stellte sich als Kumpana vor und sagte, er wolle keinen andern Lohn als meine Gesellschaft unterwegs. Das war alles, was ich ihm entlocken konnte. Natürlich klang das ziemlich faul, aber das spielte keine Rolle, denn ich wollte sowieso weiterziehn, obwohl meine Jäger und der Häuptling des Stammes – der übrigens, wohl nach den Bergen, Ruga-ruga hieß – mich beschworen, ich solle mich keinem solchen Führer anvertrauen. Sehen Sie, ich wußte, daß ich ankommen würde, also fürchtete ich mich nicht.«

»Jetzt verstehe ich, daß der Glaube Berge versetzt«, sagte ich.

»Ja, der Glaube ist alles. Das lehrt uns wohlgemerkt schon die Bibel. Nun, ich zog also los, das wird jetzt nach dem Stand des Mondes einen Monat her sein. Ich nahm ein Gewehr mit und so viel Munition, wie ich schleppen konnte, dazu eine Pistole, ein Jagdmesser und ein paar andere nützliche Dinge, obendrein ein zweites Paar Stiefel, während der rätselhafte alte Kumpana die Verpflegung trug. Ich nenne ihn alt, da er so aussah, sollte aber ergänzen, daß er sehr gut zu Fuß war und der beste Führer, den ich mir hätte wünschen können.

Nach einem Dreitagesmarsch durch abschüssiges Gelände kamen wir ins Reich der Abanda, oder vielmehr in sein Vorderland. Es ist ein vielköpfiges Volk, das in einer großen Ebene auf der andern Seite dieses Bergs und in seinen Westhängen lebt, und zwar in unbefestigten Dörfern mit einem Hauptdorf, das viel größer als die andern ist. Ihre Böden, die vorwiegend aus zersetzter Lava bestehn, sind äußerst fruchtbar, solange es Regen gibt. Derzeit leiden sie allerdings unter einer großen Dürre, die, wie Kumpana sagte, obwohl mir schleierhaft ist, woher er das wußte, schon seit drei Jahren andauert, weshalb sie fast verhungern und dementsprechend große Aufregung herrscht.

Diese Dürre, so erfuhr ich weiter, schreiben sie der Magie der Dabanda zu, die hinterm Bergrand leben, das heißt im großen Krater des erloschenen Vulkans oder der Vulkangruppe. Deshalb würden sie, wenn sie sich getrauten, diese Dabanda überfallen und vernichten, um ihr Land zu besetzen und Untertanen der Engoi, ihrer Göttin, zu werden. Aber aus irgendeinem unerfindlichen Grund, welchen Kumpana nicht erklären konnte oder wollte, getrauen sie sich nicht.«

»Nahezu dasselbe habe ich auch gehört«, warf ich ein. »Sind Sie nun diesen Abanda begegnet?«

»Nein, damals nicht, dank Kumpana. Aber Sie wissen bereits, was das für Leute sind, denn gestern haben Sie welche gesehn. Tatsächlich haben sie große Ähnlichkeit mit Ihren Trägern, die vom Aussehen her sowohl Abanda als auch Dabanda sein könnten, da die beiden Völker gleichen Ursprungs sind und sogar den gleichen arabischen Dialekt sprechen.«

»Wie sind Sie ihnen ausgewichen?« fragte ich, ohne auf die Äußerung davor einzugehen.

»Indem wir uns tagsüber versteckt hielten und nachts gingen. Da kein Mond schien, mußten wir im Schein der Sterne gehen, und selbst die ließen uns zuweilen im Stich, wenn Nebel oder Wolken aufzogen. Aber das machte dem alten Kumpana anscheinend nichts aus, der die Gegend wie seine Hosentasche kannte. Flink erklomm er die steilen Felspfade, sah und kletterte wie eine Katze im Dunkeln und führte mich an einem Seil, das er sich ums Handgelenk gebunden hatte, da wir uns bis auf das allerleiseste Flüstern nicht zu sprechen getrauten. Ein, zwei Mal kamen wir so nahe an Dörfer heran, daß wir die ums Feuer gescharten Leute sehen konnten. Hier drohte uns am meisten Gefahr von den Hunden, die uns witterten und nachliefen, was ihre Herren zum Glück nicht weiter beachteten, glaubten sie doch bestimmt, sie hätten einen Schakal oder eine Hyäne gerochen.

Am dritten Morgen erreichten wir den Kraterrand und hatten von den Abanda nichts mehr zu fürchten. Nun drohte eine andere Gefahr, denn der Paß, der nicht mehr als ein Felsspalt und stellenweise so eng war, daß man sich nur einzeln hindurchzwängen konnte, wurde von Dabanda bewacht, die uns natürlich aufhielten und mächtig staunten über meine Erscheinung, da sie, meine ich, noch keinen Weißen zu Gesicht bekommen hatten. Kumpana kannten sie offenbar (sie schienen ihn dort geradezu erwartet zu haben), denn sie sprachen freundlich und respektvoll mit ihm, wobei ich nicht zuhören durfte. Es endete alles damit, daß wir einen Tag und eine Nacht dort festgehalten wurden, während Boten zu den Priestern gesandt wurden, die ›Rat der Engoi‹ genannt wurden.

Bei Sonnenaufgang des nächsten Tages, also vierundzwanzig Stunden nach unsrer Ankunft, kehrten jene Boten zurück und meldeten, wir hätten uns ins Hauptdorf am Rande des den See umschließenden Waldes zu begeben. Also machten wir uns in Begleitung einiger Dabanda auf den Weg durch eine liebliche Landschaft, die unvorstellbar üppig war, hatte es doch ergiebig geregnet hier. Sie erinnerte mich an Rheinauen oder, tiefer im Süden, die Gegend von Neapel oder, noch tiefer, an Südseeinseln. Das heißt, bis wir zu jenem tiefen Wald kamen, der den heiligen See umschließt und in den kein Mensch seinen Fuß setzen darf.«

»Haben Sie den See gesehn?« fragte ich.

»Später, ja, und ein-, zweimal kurz während des Marsches: ein finstres Gewässer mit einer Insel darin. Am Abend erreichten wir ein großes Dorf mit weißen Hütten oder Häusern, die, bald rund, bald rechteckig, inmitten von Gärten standen. Ich wurde zu einem großen, rechteckigen mit einem Hof davor geführt, wo ich, wie sich bald zeigte, gefangengehalten wurde.

Nach Einbruch der Dunkelheit wurde ich von einem Mann besucht. Da in der Hütte kein Licht war, konnte ich sein Gesicht nicht sehen, aber er stellte sich mir als Priester der Engoi vor. Sodann unterzog er mich im Beisein von Kumpana einem scharfen Verhör bezüglich der Gründe meines Besuchs und staunte nicht schlecht, als ich ihm in seiner Muttersprache – Arabisch – antwortete. Ich log das Blaue vom Himmel herunter; daß ich sein Land sehen wolle; daß ich ein weißer Kaufmann sei und Handel treiben wolle; daß ich von der Weisheit der Dabanda lernen wolle; und, ich weiß nicht, was mehr. Er antwortete darauf, von rechts wegen müßte ich bei lebendigem Leibe verbrannt werden für mein Sakrileg, aber da ein weißer Mann erwartet werde in seinem Land und ich vielleicht dieser Mann sei, müsse die Sache der Engoi vorgelegt werden. Mittlerweile blieb ich Gefangener. Sollte ich den Hof der Hütte verlassen, werde man mich ergreifen und den Flammen überantworten.

Also blieb ich Gefangener. Zehn lange Tage saß ich in jener schrecklichen Hütte und jenem hoch umzäunten Hof und überaß mich, denn es wurden mir köstliche Speisen vorgesetzt, und verlor beinahe den Verstand vor Sorge und Angst. Ich spürte, daß ich ihr nahe war, die zu sehen ich gekommen war, und dennoch in einer Weise ferner als vor Jahren in London. Ich erhielt keine Besuche mehr; nichts geschah. Bald stand ich kurz vor dem Wahnsinn. Ich dachte sogar an Selbstmord; jedes Mittel war mir recht, dieser unerträglichen Enge in Hütte und Hof zu entkommen, denn ich sah ein oder glaubte einzusehen, daß ich Illusionen aufgesessen war.

Eines Abends, als mein Zustand am schlimmsten war, kam mein alter Führer Kumpana, der, wie ich anhand einer Bemerkung des Priesters feststellte, eine bedeutende Position bekleidete, zum ersten Mal seit Tagen zu mir. Er fragte mich, ob ich ein kühnes Herz hätte und viel wagen würde, um meinen Herzenswunsch zu erfüllen, und was, falls ja, mein Herzenswunsch sei. Dies sei, antwortete ich, eine gewisse Heilige zu sprechen, der ich schon in meinen Träumen begegnet sei und die Schatten heiße und auf dem See wohne. Er schien keineswegs überrascht zu sein, sondern äußerte im Gegenteil, das längst zu wissen. Sodann fügte er hinzu:

›Wenn der Mond sich zeigt, geh unverzagt aus der Hütte zum dunklen Wald. Dort wirst du auf deine Führer treffen. Geh mit ihnen zum Ufer des Sees, wo dich vielleicht die Besagte empfängt. Was dann geschieht, weiß ich nicht. Vielleicht wirst du sterben – höre, *sterben!* Scheust du dieses Wagnis, führe ich dich wieder aus dem Lande der Dabanda hinaus, aber wisse, dann wirst du sie, die du suchst, nicht mehr, zumindest nicht mehr in diesem Leben, weder in Träumen oder anderweitig wiedersehn.‹

›Ich habe mich entschieden‹, sagte ich. ›Ich gehe in den Wald.‹

›Besagte Heilige hat dich richtig eingeschätzt. Sprich mit ihr, wenn du willst, aber hüte dich davor, sie zu berühren! Ich warne dich abermals, hüte dich davor‹, sagte er, verneigte sich und verschwand.

Zur festgelegten Stunde ging ich mit dem Gewehr in

der Hand – denn meine Feuerwaffen hatte man mir gelassen, da meine Peiniger vielleicht nicht wußten, wozu sie gut wären – durch die Tür zur Hütte hinaus. Das Tor im Zaun stand offen, und meine Bewacher waren fort. Ich trat durchs Tor hinaus und folgte einem Pfad zum Rande des Waldes. Dort war es unter den Bäumen so finster, daß ich stehenblieb und nicht wußte, welche Richtung ich einschlagen sollte. Da glitten Schatten heran. Wer oder was diese waren konnte ich nicht sehen, und Worte fielen nicht. Ich hatte nicht das Gefühl, daß sie mich berührten, dennoch schienen sie mich vor sich her zu schieben. Umringt von Schatten, schritt ich voran.

Ich gestehe, daß ich Angst hatte. Es ging mir durch den Kopf, daß meine Gefährten keine Menschen wären, sondern die Geister des Waldes oder die Geister längst Verstorbener, die in ihre irdische Heimat zurückgekehrt wären. Ihre Gesellschaft schreckte mich; ich sprach zu ihnen, aber sie antworteten nicht; dafür glaubte ich, kalte Finger auf meinen Lippen zu spüren, als wollten sie mich zum Schweigen anhalten. Wohin führte diese Jagd nach einem Traum, der mich seit Jahren in seinen Bann geschlagen hatte? Vielleicht sollte ich nicht die schöne Dame jenes Traums finden, sondern an ihrer Stelle einen blutverschmierten afrikanischen Fetisch, ein unheilvolles Symbol, dem ich geopfert werden sollte. Das Blut gefror mir in den Adern bei dieser Vorstellung, und ich sage Ihnen, Mr. Quatermain, hätte ich gewußt, in welche Richtung ich gehen sollte, hätte ich mich umgedreht und wäre geflohen, denn bei dieser letzten Prüfung verließ mich die Zuversicht.

Aber es war bereits zu spät, und so mußte ich mich der tödlichen Herausforderung stellen, vor der mich der alte Bote gewarnt hatte.

Immer tiefer drangen wir durch endlose Bäume in die Totenstille des endlosen Waldes vor. Meine Hände streiften die Stämme, ich stolperte über ihre Wurzeln, aber ich stieß nie dagegen oder stürzte. Sehen konnte ich nichts und hören auch nichts bis auf meine Schritte. Ja, wie von Winddruck wurde ich Stunde um Stunde geleitet und in Bewegung gehalten.

Schließlich verließen wir den Wald, denn ich sah die Sterne und den schwachen Glanz des versteckten Mondes und obendrein schimmerndes Wasser zu meinen Füßen. Meine Führer schienen von mir gelassen zu haben, als hätten sie ihre Schuldigkeit getan. Ich war mutterseelenallein, und das Gefühl dieser großen Einsamkeit entsetzte mich zutiefst.

Was war das über den Wassern, kaum wahrnehmbar oder gar nur eingebildet? Nein, denn es hielt auf mich zu wie ein Kanu, das in einer Strömung dahingleitet, denn von Riemen hörte ich nichts. Es näherte sich, das Zaubergefährt; eine in weiße Schleier gehüllte Gestalt stieg ans Ufer und trat vor mich. Der Schleier wurde gehoben, ich sah die Umrisse eines Gesichts, ich sah die Sterne in den Augen funkeln, die selbst wie Sterne leuchteten.

›Du hast viel gewagt, um zu mir zu kommen, o Herzensfreund‹, sagte eine liebliche Stimme auf arabisch, ›und ich habe viel gewagt, um dich herzuholen, damit ich eine Weile mit dir reden kann.‹

›Wer oder was bist du, Frau?‹ fragte ich.

›Ich bin die, deren Seele zu dir gesprochen hat in der großen fernen Stadt. Ja, und auch später noch, bis ich dich in dieses Land lockte, damit du mich persönlich aufsuchst. Denn wisse, seit alters ist unser beider Schicksal verknüpft; so wird es sein bis zu jenem Ende, welches der wahre Anfang sein wird.‹

›Ja, vielleicht. Ich glaube auch, daß es so ist‹, erwiderte ich. ›Doch was ist dein Auftrag, daß du hier auf einem See inmitten von Wilden lebst?‹

›Wegen meiner Sünden, o Freund, muß ich diesen Wilden als Königin dienen und ihr Orakel sein.‹

›Bist du denn göttlich?‹

›Ist nicht ein jeder göttlich – ein Geist, der weit herabgestiegen ist, um seine Sünden zu sühnen und jenen aufzuhelfen, gegen die er sich versündigt hat?‹

›Ich weiß nicht, Schattenfrau – denn ich nehme an, du bist diejenige, die in diesem Land Schatten heißt. Dazu existieren in den einzelnen Religionen unterschiedliche Lehrmeinungen. Dennoch mag es durchaus so sein, wenn man bedenkt, daß diese Welt keine glückliche Heimat für den Menschen ist, sondern ein Ort der Knechtschaft und Tränen. Aber laß diese Fragen und sag mir zuerst: bist du eine Frau?‹

›Ich bin Frau‹, antwortete sie ganz zart.

›Warum dann hast du, die du Frau bist, mich, einen Mann, um die halbe Erde an deine Seite gerufen?‹

›Weil es so bestimmt ist und um unsrer alten Liebe willen.‹

›Und da ich deinem Ruf gefolgt und gekommen bin und dich gefunden habe an dem Ort, von dem ich träumte, was muß ich nun tun, um dich zu gewinnen?‹

›Sieh mich an‹, sagte sie, ›und sag mir dann, ob du mich noch immer gewinnen willst und ob zwischen uns alles so ist wie in früheren Zeiten, die du vergessen hast.‹

Sie kam etwas näher; sie löste den wallenden Schleier und stand in ihrer betörenden Vollkommenheit vor mir. Die Sterne erhellten ihr makelloses, liebliches Antlitz; mir war, als würde sie selbst Licht ausstrahlen. Sie war Mensch und dennoch rätselhaft. Sie war Frau und dennoch halb Geist.

›Von der Vergangenheit weiß ich nichts‹, sagte ich und bedeckte mit den Händen die Augen, ›und von der Gegenwart nur, daß ich dich mehr begehre als das Leben mit all seinen Freuden.‹

›Ich danke dir, und ich bin froh‹, antwortete sie bescheiden. ›Aber wisse, es ist nicht leicht, mich zu gewinnen. Große Gefahren drohen mir und jenen, über die ich herrsche und die ich retten muß, ehe meiner

Seele – und deiner – Genüge getan ist. Wie heißt du denn nun in dieser Welt?‹

›John Arkle‹, erklärte ich.

›Wirklich? Nun denn, o Arkle, du mußt zurückkehren über den Rand des Berges und wirst dort einen Weißen finden, der mir und meinem Volk im bevorstehenden Krieg beisteht. Wenn du ihn gefunden hast und der Krieg gewonnen ist, reden wir weiter. Geh nun! Deine Führer erwarten dich.‹

›Ich will nicht gehn‹, wandte ich ein. ›Laß mich dorthin mitkommen, wo du wohnst.‹

Sie wurde erregt. Ich sah sie zittern, als sie hastig erwiderte:

›Das ist nicht statthaft; zuerst muß das Werk vollendet sein; das ist der Preis. Nein, faß mich nicht an, denn ich sage dir, wir werden beobachtet von jenen, die du nicht sehen kannst, und wenn du mich berührst, wird es mir schwerfallen, dich zu retten.‹

Ich hörte es, aber schlug es in den Wind, der ich plötzlich wie von Sinnen war und Kumpanas Warnung vergaß. Ich hatte gefunden, was ich jahrelang suchte. Sollte ich sie schon wieder verlieren, einfach so, vielleicht für immer? Ich streckte die Arme nach ihr aus, umschlang sie und drückte sie an meine Brust. Ich küßte sie auf die Stirn.

Da kam es zum Tumult; es war, als wäre ein heftiger Sturm über uns hereingebrochen. Sie wurde mir entwunden und verschwand. Ich wurde gepackt und wie von Geisterhand geschüttelt; die Sinne schwanden mir.

Als ich – offenbar lange Zeit später – wieder zu mir kam, rannte ich über den Berg und wurde von jenen Wilden gejagt, denen Sie, Mr. Quatermain, begegnet sind und die Sie vertrieben haben.«

12

Kaneke tut einen Schwur

Arkle schloß seine Geschichte, und ich sagte nichts. Zum Glück erwartete er offenbar gar nicht, daß ich dazu Stellung nahm, denn als ich kurz zu ihm schaute, sah ich, daß er voranhumpelte wie ein Traumwandler, den Blick fest auf den Rand des Berges über uns gerichtet, als schaute er über diesen hinweg oder, besser gesagt, durch diesen hindurch auf eine Vision, und daß seine Miene zu einem Lächeln erstarrt war wie bei einem Hypnotisierten, der das Geheiß des seinen Willen beherrschenden Gebieters ausführt.

Anscheinend war der Mann entrückt. Er, das heißt sein Geist war auf den See und dessen rätselhafte Bewohnerin fixiert, falls diese existierte. Als ich über ihn nachdachte, kam ich zu dem Schluß, daß er das Opfer einer Halluzination oder, um es frei heraus zu sagen, verrückt sei. Seit Jahren jagte er diesem Traum von einem übersinnlichen Weib nach, das seine Zwillingsseele wäre, eine immerhin uralte Phantasie, an die noch Tausende glaubten.

Denn es ist sicher nicht ohne Reiz, sich vorzustellen, daß irgendwo in oder außerhalb des Universums ein Gegenstück oder besser eine Ergänzung des andern Geschlechts existiere, das nur für uns lebe und nur an uns denke und von dem uns das Schicksal eine Weile getrennt habe mit dem Auftrag, es wiederzufinden im Leben oder Tode.

Ein solcher Traum ist stets beliebt, weil er unsrer menschlichen Eitelkeit schmeichelt und uns einredet, daß immer, seien wir auch noch so einsam und verlassen, irgendwo jemand wartet, der uns verehrt und begehrt und darauf brennt, uns mit offenen Armen anzunehmen und für immer festzuhalten.

Zweifelsohne war Arkle diesem weitverbreiteten Wahn aufgesessen, obwohl er es, anstatt es wie der Bescheidenere für sich zu behalten, hinausposaunte, wie es nicht anders zu erwarten war von einem Menschen seines robusten, heißblütigen Temperaments, das in seinem Fall noch mit einer ererbten mystischen Ader versetzt war. Er war den sich anbietenden Fingerzeigen nachgegangen; von einer Seegöttin träumend, hatte er von einem heiligen See erfahren, über den angeblich ein weiblicher Geist herrsche, und sich mit bewundernswertem Mut und Durchhaltevermögen durch halb Afrika in die Nähe dieses Ortes vorgekämpft.

Hier war er einem Stamm in die Hände gefallen, welcher jenen feindlich gesinnt war, die den Wasserfetisch, die Zauberdoktorin, die Regenmacherin verehrten. (Fast alle dieser afrikanischen Kulte sind mit dem Regen verbunden.) Da sie noch nie einen Weißen zu Gesicht bekommen hatten, ergriffen sie ihn natürlich und hielten ihn gefangen. Letztendlich wollten sie ihn töten, aber als er von ihren freundlichen Absichten Wind bekam, suchte er sein Heil in der Flucht und lief schließlich uns, von seinen mordgierigen Gegnern verfolgt, über den Weg.

Das war zweifellos die ganze Geschichte. Der Rest über den Besuch bei der Dame am Ufer des Sees war reine Erfindung, besser gesagt: Einbildung. Sicher ließ sich nicht leugnen, daß Kaneke mit ähnlichen Geschichten aufgewartet hatte, was mich vor ein Rätsel stellte. Oh, wie wünschte ich mir, daß ich mich nie von Kaneke durch sein Elfenbein und Geld hätte verpflichten lassen. Aber das war halt so: ich hatte den Wechsel unterschrieben und mußte meine Verbindlichkeit honorieren.

Wie es sich nun fügte, wurde ich in dem Moment an die Fälligkeit gemahnt.

Wir hatten kurz angehalten, um zu rasten und von einem Bergbach zu trinken und ein paar Bissen zu essen. Kaum hatten wir unser hastiges Mahl beendet, drehte sich Kaneke, der etwa fünfzig Schritt weiter oben kauerte, zu uns um und winkte mich heran. Ich ging los, und als ich bei ihm war, deutete er wortlos nach links.

Ich schaute in die Richtung und sah dort in einer Felsrinne, die beträchtlich höher lag als unsere Position und unmittelbar am Fuße des steilen Kraterrands in anderthalb, zwei Meilen Entfernung verlief, Punkte aufblitzen, die ich als in der Sonne glänzende Speerspitzen deutete.

»Was ist's?« fragte ich.

»Die Abanda, Herr, die anrücken, um uns den Weg zu versperren; zwei- bis dreihundert Mann. Hör zu! Dort in der Wand hoch über ihnen öffnet sich der einzige Paß in den Krater auf dieser Bergseite. Die Abanda wissen, wenn sie die Wand vor uns erreichen, können sie uns abfangen und bis auf den letzten Mann umbringen. Aber wenn wir die Wand vor ihnen erreichen, gelangen wir sicher in mein Land, denn dorthin werden sie uns nicht folgen. Es ist also ein Wettlauf zwischen uns, wer zuerst den Eingang zum Paß erreicht. Schau, die Träger habe ich bereits auf den Weg geschickt«, und er deutete auf die Männer, die im Gänsemarsch mehrere hundert Yards vor uns den Berg erstiegen. »Laß uns auch aufbrechen, wenn dir dein Leben lieb ist!«

Mittlerweile waren Arkle, Hans und die beiden Jäger herangekommen. Wenige Worte genügten, um ihnen die Situation zu erklären, und los gingen wir. Es ergab sich ein Wettkampf, den ich nur als fürchterlich beschreiben kann. Wir, die wir einen langen Marsch mit kurzen Pausen hinter uns hatten, waren müde; zudem mußten wir bergan steigen, während die wilden Abanda vergleichsweise frisch waren und einen zwar holprigen, aber mehr oder weniger ebenen Pfad hatten; deshalb konnten sie in der gleichen Zeit die doppelte Strecke bewältigen. Überdies hatte Arkle, der so stark war, noch ein steifes Bein und eine wunde Ferse nach dem Wettlauf um Leben und Tod am Vortag, was sein Vorankommen erschwerte. Die Träger, die wohlgemerkt einen Vorsprung hatten, legten trotz ihrer Lasten eine Bestzeit hin; sicher kannten auch sie die Abanda und wußten, was mit ihnen geschähe, würden sie eingeholt. Während wir so den Berg hinaufhetzten – mein Gott, brannte die Lava, die in der Sonne glühte, an den Füßen – keuchte Hans:

»Viele von denen, die den Stier-Baas jagten, den wir besser nie getroffen hätten, kamen gestern abend davon, Baas, und holten ihre Brüder, die nun jene rächen, welche nicht davonkamen.«

»Richtig«, brummte ich, »und überdies werden sie, wie ich glaube, den Eingang zum Paß, falls es einen solchen gibt, vor uns erreichen.«

»Ja, Baas, das glaube ich auch, denn der Stier-Baas hat eine schlimme Ferse und ist langsam zu Fuß und zur Wand ist es noch weit. Aber diejenigen, Baas, die gestern davonkamen, erzählten den andern, was mit jenen geschah, die nicht davonkamen, und was Kugeln sind. Vielleicht können wir sie mit den Gewehren zurückschlagen, Baas.«

»Vielleicht. Versuchen werden wir's auf jeden Fall. Sieh nur, wie schnell Kaneke läuft.«

»Ja, Baas, er klettert wie ein Pavian oder Wildkaninchen. *Er* will sich nicht von den Abanda fangen lassen, Baas, und seine Träger auch nicht, ganz gleich, was aus uns wird. Soll ich ihm eine Kugel hinterherjagen, Baas, bevor er außer Reichweite ist, und aufs Bein zielen, damit er langsamer gehen muß?«

»Nein«, erwiderte ich. »Laß den Kerl laufen! Wir müssen es darauf ankommen lassen.«

In dem Moment rief Arkle, dessen Bein immer steifer wurde:

»Quatermain, gehen Sie schon mit Ihren Dienern. Ich komme allein zurecht.«

»I wo!« entgegnete ich. »Alle oder keiner.«

Dann blickte ich zu Tom und Jerry und sah, daß sie große Furcht hatten, was verständlich war. Hans sah dies gleichfalls und fing an, sie zu verspotten.

»Warum rennt ihr nicht, tapfere Jäger?« fragte er. »Wollt ihr euch vom Eulenmann schlagen lassen? Wenn die Gewehre schwer sind, schmeißt sie fort, wie ihr es, wißt ihr noch, getan habt, als uns die Elefanten gejagt haben?«

So böse scherzte Hans, der selbst mit dem Tod seine Witze riß. Ich weiß, daß er seinen Spott nachträglich ganz aufrichtig bereute, wie wir oft Worte bereuen, die sich nicht mehr zurücknehmen lassen. Sie brachten Tom in Rage, denn ich hörte ihn stammeln:

»Dafür bring' ich dich noch um, gelber Mann«, worüber Hans nur lachte.

Der eher phlegmatische Jerry jedoch lächelte nur matt, aber sagte nichts.

Endlich waren wir recht nahe bei der Wand, in die wir die Träger verschwinden sahen und damit wußten, wo der Paß oder Spalt begann. Leider waren auch die Abanda nicht mehr weit; schon waren in der Tat die ersten Speerträger aus der Rinne im Berg gestiegen und rannten keine dreihundert Yards entfernt aufs offene Lavafeld, um Kaneke einzuholen. Dieser rege Mensch war indes zu schnell für sie, denn ehe sie ihn mit den Speeren erreichen konnten, war er in die Wand gestürmt wie ein Mungo ins Loch – vielleicht wäre die Schlange ein besserer Vergleich.

»Jetzt sind wir erledigt«, sagte ich. »Wir kommen nicht mehr vor den Wilden hin, und es hat keinen Zweck, bergab zu laufen, da sie uns einholen werden. Also bleiben wir hier und verschnaufen und machen einen guten Abgang.«

»Nein, Baas«, keuchte Hans, der das Gelände mit Adleraugen absuchte. »Schau! Die Abanda sind ins Stokken geraten. Sie wollen uns töten, Baas, aber es trennt sie eine Kluft vom Loch in der Wand. Sieh nur, jetzt klettert gerade einer hinunter.«

Ich schaute. Obwohl er mir bisher entgangen war, da er in Blickrichtung verlief, tat sich ein Graben auf, ein Riß, der sicher entstanden war, als sich in unvordenklichen Zeiten die erkaltende Lava zusammenzog. Diesen Graben mußten die Abanda überwinden, um uns zu erreichen.

»Weiter!« rief ich. »Vielleicht schaffen wir's noch!«

So hasteten wir vorwärts, wobei sich der humpelnde Arkle mit der Hand auf meine Schulter stützte. Nun waren wir schon dicht bei der Wand und konnten keine sechzig, siebzig Yards vor uns den Spalt sehen, worin Kaneke und seine Mannen verschwunden waren. Konnten wir ihn erreichen? Während ich mich dies fragte, erschien ein Abanda an dieser Seite des Grabens. Ich blieb stehen, brachte das Gewehr in Anschlag, drückte ab, aber schoß vor lauter Keuchen daneben. Ja, ich traf ihn nicht, denn die Kugel schlug in die Speerklinge drei Fuß über seinem Kopf, die zerschellte. Dies erschreckte den Mann allerdings dermaßen, daß er wieder im Graben verschwand, und wir hetzten weiter.

Wir hatten den Spalt in der Wand, die den Kraterrand des erloschenen Vulkans bildete, noch nicht ganz erreicht, von wo ich zu unsrer Rettung – ganz vergeblich, wie sich zeigte – einen Ausfall Kanekes und seiner Mannen erwartete, als aus dem Graben sechs, sieben Abanda erschienen, die zwischen uns und die Wand rannten, in die wir uns flüchten wollten. Dort stellten sie sich uns entgegen, um uns mit ihren Speeren anzufallen. Wir eröffneten das Feuer auf sie und schossen diesmal nicht daneben. Sie gingen zu Boden, aber während sie fielen, tauchten neue auf, kühne, finster dreinschauende Gesellen, die beim Tod der Gefährten in wilde Wut ausbrachen. Wir feuerten in rascher Folge und kämpften uns immer weiter vor, aber ich sah, daß wir das Spiel verloren, denn mit jedem Moment kletterten mehr dieser Abanda über eine schmale Leiter oder einen Steig aus dem Grund des Grabens herauf.

In diesem Augenblick hörte ich den abessinischen Jäger Tom laut rufen:

»Lauf, Macumazahn, mit dem lahmen Herrn. Lauft! Ich sehe, wie ich sie aufhalten kann.«

Ohne innezuhalten und mich zu vergewissern, wie er dies zu bewerkstelligen gedachte, denn in solchen Augenblicken bleibt einem wenig Zeit zum Überlegen, stürmte ich mit dem auf meine Schulter gestützten Arkle und Hans zum Eingang der Spalte. Einige Abanda stellten sich uns in den Weg, aber diese erledigten wir mit unseren Revolvern, ehe sie uns aufspießen konnten. So erreichten wir den Spalt und stürzten uns hinein, denn nun kamen zum Glück keine Abanda mehr daher. Kaum waren wir in dem Spalt, der sehr eng, ja dermaßen eng und gewunden war, daß ein paar Männer ihn gegen Tausende hätten halten können, wie dereinst Horatius mit zwei Gefährten im alten Rom die Tiberbrücke hielt, blieb ich stehen, da draußen noch gefeuert wurde.

»Wer schießt da?« fragte ich und schaute mich in dem dämmrigen Loch um, aber noch während ich sprach, verhallte das Echo der letzten Schüsse, woraufhin Triumphgeschrei einsetzte.

»Lochgesicht und Jerry, glaube ich, Baas«, antwortete Hans, der sich mit dem Ärmel die Stirn abwischte, »obwohl ich nicht glaube, daß sie noch mal schießen werden. Du siehst, Baas, nun haben sie sich ein einziges Mal in ihrem Leben anständig verhalten. Ja, sie liefen zum Rand jenes Grabens und stellten sich an die beiden Steige, über die die Abanda heraufkletterten, und feuerten darauf los, bis die Speere sie niederstreckten, um dir und dem Stier-Baas Zeit zu geben, in dieses Loch zu schlüpfen, denn was mit mir geschähe, der ich ihr Freund war, war ihnen natürlich einerlei. Jetzt werden sie also tot sein, es sei denn, die haben sie lebendig gekriegt.«

»Um Gottes willen!« rief ich. Kurzentschlossen kroch ich trotz der Einwände von Hans (Arkle war mittlerweile schon vor uns) zurück zum Eingang und spähte hinaus, obwohl ich damit rechnen mußte, von Speeren getroffen zu werden.

Hans hatte recht. Draußen auf dem Lavafeld lagen die Leichen von Tom und Jerry, welche die Abanda dort hingezerrt hatten, von denen einer gerade anfing, dem armen Jerry mit dem Speer den Kopf abzuschlagen.

Von Schmerz und Zorn erfüllt, jagte ich dem Wilden eine Kugel in den Leib, woraufhin sich alle in den Graben flüchteten. Ehe sie sich von ihrem Schreck erholen konnten, lief ich mit Hans hinaus, schnappte mir Toms Gewehr, das einer der Wilden getragen und in seiner Angst fallengelassen hatte, und keuchte in den Eingang der Höhle zurück. Das Gewehr von Jerry konnten wir leider nicht bergen. Anscheinend hatten die Wilden es fortgeschleppt.

Das war also das Ende der tapferen, vom Pech verfolgten Jäger, auf denen vom ersten Tag unsrer Reise an ein verhängnisvoller Schatten zu liegen schien. Es war ein rühmliches Ende, denn sie hatten zweifelsohne ihr Leben hingegeben, um uns, das heißt mich, zu retten.

Was ihnen auch gelungen war, denn indem sie die Wege aus dem steilwandigen Graben für eine kurze Weile blockierten, ermöglichten sie uns die Flucht in den Felsspalt. Ob sich dieser Heldenmut spontan einstellte oder aus jener Scham über das frühere Versagen hervorging, als sie ihre Gewehre weggeworfen hatten – eine Lappalie, die ihnen wohl aufs Gewissen drückte –, oder durch den Spott von Hans zustandekam, das weiß ich nicht. Immerhin behauptete er sich in jener Stunde der Prüfung, so daß wir nun lebten, während sie tot waren. Ihr Andenken in Ehren! Ich hoffe, ihnen irgendwo und irgendwann von Angesicht zu Angesicht danken zu können.

Von Trauer erfüllt, kehrte ich in den Spalt zurück und berichtete. Als Hans, das muß ich zu seiner Verteidigung sagen, sah, daß sich seine Vermutung – es war bloße Vermutung – bewahrheitet hatte und Tom und Jerry wirklich tot waren, wurde er sehr betrübt. Er fing an, ihre vielen Tugenden zu loben und sich damit zu trösten, daß sie, wie er selber, ›gute Christen‹ seien und demnach nichts zu fürchten hätten im Fegefeuer, seinem Synonym für Himmel, wo sie mittlerweile zweifelsohne weilten. Vielleicht plagte ihn auch das schlechte Gewissen ob der vielen kleinen Bosheiten, mit denen er sie aus Eifersucht bedachte, solange sie noch auf Erden wandelten.

Arkle vertrat einen anderen Standpunkt.

»Diese Jäger«, sagte er, »sind bei der Ausübung ihrer Pflicht gestorben und deshalb nicht zu bedauern, denn gibt es ein rühmlicheres Ende? Aber was ist mit jenem Burschen Kaneke, der mit seinen Leuten vorausgerannt ist und euch, seine Wegbegleiter, im Stich gelassen hat? Von mir sage ich gar nichts, denn ich bin ein Fremder, dem gegenüber er keinerlei Verpflichtung hat. Warum ist er davongerannt?«

»Ich weiß nicht«, antwortete ich müde. »Um seine Haut zu retten, nehme ich an. Fragen Sie ihn selber, falls wir ihn je wiedersehn.«

»Das werde ich!« rief Arkle, und mir fiel auf, daß sein Gesicht währenddessen vor Zorn bleich geworden war.

Bald bot sich Gelegenheit dazu. Wir hielten es nicht für ratsam, so dicht beim Eingang zu bleiben, obwohl bisher kein Abanda versucht hatte, uns zu folgen, wie es Kaneke vorausgesagt hatte; der Grund dafür war mir damals noch schleierhaft. Deshalb schlug ich vor, daß wir weitergehen sollten, um zu sehen, wohin unser Weg führte.

Also machten wir uns auf den zunächst finsteren

Weg, denn die tiefe, schmale Schlucht ließ kaum Tageslicht ein. Bald weitete sie sich jedoch, und wir fanden uns auf einem von Steilfelsen umschlossenen Plateau wieder.

Dort wartete Kaneke auf uns, der auf einem Stein kauerte, während die Träger weitergezogen waren; jedenfalls war von ihnen nichts zu sehen. Er sah uns aus seinen melancholischen Augen an und sagte zu mir:

»Da ich wußte, es geschähe dir nichts, Herr, lief ich in diesen Gang voraus und wartete hier auf dich, wohin die Abanda uns nicht folgen.«

»Das habe ich gemerkt«, meinte ich spöttisch. »Aber ich bitte dich, wie hast du gewußt, daß uns nichts geschieht?«

»Ich habe es gewußt, Herr, weil es in deinen Sternen steht, wie ich auch gewußt habe, daß die beiden Jäger umkommen, weil ich ihren Tod in den Sternen gesehen habe; und sie sind doch tot, nicht wahr? Bezüglich des Schicksals dieses seltsamen weißen Mannes«, und hier blickte er feindselig, wie ich den Eindruck hatte, zu Arkle, »habe ich nichts gewußt, weil ich noch keine Zeit gehabt habe, es am Himmel zu erforschen.«

Ehe ich antworten konnte, hatte Arkle, der mit gesenkter Stimme in grimmigem Tonfall sprach, eingeworfen:

»Nein, du hast nichts gewußt, du Hund, aber viel gehofft, wie ich meine; nämlich daß mich das gleiche Schicksal treffe wie die beiden Jäger, denn du hast geglaubt, dieser weiße Herr ließe mich, der ich hinke, im Stich, um die eigene Haut zu retten, wie du es getan hast, auf daß ich den Speeren zum Opfer fiele. Nun, ich kann die Sterne besser deuten als du, und ich sage dir, du wirst eher sterben als ich, und was du verlierst, wird mir zufallen. Hast du mich verstanden? – der du Häuptling der Dabanda und Beherrscher des Sees mit seinem Schatz zu werden hoffst, wie ich es schon gewußt habe, ehe ich dich überhaupt zu Gesicht bekommen habe.«

Woher hat er das gewußt? fragte ich mich. Ich konnte es mir einstweilen nicht erklären, obwohl ich beobachtete, daß Kaneke diese finsteren Worte offensichtlich besser verstand als ich, denn ihre Wirkung war gewaltig. Zunächst wurde er blaß, dann kreidebleich wie aus Furcht, die sofort in Raserei umschlug. Er rollte die großen Augen, Schaum trat ihm vor den Mund, die Haare im Gesicht schienen zu Berge zu stehen.

»Ich kenne dich«, schrie er, auf Arkle deutend, »und weiß, wozu du hier bist. Vor langer Zeit hat mich mein Geist vor dir und deinen Absichten gewarnt. Du möchtest mich abermals berauben, wie du mich in der Vergangenheit schon einmal beraubt hast, was du freilich vergessen hast. Aus diesem Grunde kaufte ich den weißen Jäger Macumazahn, damit er mich begleite, wußte ich doch, daß ich ohne seinen Beistand zum Untergang verdammt wäre. Aber das Schicksal hat mich ausgeschmiert. Mir wurde offenbart, daß ich das Land vor dir erreichte und imstande wäre, dir ein Ende zu bereiten; eine falsche Offenbarung, denn während ich säumte, kamst du, der weiße Dieb. Dennoch ist es nicht zu spät. Nie wieder sollst du den Schatz des Sees schauen!«

Während er die letzten Silben zischelte, zückte Kaneke plötzlich ein Messer, einen tückischen Krummdolch aus dem Somaliland, und stürzte sich auf Arkle. Er sprang geschwind wie ein Löwe auf eine trinkende Antilope, und mir schoß der Gedanke durch den Kopf, daß nun alles vorbei wäre. Obwohl ich mit Hans in nächster Nähe dabeistand, konnte ich nichts tun; es blieb nicht mal Zeit, eine Pistole zu ziehen, so daß ich tatenlos bis zum Ende zusehen mußte. Dieses kam, nahm aber einen unverhofften Verlauf.

Arkle mußte darauf gefaßt gewesen sein. Er rührte sich nicht von der Stelle, streckte nur die Arme aus. Im nächsten Moment packte er mit der Linken Kaneke am rechten Arm, der damit zum Zustechen ausgeholt hatte, und drehte ihn mit eisernem Griff herum, daß das Messer zu Boden fiel. Mit der Rechten packte er ihn am Hals und schüttelte ihn, wie ein Mungo eine Schlange schüttelt. Dann ließ Arkle den Hals los und umklammerte Kaneke unter Aufbietung aller Kräfte, denn er hatte wirklich Kräfte wie ein Stier, mit beiden Armen, hob ihn in die Luft und schleuderte ihn fort, so daß er mit dem Rücken auf dem Felsboden aufschlug und bewußtlos liegenblieb.

In dem Moment erschien ein kleiner, runzliger Mann mit stechenden Augen, den ich noch nie gesehen hatte, um eine Ecke, lief über das Plateau zu Arkle und flüsterte diesem hastig ins Ohr, als wollte er ihm Hinweise geben. Eine lange Weile, so kam es mir zumindest vor, flüsterte dieser, während Arkle hin und wieder mit einem Nicken bedeutete, daß er das Gesagte verstanden habe. Zuletzt stieß der Alte eine Warnung aus und zeigte auf Kaneke, der nun, wie ich sah, das Bewußtsein wiedererlangte. Dann rannte er wieder übers Plateau hinter die Ecke am Felsspalt, von wo er aufgetaucht war und wo ich ihn im Halbdunkel eine Zeitlang aus den Augen verlor.

Arkle hob das Messer auf, machte einen Satz nach vorne und setzte Kaneke den Fuß auf die Brust, der sich aufzurichten versuchte.

»So, du Hund«, sagte Arkle, »soll ich mit dir verfahren, wie du mit mir verfahren wolltest? Das wäre wohl das Gescheiteste. Oder leistest du mir einen Schwur?«

»Ich schwöre«, stammelte Kaneke leise, der aufs Messer starrte.

»Gut. Knie vor mir nieder!«

Kaneke kämpfte sich plump auf die Knie. In dem Moment stupste Hans mich und deutete. Ich schaute und sah, daß von der Ecke im Spalt auf der andern Seite des Plateaus, wo der Alte verschwunden war, eine Schar von Dabanda anrückte, die wohl von einigen unsrer Träger angeführt wurde, welche sie sicherlich herbeigerufen hatten. Es waren hochgewachsene Männer mit großen Augen vom gleichen Schlage wie Kaneke und die Abanda, die uns angegriffen hatten; keineswegs nackte Wilde indes, da jeder ein langes, offenbar leinenes, vorwiegend weißes, aber hie und da blaugefärbtes Gewand trug.

»Halt dein Gewehr schußbereit!« sagte ich zu Hans und harrte der Dinge.

Falls diese Männer die Absicht hatten, uns anzugreifen, was ich nicht glaube, so ließen sie bei jenem seltsamen Anblick, der sich ihnen bot, von ihrem Vorhaben ab und starrten immerzu auf Kaneke, der zu Füßen des weißen Mannes kniete.

Arkle sah sie ebenfalls kommen und rief mit mächtiger Stimme:

»Willkommen, Kumpana, und ihr Männer der Dabanda, Hüter des Schatzes im See. Ihr kommt zur rechten Zeit. Hört, wie Kaneke, der wohl ein Mann von Rang ist unter euch, mir, dem weißen Wanderer von jenseits der Meere, den Treueid schwört. Wisset, daß er gerade versuchte, mich umzubringen, indem er unverhofft mit diesem Dolch über mich herfiel, und daß ich ihn überwältigte und sein Leben schonte. Also lauscht seinem Schwur. Und du, o Schlange Kaneke, wiederholst laut und deutlich, was ich dir vorspreche, auf daß alle es hören und es bekannt werde im Volke der Dabanda, den Hütern des Schatzes im See. Sprich mir nach, sage ich, denn sprichst du mir nicht nach, bist du des Todes!«

Sodann begann er, folgende Worte zu sagen, die ihm sicherlich Kumpana eingeflößt hatte und die Kaneke Satz für Satz wiederholte:

»Ich, Kaneke, vom Volke der Dabanda, versuchte, dich, den weißen Mann von jenseits der Meere, hinterhältig zu ermorden, aber stark, wie du bist, besiegtest du mich und schenktest mir das Leben. Deshalb werde ich mich fürderhin als dein Diener vor dir verneigen. Alle meine Rechte und meine Stellung als Dabanda trete ich an dich ab. Wo ich stand, stehst nun du; mein Leib sei hinfort dein Leib, und alles, was mir in diesem Leibe zufällt, sei dein. Dies schwöre ich bei der Engoi, dem Schatten, der auf dem heiligen See ruht, und falls ich den Schwur in Wort oder Tat breche, möge der Fluch der Engoi auf mich fallen.«

All dies wiederholte Kaneke recht fügsam, bis er zu der Stelle »Dies schwöre ich bei der Engoi« kam, wo er sich sträubte und gar verstummte.

»Weiter!« drängte Arkle, aber er wollte nicht.

»Wie du möchtest«, fuhr Arkle fort, »aber wisse, daß du, weigerst du dich, stirbst, wie es ein Mörder verdient.« Und er bückte sich, packte Kaneke mit der Linken am Haarschopf und machte Anstalten, ihm mit seinem Krummdolch aus dem Somaliland den Kopf abzuschneiden.

Nun wandte sich Kaneke in seiner großen Angst an mich.

»O Macumazahn!« bestürmte er mich, »rette mich, ich flehe dich an!«

»Warum sollte ich?« erwiderte ich. »Eben hast du mich und meine Leute im Stich gelassen, so daß meine beiden tapferen Jäger gestorben sind. Hättest du mit den Trägern an unsrer Seite gekämpft, wären sie jetzt bestimmt noch am Leben – aber dies hast du mit ihnen selber auszumachen in jenem Land, in das du nun eingehst. Abermals hast du versucht, aus mir unerfindlichen Gründen den weißen Herrn zu ermorden, nachdem du mir geschworen hast, ihm kein Haar zu krümmen. Aus eigener Kraft hat er dich überwältigt, weshalb du dein Leben billigerweise verwirkt hast. Dennoch bietet er dir großzügig an, es zu schonen, falls du einen gewissen Schwur leistest. Du weigerst dich, diesen Schwur zu tun. Was also gibt's da noch zu sagen?«

Mittlerweile war Kaneke, obwohl er sie nicht sah, da

er ihnen den Rücken zukehrte und diese still blieben und den Vorgang gebannt verfolgten, offenbar wieder eingefallen, daß Arkle zu gewissen Dabanda gesprochen hatte, welche demzufolge anwesend sein mußten. An diese richtete er sein zweites Gesuch, indem er rief:

»Helft mir, Brüder, über die zu herrschen mir bestimmt ist! Wollt ihr zusehen, wie mir dieser weiße Wanderer das Leben nimmt, der ohne guten Grund in unser Land eindringt? Helft mir, o Hüter des Heiligen Sees, o Hüter des Schattens, welcher auf dem See ruht!«

»Ja«, sagte Arkle. »Kommt her, ihr Dabanda, und legt eure Speere nieder, denn der erste, der seinen Speer erhebt, bekommt es mit diesem Herrn, Macumazahn, zu tun. Kommt vor, sage ich, und fällt ein Urteil zwischen mir und diesem Mann!«

Zu meinem Erstaunen folgten die Dabanda diesem Aufruf. Sie legten geschlossen die Speere nieder und näherten sich uns bis auf wenige Schritte, von jenem kleinen, runzligen Alten mit den stechenden Augen angeführt, der so geschmeidig und leise wie eine Katze ging und der Arkle ins Ohr geflüstert hatte. Arkle sah diesen Mann an und sagte:

»Zum Gruße, Kumpana, mein Freund und Führer. Ich danke dir für die eben erteilten Ratschläge, denn ich weiß, daß du ein Weiser und Großer deines Volkes bist, der du mir alles offenbart hast, was ich über dieses und Kaneke weiß. Urteile nun zwischen mir und ihm! Du hast gehört, was vorgefallen ist. Ist es nicht der Brauch bei euch, daß dieser Mann, der mich zu ermorden versuchte, sein Leben an mich verwirkt hat?«

»Es ist verwirkt«, antwortete Kumpana, »es sei denn, er kauft es mit dem Schwur zurück, den du ihm abverlangst.«

»Und muß er nicht, leistet er den Schwur, mein Diener sein und mir seinen Platz, seine Macht und seine Rechte bei den Dabanda abtreten?«

»So ist es, weißer Herr.«

»Und was ist, wenn er schwört und den Eid bricht, Kumpana?«

»Dann, Herr, kannst du den Fluch der Engoi entfesseln, der ihn ohne Säumen treffen wird. Ist es nicht so, Dabanda?«

»So ist es«, stimmten sie zu.

»Du hast es gehört, Kaneke; ja, aus dem Munde deines eigenen Volkes hast du ihr Gesetz vernommen. Entscheide dich also! Willst du schwören oder sterben?«

»Ich schwöre«, antwortete Kaneke heiser, während das scharfe Messer – sein eigenes – sich seiner Kehle näherte. »Ich schwöre«, und langsam wiederholte er jene Worte, die er sich zu sprechen geweigert hatte und womit er seine Rechte und Privilegien auf Arkle übertrug und aufs eigene Haupt den Fluch der Engoi herabbeschwor für den Fall, daß er den Eid brechen sollte. Ich bemerkte, daß der Mann zitterte, als er dieses Schicksal auf sich herabrief, und folgerte, daß wohl doch etwas an diesem Fluch der Engoi dran sein müsse oder daß er dies zumindest glaubte. Trotz meiner Skepsis ahnte ich nun, daß mehr hinter dieser merkwürdigen Geschichte steckte, als ich mir bislang vorgestellt hatte, und daß ich zum Kern dieses zentralafrikanischen Geheimkults vorstieß, während man als Weißer davon meist nur andeutungsweise erfährt und dann vielleicht aus voreingenommenen, ablehnenden Quellen und obendrein oft genug in Rätseln und Mythen.

Nach dem abgelegten Eid küßte Kaneke dem weißen Mann den Fuß, wie es vermutlich zum Ritual gehörte, und wollte aufstehen. Arkle indes zwang ihn wieder auf die Knie und wandte sich an den kleinen, runzligen Alten, der dabei stand und alles verfolgte.

»Sag mir, wer oder was bist du, Kumpana?«

»Herr, obwohl ich es dir bislang verschwiegen habe, bin ich das Oberhaupt im Rat des Schattens und regiere als solcher während der Abwesenheit des Schattens, der von dieser Erde gegangen ist, um wiederzukommen.«

»Bist du also derjenige, der den Schatten heiratet, Kumpana?«

»Nein, Herr. Der, welcher Schild des Schattens heißt, stirbt, wenn der Schatten scheidet. Ich bin lediglich ein Diener, ein Vollstrecker der Ratschlüsse. Als solcher führte ich dich in dieses Land, aus dem du vertrieben wurdest, weil du nicht gehorchen wolltest und das Gesetz brachst. Groß muß die Macht sein, die dich schützt, denn sonst wärst du längst tot.«

»Falls ich gefehlt habe, o Kumpana, habe ich dafür bezahlt. Ist mir nun verziehen?«

»Herr, ich glaube, dir ist verziehen wie diesem Kaneke, der in seiner Jugend ebenfalls fehlte, schlimmer fehlte, verziehen ist. Vielmehr«, fügte er korrigierend hinzu, »wie dieser Kaneke unbestraft davongekommen ist.«

»Wer und was ist Kaneke?« fragte Arkle darauf.

»Kaneke ist derjenige, welcher zum Schild des Schattens bestimmt ist, sobald sie erscheint, um ihre befristete Herrschaft anzutreten. Für seine Sünde wider die Engoi wurde er aus dem Lande vertrieben und lebte in der Fremde, wo ihn der weiße Herr namens Wächter der Nacht fand. Zur rechten Zeit wurde er heimgerufen, auf daß sich sein Schicksal erfülle, und brachte mit sich den Wächter der Nacht, wie es gleichfalls bestimmt war. Den Rest kennst du.«

»Kaneke versuchte, mich zu ermorden, und erkaufte sich sein Leben, indem er mir seine Stellung und Rechte abtrat. Werde ich nun Schild des Schattens heißen anstelle dieses Kaneke?«

»Ja, würde ich meinen, Herr«, antwortete Kumpana ein wenig skeptisch, wie mir auffiel. »Aber vorher muß die Sache vor den Rat des Schattens gebracht werden, wovon ich nur einer bin. Es mag sein«, ergänzte er nach einer Pause, »daß der Rat von dir verlangt, den Schatten zu einem hohen Preis zu erkaufen.«

Nun griff ich, Allan, meine Geschichte auf und sagte: »Kumpana und Männer der Dabanda, ich, ein weißer Jäger, wurde durch Tücke und List in ein Land geführt, das voller Geheimnisse ist, welche mir verschlossen sind. Ich bewahrte diesen weißen Herrn vor dem sicheren Tod. Ich brachte ihn an diesen Ort und mußte mich gegen Krieger behaupten, die offenbar eure Feinde sind. Dabei verlor ich zwei Diener, tapfere Männer, die mir teuer waren und die umkamen aufgrund des Verrats jenes Kaneke, weshalb mein Herz betrübt ist. Er ließ uns im Stich und hoffte, auch ich würde in nämlicher Weise den weißen Herrn im Stich lassen, der lahmte, um mein Leben zu retten. Ich ließ ihn nicht im Stich, und wie es endete, habt ihr selber gesehn. Nun sind wir allesamt müde, müde und traurig über den Tod der zwei Jäger, die sich für uns hinopferten; hungrig dazu, so daß wir Essen brauchen und Ruhe und Schlaf. Der weiße Herr, den ihr Wanderer nennt, hat seinen Handel mit euch abgeschlossen, einen merkwürdigen Handel, der mich verwundert. Nun zu meinem Handel, der schlichter ist. Können wir, ich und mein Diener hier, der gelbe Mann, in Frieden in euer Land ziehen? Schwörst du bei der Engoi, eurer Göttin, wie ich annehme, und beim Schatten, ihrer Priesterin, daß uns nichts geschieht und daß ich, wenn ich es möchte, euer Land mit eurer Hilfe wieder verlassen kann, wobei ihr mir alles zur Verfügung stellt, was ich für die Reise benötige? Schwörst du dies nicht, mache ich kehrt und gehe, so Gott will, woher ich gekommen bin.«

Kumpana besprach sich mit einigen seiner Gefährten. Dann sagte er:

»O Macumazahn, Wächter der Nacht, wir schwören dir all dies bei der Engoi. Zumindest schwören wir, daß du, sobald du das Werk vollendet hast, das zu vollbringen dir auferlegt ist und wozu wir dich haben bringen lassen, nach deinen Wünschen sicher hinausgeleitet werden wirst.«

Ich überlegte mir, daß dieses Versprechen vage und an eine Bedingung geknüpft sei. Doch besann ich mich darauf, daß ich ihnen gewiß kein günstigeres entlocken könnte, weshalb ich es, zumal ich am Ende meiner Kräfte war und nicht mehr imstande gewesen wäre, den Abanda zu trotzen, die bestimmt draußen warteten, als bare Münze hinnahm und Kumpana bat, uns an einen sicheren Eß- und Rastplatz zu führen.

13

Vor dem Altar

Als wir den Paß durchschritten hatten, der an sich nichts anderes war als ein gewundener Spalt oder Riß im Lavagestein des Kraterrands, was uns völlig gefahrlos möglich war, da wir keine Abanda mehr sahen, neigte sich der Tag, und die Ebene unter uns lag im Licht der untergehenden Sonne. Es war eine ausgesprochen schöne Ebene, wie sie, von der Größe einmal abgesehen, nicht selten anzutreffen ist in der weiten Wildnis Afrikas. Wenn man dieses Becken so betrachtete, das sich über viele Meilen erstreckte, konnte man sich schwerlich vorstellen, daß es nichts weiter als der Krater eines großen Vulkans oder einer Vulkankette war, welcher vor Millionen von Jahren noch ein brodelnder Feuersee gewesen war. Dennoch war dem zweifelsohne so gewesen, denn ringsum verlief eine Steilwand, die einst den Kraterrand gebildet hatte. Nun schloß diese Wand weites, fruchtbares Land ein, das sachte zum Rande eines Waldes hin abfiel.

Aber das war nicht alles, denn von unserer hohen Warte aus konnten wir sehen, daß innerhalb dieses Waldgürtels, also am Grunde des Kraterkessels, ein großes Gewässer lag, nämlich der heilige See namens Mone. Er wirkte reichlich finster und unheimlich um diese Stunde, wo die hohen Waldbäume ringsum das Sonnenlicht abfingen; ein Ort wie für Mythen geschaffen.

Nun war ich damals freilich zu müde, um Landschaften zu betrachten oder Spekulationen anzustellen, und freute mich sehr, als wir in ein Rast- oder Wachhäuschen geführt wurden, das sich in einem Bergpalmenhain verbarg. Das Häuschen bestand aus einem Schilfdach, das von Baumstämmen getragen wurde, und einem Geflecht, das nach dürren Binsen aussah und die Wände des Häuschens bildete. Es war sauber, behaglich und luftig; darüber hinaus hatte es offenbar eine Kochstelle draußen, denn es wurden uns warme Speisen gebracht, wovon ich dankbar aß, wobei ich mich vor lauter Erschöpfung nicht nach ihrer Herkunft oder Zusammensetzung erkundigte.

Nur eins fragte ich Kumpana – ob es erforderlich wäre, Wache zu halten. Als er mir versicherte, daß uns keinerlei Gefahr drohe, nahm ich ihn beim Wort und legte mich, aufs Beste hoffend, schlafen. Ich erinnere mich, beim Augenschließen überlegt zu haben, daß meine Wenigkeit aus dem einen oder andern Grunde so wertvoll sei für diese Leute, daß sie mich nicht aus dem Weg räumen wollten. Nachdem ich mich vergewissert hatte, daß Kaneke sich anderswo aufhielt, schlief ich also wie ein Hund, der den ganzen Tag gejagt hat, und Arkle erging es, wie ich glaube, ebenso.

Als ich erwachte, stand die Sonne schon hoch, und Arkle war weg. Ich fragte Hans, was mit ihm sei, fürchtete ich doch irgendein falsches Spiel.

»O nein, Baas«, antwortete Hans. »Schau, dieser Baas Roter Stier, der Kaneke bezwungen und dafür, daß er ihn nicht abgeschlachtet hat wie ein Schwein, sein Geburtsrecht erhalten hat – genau wie der Mann aus der Bibel, Baas –, ist jetzt ein großer Häuptling. Da er lahm ist, haben die Dabanda eine Sänfte gebracht, ihn hineingesetzt und fortgetragen. Er läßt ausrichten, er habe dich nicht geweckt, weil du so müde seist, aber du würdest ihn an ihrem Hauptort, genannt Dabanda-town, wiedersehen. Bis dahin sei unbesorgt.«

»Er läßt uns also sitzen hier«, meinte ich.

»O nein, Baas, das glaube ich nicht. Ich glaube, er ist gegangen, weil er dazu verpflichtet ist, und wir treffen später wieder auf ihn. Schau, Baas, der Rote Stier ist ein Priester und Häuptling geworden, und solche Leute können nicht frei über sich bestimmen. Wie es scheint, herrschen sie über Geister und Menschen, aber in Wirklichkeit werden sie von diesen beherrscht und beliebig herumkommandiert. Im übrigen bleibt Kumpana zu unserm Schutz bei uns und kommt gleich das Frühstück, also essen wir und freuen wir uns des Lebens, solange wir können, Baas!«

Der Rat war gut, und ich setzte ihn sogleich in die Tat um. Nachdem ich mich an der Quelle, neben der das Rasthaus errichtet war, gewaschen hatte, frühstückte ich köstlich, nämlich ein Schmorgericht aus Kitz- und Geflügelfleisch, was mir deshalb unvergessen blieb, weil Hans anschließend einen Lederbeutel mit exzellentem Tabak zückte. Auf Nachfrage erfuhr ich, daß die Dabanda dieses Kraut offenbar anbauten und zudem in Zigaretten rauchten, die sie aus der zarten Hülle des Maiskolbens drehten. Wie bei den Bantu wurde es auch geschnupft.

Übrigens wäre es einmal höchst interessant, die Geschichte des Tabaks in Afrika zu studieren. War er dort einheimisch oder wurde er vielleicht durch die Araber oder später die Portugiesen eingeführt? Ich weiß es nicht; jedenfalls war ich damals heilfroh über diesen Tabak, da unser eigener zur Neige gegangen war und der Vorrat, den ein Träger in einer Kiste beförderte, beim Furten eines Stromes feucht geworden war und sich in eine stinkende, breiige Masse verwandelt hatte, wie sich herausstellte. Manche verurteilen den Gebrauch von Tabak, ich indes schätze ihn als eine der besten Gaben des Himmels.

Kaum hatte ich mir selig meine Pfeife angesteckt und den Tabak gekostet, der sich als aromatisch und kühlend, aber recht stark erwies, erschien Kumpana und fragte, ob ich bereit zum Aufbruch wäre. Ich bejahte, und los gingen wir mit einer Wache von zehn Dabanda und marschierten bergab in Richtung Wald.

Nun sah ich, daß dieser weitläufige Krater eine eigentümliche und wunderschöne Landschaft barg, obschon er, das stimmt, ein heißes Klima hatte. Sie war zum Großteil licht bewaldet mit stattlichen Bäumen, meist Mahagoniarten mit vereinzelten Zedern darunter, die in Gruppen oder einzeln standen und sich mit großen, grasreichen Lichtungen abwechselten wie in einem riesengroßen Parkgelände. Unter diesen Bäumen zogen viele Tiere; da sahen wir Elenantilopen, Schraubenantilopen, Rappenantilopen verschiedenster Art und blaue Streifengnus, um nur einige zu nennen, ebenso Buschböcke, wie ich sie so groß noch nirgends in Afrika zu Gesicht bekommen hatte.

Allem Anschein fehlten hier jedoch Elefant und Nashorn; ebenso gab es seltsamerweise keine Löwen, was vielleicht den Artenreichtum der Antilopen erklärte. Auch die Vögel waren zahlreich und vielfältig vertreten; und überall bemerkte ich hübsche Schmetterlinge, wovon eine blauschillernde Art eine beträchtliche Größe aufwies und hoch und schnell wie die Schwalbe flog. Kurzum war dieser Flecken, was die Fauna und Flora betraf, nach dem dürren Land jenseits der Berge ein irdisches Paradies. Zudem fehlte es nicht an Wasser aus zahlreichen Quellen, die als Bäche durch farnbedeckte Rinnen zum See flossen.

Unterwegs unterhielt ich mich mit dem alten Kumpana, der sich zumindest nach außen hin als umgänglicher, freimütiger Mann erwies. Von ihm erhielt ich viele Informationen, ob wahr oder falsch. So erfuhr ich, daß sein Volk die Sterne verehrte – ebenso wie die Abanda, die außerhalb des Bergs lebten – und astronomische Kenntnisse besaß.

Offenbar waren die Abanda und Dabanda ursprünglich ein Volk gewesen, das »vor Jahrtausenden«, wie er sich ausdrückte, von zwei Zwillingen regiert wurde, zwischen denen ein Bruderzwist ausbrach. Aus diesem ging ein Bruderkrieg hervor, in dessen Verlauf der eine Bruder den andern tückisch ermordete. Dies erzürnte die Engoi jener Tage, die ein jeder der beiden zu heiraten begehrte, was der eigentliche Auslöser des Zwistes war. Sie rief den Fluch des Himmels auf den Mörder und seine Anhänger herab, verwehrte ihnen ihren Kult und ließ sie (ob durch Waffengewalt oder geistige Kräfte, das konnte ich nicht herausfinden) aus dem irdischen Paradies des Kraters in die Hänge und Ebenen dahinter vertreiben.

Von dieser Zeit an, so erklärte Kumpana, strebten die Abanda nach der Wiedervereinigung mit der Göttin, sowohl aus Gründen des materiellen Vorteils, den zu verschaffen ihr zugeschrieben wurde, wie etwa Regen und Wohlstand, als auch aus Gründen des Heils, die mit dem Los ihrer Seelen nach dem Tode zu tun hatten. Dies blieb ihnen freilich verwehrt, da der Fluch alle Zeit überdauerte. In der Tat besagte die Prophezeiung, daß ihr Wunsch erst in Erfüllung gehen kann, wenn ein Hoherpriester der Engoi, der Gemahl oder Verlobte derjenigen, die Schatten oder Schatz des Sees heißt, zu ihnen kommt und sie heimführt ins Land der Dabanda und Frieden stiftet zwischen ihnen und der Engoi in Gestalt der Priesterin, welche von Generation zu Generation Schatten heißt und von der Geburt bis zum Tod auf der Insel im heiligen See Mone lebt. Bis zu dieser Stunde, fuhr Kumpana fort, getraue sich kein Abanda, Moneland zu betreten, wie das von den Kraterwänden umschlossene Gebiet heiße.

»Warum nicht, wenn sie so tapfer und zahlreich sind?« fragte ich erstaunt.

»Weil sie, Herr, schon beim Versuch der Fluch träfe und sie jämmerlich zugrunde gingen – wie, weiß ich nicht. Zumindest glauben sie das, wie wir es glauben. Und eben aus diesem Grunde wart ihr von dem Moment an, als ihr gestern den Paß in der Wand betratet, in Sicherheit. Wäre dem nicht so, hätten die Abanda euch verfolgt und im Paß getötet, denn sie waren viele und ihr wenige. Aus diesem Grunde auch brauchen wir diesen und gewisse andere Wege nicht zu bewachen.«

Mir, so fand ich, als ich dies hörte, behagte diese Sicherheit nicht. Denn was war davon zu halten? Eine große Horde von Wilden oder Halbwilden, die von sich glaubten, durch das Flammenschwert eines himmlischen Fluches aus einem Garten Eden vertrieben worden zu sein, wagten es nicht, obwohl sie viel zahlreicher und stärker waren als diejenigen, die noch in diesem Garten Eden wohnten und obwohl die Tore zu diesem Garten offenstanden, durch diese zu treten, weil sie überzeugt waren, schon beim Versuch würde das unsichtbare Schwert des Fluches, das ständig über ihnen schwebte, sie treffen und erschlagen.

Dennoch schien etwas Wahres daran zu sein, denn warum sonst wurden wir nicht in den unbewachten Paß verfolgt? Sicher fürchteten die Abanda unsere Feuerwaffen, aber das allein hätte sie nicht aufgehalten, sahen sie doch, daß wir zu dritt gegen Hunderte kämpften. Nein, die Macht, die sie aufhielt, mußte, wie Kumpana erklärte, geistige Wurzeln haben.

Tja, welche Macht der Aberglaube doch ist! Die größte Macht der Welt, wie ich manchmal meine, auf jeden Fall in Afrika. So groß ist sie, daß ich mich, wenn ich seine Macht überdenke, zuweilen frage, ob er nicht in vielen Fällen auf dem Boden unliebsamer und unbekannter Wahrheiten keimt.

Von diesen Überlegungen erwähnte ich gegenüber meinem Gefährten jedoch nichts, da ich es für klüger hielt zu schweigen. Vielmehr fragte ich ihn, ob er mir sagen dürfe und könne, was für eine Rolle ich und Arkle, den er »Wanderer« nenne, in dieser ganzen Geschichte spielten.

Zu meinem Erstaunen verweigerte er die Auskunft nicht; auch ließ er die Frage nicht einfach unter den Tisch fallen, wie das die Eingeborenen so gut können, sondern erklärte ganz offen, daß er es nicht wisse oder zumindest sehr wenig wisse.

»Die Sterne leiten uns, Herr«, sagte er. »Wir befragen

sie, wie unsere Väter sie von Anbeginn befragt haben. Wir lesen ihre Botschaften und befolgen ihr Geheiß. Vor langer Zeit verkündeten uns die Sterne durch den Mund derjenigen, die Schatten heißt – nicht derjenigen, welche heute regiert, sondern derjenigen, die vor ihr schied und in den Himmel einging –, daß in diesem Jahr ein großer Krieg ausbreche. Was für ein Krieg, das wissen wir nicht. Später wurde uns durch den Mund jenes geschiedenen Schattens aufgetragen, Kaneke heimzuholen aus dem Land, in dem er wegen seines Verbrechens wider sie lebte, auf daß er einen bestimmten weißen Mann zu uns führe, welcher deinen Namen trage, also Wächter der Nacht. Diese Weisung wurde Kaneke übermittelt, der ihr Folge leistete, was er tun mußte, wollte er nicht sterben; denn sollte er nicht gehorchen, war der Bote angewiesen, ihn ums Leben zu bringen, wie er auch, sollte er gehorchen, angewiesen war, ihn vor allen Gefahren zu bewahren. Das ist alles, was wir über den Grund deines Kommens wissen, obwohl mir jetzt klar ist, daß der andere weiße Herr, wärst du nicht erschienen, umgekommen wäre.«

Mehr oder weniger die gleiche Geschichte, so sagte ich mir, hatte Kaneke mir erzählt, welche für diese Leute durchaus plausibel klingen mochte, für mich aber schleierhaft blieb. Ich fragte mich schon, ob dieser Schicksalsbote vielleicht Weiße Maus wäre, ließ die Sache aber dabei bewenden und ging ein Thema an, das mir derzeit mehr auf den Nägeln brannte, nämlich den Verbleib von Arkle, indem ich frei heraus sagte:

»Der weiße Wanderer sagte mir, du, Kumpana, habest außerhalb des Gebiets der Abanda auf ihn gewartet und ihn in dein Land geführt. Warum hast du dies getan?«

Kumpana bekam einen anderen Gesichtsausdruck; es war, als fiele ein Schleier über seine Augen und seine sanften, gescheiten Züge, ein Schleier, der verhüllte.

»Herr«, antwortete er, »es gibt Dinge, über die zu

sprechen sich nicht geziemte, nicht einmal dir gegenüber, der du als Freund zu uns gekommen bist. Du solltest verstehen, daß wir Dabanda ein anderes Volk sind. Wir sind ein kleines Volk, ein altes, das durch Weisheit, nicht durch Kraft besteht, durch Weisheit, die vom Himmel kommt. Wir verehren die Sterne, besser gesagt die Macht hinter den Sternen, und von diesen kommen Geistwesen zu uns herab, die uns durch den Mund der Seefrau und anderweitig vieles lehren, das den Weisen der Welt, und so auch dir, Herr, verborgen bleibt. Auch schenken sie uns die Gabe der Vision, so daß wir hin und wieder ins Dunkel der Vergangenheit und selbst durch den Schleier ins Licht der Zukunft schauen können, welches andere Menschen blendet.

Überdies haben wir oder manche von uns gewisse Macht über die Natur. Sterben freilich müssen wir alle, die leben. Dennoch wissen wir, daß der Tod nicht das Ende ist; er ist bloß eine finstere Tür, die wir durchschreiten, um in ein anderes Haus aus Fleisch und Blut oder in ein geringeres Haus – jeder, wie er es verdient – einzugehn, das aber vom selben Geist bewohnt wird. Also haben wir auch Gewalt über Tiere« (hier mußte ich an Kaneke und die Elefanten denken), »die wir unserem Willen unterwerfen können, als wären sie unsre Hunde. Du lächelst. Nun denn, schau dir dieses Wild an«, und er deutete auf eine Herde blauer Streifengnus, die ich stets als besonders wild und angriffslustig erlebt hatte und die uns nun, unter Bäumen stehend, aus etwa hundertfünfzig Yard Entfernung beäugten. »Ich werde sie zu mir rufen, damit du mir glaubst.«

Nun, so rief er sie denn, indem er sich einige Schritte rechts von mir hinstellte und eine Art Singsang anstimmte. Die Streifengnus schienen zu lauschen. Dann zogen sie langsam heran und standen bald wenige Schritte vor Kumpana wie Kühe, die aufs Melken warteten. Da standen sie nun, fügsam und geduldig, bis sie meine Witterung aufnahmen, woraufhin sie schnaubten, mit dem Schwanz schlugen und den Kopf zum Angriff senkten, worüber ich sehr erschrak. Hans und ich wollten schon schießen, um sie uns vom Leib zu halten, als Kumpana auf sie einredete und ihnen gestikulierte wie ein Tierbändiger, der eine Dressur vorführt, woraufhin die Gnus sich abwandten und in ihrer bekannt schwerfälligen Art davontrabten.

»Das sind keine Wildtiere«, flüsterte Hans mir zu. »Das sind wie die Elefanten Menschen in Tiergestalt.«

»Vielleicht«, erwiderte ich, denn ich war sprachlos; außerdem ergriff Kumpana wieder das Wort und sagte:

»Nun wirst du mir vielleicht glauben, wenn ich sage, daß wir Macht über die Tiere haben, die unsere Verwandten sind und denen wir nichts tun; so viel Macht, daß wir jene, die dem Menschen bedrohlich werden können wie der Löwe, aus unserem Land verbannt haben; ja, und böse Reptilien obendrein. Such, wo du willst, Herr, du wirst keine Schlange finden«, was mich zu der Überlegung veranlaßte, daß St. Patrick den Dabanda seinen Mantel vermacht haben mußte. »Ebenso«, fuhr er fort, »beherrschen wir Krankheiten, rufen Regen herab und halten Unwetter fern, weshalb man uns für ein Volk von Zauberern hält.«

»Dennoch«, entgegnete ich, »sagt mir das alles nicht, warum der weiße Wanderer von dir geführt und danach verjagt und somit in den sicheren Tod, wie's scheint, getrieben wurde.«

»Ich führte ihn, Macumazahn, weil es mir aufgetragen war und weil er dazu bestimmt ist, eine große Rolle in unserer Geschichte zu spielen, wie er es schon einmal in der Vergangenheit getan hat. Er wurde vertrieben, weil er ungehorsam war und sich von Torheit leiten ließ, wofür er bestraft und den drohenden Stachel des Todes spüren mußte. Frag mich nicht mehr zu diesem Herrn, denn ich kann dir keine Auskunft geben. Es mag jedoch sein, daß du, ehe alles vorüber ist, die Antwort selber erfährst.«

Nun gedachte ich, meinen Wissensdurst dahingehend zu stillen, daß ich ihn über die rätselhafte oder heilige Frau befragte, die angeblich auf dem See lebte und vermutlich eine afrikanische Version der altbekannten Sage eines Wassergeists war, die in vielen Ländern anzutreffen ist. Aber als ich ihren Namen ›Schatten‹ sprach, bedachte mich Kumpana mit einem dermaßen erzürnten Blick aus den bislang doch so sanften Augen, daß ich augenblicklich verstummte.

»Herr«, sagte er, »wie ich sehe, glaubst du nicht an den Schatten der Engoi, unsere Priesterin, die wir verehren. Obwohl du das nie geäußert hast, steht es dir ins Gesicht geschrieben. Das ist verständlich, da weiße Männer, wie ich gehört habe, jedem andern Glauben als dem eigenen gern mit Mißachtung und Spott begegnen. Dennoch flehe ich dich an, spotte nicht über sie in meiner Gegenwart, wie du es, meine ich, zu tun gedachtest. Ich habe alle deine Fragen nach bestem Wissen beantwortet, aber Fragen zu ihrer Person beantworte ich keine. Nein, was es über sie zu wissen gibt, mußt du selber erfahren.« Und ehe ich darauf eingehen oder Stellung nehmen konnte, ließ er mich zurück und schloß sich den Wachen an, so daß ich mit Hans allein war.

»Baas«, sagte der Gute, »du bist ständig auf der Suche nach neuen Abenteuern und seltsamen Völkern, und dieses Mal hast du wohl beides gefunden. Diese Leute sind Zauberer, Baas, wie Kaneke, und wir sind ihnen ins Netz gegangen und gänzlich ausgeliefert. Ich glaube, auch der Baas Roter Stier ist ein Zauberer, denn warum sonst wurde er nicht getötet? Und warum sonst, wenn er nicht ihr Bruder wäre, freuten sich die Dabanda so übers Wiedersehn? Und wie hätte er so schnell diesen ganzen Eid gelernt, den er Kaneke abverlangte? Dann war da auch Weiße Maus, die ganz bestimmt eine Hexe war, eine freilich sehr schöne Hexe, denn anderweitig wäre es ihr nie gelungen, *mich,* Hans, dermaßen hinters Licht zu führen und mir alles Mögliche vorzugaukeln, das erlogen war, wie zum Beispiel, daß sie Kanekes eifersüchtige Frau wäre, die mich um meiner selbst willen möge. Oh! Wir sind in ein verwunschenes Land geraten, wo die wilden Tiere zahm wie Hunde sind und die Pässe von Geisterhand gesichert werden, aus dem wir, glaube ich, nicht mehr lebend hinauskommen, Baas, es sei denn, sie verwandeln uns in Tiere wie Elefanten oder Gnus und jagen uns von dannen.«

Nun fiel mir ein, daß Tom und Jerry ähnlich gesprochen hatten, was in ihrem Fall berechtigt war. Skeptisch musterte ich Hans und fürchtete schon, er hätte sich am gleichen Bazillus angesteckt. Allerdings war dem nicht so, denn wie es für einfache Gemüter mit quecksilbrigem Temperament bezeichnend ist, änderte sich seine Laune schlagartig, so daß er grinsend sagte:

»Aber, Baas, auch wenn Weiße Maus mich für eine Weile geblendet hat, so werden diese Zauberer es sehr schlau anstellen müssen, wenn sie hoffen, Hans täuschen zu können, der so ein guter Christ ist, daß er dem Teufel widersagen kann und überdies den ehrwürdigen Prediger, deinen Vater, zum Freund und Führer hat. Kopf hoch, Baas, denn ich bringe dich bestimmt wohlbehalten durch diese Sache, wenn du dich nur von mir leiten und dich nicht von dieser Schattenfrau betören läßt wie von Weißer Maus. Jaja, es wird alles gut, und vielleicht waren diese Gnus überhaupt nur zahmes Wild, wie es jener Schotte auf seinem Hof bei Durban hielt, das ihm aus der Hand fraß.«

»Ja«, sagte ich, »sie waren bestimmt zahm, und ich glaube nicht an diesen Zauber. Dennoch würde mich interessieren, was aus dem Baas Arkle geworden ist.«

Nun, wir wanderten den ganzen Tag durch dieses liebliche Land, bis wir gegen Abend auf bebaute Äcker stießen und in die Nähe des Waldes kamen, wo wir ein Dorf sahen.

Es war eine weit auseinandergezogene, unbefestigte

Siedlung, die nur aus schmucken Häusern bestand, die aus Lehm gebaut, weiß getüncht und mit Palmblättern gedeckt waren oder gelegentlich auch ein Flachdach aus Kalkmörtel besaßen und jeweils in einem Garten am Rande von Straßen oder Wegen standen. Kurzum, Dabanda-town hatte nichts mit den überfüllten sogenannten Städten in Nigeria oder anderswo zu tun. Es war lediglich ein spärlich besiedeltes Dorf, wie man sie in bestimmten Gegenden Ost- und Zentralafrikas zuhauf antrifft.

»Wenn dies ihr großer Kral ist, dann sind die Dabanda nur ein kleines Volk, Baas«, sagte der aufmerksame Hans.

Ich gab ihm recht. Wie ich während des Fußwegs beobachtet hatte, war ihr Kraterland weitläufig und äußerst fruchtbar, aber erst in Dorfnähe hatte ich erste Spuren von Ackerbau entdeckt. Hie und da hatten sich zwei, drei Hütten mit umgebenden Gärten an den Pfad geschmiegt, der zum Paß führte. Auch im Hinterland des Dorfes gab es nicht viel Vieh, aber dafür reichlich Wild. In Dorfnähe jedoch waren wir auf Viehherden gestoßen: kleinwüchsige Rinder und langhaarige Ziegen. Was die Masse anging, waren die Dabanda ein Zwergvolk, das zu seinem Schutze anstelle von Waffengewalt auf geistige Kräfte angewiesen war, was die Äußerungen Kumpanas bezüglich der ungesicherten Zugänge erhärtete.

Wir schritten durch die Hauptstraße des Dorfes, die keinen erkennbaren Anfang hatte, ohne großes Aufsehen zu erregen. Hie und da schaute eine Frau von der Tür ihres Hauses nach oder hielt ein Greis bei der Gartenarbeit inne, um zu sehen, wer da passierte. Auch folgten uns manches Mal drei, vier ernst dreinschauende Kinder eine Weile und gingen dann wieder, woher sie gekommen waren. Dies mutete mich seltsam an, denn sie hatten bestimmt noch keine Weißen außer Arkle vielleicht zu Gesicht bekommen. Aber schließlich waren die Dabanda insgesamt ein seltsames Volk, ein offensichtlich eigenbrötlerischer Haufen, der sich unter anderem durch fehlende Neugier hervortat.

Offengestanden erweckten sie bei mir den Eindruck von Träumern oder Entrückten; Menschen aus Leib und Seele, obwohl ihnen wesentliche menschliche Eigenschaften fehlten; Lotosesser, welche die Notwendigkeit von Kraft und Anstrengung nicht erkannten, weil die Natur sie mit allem versorgte und sie gottgeschützt waren oder sich dafür hielten. Dies war mein erster Eindruck von den Dabanda, der im großen und ganzen durch das bestätigt wurde, was ich hiernach von ihnen sah und hörte. Ich sollte ergänzen, daß sie allesamt besonders schön anzusehen waren, ob Mann oder Frau, sich aber sehr ähnelten wie von ständiger Inzucht. Bemerkenswert auch die feinen Züge, die helle Haut, die an Halbblütige oder Perser erinnerte, das glatte Haar und die großen, schläfrigen, eulenhaften Augen, deren Pupillen, wie ich beobachtete, sich nachts zu weiten schienen wie bei Tieren, die sich nachts auf Futtersuche begeben.

Die lange, breite Straße endete an einem freien Platz, den ich in Ermangelung eines besseren Worts Markt nenne und wo der Boden eben eingestampft war. In Abständen reihten sich um eine Hälfte des Markts größere Häuser als die, welche wir bisher gesehen hatten, in denen, wie ich richtig vermutete, die Oberhäupter des Volkes mit Frauen und Kindern lebten, falls sie solche hatten. Die andere Hälfte des Marktes wurde von einem dichten, stattlichen Wald begrenzt, der bis zum Seeufer reichte, das, wie ich unterwegs von weiter oben richtig geschätzt hatte, mehrere Meilen vom Dorf entfernt lag. Inmitten dieses freien Platzes ragten drei wunderliche Bauwerke auf; zwei spitze Türme aus grob behauenem Stein mit einer Höhe von fünfzig bis sechzig Fuß und einer Wendeltreppe, die sich außen zur Spitze schraubte, und dazwischen ein großer Sockel mit einer Höhe von etwa zwanzig Fuß, das ans Fundament einer unvollendeten Pyramide erinnerte und worauf ein Feuer brannte.

»Was ist das, Baas?« fragte Hans.

»Wachtürme«, antwortete ich.

»Was nützen einem Wachtürme, von denen aus man nichts als Himmel sieht?« fragte Hans abermals.

Nun erriet ich ihren wahren Zweck. Sie dienten als Observatorium, und der Pyramidenstumpf war ein großer Altar, wo sich Priester zum Opfer versammelten. Dessen war ich mir ziemlich sicher, obwohl ich nicht ahnte, was als Opfer dargebracht wurde.

Im Moment blieb keine Zeit zu weiteren Beobachtungen, denn nun gelangten wir an ein Haus, in dem ich wohnen sollte, wie Kumpana sagte, der sich in Dorfnähe wieder zu uns gesellt hatte. Obwohl es ein Flachdach hatte und etwas größer als die andern war, vom Nachbarhaus abgesehen, in dem vermutlich der Häuptling wohnte, stand es wie die andern in einem Garten und hatte eine Veranda, von der aus eine Türöffnung ins Innere führte. Es bestand aus einem großen, weißgetünchten Raum ohne Fenster. Das einfallende Licht kam durch die offene Tür, vor der für die Nacht eine Matte hing, da es ein Türblatt nicht gab. Wie die Pässe waren die Häuser ungeschützt gegen Angreifer oder Diebe. Wie ich später erfuhr, war so etwas wie Diebstahl in Moneland praktisch unbekannt.

In diesem Raum fand ich zu meiner großen Freude alle unsre Sachen vor, welche die Dabanda-Träger so viele Tage so mühsam geschleppt hatten. Da waren die Ersatzgewehre, die Munition, die Arzneien, die Kochtöpfe, die Kleider, die Perlen und Tuche zum Verschenken – alles; nicht einmal der argwöhnische Hans fand, daß etwas fehlte. Während wir die Sachen durchsahen, war draußen im Garten in einem Kochhäuschen Essen zubereitet worden, das uns nun von einer züchtig bekleideten alten Frau gebracht wurde, welche unsere

Anwesenheit als selbstverständlich hinnahm; zudem bekamen wir Wasser in irdenen Krügen und einen aus einem Holzklotz gebrannten Zuber, in dem wir uns waschen konnten. Dies taten wir auf der Veranda, denn der umgebende Zaun schützte uns vor unliebsamen Blicken, woraufhin wir auf den hölzernen Hockern des Raumes Platz nahmen und gut speisten.

Bis wir gegessen hatten, war es dunkel; abermals erschien die alte Frau und trug zwei irdene Lampen in schwungvoller Bootsform herbei, die mit einem wohlriechenden Pflanzenöl gefüllt waren, in dem ein brennender Docht aus Pflanzenmark oder -fasern schwamm.

Da ich nichts Besseres zu tun hatte und sich niemand mehr sehen ließ, fing ich an, mich auszuziehen, um mich hinzulegen auf einem der sehr bequem wirkenden Holzbetten, die uns zur Verfügung gestellt worden waren. Es war eine Bettstatt, wie sie in Ostafrika verbreitet ist, mit einem *Cartel,* wie die Buren sagen, aus gespanntem Leder und einer mit Heu gefüllten Matratze, die nach Wiese duftete. Schon hatte ich mich meiner Stiefel entledigt, als Kumpana kam und erklärte, er wolle uns zu einer Feier führen, wo wir den andern weißen Herrn, genannt Wanderer, sähen. Da dies mein sehnlichster Wunsch war, zog ich sie ganz rasch wieder an, und los ging's.

Kumpana führte uns zum bereits beschriebenen Markt oder Versammlungsplatz. Dort fanden wir praktisch die gesamte erwachsene Bevölkerung des Dorfes vor, die vor der bereits erwähnten stumpfen Pyramide auf dem Boden saß, wobei die Männer auf der einen und die Frauen auf der andern Seite Platz genommen hatten wie in einer Hochkirche. Sie waren sehr still und gesittet und größtenteils mit dem Rauchen ihrer einheimischen Zigaretten befaßt. Wir wurden durch einen breiten Gang, der zwischen Männern und Frauen freigelassen worden war, zum Fuß der Pyramide geführt und weiter über gut zwanzig rauhe Stufen zur Plattform obenauf, die sich als ziemlich groß erwies.

Dort standen vor einem niedrigen Altar, einem primitiv errichteten Podest von etwa zwölf mal zwölf Fuß aus schwarzen Lavaquadern, worauf das besagte Feuer brannte, drei weißgewandete, dem Feuer zugewandte Männer, die ich für Priester hielt, da ihr Schädel geschoren und sie offenbar in Gebete vertieft waren. Zur Rechten dieses Altars saß auf einem Stuhl, weißgewandet wie die Dabanda, kein Geringerer als Arkle, der nach dem, was ich im Feuerschein von ihm sehen konnte, in dieser Aufmachung, das muß ich feststellen, recht imposant wirkte. Ihm gegenüber saß ebenfalls auf einem Stuhl und ebenso weißgewandet Kaneke. Er machte ein grimmiges Gesicht und funkelte Arkle finster aus seinen großen, runden Augen an. Wie ich sogleich bemerkte, wurde er bewacht, wohl um einem neuerlichen Angriff gegen seinen Rivalen vorzubeugen, denn hinter ihm hatten drei hochgewachsene Männer mit Speeren Stellung bezogen.

Ein zweiter Stuhl war neben Arkle bereitgestellt, zu dem ich nun geführt wurde, während Hans, der recht nervös wirkte und die Hand nicht vom Revolvergriff nahm, angewiesen wurde, sich hinter mich zu stellen. Sodann verließ Kumpana uns und trat zwischen Arkle und Kaneke, das Gesicht zum Publikum und den Rükken zum Altar mit den Priestern gekehrt. Dort stand er still; alles war still, und als ich Arkle etwas zuflüstern wollte, schüttelte dieser den Kopf und legte den Finger auf die Lippen.

Die Stille war beeindruckend. Nie werde ich das Bild vergessen, das sich mir bot im Schein des jungen Mondes, der an diesem Tag die Phase wechselte, und der hellen Sterne, die am nachtblauen Himmel funkelten. Kein Lüftchen regte sich. Zu meiner Linken waren in endlosen Reihen die stattlichen Bäume des Waldes erstarrt. Zu meiner Rechten lagen die trüben grauen Dächer der Häuser und anderen Gebäude des Dorfes, und dazwischen kauerten als Publikum die Dabanda in ihren Gewändern, die klein und gering wirkten auf dem weiten Platz und deren glimmende Zigaretten die geordneten Linien beschrieben, in denen die Männer und Frauen stumm saßen. Dann, wenige Schritte entfernt, der urzeitliche Altar, auf dem das Feuer dem allgemeinen Bann unterworfen zu sein schien, denn es loderte hell, aber lautlos, während die drei kahlgeschorenen Priester sich verneigten und gestikulierten, ohne eine Silbe zu äußern.

Ich fühlte mich wie verzaubert, was nicht verwunderlich war ob der tiefen Stille, denn als ich meinen Fuß verrückte und dabei mit der genagelten Sohle über die steinerne Plattform kratzte, wirkte das Scharren dermaßen laut, daß viele den Kopf drehten und zu mir herblickten, als hätte ich etwas Ungehöriges oder gar Frevelhaftes verbrochen. Dies ging eine Zeitlang so, bis ich zuletzt den hysterischen Drang verspürte, aufzustehen und meine Stimme zu erheben, nur um mir zu beweisen, daß ich noch lebte. In der Tat hätten wir – Hans oder ich – uns wohl bald aus unsrer nervlichen Anspannung heraus zu einer geräuschvollen Taktlosigkeit hinreißen lassen, wäre nicht mit einemmal die lange Stille von einer melodiösen Stimme über unsren Köpfen unterbrochen worden.

Ich wandte den Kopf, um zu sehen, woher sie kam, und bemerkte nun erst, daß auf der Spitze der hohen Säulen, die vor der Plattform aufragten, jeweils eine weißgewandete Gestalt stand, die offenbar die Sterne betrachtete. Sogleich wurde die singende Stimme auf der rechten Säule von einer ähnlichen auf der linken erwidert. Dann stimmten beide Gestalten im Chor eine süße, festliche Weise an, deren Wortlaut ich freilich nicht verstand, wobei sie mit hochgehaltenen Säbeln gen Himmel zeigten.

Auf dieses Zeichen hin erwachten alle zum Leben wie

im Märchen Dornröschen und ihr Hof beim Kuß des Prinzen. Die Versammelten am Platze redeten durcheinander, wobei die Männer über den Gang hinweg den Frauen zuriefen und umgekehrt. Offenbar debattierten sie über die Botschaft aus dem Gesang der Astrologen auf den Türmen, die ihnen vermutlich mitteilte, was sie in den Sternen gelesen hatten. In der gleichen Weise beendeten die Priester ihr stummes Ritual und stimmten laute Gebete an, die ich wiederum nicht verstand, weil die Sprache wahrscheinlich eine veraltete war. Jedenfalls hatte sie so wenig mit dem hier gebräuchlichen arabischen Dialekt gemein, daß ich bloß ein Wort verstand, nämlich »Engoi«, den Namen ihrer Gottheit.

Durch diesen jähen Wandel bestärkt, fragte ich Arkle auf englisch, was dies alles zu bedeuten habe und warum er in einer Dabanda-Tracht stecke.

»Sie dürfen nicht vergessen, Quatermain«, gab er zur Antwort, »daß ich aufgrund der gestrigen Ereignisse zwischen mir und diesem werten Herrn gegenüber Priester oder Häuptling oder beides geworden bin. Zumindest bekleide ich diese Ämter vorläufig, denn meine wahre Stellung soll bei dieser Versammlung geklärt werden. Im übrigen haben diese Männer auf den Türmen Zeichen in den Sternen gelesen, obwohl ich nicht genau sagen kann, was sie gelesen haben. Nun werden sie sich, glaube ich, mit Gebeten oder Opfern an die Venus wenden, dem hellen Punkt dort oben beim Mond, woraufhin mein Spruch gefällt wird.«

Er hatte recht. Nachdem sie etwas aufs Feuer geworfen hatten, was genau, konnte ich nicht sehen, wandten die drei Priester sich den unten Versammelten zu und sangen, auf Venus deutend, eine Hymne, in welche das ganze Publikum einstimmte, das gleichfalls die Rechte zu jenem Gestirn erhob. Selbst die Astrologen auf den Türmen erhoben ihre Stäbe zur Venus und schlossen sich dem Gesang an, der wirklich sehr schön anzuhören und ergreifend war ob der Tonfülle und Rhythmik.

Sodann erhob Kumpana, der nun vor die drei Priester getreten war und das Ritual offenbar leitete, die Arme, woraufhin der Gesang donnernd verhallte. In der Stille, die folgte, begann er zu reden, aber so schnell, daß ich nur wenig vom Gesagten verstand. Vielleicht rezitierte er rituelle Sprüche, was aus den seltsamen Wörtern und Wendungen, derer er sich bediente, hervorging. Oder er trug Zitate aus alten Überlieferungen vor. Jedenfalls wurde seine Rede dann zusehends nüchterner; er sprach langsamer und drückte sich verständlicher aus, so daß ich keine Mühe mehr hatte, seinen Worten zu entnehmen, daß er die Ereignisse zwischen Arkle und Kaneke im Paß schilderte; von der versuchten Ermordung des Arkle, von der Überwältigung des Kaneke und vom Schwur, den er dem Sieger geleistet hatte. Er schloß mit den Worten:

»Unsre Sternkundigen haben die Sterne befragt, welche verkünden, daß Kaneke, der nach dem Willen des Häuptlings vor ihm zu seinem Nachfolger als Häuptling der Dabanda, dem heiligen Volk am See und den Hütern des Schatzes im See bestimmt und nach langer Verbannung zum Gebieter und Schild des Schattens ernannt worden ist, abgesetzt und seiner Ämter enthoben wird. Die Sterne verkünden weiterhin, daß der Fremde, den man hierzulande Wanderer nennt und welchen Kaneke zu ermorden versucht und welchem er den Treu- und Untertaneneid geschworen und für sein Leben Rechte und Rang abgetreten hat, fürderhin dort steht, wo Kaneke gestanden hat. Wollt ihr, o Volk der Dabanda, dem das seit langen Zeiten streng gehütete Geheimnis des Fremden offenbart wird, diesen Spruch der Sterne annehmen und Kaneke verstoßen und an seine Stelle den weißen Mann erheben, welcher ihn bezwungen?«

»Ja«, antwortete das Publikum wie aus einem Munde, was mich zu dem Schluß veranlaßte, es handle sich um ein rein formales, abgesprochenes Zeremoniell.

»Kaneke«, rief Kumpana, »du hast den Ratschluß der Sterne und den Spruch der Versammlung gehört, welche deinen Schwur bestätigen. Wirst du dich fügen?«

Da sprang Kaneke auf die Beine und antwortete mit mächtiger Stimme, die vor Zorn bebte:

»Ich füge mich *nicht!* Den Schwur habe ich getan, um mein Leben zu retten, und solche Schwüre sind nicht bindend. Was den Spruch der Sterne und des Volkes der Dabanda angeht, so ist dieser trügerisch. Auch ich bin der Sterne kundig, und ich lese in ihnen anderes, wohingegen das Volk unter dem Einfluß der Priester steht, welche wiederum unter dem Einfluß des Kumpana und des Rates stehn, welcher sich gegen mich verschworen hat. Die Sünde, die ich in meiner Jugend gegen den Schatten begangen habe, welcher heimgegangen ist zum Licht, das ihn geworfen, ist durch meine Strafe geläutert. Überdies war sie nur halb so schwer wie die Sünde dieses weißen Räubers, den ich billigerweise getötet hätte, hat er doch, wie ich höre, versucht, dem Schatz des Sees Gewalt anzutun und ist deshalb aus dem Lande gejagt worden. Aber lassen wir dies auf sich beruhn. Wer ist dieser Fremde, den ihr ›Wanderer‹ nennt? Was hat er in unserem Land überhaupt verloren? Ich weiß, was die Magier verkünden; daß er nämlich, wie ich selbst, ein längst Verblichener ist, der zurückgekehrt ist; daß er der König höchsteigen ist, der mit seinem Bruder um den Schatz des Sees gekämpft hat und ihn samt seinen Anhängern aus dem Berg vertrieben hat, so daß sie in der Verbannung das Volk der Abanda gegründet haben. Ja, diesen König und Gemahl hat der Schatz des Sees dermaßen geliebt, daß sie ihn in der Gewißheit ihres nahen Endes getötet hat, auf daß er sie in den Himmel begleite, ein Verbrechen, das ihr den Zorn des Himmels eingetragen hat.

So wird erzählt, aber ich sage euch, es ist eine Lüge des Rates, um den weißen Wanderer zu begünstigen, der ihm reiche Versprechen gemacht hat, wenn er ihm den Schatten ausliefere, den er zu entführen trachte, womit dem Rat die Herrschaft übers Land zufiele.«

Diese Behauptung löste, wie ich merkte, Unruhe im Publikum aus, unter dem sich, wie nachher der Eindruck entstand, viele Freunde und Verwandte befanden und andere, die Kaneke als Häuptling und Gemahl des Schattens sehen wollten. Diese zappelten ungeduldig, als ihnen die tiefere Bedeutung des Frevels aufging, und begannen zu tuscheln.

»Ja«, fuhr Kaneke fort, »das ist der verdammte Plan des weißen Fremdlings, genannt Wanderer, der mir enthüllt worden ist, ein Plan, so ruchlos, daß die Schutzgeister des Sees und des Waldes ihn aus unserm Land geworfen haben, auf daß er durch die Speere der Abanda sterbe. Freilich starb er nicht, da er gerettet wurde von dem andern weißen Mann, Macumazahn, den ich wohl deshalb in unser Land zu führen hatte, damit er sich an der Verschwörung beteiligen und den Lohn von seinem Freund, dem Dieb, einstreichen könnte.«

Hier sprang ich auf und verwahrte mich lauthals gegen diese Behauptung, hielt Kaneke vor, daß er sowohl ein Lügner als auch ein Verräter sei, denn von einer Verschwörung wisse ich nichts, aber er beachtete mich gar nicht und fuhr fort:

»Deshalb versuchte ich, diesen rotbärtigen Mann der Gerechtigkeit zuzuführen, nachdem er den Abanda entkommen war. Dabei wurde ich überwältigt, freilich nicht durch Kraft, sondern böse Magie, und leistete einen Eid, um mein Leben zu retten, der ich leben wollte, um euch zu rächen an ihm, Heiliges Volk, dem er euern Schatz des Sees und euer Orakel rauben wollte.«

An dieser Stelle schritt Arkle in nüchterner, ganz britischer Art ein.

»Du schäbiger Hund!« sagte er. »Du falsche Schlange – sprühst dein Gift um dich, nachdem du mich nicht hast beißen können. Du Verräter – hast Wächter der

Nacht im Stich gelassen und seine Diener dem Tod ausgeliefert, weil du gehofft hast, auch mich dadurch dem Tod auszuliefern, und hast hiernach versucht, mich zu erstechen, obwohl du geschworen hast, mir kein Haar zu krümmen. Du Eidbrüchiger. Ich will mich nicht mit deinen Lügen auseinandersetzen, sondern bin bereit, gegen dich zu kämpfen, hier und jetzt und auf Leben und Tod. Ja, müde und lahm, wie ich bin, erkläre ich mich bereit, gegen dich zu kämpfen unter den Sternen, die du verehrst, vor ihrem Altar und vor den Augen deines Volkes, auf daß das Schicksal zwischen uns entscheide. Gib Antwort! Willst du gegen mich kämpfen?«

»Ich will nicht gegen dich kämpfen, roter Wanderer, um nicht abermals deinem Zauber zu unterliegen und hingeschlachtet zu werden«, rief Kaneke. »Nein, ich kehre mich von dir und deinen Verschwörern ab und wende mich unsrer Frau zu, der Stimme der Engoi. Falls ich zu Recht verstoßen bin, falls ich die Unwahrheit gesprochen habe, möge sie hier und jetzt erscheinen und höchsteigen ein Urteil über mich fällen. Jawohl, Kumpana, Erster im Rat des Schattens, rufe den Schatten, wenn du kannst, auf daß die Leute sie sehen und hören.«

So sprach er also siegesgewiß, wußte er doch, wie ich später erfuhr, daß noch nie zuvor die Seefrau, genannt Schatten, vom See ins Dorf gekommen war, um ein Urteil zu fällen, und setzte sich, als er gesprochen hatte, hin, um abzuwarten.

Kumpana antwortete darauf leise:

»O Kaneke, ich will zum Schatten beten. Vielleicht gefällt es ihr, zu tun, was du begehrst, und herzukommen, um vor ihrem Volk über dich zu urteilen.«

14

Schatten

»Wird sie kommen?« flüsterte ich Arkle zu.

»Ja, ich glaube schon – das heißt, ich hoffe es«, gab er zur Antwort.

Nun ahnte ich, daß für diesen Abend aus irgendeinem Vorwand das öffentliche Erscheinen der Heiligen, genannt Schatten oder Seefrau, abgesprochen war. Es mag durchaus sein, und so war es vermutlich auch, daß Kanekes Ruf nach dem Ursprung allen Rechts und obersten Richter im Land lediglich ein glücklicher Zufall war, der sich ungewollt mit einem vorgefaßten Plan deckte. Daß ein solcher Plan existierte, konnte ich mir zusammenreimen. Immerhin mochte Arkles Geschichte tatsächlich etwas bergen, was ich bislang der Einbildung eines Mannes zugeschrieben hatte, dem große Unbill widerfahren und der von den Schergen des Todes gejagt worden war. Ich beziehe mich hierbei nicht auf seine Träume von einer Zwillingsseele, die an einem fernen Ort seiner harre, denn dergleichen kennt man schon von jungen Männern und Frauen mit ausgeprägter Phantasie und romantischer Veranlagung, sondern auf seine Behauptung, der Dame am Ufer des heiligen Sees bereits begegnet zu sein, woraufhin sein Gedächtnis aussetzte, bis er vor den Speeren der Abanda ums liebe Leben rannte.

Gemäß seiner Erzählung hatte sich bei dieser Gelegenheit die Erfüllung seiner Liebe angebahnt. Die Dame war offenbar ein überzeugter Anhänger seiner Zwillingsseelentheorie und behauptete, was er erlebt habe, sei kein Märchen, sondern geistige Realität, oder anders ausgedrückt, sie hätten über Jahre hinweg in geistiger Verbindung gestanden. Zudem gipfelte die Begegnung in seiner gar nicht unnatürlichen Umarmung, wogegen sie sich freilich wehrte; aber warum? Doch nicht, weil sie sich bedrängt fühlte, und schon gar nicht, weil sie entsetzt war oder Schmerzen litt; sondern aus dem Grunde, daß er gegen das heilige Gesetz des Landes verstieß und damit sich – und vielleicht auch sie – schrecklichen Bedrohungen aussetzte, ja sogar Todesgefahren – in die er, ob hierdurch oder anderweitig, tatsächlich geriet.

Nun, was wäre – immer unter der Vorgabe, daß sich dergleichen zugetragen hatte – natürlicher, als daß die beiden jungen Leute sich wiedersehen wollten, um zwischen sich quasi geordnete Verhältnisse herzustellen? Nun ist in einem Volk von Wilden oder Halbwilden für alle Beteiligten nichts gefährlicher, wie wenn ein Fremder den vertrauten Umgang mit einer Geweihten sucht, die nach uralten Bräuchen dem Herrscher des Stammes zugesprochen und vorbehalten ist. Wird dieser Fremde allerdings selbst zum Herrscher, sieht die Sache ganz anders aus.

Nun hatte ich den Eindruck, daß aus unerfindlichen Gründen genau dieses angestrebt wurde von der Priesterin und einigen ihrer maßgeblichen Anhänger. Warum sonst ginge Kumpana, der Regierende oder Vorsitzende im Rat des Schattens, Arkle entgegen, um ihn unter Einsatz des Lebens durchs Gebiet der Abanda ins eigene geheime Land zu schleusen? Und wen wunderte es, wenn er, nachdem dieses und mehr bewerkstelligt war, einen dramatischen öffentlichen Auftritt jener Priesterin organisiert hätte, bei dem sie diesen Fremden anerkennen würde als den Mann der Prophezeiung und Häuptling dazu, dem der Platz dessen gebühre, der ihm fürs geschenkte Leben dieses und andere Ämter und folglich auch sein versprochenes Eheweib abgetreten habe? Tja, für mich war die ganze Sache klar wie der Hohe Aussichtsturm vor mir; solche offenkundigen Manöver konnten einen scharfsinnigen

Mann wie mich keine Sekunde täuschen – dachte ich zumindest.

Während ich dies überlegte, war Kumpana zwischen die beiden Priester getreten, hatte sich dem Feuer zugekehrt und sprach nun ein Bittgebet, das ich nicht hören konnte, weil er sehr leise sprach und mit dem Rücken zu mir stand. Auch sehen konnte ich ihn kaum, wie ich überhaupt nicht mehr viel sah; selbst der Aussichtsturm, den ich soeben als klar gepriesen hatte, entzog sich meinen Blicken und hüllte sich plötzlich in Wolken, die den Himmel bedeckten. Es waren dunkle Gewitterwolken, und schon hörte ich das ferne Raunen von Donner, und es blies ein kühler Wind durch den ächzenden Wald. So dunkel wurde es, daß ich Arkle zuflüsterte, er solle sich vorsehen, falls Kaneke die Finsternis zu einem Angriff nutze. Arkle antwortete mir nicht; er verfolgte die Vorgänge so gebannt, daß er mich gar nicht zu hören schien. Er starrte, nach vorne gebeugt und schwer atmend wie von großer Aufregung, zum Feuer auf dem Altar. Auch ich starrte in dieses Feuer, da ich in der Finsternis nicht viel anderes sehen konnte außer den Umrissen von Gestalten, die sich vor den Flammen abzeichneten und die ich für Kumpana und die Priester hielt.

Das Zentrum des fernen Gewitters fegte über die Westhänge des Kraters hinweg und riß das Gewölk mit sich, so daß der Halbmond wieder hervorlugte. Sein Licht, das ungehindert auf die Plattform fiel, enthüllte eine einzelne Gestalt, die vor dem Altar stand, eine hochgewachsene Frauengestalt in schillernden, anscheinend grünen, mit silbernen Fäden durchwirkten Gewändern. Von ihrem Gesicht konnte ich nur erkennen, daß es jung war und hellhäutig wie das einer Weißen, da ein über den Kopf fallender dunkler Schleier es verhüllte, falls der vermeintliche Schleier nicht ihr über die Schultern hängendes Haar war. Ihre Arme waren bloß bis auf anscheinend perlenbesetzte Reife an den

Handgelenken und Oberarmen. Auf dem Haupt prunkte eine Krone oder ein Diadem, das ihr noch mehr Größe und Glanz verlieh, aber dessen Beschaffenheit ich nicht erkannte.

Die Wirkung der Gestalt im Halblicht vor der Kulisse des Altars mit seinem flackernden Feuer war unerhört: faszinierend, rätselhaft und schön; so sehr, daß ich, wie ich mich erinnere, bei ihrem Anblick die Luft anhielt. Wenn ich an der Identität dieser Frau zweifelte, so erhielt ich sogleich Gewißheit durch das Publikum am Platze, das im Chor rief:

»*Engoi! Engoi!*« (worunter sie anscheinend ›Geist‹ und ›Göttin‹ verstanden) und sich in den Staub warf.

Auch Arkle raunte etwas von ›Schatten‹ und wollte schon aufstehen, um zu ihr zu eilen, als ich ihn, von einem Instinkt gewarnt, am Arm packte, woraufhin er wieder auf seinen Stuhl sank und abwartete.

Sie richtete ihre Augen auf das Antlitz des alten Kumpana, der links vor ihr stand, und begann, mit sehr lieblicher, leiser Stimme zu sprechen, was eher nach auswendig Gelerntem als nach freier Rede klang, denn es hörte sich recht träumerisch und entrückt an. In der Tat war es eine so entfremdete Stimme, wie ich sie nur einmal gehört hatte aus dem Munde einer Frau in hypnotischer Trance. Ich erschrak bei ihrem Klang, denn sie ließ mich ahnen, daß dieses schöne Wesen unter einem unseligen Bann stehen oder gar von etwas Jenseitigem besessen sein mochte. Offenbar hatte Hans den gleichen Eindruck, denn er flüsterte mir ins Ohr:

»Halt dich von der fern, Baas, oder sie verhext dich schlimmer noch als Weiße Maus! Das ist kein Weib, sondern ein Gespenst. Ja, eine Königin der Gespenster.«

Ich stieß ihn mit dem Ellbogen an, damit er schweige, obwohl mir der Gedanke durch den Kopf schoß, daß diese Frau etwas an sich hatte, das mich an Weiße Maus erinnerte. Eine größere, imposantere Ausgabe der Weißen Maus; ich hätte sie für Schwestern gehalten.

Dann hob sie inmitten der großen Stille an und sprach oder sang orakelhaft:

»Ich wurde gerufen. Ich komme von meiner Wohnung auf dem See. Aus meinem verborgenen Haus, wo ich mit meinen Jungfern lebe und das kein Mann betreten darf außer dem, der mir bestimmt ist; ja, in diese hehren Hallen, von Menschen erbaut, die nicht mehr sind, brachte der flinke Bote die Botschaft meiner Priester. Ich habe das Rätsel überdacht. Als erleuchtetes Orakel gebe ich hiermit Antwort vor meinem Volke, auf daß allen der Wille derer, der ich diene, kundgetan sei:

Jemand«, und sie deutete mit einem Stab in der Hand, der aussah wie ein kleines elfenbeinernes Zepter, auf Kaneke, »der sich gegen den verblichenen Schatten versündigte und aus dem Land vertrieben wurde, kehrte heim, um den Platz einzunehmen, der ihm versprochen war nach altem Recht, und den Schatten zu heiraten, der aus dem Haus der Schatten erschienen ist. Jemand«, und sie deutete auf Arkle, »der von der Stimme des Schicksals gerufen wurde, ein Wanderer aus der Fremde, kam ins verborgene Land und mußte viel erdulden, da er aus Unwissenheit gegen die Bräuche verstieß. Jemand«, und sie deutete auf mich, »der wie der Wanderer gleichfalls von der Stimme des Schicksals gerufen wurde, rettete ihn, den Wanderer, vor den Speeren der Abanda, meiner Feinde. Er, welcher Häuptling des Volkes und Bewahrer des Schattens werden sollte, versuchte, den weißen Wanderer niederträchtig zu ermorden, wurde indes von diesem überwältigt und schwor, um sein Leben zu retten, einen Eid auf mich und jene, deren Stimme ich bin, in dem er fürs geschonte Leben seine Stellung und seine Rechte veräußerte. Also wurde er geschont und nicht erschlagen und zum Diener des Wanderers, den er hatte ermorden wollen. Nun lautet die Botschaft, er nehme den Eid zurück und beanspruche die Herrschaft, die ihm vermacht war, und mit ihr die Heilige Braut. Ist das der Fall, o Priester und Vorsteher und Volk?«

»Das ist der Fall«, antworteten alle wie aus einem Munde, denn nicht einmal Kaneke wollte dies leugnen.

Nun blickte sie immerzu zu Kumpana, wie eine Schauspielerin zum Souffleur in seinem Kasten vor der Bühne blickt, bis sie das Stichwort hatte, und fuhr fort:

»Ich, die Stimme, verkünde das Urteil, das mir eingegeben ist. Horcht! Es wird erzählt, ja, und es steht geschrieben in der geheimen Überlieferung, die dort versteckt ist, wo ich wohne, daß vor langer Zeit einmal der, welcher zum Schild des Schattens bestimmt war, versuchte, einen andern heimtückisch zu ermorden. Aber dieser überwältigte den Mörder und erhielt fürs geschonte Leben seine Stellung und Macht und den Schatten seiner Tage obendrein. Daraufhin kam es zu einem großen Krieg und zur Teilung des Volkes, die bis zum heutigen Tage andauert. Es sei, wie gewesen. Ich, die Stimme, verfüge und erkläre, daß sein Häuptlingsanspruch auf den Wanderer übergegangen ist, den er zu töten versuchte, und daß damit der Schatten auf ihn übergeht, wenn der Wanderer ihr die Hand zum Bunde reichen will. Die Stimme hat gesprochen. Wird der Spruch angenommen, o Priester und Vorsteher und Volk?«

Die traumhafte, mysteriöse Stimme verstummte, und der Stille folgte abermals eine brausende Antwort:

»Er wird angenommen«, und ein Priester, der aus der Dunkelheit seine Stimme erhob, ergänzte: »Kaneke rief den Schatten an, auf daß er erscheine und das Urteil der Engoi verkünde. Das Urteil ist verkündet; die Engoi hat durch ihr Orakel gesprochen; damit ist die Sache beendet.«

»Sie ist längst nicht beendet; sie hat kaum angefangen!« rief Kaneke. »Ruft, die ihr den Schatten behext habt, einen Fluch auf eure Seelen herab und auf sie den Fluch des Krieges!«

Hier hielt er jäh inne. Warum, das konnte ich nicht sehen, aber es werden ihn die Wächter wohl mit ihren Speeren bedroht und zum Schweigen gezwungen haben. Überdies schien die Frau, genannt Schatten, seine Worte gar nicht zu hören, denn abermals hob sie mit tonloser, zirpender Stimme an wie jemand, der im Schlaf eine Lektion aufsagt.

»Komm zu mir, o Wanderer, und huldige mir und empfange von mir die Herrschaft über das Land am Heiligen See und versprich dich mir, wenn das dein Wunsch ist, wie ich mich dir verspreche. Oder komm nicht, wenn das dein Wille ist. Denn wisse, o Wanderer, mit dieser Herrschaft gehen Mühsale und Todesgefahren einher. Jener Mann, der dich ermorden wollte, sagt die Wahrheit. Krieg steht bevor, dessen Ausgang mir nicht offenbart ist. Er mag dir nichts als Unheil bringen und dir zum Verhängnis werden. Also entscheide dich!«

»Ich habe mich entschieden«, erwiderte Arkle und erhob sich, um zu ihr zu gehen, mußte aber feststellen, daß sein lahmes Bein sich verschlimmert hatte, so daß er ohne Hilfe kaum stehen konnte.

»Helfen Sie mir!« sagte er, und bald humpelte er, auf meine Schulter gestützt, zum Altar. Es war nur ein kurzer Weg, dennoch kam er mir wie eine Ewigkeit vor, vielleicht weil es ein so merkwürdiger Gang war, vielleicht auch weil der geballte Starrblick aller Augen mich geradezu lähmte. Endlich gelangten wir zum Altar, und der große, goldbärtige Arkle sank auf die Knie vor der Göttin, denn für das wurde sie gehalten.

Zum ersten Mal konnte ich ihr Gesicht sehen, aber auch jetzt nicht allzu deutlich, da sie mit dem Rücken zum Feuer stand. Es war gewiß wunderschön; die feinen Züge, die geschwungenen Lippen, die großen Augen, die dunkel und zart unter dem Elfenbeinschimmer ihrer Stirn leuchteten, das wallende schwarze Haar, von einem Diadem bekrönt – all das war schön, schön wie die Arme und die wohlgeformten, schmalen Hände. Ihre hohe Gestalt strahlte mädchenhafte Anmut aus und Würde zugleich, Herrscherwürde, während ihre schillernden Gewänder – ich wußte nicht, wie oder woraus sie geschneidert waren – zu einem Traumgeschöpf gepaßt hätten und sogar etwas Überirdisches an sich hatten.

Was mochte das für eine Frau sein, fragte ich mich, und von welchem Geblüt? War sie arabisch, ägyptisch, asiatisch? Ich habe die Antwort nie erfahren. Eins wurde mir jedoch sogleich klar, daß sie nämlich, bar der Schale, im Kern ganz Mensch war. Ihr Gesicht verriet dies, als sie sich über den Mann beugte, den sie auf irgendeine rätselhafte Weise um die halbe Welt zu sich gelockt hatte. Es war nicht das Antlitz der Priesterin eines altehrwürdigen Geheimkults, die einen Gläubigen begrüßte, sondern das Gesicht einer Frau, die ihren endlich eroberten Geliebten empfing. Die Lippen bebten, die Augen füllten sich mit Freudentränen, ihr Leib erschlaffte; sie wurde matt wie nach einem Ausbruch von Leidenschaft, breitete die Arme aus, als wollte sie ihn an sich drücken, und ließ sie wieder niedersinken, als sie sich der vielen Blicke besann. Ach, daß dieser Mann ihr alles bedeutete, das war nicht zu übersehen!

Mit merklicher Willensanstrengung faßte sie sich und hob zu sprechen an, aber nun mit einer volleren, natürlicheren Stimme als vorhin beim Orakelspruch. So anders war die Stimme, daß ich, hätte ich nicht ihr Gesicht gesehen, geglaubt hätte, einen andern Menschen vor mir zu haben.

»Bist du gewillt, meinem Volk als Herrscher zu dienen, o Wanderer?« fragte sie, wohl aus einem alten Ritual zitierend.

»Die Herrschaft habe ich mir bereits erkauft, und ich will ihm nach besten Kräften dienen«, antwortete er.

»Bist du, o Wanderer, gewillt, mir zu huldigen, dem Schatten, der Bewohnerin des Sees, dem Orakel, der Priesterin der Engoi?«

»Ich huldige dir, o Schatten«, antwortete er und beugte das Haupt, als wollte er ihr die Sandalen oder den Saum ihres Gewandes küssen.

Als sie dies sah, streckte sie rasch die Hand aus und flüsterte ihm leise zu, so daß nur er und ich es hören konnten:

»Nicht den Fuß, die Hand!«

Er nahm sie und drückte sie an seine Lippen. Sodann berührte sie ihn mit ihrem kleinen Elfenbeinzepter zweimal an der Stirn: das eine Mal, um seine Huldigung anzunehmen, das zweite Mal, um ihm alle Vollmachten zu übertragen. Dann sprach sie ein drittes Mal und fragte:

»Gelobst du, mir dereinst die Hand zum Bund zu reichen und mich auf dem Pfad des Schicksals zu beschützen, solange du lebst?«

Dies sagte sie so laut, daß alle es hörten, und ehe er antworten konnte, gab sie ihm ein Zeichen und flüsterte ihm zu:

»Besinn dich, o Geliebter, ehe du antwortest. Du kennst das Geheimnis und weißt, daß unsere Herzen zueinander sprachen durch die leere Luft, wie sie dereinst zueinander gesprochen hatten. Doch bedenke, daß ich nicht von deinem Land und von deiner Rasse bin, sondern fremd und eigenartig und voller Weisheit, die du nicht verstehst, und daß meine Tage gezählt sind, und du, wenn ich sterbe, so will es das Gesetz, gleichfalls stirbst, auf daß wir zusammen in ein anderes Haus eingehen, von dem du nichts weißt und an das du vielleicht nicht glaubst. Bedenke auch, daß vielerlei Gefahren lauern und du mich vielleicht nie wirst in die Arme schließen können. Deshalb sei gewarnt, ehe du ein Band knüpfst, das nur das Schwert des Todes zu lösen mag. Hast du verstanden?«

»Ich habe verstanden«, erwiderte er flüsternd. »Und in der Hoffnung, daß du mein sein wirst, und wäre es nur für eine Stunde, will ich, der ich schon vieles gewagt habe, auch das letzte wagen, der ich dich liebe und für meine Liebe, muß es denn sein, sterben will.«

Sie seufzte so tief, daß sie am ganzen Leib wohlig bebte wie von großer Erleichterung und sagte, immer noch flüsternd:

»So sei es denn. Nun tu den Schwur!«

Mit mächtiger Stimme sagte er:

»Ich verspreche mich dir, o Schatten. Versprichst du dich mir auch?«

»Ich verspreche mich dir«, begann sie, aber sagte nicht mehr, denn in diesem Moment sprang Kaneke sie an, wie ein Leopard eine Antilope anspringt. Er hatte sich wohl, während alle gebannt das wunderliche Schauspiel verfolgten, von seinen Wächtern fortstehlen können. Was er im Schilde führte, das weiß ich nicht, aber ich kann mir vorstellen, daß er sie, stark, wie er war, forttragen und mit Hilfe seiner Verbündeten im Publikum, verschleppen wollte. Vielleicht war es auch seine Absicht, sie aus Eifersucht zu töten, damit sie sich keinem andren Mann hingeben könnte.

Es ging alles blitzschnell. Ich unternahm nichts, muß ich zu meiner Schande gestehen; ich war dermaßen überrascht, und als ich mich von meinem Schreck erholt hatte, war alles vorbei. Die Priester waren ebenso verdutzt und griffen gleichfalls nicht ein. Arkle kniete am Boden und hätte, selbst wenn er erkannte, was vor sich ging, nicht ohne Hilfe aufstehen können mit seinem lahmen, steifen Bein. Allerdings schienen von beiden Seiten des Altars oder von dahinter weißgewandete Gestalten herbeizueilen. Ich vermute, das waren die Jungfern des Schattens, aber kann es nicht beschwören, denn ihr Auftritt war so kurz, geheimnisvoll und verwirrend, daß sie in diesem Licht auch Hirngespinste meiner Phantasie hätten sein können oder gar große

Vögel mit weißen Schwingen, die für einen Moment im Schein des Feuers sichtbar wurden. Was immer sie waren, sie griffen, soweit ich sehen konnte, nicht ein; kaum aufgetaucht, waren sie schon wieder verschwunden. Des weitern galt meine Aufmerksamkeit nicht diesen Gestalten, die ich überhaupt nur aus den Augenwinkeln gewahrte, sondern den Hauptfiguren, nämlich der Dame, genannt Schatten, und ihrem Schänder, dem eulenäugigen Kaneke.

Offenbar sah sie ihn kommen, denn ihre Miene wurde furchtsam und ein leiser Schrei entfuhr ihrer Kehle. Dann wandelte sich ihr Ausdruck im Bruchteil einer Sekunde, wie ich den Eindruck hatte. Sie richtete sich zu ihrer vollen Größe auf, ihr Antlitz verfinsterte sich, die Angst darin wich kaltem Zorn. Als der Mann auf sie sprang, streckte sie die Hand aus, in der sie das kleine Zepter hielt, und rief:

»Sei verflucht!«

Die Wirkung dieses Wortes oder ihrer Gebärde – vielleicht auch die Wirkung von beidem oder von etwas andrem, das ich nicht sehen und ahnen konnte, es sei denn, es wären die huschenden weißen Gestalten gewesen – auf Kaneke war gewaltig. Ich verglich seinen Angriff mit dem eines Leoparden. Nun, wer hat schon einmal gesehen, wie so eine Katze von einer Kugel erlegt wird, einer Kugel, die nicht tödlich ist, sondern durch die Wucht des Aufpralls ihr Nervensystem lähmt, so daß sie aller Mut verläßt und sie innehält, zittert und schließlich herumwirbelt, um sich in ein Versteck zu flüchten? Wer das schon einmal gesehen hat, wird besser verstehen, was mit Kaneke geschah, als ich es mit Worten beschreiben könnte.

Er erstarrte dermaßen abrupt, daß er durch den Schwung seines Anlaufs ein, zwei Fuß nach vorne rutschte auf dem Pflaster. Dann schien er in sich zusammenzusacken; zumindest kam er mir plötzlich wesentlich kleiner vor. Offenbar stockte ihm der Atem, so daß die Brust sich senkte. Sodann stöhnte er entsetzt auf, drehte sich um und rannte wie der Teufel die Stufen hinunter, die auf den Altar führten, wonach er in der Dunkelheit verschwand.

Ich glaube, es rannten ihm einige hinterher, aber dessen bin ich mir nicht sicher. Wenn ja, so mögen es die besagten verwischten Gestalten gewesen sein, denn ich verlor ihn in einer weißen Wolke aus den Augen, die natürlich auch von den weißen Gewändern seiner Verfolger herrühren konnte.

Offengestanden sah ich ihm nicht lange nach, denn Arkle, der sich auf die Beine kämpfte, stieß einen Schrei aus, woraufhin ich den Kopf herumwarf und bemerkte, daß die Schattendame nicht mehr unter uns weilte.

»Wo ist sie?« fragte ich.

»Ich weiß nicht«, antwortete er. »Ich glaube, es sind Frauen gekommen und haben sie weggeführt, aber es war so ein Durcheinander, daß ich es nicht beschwören könnte.«

Nun brach ein allgemeiner Tumult aus in der Versammlung, Kumpana und andere geleiteten uns die Stufen hinunter, wobei sich Arkle wiederum auf meine Schulter stützte und heftig protestierte, da er natürlich dem Schatten folgen wollte, was ihm nicht gestattet wurde. Am Fuß der Treppe wurden wir getrennt; während er, auf eine andre Schulter gestützt, zu einem mir unbekannten Ort geführt wurde, brachten sie uns ins Gästehaus zurück.

»Wir sehn uns morgen«, rief er mir nach, und ich antwortete, das wolle ich hoffen. Dann wurden er und seine Eskorte von der Dunkelheit verschluckt.

»Baas«, sagte Hans, als ich mich auszog, »es ist richtig schade, daß diese Abanda den Baas Roter Stier nicht erwischt haben.«

»So, warum?« fragte ich müde.

»Aus zweierlei Gründen, Baas. Hätten sie ihn getötet,

wären ihm viele Probleme erspart geblieben, denn jetzt zappelt er wie eine Fliege im Spinnennetz. Du kennst die Spinne, Baas, welche die Fliege mit einem Biß in einen tage- oder wochenlangen Schlaf versetzt, um sie dann genüßlich aufzufressen. Die Fliege sieht recht glücklich aus, und sie ist es auch, bis das Fressen beginnt, wo sie aufwacht und mit den Beinen schlägt, weil sie nicht davonschwirren kann, da die Flügel ausgerissen sind. Genauso wird's dem roten Baas ergehn. Die hübsch geschmückte Spinne hat ihn erwischt und trunken gemacht, und er ist recht glücklich dabei, weiß er doch nicht, daß ihm die Flügel ausgerissen sind, bis die Stunde naht, wo er aufwacht und geopfert werden soll oder dergleichen, Baas. Das ist der erste Grund.«

Nun überlegte ich mir, daß hinter Hans' zynischen Bemerkungen und Metaphern wie immer eine gewisse Wahrheit steckte. Ohne Zweifel hatte sich Arkle in ein tückisches Netz verstrickt: welches Schicksal mochte ihn erwarten, den gebildeten Weißen aus gutem Hause, der vermutlich auch Christ war? Er wurde von einer schönen, rätselhaften Dame geliebt, die er seinerseits über alles liebte und wohl auch bald heiraten würde.

Eine nette Sache, wie es schien, und ganz natürlich, wenn auch bizarr. Könnte er die Dame seines Herzens in sein eigenes Land heimführen, hätte das Abenteuer vielleicht sogar einen guten Ausgang genommen, was die Ehe anging. Aber wie sah es tatsächlich aus? Ein Weggang war sowohl für sie als auch für ihn ausgeschlossen. Sobald er sie heiratete, müßte er bis zum Ende hier ausharren.

Zudem bürdete sie ihm als Mitgift ein ungewisses, abergläubisches Brauchtum auf, das nämlich, soviel stand fest, das Paar, wie ich sie selber hatte sagen hören, in den sicheren Tod schicken würde, was vielleicht schon bald, aber sicher nicht erst in ferner Zukunft einträte. Natürlich könnte er dagegenhalten, er sei ausreichend gewarnt gewesen und der Preis, den er bezahlen müsse, sei nicht zu hoch für das, was er gewonnen hätte. Aber andrerseits war er kaum in einer Verfassung, dies vernünftig abzuwägen, und so konnte ich als Vertreter seiner eigenen Rasse, der viele Erfahrungen in der Welt gesammelt hatte, seiner Sicht der Dinge nicht zustimmen.

Da waren einige der Gedanken, die mir durch den Kopf gingen, aber ich äußerte sie nicht, sondern begnügte mich damit, Hans nach dem zweiten Grund zu fragen.

»O Baas, es ist dies«, antwortete er. »Falls der rote Baas nicht mehr wäre, würdest du seinen Platz einnehmen, was gewiß noch geschehen wird, wenn Kaneke ihn doch noch ermorden kann oder die Priester ihre Meinung über ihn ändern.«

»Danke«, sagte ich. »Und was dann?«

»Dann, Baas, würdest du, wie das bei jedem glücklichen Ehepaar so ist, wohnen auf der Insel, die wir andernfalls nie zu sehen bekämen, und könntest herausfinden, wo sie das Gold und andere Schätze bewahren, die viel Geld wert sind und wovon, wie ich erfahren habe, reichlich auf der Insel versteckt ist, obwohl diese Einfaltspinsel keinen Gebrauch davon machen, weil es ein alter und heiliger Schatz ist, Baas, der schon seit Jahrhunderten oder Jahrtausenden dort liegt.«

»Und falls dieser Schatz existierte und ich ihn heben könnte, was dann, Hans?«

»Nun, dann, Baas, würdest du ihn natürlich stehlen und verschwinden, während die Dame in die leeren Kisten schaute, Baas. Vielleicht meinst du, das wäre nicht einfach, aber Hans würde alles für dich in die Wege leiten, und was die Schwüre angeht und das alles«, fügte er hinzu und suchte Zuflucht hinter den Zinnen der Unsterblichkeit, »so brauchen sich gute Christen wie du und ich darüber nicht den Kopf zu zerbrechen, Baas, da sie allesamt, wie du weißt, Teufelswerk sind. Wir würden also sehr reich werden und könnten sorglos bis zum Ende unsrer Tage leben. Aber«, fuhr er mit einem Seufzer fort, »das alles ist leider nur ein Wunschtraum, weil uns der rote Baas im Weg steht. Es sei denn«, und hier fing er zu strahlen an, »wir könnten ins Geschäft mit ihm kommen und halbe halbe machen.«

Ich versuchte nicht, mit Hans zu streiten, denn es hätte keinen Sinn gehabt, gegen eine solche Gewissenlosigkeit, ob echt oder geheuchelt, anzureden. Also bemerkte ich nur:

»Ich wäre froh, auch ohne Schätze hier rauszukommen, nur mit heiler Haut. Hast du nicht das viele Gerede von einem Krieg gehört?«

»O ja, Baas. Von Anfang an hat der Eulenmensch Kaneke gesagt, daß es Krieg geben wird, weshalb er dich in dieses Land geführt hat.«

»Nun, Hans, wenn es ein Krieg gegen die Abanda sein soll, so sehe ich keine Chance für die Dabanda, die nur eine Handvoll sind.«

»Keine, Baas, sofern der Kampf mit Speeren ausgetragen wird. Aber sie verlassen sich nicht auf ihre Speere; sie verlassen sich auf ihre Magie, wovon es hier reichlich gibt in diesem Land. Hast du nicht gesehen, wie das Engoiweib Kaneke verflucht hat und wie er sich zusammengekrümmt hat, als hätte sie ihm in den Bauch getreten, Baas, und wie er gerannt ist, obwohl er sie gerade noch hat verschleppen wollen mit Hilfe seiner Freunde, von denen er ohne Zweifel viele hat. Das war Magie, Baas.«

Ich zuckte die Achseln und erwiderte:

»Ich glaube, es war seine Angst und sein schlechtes Gewissen. Aber das mit diesem Kaneke verstehe ich nicht. Warum wurde er, wenn sie ihn nicht mögen, hergeholt aus der Fremde, wo er lebte? Warum verlangte Weiße Maus unbedingt, daß wir ihn retteten und dergleichen mehr?«

»Oh, aus verschiedenen Gründen. Solange er zum zukünftigen Häuptling benannt war, konnte nach ihrem

Gesetz kein andrer diesen Platz einnehmen. Das ist einer. Auch hätte kein andrer dich in dieses Land führen können. Das ist ein zweiter. Außerdem mußte er kommen, wie die Schattendame sagte, um ihrem Fetischismus oder ihren Weissagungen gerecht zu werden, Baas. Du wirst nie erfahren, was in den Köpfen von Geistergläubigen wie den Dabanda vorgeht.«

»Gewiß. Was ich gerne wissen würde, ist, ob unser Freund Kaneke noch lebt oder schon tot ist.«

»Er lebt wohl noch, Baas; ja, ich bin mir ziemlich sicher, daß er mit Hilfe seiner Freunde in der Menge drunten davongekommen ist, obwohl ihn die Flüche der Schattenkönigin begleitet haben; ja, ich glaube, gesehen zu haben, daß ihre Verwünschungen ihm wie weiße Eulen nachgeschwirrt sind. Ich schätze, wir werden noch viel von Kaneke sehen und hören, Baas.«

Wie immer hatte Hans ganz recht; denn so kam es auch.

15

See Mone und der Wald

Nach dieser turbulenten, aufregenden Nacht verlebte ich ruhige Tage in Dabanda-town, wo sich in den kommenden anderthalb Wochen nichts Außergewöhnliches ereignete.

Durchaus dankbar konnte ich eine Weile rasten, denn die lange Reise hatte mich ausgezehrt und ich genoß die Muße sehr in einem Klima, das zwar heiß, aber im großen und ganzen höchst erquicklich war. Als aktiver Mensch freilich nutzte ich die Pause, um mich mit den Dabanda und ihren Feinden, den Abanda, vertraut zu machen, mußte mich aber damit abfinden, daß ich sehr wenig in Erfahrung bringen konnte. Kumpana und andere Mitglieder des Rates besuchten mich häufig und sprachen mit großer Offenheit über dieses und jenes, aber wenn ich ihre Gespräche nach dem Wesentlichen durchforstete, waren die Ergebnisse recht bescheiden.

Ich erfuhr, daß Kaneke entkommen sei, indem er sich, wie sie sagten, »unsichtbar machte«, wobei sicherlich die Dunkelheit mitgeholfen hatte. Wohin er verschwunden sei, dessen war man sich nicht sicher. Vielleicht, so hieß es, sei er zum Verräter geworden und zu den Abanda übergelaufen, obwohl so ein Frevel seit Menschengedenken nicht verübt worden sei. Oder er sei in das Land zurückgekehrt, wo ich ihm begegnet sei. Oder aber er sei tot, vom Fluch der Engoi niedergestreckt, was man allerdings für unwahrscheinlich hielt, da er selbst ein Magier und Eingeweihter sei und es verstehe, einen Gegenzauber zu erwirken, der auch die tödlichsten Verwünschungen abwenden oder hinauszögern würde.

Meine Nachforschungen in anderen Dingen waren fast ebenso unergiebig. Ich fragte, wann der verheißene

Krieg ausbreche, und erhielt zur Antwort, das wisse man nicht, aber zur ›festgesetzten Stunde‹ komme er bestimmt.

Ebensowenig erfuhr ich etwas Genaueres über die Dame, genannt Schatten, die ich auf der Altarplattform gesehen hatte. Sie wüßten nicht, wurde mir versichert, warum sie hellhäutiger und schöner als andere Frauen sei; man wisse nur, daß die Seefrau dies seit vielen Generationen sei; also Vererbung. Man räumte ein, daß sie auf einer Insel lebe in den Wassern von Mone und in Gesellschaft gewisser Jungfrauen, die mit ihr alte Bauten bewohnen, die von einem unbekannten, der Vergessenheit anheimgefallenen Volk stammten. Über diese Bauwerke und über ihre Lebensweise dort sei allerdings nicht mehr bekannt, da keiner von ihnen je den Fuß auf die Insel gesetzt habe, die zu betreten nur dem Gemahl der Engoi nach der Hochzeit gestattet sei.

So kam es also, daß ich meine Nachforschungen einstellte, die zu keinem Ergebnis führten, weil jene, die ich befragte, entschlossen waren, mir nichts zu verraten, und griff, von Hans unterstützt, auf die eigene Beobachtungsgabe zurück. Da ich mich mit Begleitung frei bewegen durfte, wanderte ich im Land umher, wo ich jedoch nichts Bemerkenswertes entdeckte.

Hie und da waren kleine Dörfer, die von einer Handvoll Menschen bewohnt wurden; ringsum lagen bebaute Felder und Weideflächen, auf denen kleinwüchsige Rinder und Ziegen gehalten wurden, aber keine Wollschafe, die in einer so heißen Gegend nicht gediehen wären. Das übrige Land, das äußerst fruchtbar war und zehnmal mehr Menschen hätte ernähren können, wurde dem Wild überlassen, das hier vielfältig vertreten war außer solchem, das, wie gesagt, dem Menschen gefährlich werden konnte.

Diese Tiere waren ungewöhnlich zahm; ja, man konnte zwischen ihnen wandeln, wie es von Adam und Eva im Garten Eden berichtet wird. Wieder fragte ich

Kumpana und andere, was es damit auf sich habe, und erhielt zur Antwort – weil sie einem Bann unterlägen und nie bedrängt oder zum Verzehr erlegt würden. Ich fragte nach dem Grund und erfuhr, sie seien heilig, kurzum *tabu,* was schon Father Ambrose vor vielen Jahren von jenem Sklaven erfahren hatte. Nun fand ich zum ersten Mal heraus, daß die Dabanda glaubten, die Seele der Menschen oder bestimmter Menschen ihres Stammes gehe nach dem Tod in einen Tierleib über, was zuweilen auch vor der Geburt geschehe.

Aus diesem Grunde wurden die Tiere nicht angerührt, denn niemand wollte seiner Großmutter oder seinem künftigen Kind einen Speer ins Herz stoßen.

Als Nächstes sprach ich die Elefanten an, denen wir außerhalb ihres Landes begegnet waren und über die Kaneke Macht zu haben schien, und wollte wissen, wie es dazu komme. Die Antwort lautete, daß diese Tiere oder ihre Vorfahren einst in Moneland gelebt hätten, aus dem sie vertrieben oder »hinausgebeten« worden seien, wie Kumpana sich ausdrückte, weil sie so viel Unheil angerichtet hätten, was das Rätsel erkläre.

Meine persönliche Ansicht freilich ist (oder war, wie ich besser sagen sollte), daß diese Tiere zahm waren, weil ihnen kein Mensch ein Leid zufügte, dennoch erwähne ich die Geschichte als Beleg für den Aberglauben dieser Sternanbeter. Für viele Stämme Afrikas sind bestimmte Tiere tabu, doch noch nie – und nie wieder – habe ich von einem Volk gehört, dem sämtliche Tiere heilig sind, was vielleicht darauf zurückzuführen ist, daß kein anderer kleiner Stamm so reich mit Nahrung gesegnet ist, daß er es nicht nötig hat, die Küche durch Wildfleisch zu ergänzen. Bei den Dabanda indes war dem so.

Ihre fruchtbaren Böden, die durch Regen und Flüsse üppig bewässert waren, brauchten nur aufgescharrt zu werden, um reiche Ernte an Getreide, Wurzelfrüchten und Gemüse einzubringen, während die zahlreichen

Herden ausreichend Milch und Fleisch lieferten. Deshalb bestand gar keine Notwendigkeit, die Gefahren und Mühen der Jagd auf sich zu nehmen – mit dem Ergebnis, daß ihr Wild, das nie gejagt wurde, im Laufe der Zeit zutraulich und ›heilig‹ geworden war.

Nachdem ich das Land erkundet hatte, insoweit mir dies gestattet war – der Aufstieg zum Kraterrand war mir, wie ich erwähnen sollte, verboten –, erfüllte mich der starke Wunsch, den Wald zu erforschen und einen Blick auf die heiligen Wasser des Sees Mone zu tun.

Sobald ich die Rede darauf brachte, wechselte Kumpana zunächst das Thema, erklärte sich aber zuletzt am Tag des Vollmonds bereit, mich, falls ich möchte, durch den Wald zu führen, so daß ich den See im Mondschein sehen könnte, wobei er ergänzte, daß es verboten sei, bei Tag den Wald zu betreten oder gar den See zu betrachten.

Natürlich ging ich freudig auf sein Angebot ein, so daß wir kurz nach Mondaufgang zu dritt aufbrachen, nämlich Kumpana, ich und Hans, den Kumpana zuerst nicht mitnehmen wollte. Er gab erst nach, als ich erklärte, nicht ohne ihn zu gehen, während Hans seinerseits in derbem Arabisch betonte, daß er jeden zu erschießen pflege, der ihn von seinem Herrn trennen wollte.

Binnen fünf Minuten hatte uns völlige Finsternis aufgenommen. Der Wald mußte schon am hellichten Tage düster sein, aber bei Nacht war er trotz des Vollmonds dunkel wie eine Kohlengrube. Wir kamen nur voran mittels eines Stücks Liane, das Kumpana an einem Ende hielt, ich wenige Fuß dahinter und Hans am andern Ende.

Es stellt sich die Frage, wie Kumpana sehen konnte.

Die Antwort ist: Ich weiß es nicht. Dennoch führte er uns recht schnell über einen Pfad, den ich nicht sehen konnte und der sich um die Stämme der Baumriesen schlängelte oder gestürzten Stämmen folgte. So gingen wir einige Stunden, wobei wir nur hie und da einen

Lichtschimmer erblickten, wenn ein dürrer oder entlaubter Baum den Mondschein bis zum Waldboden vordringen ließ.

Schließlich hörte dieser Wald ebenso unverhofft auf, wie er begonnen hatte, und wir standen am breiten Ufer des Sees, das sicher weitgehend bedeckt wurde nach ergiebigen Regenfällen.

Oh! Wie einsam war das weite Wasser, das im Mondschein glänzte, und wie schön zugleich inmitten seines Waldgürtels. Bis auf das Klatschen der Schwingen eines Vogels, der irgendwo unsichtbar aufflatterte, und das gelegentliche Quaken eines Frosches war es totenstill. Die Einsamkeit war bedrückend, geradezu unheimlich, denn kein Tier schien sich zu regen; nicht einmal einen Fisch hörte ich springen oder plätschern. Nun konnte ich verstehen, daß ein Volk von Halbwilden den See heilig und verzaubert wähnte. Weit draußen sah ich die Insel, auf der angeblich die Priesterin namens Schatten lebte. Es war eine große Insel, die ich auf über eine Meile Länge schätzte, obwohl ich natürlich nicht wußte, wie breit sie sein mochte. Darüber hinaus konnte ich zwischen den Palmen auf der Insel Bauten ausmachen.

Mit Hilfe meines Feldstechers, eines Präzisionsglases aus deutschen Werkstätten, das mit einer Linse für die Nacht ausgerüstet war, studierte ich die Bauwerke und sah auf den ersten Blick, daß es große, massive, zum Teil mit Statuen bekrönte Gebäude waren. Diese bestanden schätzungsweise aus Alabaster oder Kalkstein oder einem andern hellen Stein wie Marmor und waren mit Toren und Türmen umgeben, die zum Teil verfallen wirkten. Ihre Architektur unterschied sich völlig von allem, was ich in Afrika kannte, die Ruinen Zimbabwes nicht ausgenommen.

Sie wiesen jedoch eine gewisse Verwandtschaft zu den Tempelresten des alten Ägypten auf, die ich damals nur von Bildern kannte. Da waren Pylonen; da waren Mauern mit wuchtigen Reliefen; da waren Säulenhöfe, denn ein solcher war an einem Ende eingefallen oder nie vollendet worden, so daß ich mit dem Feldstecher die Säulen erkennen konnte.

Der Anblick faszinierte mich. War es möglich, daß diese Bauten von den alten Ägyptern stammten oder gar von einem Volk, das hiernach nach Ägypten abwanderte und seine Baukunst dort einführte? Nun fiel mir übrigens wieder die stumpfe Pyramide beim Dorf ein, die den steinernen Altar trug und diese Vermutung zu bestätigen schien.

Ich wandte mich an Kumpana und befragte ihn genauestens, aber er konnte oder wollte mir nur wenig sagen. Er wiederholte, daß er nie »leibhaftig« auf der Insel gewesen sei aus besagten Gründen, aber wisse, daß es sich um gewaltige Bauwerke handele, die schon Abertausenden von Jahren getrotzt hätten. Es stehe nichts geschrieben, wann sie erbaut worden seien oder welches Volk diese Monumente vollbracht und dort gelebt habe. Nichts von alledem habe die Zeiten überdauert; Namen und Rasse seien der Vergessenheit anheimgefallen, obwohl die Skulpturen vielleicht Hinweise gäben, würde sie jemand sehen, der in solchen Dingen bewandert wäre. Im übrigen seien sie seit Menschengedenken der Engoi geweiht und die Wohnung derjenigen, die auf Erden Schatten heiße, und ihrer Jungfern.

»Kann ich sie nicht besichtigen?« fragte ich.

Ich sah ein spöttisches Lächeln in Kumpanas altem, runzligem Antlitz, als er mir antwortete:

»O ja, Herr, wenn du ein vorzüglicher Schwimmer bist. Nur werden dich, solltest du das Eiland lebend erreichen, die Frauen dort in Stücke reißen.«

Seither habe ich mir oft gesagt, daß dies blanker Unsinn gewesen ist, denn sicherlich wären Frauen, die ein so unnatürliches Leben führten, darauf erpicht, ihre Neugier zu stillen, indem sie selbst ein so unschmeichelhaftes Exemplar des männlichen Geschlechts, wie ich es bin, gründlich untersuchten, falls überhaupt etwas Wahres daran gewesen ist an dieser Geschichte von einem jungfräulichen afrikanischen Nonnenorden wie den Töchtern der Sonne des alten Peru oder den Vestalinnen Roms. In dem Moment jedoch dachte ich an das Schicksal, das jenen Männern drohte, welche im alten Griechenland in die weiblichen Mysterien vordrangen und dem ich keinesfalls erliegen wollte.

Heute bereue ich, daß ich nicht mehr Mut bewiesen und versucht habe, auf die Insel zu kommen, aber ich habe es nicht gewagt, und vertane Chancen bieten sich einem eben kein zweites Mal. Dabei glaubte ich gar nicht an das Märchen von den Nonnen, denn ich wettete, wenn schon niemand die Insel besuchte, so gingen sie wenigstens zuweilen an Land, wie es gemäß Arkle auch der Schatten getan hatte. Kumpana erzählte währenddessen, daß Lücken in ihren Reihen mit Novizinnen gefüllt würden, die alljährlich vom Festland überträten, ausgesuchten Mädchen im Alter von zwölf Jahren, die man »Sklavinnen der Engoi« heiße.

Während ich mit ihm sprach, sagte Hans, der das scharfe Auge eines Geiers hatte, auf holländisch:

»Schau, Baas, aus dem großen Haus kommen Frauen.«

Ich hob mein Fernglas und sah, daß er recht hatte, denn eine Prozession aus weißgewandeten Gestalten verließ ein Tor und pilgerte zum Ufer. Dort bestiegen sie vermutlich Boote, was ich freilich aufgrund der Palmen, die am Ufer standen und Schatten warfen, nicht sehen konnte, denn bald erschienen drei große Kanus, die jeweils mit fünf oder sechs Frauen besetzt waren, auf den stillen Wassern des Sees und ruderten langsam in unsre Richtung. (Wer fertigte die Kanus, wenn kein Mann je den Fuß auf die Insel setzte, fragte ich mich?) Voller Aufregung erkundigte ich mich, ob sie wohl zu mir kämen, da ich nicht zu ihnen kommen könnte; aber Kumpana lächelte abermals und schüttelte den Kopf.

So glitten sie dahin, bis sie auf zweihundert Yards

herangekommen waren. Dann hielten sie in einer Linie an und sangen ein liebliches Klagelied, dessen Klänge uns in der großen Stille deutlich erreichten.

»Was tun sie dort?« fragte ich. »Dem Vollmond opfern?«

»Ja, Herr«, antwortete Kumpana, »dies und mehr, wie ich meine.«

Er hatte recht. Es war »mehr«, denn sogleich bückten sich die Frauen im mittleren Kanu und hoben ein weißdrapiertes Bündel an, das sie über den Bug warfen, so daß es ins Wasser platschte und untertauchte.

»Ist es ein Begräbnis?« fragte ich wiederum.

»Bestimmt, Herr. Schau, sie werfen Blumen aufs Wasser, wo der Leichnam untergegangen ist.«

Das war seine Antwort, aber der Unterton in seiner Stimme weckte in mir bange Zweifel. Und wenn der Leib in diesen weißen Tüchern nur scheintot war? Und wenn dies gar kein Begräbnis, sondern ein Opferritual oder eine Hinrichtung war? Hier darf ich einfügen, daß Hans hinterher schwor gesehen zu haben, wie die vermummte Gestalt gezappelt habe, was ich allerdings nicht bemerkte, so daß es vielleicht doch nur Einbildung war.

Dennoch war es eine schauderhafte Zeremonie, von der ich eine Gänsehaut bekam; deshalb war ich nicht traurig, als die Frauen inselwärts beidrehten und singend davonfuhren und Kumpana sagte, es sei Zeit, ihrem Beispiel zu folgen und heimzukehren. Für meine Begriffe hatte er etwas Grausiges, Unseliges an sich, dieser heilige See mit seiner Insel, auf der bizarre Bauten unbekannten Alters standen, in denen nachtwandlerische Frauen hausten, die dem Vollmond opferten, wie die alten Ägypter wohl ihrer Nut, glaube ich, und Hathor geopfert hatten, indem sie verdächtige Gaben in Menschengestalt darbrachten. War dies alles schon schlimm genug, so wurde es im Wald noch schlimmer, wie ich nun zu berichten habe.

Die Düsternis nahm uns auf, und wie zuvor führte Kumpana uns anhand der Liane. Irgendwie bedrückte es mich mehr als beim Marsch zum See, vielleicht weil mir das Erlebnis am See an die Nerven gegangen war. Aus einem Instinkt heraus fing ich jedenfalls, wohl um meine Stimmung zu heben, eine Unterhaltung mit Hans an, der hinter mir ging, wobei ich lauter sprach, als nötig gewesen wäre, um gewissermaßen die überwältigende Stille ringsum zu übertönen.

Ich brauche unser Gespräch nicht in Einzelheiten wiederzugeben, denn es genügt zu sagen, daß es von den Dabanda, ihrem Aberglauben und ihrem vermeintlichen Hokuspokus gehandelt hat. Auf holländisch und zuweilen auf englisch redend, damit Kumpana mich nicht verstehe, übte ich nicht gerade zaghaft Kritik an alledem und äußerte die Ansicht, daß alles Humbug sei und die Priester und Zauberer der Dabanda Schwindler wären. Der stets streitbare Hans widersetzte sich dieser Anschauung und vertrat die Meinung, daß die Dabanda von Kaneke bis Kumpana Schützlinge des Teufels seien.

Hier nun blickte Kumpana zurück und sagte nicht ohne Tadel, daß es nicht ratsam sei, so laut zu sprechen im Wald, um die Geister, die hier wohnten, nicht zu erzürnen.

Nun platzte mir der Kragen; ich brachte deutlich zum Ausdruck, daß ich nicht an diese Geister glaubte, und fragte ihn obendrein, was ihm einfalle, einen weißen Mann mit seinem Gerede von Baumgeistern ins Bockshorn jagen zu wollen und ob er damit die Affen meine, die bekanntermaßen solche Wälder bewohnten und Reisende, wie man höre, zuweilen mit Stöcken und Nüssen bewerfen.

Offenbar mißfiel Kumpana dieser Scherz, denn er blickte sich zu mir um (ich konnte ihn sehen, weil wir gerade ein baumloses Sumpfstück durchschritten), machte ein Gesicht, als wollte er mir drohen, und sagte mit unterkühlter Freundlichkeit:

»Ich bitt dich, schweig, Macumazahn, und verspotte mir die Beherrscher dieses Waldes nicht!«

Das machte mich wütender denn je. Sollte ich, ein mehr oder weniger gebildeter Christenmensch, mir den Mund verbieten lassen von diesem heidnischen Popanz? Gewiß nicht. Deshalb setzte ich mein Streitgespräch mit Hans fort, wobei ich noch lauter sprach. Hans erwiderte mit Sarkasmus, der mich um so mehr verletzte, als er ein Körnchen Wahrheit enthielt: ich redete nur darum so laut, weil ich Angst hätte, die ich mit meiner Stimme niederschreien wolle, wie Kinder das täten. Dann fuhr er fort mit einer entstellten Version der Geschichte der Hexe von Endor, die seinen Worten nach, was ich jedoch für irrtümlich halte, ebenfalls in einem Wald hauste, und zitierte absurde Bemerkungen über die Hexerei, die er meinem armen alten Vater andichtete, wobei er daran die fromme Hoffnung knüpfte, daß der ›ehrwürdige Predikant‹, wie er ihn nannte, in dieser Stunde die Hand über uns halte.

Ehrlich gesagt glaube ich, daß der Luft in diesem Wald irgendeine anregende Wirkung innewohnte, die vielleicht von den Blättern oder Blüten bestimmter Bäume oder Bodenpflanzen ausging, denn nun packte mich flammender Zorn, so daß ich Hans wüst beschimpfte, weil er den Namen meines Vaters mißbrauche und ihm Worte in den Mund lege, welche dieser niemals ausgesprochen hätte, um seinen primitiven Geister- und Hexenglauben zu rechtfertigen.

In dem Moment kamen wir an eine Stelle, wo ein großer Baum umgestürzt war und beim Fallen ein paar andere umgeworfen hatte, so daß uns nun der Mondschein für einige Schritte erreichte. Als wir den Wurzelstock dieses niedergestreckten Baums umgingen, wandte sich Kumpana abermals um und sagte:

»Ich habe dich gewarnt, aber du willst ja nicht hören. Das war die letzte Warnung, weißer Fremdling.«

Ich sah ihn an und bemerkte, daß sich seine Erscheinung gewandelt hatte. Er war nicht mehr der kleine, runzlige Greis mit den pfiffigen Augen und dem faltigen, recht freundlichen, aber doch auch verschmitzten Gesicht, als den ich ihn kannte. Jetzt wirkte er beträchtlich größer und hatte grimmige Züge, während die Augen wie die eines Löwen in einer Höhle funkelten.

Bedenkend, daß Mondlicht oft verzerrend wirkt und er wohl deshalb so groß schien, weil er auf einer Wurzel des gestürzten Baumes stand, schenkte ich dem keine Beachtung, sondern fuhr fort, mich mit Hans zu streiten wie einer, der zu viel getrunken hat oder unter der Wirkung von Lachgas steht. Wir gingen weiter, wie gehabt, und wurden schon wieder von der Finsternis des Waldes verschluckt. Plötzlich kam ich unfreiwillig zum Stillstand, weil ich gegen einen Baumstamm lief und von hinten den Gewehrlauf von Hans ins Kreuz bekam.

»Wohin gehst du, Kumpana?« fragte ich ungehalten, aber bekam keine Antwort.

Dann zog ich, um mich aufmerksam zu machen, an der Liane, die uns als Führungsseil diente. Sie schnellte zurück und flog mir ins Gesicht; keiner hielt sie mehr!

»Hans!« rief ich, »Kumpana ist abgehauen.«

»Ja, Baas«, antwortete er, »ich dachte mir, daß so was passiert, Baas, weil du nicht aufgehört hast, die Waldgeister zu schmähen, wovon er vielleicht auch einer ist.«

Ich überlegte kurz und hatte einen Einfall.

»Kehren wir zu der Stelle zurück, wo es hell ist, dann sehen wir, wie's weitergeht!« sagte ich.

»Ja, Baas«, erwiderte er. »Geh du voraus, Baas, denn ich weiß den Weg nicht und kann in der Dunkelheit unsre Spur nicht sehen.«

Ich wandte mich um und ging los, aber mit verheerendem Resultat. Ehe wir zehn Schritte getan hatten, knallte ich äußerst schmerzhaft gegen einen Baum. Als ich diesen umging, geriet ich auf sumpfigen Boden und versank bis zu den Knien in zähem Schlamm, aus dem Hans mich mühsam herausziehen mußte. Das Wasser stand mir in den Stiefeln, als wir uns wiederum in Bewegung setzten; aber ich hatte kaum fünf Schritte getan, als ich mich in kriechenden Dornenranken verhedderte, die mich fürchterlich zerkratzten. Nachdem ich mich endlich befreit hatte, tat ich einen weiteren Schritt – nur um über eine Wurzel zu stolpern und der Länge nach hinzuschlagen. Ich setzte mich auf die Erde und sagte Dinge, die ich tunlichst nicht wiederhole.

»Es ist nicht leicht, sich durch einen tiefen Wald zu tasten, wenn es stockfinster ist«, bemerkte Hans zaghaft. »Was gedenkt der Baas jetzt zu tun?«

»Hierbleiben, bis es heller wird, meine ich, falls es überhaupt hell wird in dieser Hölle«, antwortete ich verärgert. Dann stopfte ich mir eine Pfeife und bat, als ich feststellte, daß ich meine Streichhölzer wohl beim Stürzen verloren hatte, Hans um Feuer.

Er zog sein geheiligtes Schächtelchen hervor, worin nicht mehr allzu viele waren, und steckte, nachdem er sich die eigene Pfeife gestopft hatte, ein Streichholz an, das er mir brennend reichte. Als ich es nahm, bemerkte ich, wie ich mich erinnere, daß die Flamme ganz ruhig in der völlig unbewegten Luft brannte. Dann hielt ich das Streichholz an die Pfeife, aber plötzlich wurde es ausgeblasen.

»Warum hast du das getan?« stellte ich Hans ärgerlich zur Rede. »Hast du Angst, ich zünde den ganzen Wald an?«

»Ja, Baas – ich meine, nein, Baas. Ich meine, ich hab' es nicht ausgeblasen. Ein Affe hat's ausgeblasen. Ich hab seine häßliche Fratze gesehn«, erwiderte Hans, und ich hörte aus seiner Stimme, daß er sich fürchtete.

»Unsinn!« rief ich. »Gib mir noch ein Streichholz!«

Er gehorchte recht unwillig, und es passierte haargenau das gleiche, was sicherlich von einem Luftzug herrührte, der stoßweise durch den Wald fuhr.

Nun, mir verging jedenfalls die Lust am Rauchen, und so sagte ich Hans, daß wir an einer so windigen

Stelle keine Streichhölzer mehr verschwenden sollten. Er stimmte mir zu und lehnte sich mit dem Rücken fest gegen den meinen, weil ihm angeblich kalt war, was offensichtlich gelogen war, da die Hitze an dem schwülen Ort so groß war, daß wir beide von Schweiß trieften.

»Nun sei still und sag nichts; ich will schlafen. Du kannst mich bei Tagesanbruch wecken.«

Kaum waren mir die Worte über die Lippen gekommen, als ich deutliches Gelächter vernahm; ein eigenartiges Gelächter, das gebe ich zu, denn es war ungemein freudlos; aber Gelächter war es, ein unheimliches, das bald aus dieser, bald aus jener Richtung zu kommen schien.

»Dieser alte Spinner Kumpana will uns auf den Arm nehmen«, sagte ich. »Aber dem wird das Lachen vergehen, wenn ich ihn erwische.«

»Schon, Baas, aber scheint's jetzt nicht aus mehr als einem Mund und aus sämtlichen Richtungen gleichzeitig zu lachen ...?« begann Hans, aber seine übrigen Worte gingen in unseligem, schallendem Hohngelächter unter. Es kam, wie er sagte, »aus sämtlichen Richtungen gleichzeitig«, und scheinbar auch von oben.

»Was, zum Teufel, ist das? Hyänen?« fragte ich.

»Nein, Baas, es spukt, es spukt ganz fürchterlich. O Baas, warum hast du auch diesen verwunschenen Wald betreten, um einen Blick auf einen See zu tun, wo sie um Mitternacht Leute ertränken, und die Waldgeister beleidigt und als Affen beschimpft? Ich bete zu deinem ehrwürdigen Vater, der uns hoffentlich hört im Fegefeuer. Denn wenn er uns nicht helfen kann, kann uns keiner mehr helfen.«

Ich sagte darauf nichts, denn wenn Hans seinem Hang zum Aberglauben frönte, waren Worte vergeblich. Zudem versuchte ich, mir einen sehr interessanten Vortrag über Echophänomene und ihre natürlichen Ursachen ins Gedächtnis zurückzurufen. Das Lachen war verklungen und ich resümierte gerade, was ich in dem

Vortrag gehört hatte, als etwas anderes geschah. Ein großer Stein oder Lehmbrocken fiel dicht neben mir polternd zu Boden, dem sogleich Dutzende solcher Geschosse folgten. Keines davon traf uns zwar, aber sie schlugen rings um uns ein und flogen selbst gegen die Bäume über unsern Köpfen.

Was dann kam, das habe ich vergessen, denn erschöpft und verwirrt wie ich war, wurde ich jetzt erst recht konfus, was mein Denken lähmte. Ich erinnere mich an alle möglichen Geräusche, die bald laut waren, als würden weitab ganze Bäume umstürzen, bald leise und schrill und nahe wie das nervtötende Gekratze eines gelangweilten Kindes mit seinem Schiefergriffel. Ich erinnere mich an ein Gefühl im Gesicht, als würden winzige Händchen mich an Nase und Ohren ziehen.

Ich erinnere mich auch, daß Hans mit furchtsamer Stimme bemerkte, Gorillas mit glühenden Augen tanzten um uns herum, obwohl ich diese, war dem so, nicht sah. Schließlich erinnere ich mich noch, daß er einen Gewehrschuß abfeuerte, der wohl einem jener gespenstischen Gorillas oder einer andern Alptraumgestalt galt, denn der Knall hallte durch den Wald wie ein Kanonenschuß. Auch glaubte ich in seinem Mündungsfeuer ringsum phantastische Fratzen zu sehen.

Danach erinnere ich mich an nichts mehr von all diesen Lauten und Visionen, die eher zu einem Delirium tremens gepaßt hätten als zum klaren Verstand eines nüchternen, im Wald verirrten Mannes, bis ich zuletzt eine sanfte Stimme vernahm, die auf arabisch sagte:

»Steh auf, Macumazahn! Du bist vom Weg abgekommen, und die Luft unter diesen Bäumen ist giftig und beschert einem böse Träume. Ich bin geschickt worden, um dich und deinen Diener zurück ins Dorf zu führen.«

Ich beeilte mich, zu gehorchen, und spürte sogleich eine zarte Hand, die mich führte, wohin, weiß ich nicht. Oder sollte ich sagen, ich glaubte, sie zu spüren, denn gewiß gehörte dies noch zum Alptraum, der mich zweifelsohne plagte, und schien geführt zu werden, wobei Hans sich mir an die Rockschöße hängte, wie ein Kind sich an die Schürze der Mutter klammert. Wie lange wir so gingen, kann ich nicht sagen. Ich weiß nur, daß wir uns kurz vor Tagesanbruch am Waldessaum wiederfanden, denn vor uns ragte die stumpfe Pyramide auf, worauf das Altarfeuer brannte, und dahinter das Dorf. Hier im Schatten der letzten Bäume verließ unser Führer uns, oder schien uns zu verlassen. Ich glaubte, im Dunkeln zu erkennen, daß es sich um eine weißgewandete Frau von anmutiger Gestalt handelte.

»Leb wohl«, sagte sie mit einem Anflug von Spott in der Stimme, die mir irgendwie vertraut vorkam, und fügte hinzu:

»Du bist ein kluger Mann, Macumazahn, dennoch bitt' ich dich, werde noch klüger, denn dann verspottest du nicht mehr, was du nicht verstehst, und lernst, daß es Mächte auf Erden gibt, die ihren alten Völkern bekannt sind, obwohl der weiße Mann nicht einmal davon gehört hat.«

Während sie dies sagte, trat sie zurück und war von uns gewichen, ehe ich etwas erwidern konnte, obgleich ich sie aus der Finsternis jenes verwunschenen Waldes mit ihrer melodiösen Stimme wiederholen hörte:

»Leb wohl, Macumazahn, und spotte nicht mehr über die Mächte der alten Völker!«

»Baas«, meinte Hans, als wir erschöpft in unser Haus taumelten, »ich glaube, dieses Dämchen ist die von den Toten auferstandene Weiße Maus gewesen.«

»Es interessiert mich nicht, ob es Weiße Maus oder Schwarze Maus oder Graue Maus oder gar keine Maus gewesen ist. Mich interessiert nur, wie ich so schnell als möglich wieder aus diesem verwunschenen Land hinauskomme«, tobte ich, strampelte die nassen Stiefel ab und warf mich aufs Bett.

16

Kanekes Botschaft

Man wird sich vielleicht fragen, warum ich so wenig von Arkle berichte, dem wahren Helden dieser Geschichte, welchen Hans und die Eingeborenen Roter Stier genannt haben, weil er stark wie ein Stier gewesen ist. Der Grund dafür ist, daß ich wenig von ihm gesehen habe. Nach dem nächtlichen Erscheinen des Schattens, des ›Schatzes im See‹ vor dem Altar und dem Verschwinden von Kaneke, der mit Flüchen beladen war wie der Sündenbock der alten Juden, lag er wegen seiner wunden Ferse im großen Häuptlingshaus eine Weile auf dem Krankenlager. Trotz ihrer vermeintlichen Herrschaft über Krankheiten, widersetzte sich seine Ferse, die er sich auf der wilden Flucht vor den Abanda und dem anschließenden Marsch nach Dabanda-town zugezogen hatte, der Kunst und Magie der Medizinmänner oder Zauberer (die Dabanda benutzten nur ein Wort für die Vertreter dieser beiden Stände).

Also wurde ich hinzugezogen und rückte der Wunde zu Leibe mit einer antiseptischen Salbe, wovon ich einmal eine Dose bei einem Apotheker gekauft hatte, und mit Zupflinnen, das ich mir aus einem Fetzen Leinwand gerupft hatte. Während ich ihn zu diesem Zweck besuchte, unterhielt ich mich natürlich mit ihm, aber selbst dann waren mir Zwänge auferlegt. Der Mann war nämlich längst den Erfordernissen des Zeremoniells ausgeliefert. Ja, dieser britische Gentleman wurde praktisch von einer Schar heidnischer Priester behütet und bewacht, weißgewandeten Mystikern, die uns zu keiner Zeit allein ließen. Natürlich konnten sie unsre Sprache nicht verstehen, aber dafür hatten sie eine außerordentliche Begabung, im Gesicht und in den Gedanken zu lesen wie in einem Buch, was ich anhand ihrer

Bemerkungen, die sie hie und da fallen ließen, erkannte.

Deshalb hatte ich stets das Gefühl, bespitzelt zu werden, und ebenso erging es wohl Arkle. Wenn ich die Rede auf die Schattendame brachte, sah ich, wie sie die Augen aufrissen und die Ohren spitzten, bis ich schließlich fast davon überzeugt war, daß sie dennoch jedes Wort verstehen oder erraten konnten, das über meine Lippen kam. Dies ermutigte nicht unbedingt zu freimütigen Gesprächen, sondern bewirkte das Gegenteil, so daß ich schließlich übers Wetter oder andere Belanglosigkeiten plauderte.

Schließlich ertrug ich dies nicht länger und nutzte die vorübergehende Abwesenheit des wachhabenden Priesters, der sich vermutlich nur hinter einen Vorhang aus geflochtenen Matten zurückgezogen hatte, und sagte frei heraus: »Sagen Sie mal, Mr. Arkle, gefällt Ihnen dieses Leben? Mir kommen Sie praktisch wie ein Gefangener vor. Halten Sie das für eine angemessene Position für einen Weißen Ihrer Herkunft?«

»Nein, Quatermain«, antwortete er energisch. »Mir ist das zuwider, aber ich kann Ihnen nur sagen, daß ich unter einem Bann stehe. Ich sehe Sie lächeln, aber es stimmt. Es fing an vor Jahren in London mit jenen Träumen. Dann küßte ich sie – Sie wissen schon, wen – drunten am See, und aus dem Bann wurde ein Wahn. Schließlich schwor ich ihr Treue und mehr an jenem Abend vor dem Altar, und der Wahn wurde zum Schicksal. Ich liege in Ketten, die ich nicht abschütteln kann. Das Häuptlingsamt ist eine davon, die man sieht; aber da sind noch andere – und dies ist das Ende – oder der Anfang.«

»Möchten Sie sie abschütteln?«

»Mein Kopf schon, aber mein Geist, mein Herz, oder wie immer man es nennen mag, nicht. Ich muß diese Frau gewinnen, selbst wenn es mich das Leben kostet; wenn nicht, verliere ich den Verstand.«

»Verzeihen Sie«, erwiderte ich, »aber glauben Sie nicht, daß es Sie mehr als das Leben kosten mag, nämlich Ihre Ehre?«

»Wie meinen Sie das?« fragte er.

»Ich meine, daß Sie wie wir alle in einer bestimmten Tradition erzogen worden sind und in einem bestimmten Glauben, wie Sie mir erzählt haben; kurzum, Sie sind ein Weißer. Nun ist die Liebe zu einer Frau mit einer anderen Tradition und von einem andern Glauben oder gar eine Heirat zuweilen durchaus annehmbar – wie Paulus verkündet. Aber diese Sache geht darüber hinaus, denn Sie müssen praktisch *ihre* Tradition und *ihren* Glauben annehmen und den eigenen ablegen. Zudem wissen Sie nicht, auf welche Sitten und Gebräuche Sie sich einlassen und wohin diese führen werden. Bedenken Sie, daß sie selbst Sie gewarnt hat, denn ich habe ihre Worte vor dem Altar gehört.«

»Nein, Quatermain, ich weiß es nicht; und sie hat mich in der Tat gewarnt. Dennoch habe ich den Eid geleistet, den ich nun halten muß; zudem will ich ihn halten, denn die Liebe heiligt alles, nicht wahr? Und wenn je ein Mann geliebt hat, so ich.«

»Ein wohlbekanntes Argument«, sagte ich, »aber ich bin mir da nicht sicher. Denn Liebe bedeutet Leidenschaft, und Leidenschaft macht blind.«

Hier wurde ich in meinen weisen Worten unterbrochen, weil der Priester zurückkehrte, der bestimmt hinter der Matte gelauscht hatte, um in unsern Stimmen zu lesen. Er wurde begleitet von Kumpana, den ich seit seinem Verschwinden im Wald nicht mehr gesehen hatte. Der Gedanke an seine List und alles, was danach folgte, und der Anblick des Alten, der gütiger und liebenswürdiger denn je aussah, machten mich ungehalten, zumal er sich erkundigte, wie es mir gehe und ob ich mit meinem Diener weitere Nachtwanderungen unternommen habe.

»Hör zu, Kumpana«, sagte ich, »es war gemein von

dir, uns in jener Nacht im finstern Wald allein zu lassen, und noch gemeiner, was hiernach geschah, wovon ich nicht sprechen möchte. Du solltest dich schämen, Kumpana, denn du weißt, daß ich ein Fremder bin, der auf deine Hilfe angewiesen ist und den man nicht im Stich läßt, wie du es getan hast.«

»Ich bitte um Verzeihung«, erwiderte er sehr höflich, »wenn ich sage, daß du derjenige bist, der sich, meine ich, schämen sollte, Macumazahn, denn trotz meiner Aufforderungen verhöhntest du das, was ich heilig halte, so daß ich gezwungen war, dich deiner Strafe zu überlassen, die noch viel schlimmer hätte ausfallen können. Freilich trifft dich nicht die Schuld allein, denn die Luft dieses Waldes steigt einem manchmal zu Kopf wie ein berauschender Trunk und raubt einem den Verstand. Also verzeihen wir einander und reden nicht mehr davon.«

Seine freundlichen Worte versöhnten mich, beschämten mich sogar, denn immerhin hatte er gute Gründe; unter unerklärlichen Einflüssen stehend, hatte ich tatsächlich über die Geister, die Elementargeister oder Naturkräfte gespottet, welche er achtete. Also wechselte ich das Thema, indem ich bemerkte, daß Hans und ich nun von der Reise ausgeruht seien und uns gern baldmöglichst verabschieden würden, falls der Rat des Schattens die Güte hätte, uns beim Verlassen des Landes behilflich zu sein.

»Es steht dir frei, jederzeit zu gehen, Macumazahn«, erwiderte er, »aber wenn du dies vor der festgelegten Stunde anstrebst, begibst du dich in große Gefahr.«

»Diese fürcht' ich nicht!« rief ich, aber in dem Moment warf Arkle ein:

»Um Gottes willen, gehn Sie nicht, Quatermain! Bleiben Sie, solange Sie können, das heißt, bis ich verschwinde, ich meine, bis wir getrennt werden, wie es vorgesehen ist, wenn ich recht verstehe. Denn wenn das hier durchgestanden ist, fängt für mich ein neues

Leben an, aber lassen Sie mich bis dahin nicht allein mit allen Problemen, wo doch Krieg droht!«

Obwohl es mich, da ich den See Mone mit eigenen Augen gesehen hatte und meine Neugier also gestillt war, nun drängte, dieses unheimliche Volk, das mich deprimierte, und ihr Land, in dem selbst die Luft so seltsam war, daß man davon berauscht wurde und sich aufführte wie ein Trunkenbold, so schnell als möglich verlassen wollte, ging mir Arkles Bitte sehr nahe. Ich spürte den Zwist, der in seinem Herzen ausgetragen wurde zwischen den ererbten Anschauungen, den Antrieben und Gedankenverbindungen, wie ich vielleicht besser sagen sollte, eines Weißen seines Standes, und der verzehrenden Leidenschaft, die in ihm entbrannt war für eine liebreizende, rätselhafte Frau, eine Priesterin eines seltsamen, für einen Weißen ganz und gar ungesunden Kults.

Vielleicht könnte ich ihn, bliebe ich noch, aus dieser Schlinge retten; oder aber sie würde sich durch äußere Umstände von selbst lockern. Wohingegen sein Schicksal, wenn ich ginge, besiegelt wäre. Stück für Stück würde die Mauer der Zivilisation und Christenheit, die ihn vor den Übergriffen urtümlicher Instinkte bewahrte und vor der Verstrickung mit finstrem Aberglauben, der die alte Welt überdauert hatte und hier zeitlos gedieh, abbröckeln. Er würde werden, was er jetzt schon dem Namen nach war, nämlich Häuptling der die Sterne verehrenden Dabanda. Er würde Wohnung nehmen bei der Priesterin auf der Insel; er sähe die Heimat nicht wieder; sobald seine Rolle erfüllt wäre, erwartete ihn ein ruchloses Opferritual, ein solches vielleicht, wie es uns, wenn Hans nicht irrte, auf den mitternächtlichen Wassern jenes einsamen Sees im Wald vorgeführt worden war.

Ich schauderte bei der Vorstellung, der berauschte Gemahl werde in der Fessel seines Totenhemds unter Gesängen und Blumenopfern dem bodenlosen Kratersee übergeben, um dort der Frau zu harren, deren Zeit abgelaufen und die ihm in den Tod vorausgegangen war. Oder es erwartete ihn ein anderes, noch grausigeres Los; vielleicht würden die Ernüchterung, Verzweiflung und Ausweglosigkeit ihn in den Wahnsinn treiben; vielleicht würde dies gar durch anhaltenden Terror vorangetrieben, wovon wir im Wald eine Kostprobe erhalten hatten. Ach, der Köder war mit Rosenwasser besprengt und mit Juwelen besetzt, aber was für ein Haken mochte darin stecken, fragte ich mich, vor dessen Augen er nicht baumelte.

All diese und weitere Gedanken, die mir entfallen sind, schossen mir blitzschnell durch den Kopf, so daß ich schon sagen wollte, ich würde bleiben und den Lauf der Dinge abwarten, als plötzlich die Matte, die vor der Tür in den Raum hing, beiseitegeschoben wurde und ein Priester eintrat, der zwei Männer hereinführte. Diese Männer, deren Aussehen mir sofort verriet, daß sie dem Bauernstand der Dabanda angehörten, warfen sich vor Arkle zu Boden, was mir zeigte, daß er im ganzen Volk als Häuptling anerkannt war. Sodann berichtete der Priester nach einer Verbeugung, daß sie etwas zu melden und eine Botschaft zu überbringen hätten.

Er bat sie zu sprechen, woraufhin der ältere Bauer sagte:

»Gestern abend gegen Sonnenuntergang, o Häuptling und Vater der Dabanda, dem verheißen ist, Schild des heiligen Schattens und Vater des künftigen Schattens zu sein, folgten mein Sohn hier und ich einer verirrten Geiß. Wir folgten der Geiß in den westlichen Paß, der durch den Bergrand vom heiligen Land in das der Abanda in den Hängen und Ebenen draußen führt. Schließlich entdeckten wir die Geiß am äußeren Rand der Schlucht und liefen ihr rasch nach, um sie zu fangen, bevor sie ins Land der Abanda liefe, wohin wir nicht folgen könnten. Die Geiß hörte uns und sprang, störrisch, wie sie war, davon, so daß sie, ehe wir sie einholen konnten, draußen vor der Schlucht und im Abandaland war.

Dort nun setzten wir uns auf die Grenze, da wir uns nicht weiterwagten, und lockten sie durch Rufe herbei. Sie kannte unsre Stimme und kam zu uns, als plötzlich zwischen ihr und uns bewaffnete Männer im Gebüsch auftauchten, an deren Spitze kein anderer als Kaneke ging, der seine Häuptlingswürde verwirkt hat und von der Engoi verflucht worden ist.

›Rührt euch nicht und hört‹, sagte er, ›denn wenn ihr euch rührt, werfen wir unsre Speere und töten euch.‹ So rührten wir uns nicht von der Stelle, und er fuhr fort:

›Ich, Kaneke, Mann von reinstem Blut, Häuptling der Dabanda und Schild des Schattens, bin nun ebenfalls Häuptling der Abanda. Ja, ich habe beide Völker, die seit langem entzweit sind, unter einer Herrschaft vereint. Geht also zu Kumpana, dem Ersten im Rat des Schattens, und sagt ihm, er soll der Engoi kundtun, daß die Abanda darben, weil der Regen fehlt, der ihnen durch die Zauberkunst der Priester und des Rates des Schattens vorenthalten bleibt. Ihre Feldfrüchte verdorren, ihre Kühe und Ziegen geben keine Milch, ihre Quellen versiegen und ihre Kinder leiden Mangel und sind dem Tode nahe.

Wenn also binnen sechs Tagen kein Regen auf ihr Land fällt, werde ich, ihr und euer Häuptling, die Abanda zu Tausenden durch die Pässe im Bergland führen. Sie fürchten den Fluch nicht, der sie seit jeher zurückgehalten hat, da ich, der künftige Schild des Schattens, sie führe. Wir werden jeden töten, der sich uns in den Weg stellt. Wir werden Kumpana töten und den Rat des Schattens, der den Schatten schlecht berät. Wir werden die Priester des Schattens töten, die bösen Zauber und schwarze Magie betreiben. Wir werden den Wald durchschreiten, ohne die Waldgeister zu fürchten. Wir werden den See überqueren, und ich werde den Schatten zu meinem Weibe machen und hinfort über die beiden wiedervereinten Völker herrschen. Schließlich werden wir den weißen Räuber töten, den man Wanderer nennt und im Volk Roter Stier. Ja, wir werden ihn zu Tode foltern und dem Mond und den Gestirnen als Opfer darbringen, auf daß hinfort Regen fallen möge im und außerhalb des Berges und reiche Ernten bringe, damit alle satt und fett werden.

Mit ihm töten wir den weißen Jäger Macumazahn, denn nun weiß ich, daß ich seine Dienste kaufen und ihn herbringen mußte, nicht damit er mir helfe, wie ich glaubte, sondern damit er mir schade und den Räuber Roter Stier auf meinen Platz setze; und den gelben Mann, seinen Diener, werden wir gleichfalls töten, indem wir sie lebendig begraben oder auf dem Altar verbrennen. Keiner von ihnen wird uns entkommen, denn alle Pässe werden Tag und Nacht bewacht, und wer den Fuß nach draußen setzt, den werden wir jagen und erlegen, wie Roter Stier erlegt worden wäre, hätte Macumazahn ihn nicht gerettet. Nun geht und kehrt in zwei Tagen zur selben Stunde wieder, um mir die Antwort auf meine Botschaft zu überbringen.‹

Sodann gingen Kaneke und die Seinen lachend davon und töteten dabei unsre Geiß, und mein Sohn und ich eilten hierher, um die Botschaft zu überbringen.«

Eine Weile herrschte Schweigen im Raum; Kumpana war bestürzt, die Priester sprachlos vor Empörung. Ich war fürchterlich erschrocken ob des mir versprochenen Schicksals; ebenso erging es Hans, der die ganze Zeit hinter mir auf dem Boden gekauert und geraucht und so getan hatte, als würde er nicht zuhören, denn nun flüsterte er:

»O Baas, warum bist du nur in dieses Spukland gekommen? Warum bist du nicht davongerannt, nachdem du Kanekes Elfenbein bekommen hast? Jetzt werden wir lebendig begraben. Oder auf dem Altar geröstet wie eine Antilope, Baas.«

»In dem Fall wird es nicht Kaneke sein, der den Braten röstet, das heißt, falls er mir je näher als dreihundert Yards kommen sollte«, erwiderte ich grimmig auf holländisch.

Dann hielt ich inne, um Arkle zu betrachten, an dem mir eine merkwürdige Veränderung auffiel. Vor wenigen Minuten noch hatte er aus denkbaren Gründen verzagt und bekümmert gewirkt. Nun lebte er wieder auf und machte einen recht munteren Eindruck, wie es die Art mancher Angelsachsen (zu denen ich nicht zähle) ist, wenn ein Kampf in Aussicht steht.

»Wann, haben Sie gesagt, kann ich wieder auftreten, Quatermain? Morgen?«

»Ja, ich denke schon, wenn Sie einen Verband an der Ferse tragen«, sagte ich und verstummte, weil Kumpana zu den Bauern sprach, die er fortschickte, damit sie sich ausruhten, bis er sie holen ließe.

Nachdem sie gegangen waren, hieß er die Priester, den Rat des Schattens einzuberufen, was diese erstaunlich schnell bewerkstelligten, denn binnen fünf Minuten versammelten sich im Raum sechs, sieben alte Männer. Ich nehme an, sie hatten sich, Unheil ahnend, in der Nähe aufgehalten. Jedenfalls rückten sie an, verneigten sich vor Arkle und mir und setzten sich auf den Boden. Kumpana wiederholte die Geschichte der Bauern, welche sie nicht zu überraschen schien; offenbar kannten sie sie bereits. Als nächstes fragte er sie, was ihrer Meinung nach zu tun sei, woraufhin sie verschiedene Vorschläge machten, denen ich kaum folgen konnte, da sie alle durcheinander und sehr schnell redeten und dabei Ausdrücke gebrauchten, die mir nicht vertraut waren. Auch Kumpana schien dem, was sie sagten, keine große Aufmerksamkeit zu schenken, was mich zu dem Schluß veranlaßte, daß die Einholung ihrer Meinung mehr oder weniger eine Formalität war. Nachdem sie gesprochen hatten, wandte er sich an Arkle und erkundigte sich untertänigst nach seinen Ansichten.

»Oh! Stellen wir die Bestie, ich meine Kaneke«, antwortete Arkle mit Nachdruck und fügte hinzu: »Aber fragt erst einmal Macumazahn hier, der ein weiser Mann ist und viel gesehen hat.«

Also wiederholte Kumpana seine Frage und erkundigte sich, ob ich auch meinte, daß wir kämpfen sollten.

»Keineswegs, wenn ein Kampf sich vermeiden läßt, erwiderte ich, »denn ihr seid wenige, während die Abanda viele sind. Sie sagen, daß sie Regen wollen, und ich habe von euch gehört, daß ihr oder einige unter euch Regen erwirken könnt. Wenn das stimmt, tut dies! Gebt den Abanda so viel Wasser, wie sie wollen, und es wird nicht zum Krieg kommen.«

Dies sagte ich nicht, weil ich glaubte, die Priester oder der Schatten oder sonst jemand könnte die Dürre beenden und vom Himmel Regen auf die ausgedörrten Felder der Abanda herabrufen, sondern weil mich Kumpanas Meinung zu meinem Vorschlag interessierte. Zu meinem Erstaunen akzeptierte er ihn mit Hochachtung und äußerte, daß der Plan gut und überlegenswert sei und der Engoi, das heißt der Schattendame, zur Entscheidung vorgelegt werden sollte.

»Willst du damit sagen, sie kann den Abanda Regen bringen, wenn sie will?«

»Gewiß«, antwortete er leicht verwundert, »jederzeit und in jeder gewünschten Menge.«

Nun gab ich auf, denn was nützt es schon, gegen Spinner und Irre anzureden, obgleich ich natürlich wußte, daß viele Eingeborene solches Zutrauen zu ihren Regenmachern haben.

Zu meiner Überraschung meldete sich nun Hans zu Wort. Auf dem Boden kauernd, sagte er in unverfrorener Weise:

»Der Baas hält sich für weise, ihr alle haltet euch für weise, aber Hans ist viel weiser als ihr. Dies nämlich solltet ihr tun: Kaneke ist der Pfeiler, der das Dach des

Abanda-Gebäudes trägt. Sie getrauen sich, euch den Kampf anzusagen und euch den Raub eurer Priesterin, die auf dem See lebt, anzudrohen, weil Kaneke, den sie für euren wahren Häuptling und Hohenpriester halten, welchem die Seefrau zusteht, ihr Anführer geworden ist, weshalb sie euch oder die Flüche eurer Engoi nicht mehr fürchen. Tötet Kaneke, und sie werden wieder Furcht vor euch zeigen, denn ohne ihn wagen sie es nicht, in euer Land einzufallen, das sie immer heilig gehalten haben.«

»Und wie sollen wir Kaneke töten?« fragte Kumpana.

»Oh, das ist nicht weiter schwer. Wenn die beiden Männer eure Antwort überbringen, werde ich – es sei denn, der Baas möchte das selber tun – mit ihnen gehen und mich hinter einem Felsen verbergen oder als Dabanda verkleiden ...«

Hier blickte Kumpana zu Hans und schüttelte den Kopf.

»... wenn dann Kaneke kommt, um die Antwort zu hören, schieße ich ihn tot. Das ist alles, und es wird keinen Ärger mehr geben.«

Als Kumpana dieses kaltblütige Ansinnen hörte, äußerte er Zweifel, ob Kaneke sich so einfach beseitigen ließe. Es war offenbar seine Überzeugung, daß ein Priester der Engoi nur auf bestimmte Weise den Tod finden könnte, worauf er nicht näher einging, denn, so ergänzte er, wäre es möglich, daß Kaneke auf andere Weise den Tod fände, so wäre er schon gestorben, insbesondere als er neulich versuchte, Hand an den Schatten zu legen und danach. Jedenfalls sei er bereit, Hans' Vorschlag in Erwägung zu ziehen, der ihn nicht im geringsten zu schockieren schien.

Nachdem er alle Ratschläge eingeholt hatte, verkündete Kumpana mit Gelassenheit, daß er sie nun der Engoi vorlege, um den Willen dieser himmlischen Macht aus dem Munde des Schattens, ihrer irdischen Inkarnation und Stellvertreterin, zu erfahren. Natürlich glaubte ich, er gedenke, sich auf die Insel im See zu begeben, und besann mich sogleich des Rätsels jener alten Bauten, das ich zu ergründen trachtete, weshalb ich mich fragte, ob ich ihn nicht dazu überreden könnte, mich dorthin mitzunehmen, obwohl mir, das stimmt schon, nicht der Sinn nach einer zweiten nächtlichen Wanderung durch jenen Wald stand.

Aber i wo! Er hatte ganz andere Methoden. Mit einemmal bat er um Ruhe und ließ zusätzliche Matten zum Behängen der Tür- und Fensteröffnungen, so daß es nahezu dunkel wurde im Raum. Dann setzte er sich zwischen die knienden Priester auf den Boden, während die Räte des Schattens, die gleichfalls auf der Erde saßen und sich an der Hand hielten, einen Kreis um die drei bildeten. Hans, der einen neuen Spuk witterte und schon davonlaufen wollte, Arkle, der zu meiner Erleichterung außerhalb dieses Zirkels blieb, und ich spielten die Rolle der Zuschauer.

Bei Gott, sagte ich mir, denn ich wagte es nicht, den Mund aufzutun, jetzt erleben wir eine Séance.

Eine Séance war es! Ja, dort in Zentralafrika eine Séance oder etwas nahezu Identisches, was mich wieder einmal an den alten Spruch des Weisen Salomon erinnerte, daß es nichts Neues gebe unter der Sonne. Sicher hat es seit Hunderttausenden von Jahren unter fast allen Völkern der Erde, den zivilisierten und wilden gleichermaßen, Séancen oder zumindest ähnliche Sitzungen gegeben, die der Anrufung von Geistern oder andrer Mächte dienen, von denen der normale Sterbliche nichts ahnt.

Die Priester sagten ein Gebet in altertümlicher Sprache, die ich nicht verstand, falls sie sie überhaupt selber verstanden. Ich konnte mir jedoch denken, daß es sich um eine Beschwörungsformel handelte. Dann stimmte der Zirkel eine stille, ernste Weise an, deren Takt Kumpana in der Mitte durch Kopf- und Handbewegungen dirigierte. Diese Bewegungen wurden zusehends lahmer, bis sein Kopf auf die Brust sank und er in tiefe, schlafähnliche Trance fiel.

Nun war mir alles klar. Kumpana war das, was man in spiritistischen Kreisen als Medium bezeichnet hätte. Sicherlich, so überlegte ich, war es dieser Gabe zu verdanken, die ihm ermöglichte, sich, ob echt oder eingebildet, mit Wesen in Verbindung zu setzen, die nicht von dieser Welt waren, und über Entfernungen hinweg mit Menschen in Kontakt zu treten, und ihn zur Hellseherei befähigte, daß er zum hohen Amt des Ersten im Rate des Schattens aufgestiegen war, dem eigentlichen Regierungsorgan des Landes. Wie ich später feststellte, ging ich ganz recht in der Annahme, denn Kumpana war von einfacher Herkunft und stammte aus keiner der Priestersippen; dennoch hatte er es aufgrund seiner unheimlichen Gabe weiter gebracht als alle andern und war der eigentliche Herrscher der Dabanda. Der Stammeshäuptling war nur ausführendes Organ, der auf Weisung des Rates handelte und zu gegebener Zeit Gemahl des gegenwärtigen Schattens wurde, woraufhin ihm das verhängnisvolle Schicksal blühte, mit ihr in den Tod zu gehen, wenn der Rat dies verfügte.

Was den Schatten anbetraf, so war diese Frau lediglich ein Orakel, die Stimme einer nebulösen Gottheit, durch welche der Willen der Gottheit dem Rat kundgetan wurde, welcher ihn nach eigenem Gutdünken auslegte, wenn er ihn nicht gar hervorbrachte, wie ich schon damals vermutete. Die Priester spielten eine vergleichsweise geringe Rolle im Machtgefüge dieses Staates. Denn es war ein eigener Staat, ein Staat im kleinen, Überbleibsel einer einst wohl auf ihre Weise hochstehenden Kultur, deren Hauptgötter der Mond und die Planeten waren (nicht jedoch die Sonne, soweit ich dies beurteilen kann), einer Kultur, deren etwaige Größe sich von ihrer Religion und von ihren vermeintlichen Zauberkräften ableitete, nicht aber von der Gewalt ihrer Waffen.

Deshalb war sie schließlich von kriegerischen Völkern in die Knie gezwungen worden, wie es in dieser sinnlichen Welt dem Geist oft ergeht in seinem Kampf mit dem Fleisch, denn wie jemand, ich glaube, es war Napoleon, einmal treffend bemerkt hat, steht die Vorsehung meist auf der Seite der starken Bataillone. Diese Priester, sollte ich ergänzen, führten nicht nur die rituellen Handlungen und Opferungen vor dem Altar aus, sondern waren auch die Gelehrten und Medizinmänner des Stammes. Sie erforschten die Sterne, stellten Horoskope auf und deuteten sie und waren darin sehr kundig, denn ich habe Grund zur Annahme, daß sie mit ziemlicher Genauigkeit Mond- und Sonnenfinsternisse vorausberechnen konnten. Zudem führten sie Aufzeichnungen, obwohl ich leider nie feststellen konnte, ob diese in Schrift- oder lediglich Symbolform angelegt wurden, denn diesbezüglich war ihre Verschwiegenheit groß.

Dies ist alles, was ich während meines kurzen Aufenthalts über die Geheimreligion der Dabanda in Erfahrung bringen konnte, wenn man überhaupt von Religion sprechen kann, wovon ich nun eine weitere Praktik kennenlernen sollte.

Nachdem Kumpana in Trance gefallen war, wurde das Lied lange fortgesungen, aber allmählich immer leiser, so daß es zuletzt klang wie eine Weise, die man von fern übers Wasser hört. Zumindest hatte es auf mich diese Wirkung, eine fast hypnotische, denn zweifelsohne diente der Gesang mesmerischen Zwecken. Jedenfalls geriet ich, was entweder hiervon oder von der Dunkelheit oder Enge des Raumes herrührte, in einen Zustand körperlicher Erschlaffung, wobei meine Gedanken sehr rege blieben, wie das beim Träumen der Fall ist.

In meiner Phantasie glaubte ich, einen verschwommenen Kumpana zu sehen, der vor jener so wunderschönen Dame stand, die ich auf der Altarplattform erblickt hatte, und in einer großen, düsteren Halle zu ihr sprach.

Sie lauschte; dann stand sie eine Weile mit ausgebreiteten Armen und nach oben gerichtetem Blick da, als würde sie auf eine Erleuchtung warten. Diese kam schließlich über sie, denn ein Beben ging durch ihre Glieder, ein leichtes Zittern schüttelte ihr Haupt, die Augen kullerten und verdrehten sich; der Geist und Meister hatte von seiner Pythia Besitz genommen. Dann bewegte sie rasch die Lippen, als ergösse sich ein wahrer Wortschwall von ihnen, woraufhin das Bild verblaßte.

Natürlich war es weiter nichts als ein Traum, angeregt von meiner Umgebung und einer schweren Duftessenz, welche die Priester, das vergaß ich zu erwähnen, für mich unsichtbar im Raum versprüht hatten. Dennoch mag dieser Traum durchaus treffend wiedergeben, was sich ereignete, als das Orakel befragt wurde, denn ob ein solches Ritual im alten Griechenland oder von den Medizinmännern oder Wahrsagern Afrikas durchgeführt wird, die Methoden sind immer die gleichen.

Ich erwachte, Kumpana erwachte, alle erwachten. (Sowohl Hans als auch Arkle hatten mir hernach berichtet, ebenfalls eingenickt zu sein und geträumt zu haben.) Der alte Seher gähnte, rieb sich die Augen, reckte seine Glieder und sagte leise, daß er genaueste Anweisungen von der Engoi erhalten habe, wie der Gefahr, welche den Dabanda drohte, zu begegnen sei, wollte sich aber nicht darüber auslassen. Dann schickte er nach den Bauern und sagte, wobei er auf einen der Priester deutete:

»Kehrt mit diesem Mann zum Westpaß zurück und findet euch morgen bei Sonnenuntergang an der Stelle ein, wo Kaneke zu euch gesprochen hat. Wenn er erscheint oder Boten schickt, wie es geschehen wird, so sagt, seine Botschaft sei der Engoi überbracht worden und dies sei die Antwort: ›Bedenke, daß du verflucht bist, o verräterischer Kaneke. Geh, wohin du willst, aber wisse, daß für dich alle Wege zum Grabe führen.‹ Sagt auch, daß der Regen, den das Volk der Abanda fordert, überreich auf es herabfallen wird, denn die Zeit der Dürre ist vorüber. Damit begnüge es sich. Denn es soll wissen, jeden, der versucht, Kaneke ins Land des heiligen Sees zu folgen, trifft ebenso ein Fluch, ein Fluch ohnegleichen, wie ihn weder sie noch ihre Väter gekannt haben. Dem fügt hinzu: ›O Kaneke, die Engoi liest in deinem Herzen. Du suchst nicht den Regen, der die Felder der Abanda fruchtbar mache. Du suchst den Schatten. Für dich, Kaneke, ist der Schatten erloschen und gestorben. Die du zu verschleppen suchtest, ist tot, und es erwartet dich nur das Schicksal desjenigen, der den Schatten gemordet hat.‹«

Diese rätselhafte Botschaft ließ Kumpana die beiden Bauern und ebenso den Priester, der sie begleiten sollte, zweimal wiederholen. Als er sich vergewissert hatte, daß sie den Inhalt Wort für Wort auswendig kannten, schickte er sie, ohne daraus viel Aufhebens zu machen, auf den Weg, als messe er ihrer Mission keine besondere Bedeutung zu.

Nun konnte ich meinen Unmut, besser gesagt meine Wut, nicht länger zügeln. Ich hatte die ganze Sache gründlich satt. Mir war klar, daß es zum Kampf kommen würde, an dem ich mich zweifelsohne beteiligen sollte, obwohl ich nicht kämpfen wollte. Was hatte ich schon mit diesem alten Streit zwischen den lange entzweiten Fraktionen eines Stammes zu tun, die sich wegen einer Priesterin in den Haaren lagen, der sie die Fähigkeiten eines Regenmachers zuschrieben?

Zudem herrschte eine ungesunde, nervtötende Moral an diesem Ort. Afrikanische Gebräuche obskurer Art und abergläubische Überlieferungen interessierten mich zwar, waren aber auf Dauer verdrießlich, insbesondere wenn ich, wie in diesem Fall, merkte, daß hinter dem arglosen Schein blutrünstige Grausamkeit lauerte. Ich wollte fort von diesem Ort, ehe die Grausamkeit zum Ausbruch käme oder mir Schreckliches widerführe – möglichst mit Arkle, aber auch ohne ihn, sollte dieser nicht wollen.

Offengestanden war mir angst und bange. Die Alpträume im Wald und die Ereignisse dieser Séance, wenn ich so sagen darf, hatten sich mir wohl auf die Nerven geschlagen. Ich habe immer geglaubt, daß es um uns Mächte gibt, die unsere Sinne nicht wahrnehmen, geheime Türen in der natürlichen Grenzmauer des Lebens, welche die meisten von uns nie finden, obgleich mancher einen Schlüssel dazu besitzt. Aber ich glaube auch, daß es recht gefährlich und ungesund ist, mit diesen Mächten in Berührung zu kommen oder durch jene Türen zu spähen, sofern ein anderer sie aufgestoßen hat. Hier im Dabandaland jedoch standen sie immerzu halb offen, wie ich mir einbildete, und schlichen sich durch diese Erscheinungen – oder »Spuk«, wie Hans zu sagen pflegte – ein, die sich jedem aufdrängten, der sie gar nicht sehen wollte. Kurzum, ich sehnte mich nach einem gesunden, normalen Leben und wollte nichts mehr sehen und hören vom See Mone, seiner Priesterin und ihren Geweihten.

»Kumpana«, sagte ich, »wird es Krieg geben zwischen deinem Volk und den Abanda?«

»Ja«, antwortete er mit einem zögernden, etwas unheimlichen Lächeln, »es gibt Krieg – gewissermaßen.«

»Dann will ich nichts damit zu schaffen haben, Kumpana, ich möchte euer Land augenblicklich verlassen; ob riskant oder nicht, ich will fort.«

»Das wird sich leider nicht machen lassen, Macumazahn«, erwiderte er. »Hast du nicht die Worte der Engoi vernommen, daß die Dürre, die drei Jahre gedauert hat, vorüber sei? Es ist wahr; schwere Unwetter brauen sich zusammen, so daß du nicht gehen kannst. Der Regen hielte dich auf, selbst wenn du den Speeren der Abanda entkommen würdest. Zudem«, fügte er rasch hinzu, ehe ich meine Zweifel am Eintreten der Unwetter äußern konnte, und grinste nahezu dabei, »haben wir uns sagen lassen, daß Macumazahn ein sehr tapferer Mann ist, der den Kampf liebt.«

»Da habt ihr euch anschwindeln lassen. Wer hat das überhaupt gesagt?«

»Das spielt keine Rolle. Wir wissen mehr über dich, als du ahnst, Macumazahn. Wir haben auch gehört, daß du dich von Kaneke dafür hast bezahlen lassen, in dieses Land zu gehen und es nicht eher zu verlassen, als daß deine Aufgabe dort erfüllt ist; mit Gold und Elfenbein hast du dich bezahlen lassen. Und wir haben geglaubt, daß du ein sehr ehrlicher Mann bist, Macumazahn, der stets sein Wort hält, insbesondere wenn seine Dienste erkauft sind.«

Hier trat Arkle, das muß ich ihm zugute halten, energisch dazwischen und sagte:

»Schweig, Kumpana, oder möchtest du unsern Gast beleidigen?«

»Danke, Arkle«, sagte ich auf englisch, »aber ich werde alleine mit ihm fertig. Er wird nur sagen, daß Sie jetzt der Häuptling seines Volkes sind, und daß ich Ihr Gast, nicht der seine bin.«

Dann fuhr ich, an Kumpana gewandt, in dessen Sprache fort:

»Man hat euch falsch informiert. Ich habe mich nie besonderer Tapferkeit gerühmt, schon gar nicht in Kriegen, die mich nichts angehn. Im übrigen bestand unsre Vereinbarung darin, Kaneke in sein Land zu begleiten, aber es war nicht abgemacht, daß ich dort in den Krieg ziehe, wie ich dir beweisen könnte, wenn du meine Sprache lesen könntest. Dieser Kaneke, der euer Häuptling werden sollte, sagte, er könne nicht ohne mich gehn, was wahr ist, denn ohne mich und Hans hätte er die Reise gar nicht erst antreten können. Des weitern hätten ihn, wären wir nicht gewesen, die Abanda getötet, welche den weißen Mann jagten, der nun euer Häuptling ist. Aber ich kam nicht deshalb, sondern aus dem Grund, daß er mich dafür bezahlte, denn als Jäger und Reisebegleiter verdiene ich mir meinen Lebensunterhalt. Dennoch wäre ich allein aus diesem Grunde nicht gekommen. Es gab noch einen andern. Ich hatte nämlich von eurem heiligen See gehört und ein wenig über euer Volk und sein Brauchtum erfahren, und da mich dergleichen immer interessiert, wollte ich den See mit eigenen Augen sehen und dein Volk selber kennenlernen.«

»Was du nach Herzenslust hast tun können«, warf Kumpana ein.

»Dennoch«, fuhr ich, ohne ihn zu beachten, fort, »soll mir keiner behaupten, ich, Macumazahn, nähme Geld, das ich mir nicht ehrlich verdient hätte. Deshalb will ich mich an euerm Krieg beteiligen und nach besten Kräften tun, was von mir verlangt wird, zumal ich eine alte Rechnung mit diesem Kaneke zu begleichen habe, der durch seinen Verrat meine zwei Diener in den Tod geschickt hat. Ich verlange dafür nur dein Versprechen und das Versprechen des Rates und des weißen Herrn, der jetzt gegen meinen Rat euer Häuptling geworden ist, daß ich und mein Diener nach Beendigung des Krieges unverzüglich abziehen dürfen und dabei jegliche Hilfe erhalten, die ihr bieten könnt.«

»Die sollst du haben, das schwören wir bei der Engoi«, rief Kumpana bescheiden und wirkte beschämt. »Verzeih, wenn ich dich durch meine Worte gekränkt habe, aber wisse, daß ich, was deine Kampfeslust betrifft, nur deinen Diener Hans zitiert habe, während ich das übrige von Kaneke weiß.«

»Den ihr als Verräter und Lügner bloßgestellt habt«, bemerkte ich erzürnt.

Dann wandte ich mich an Arkle und fragte ihn, ob er mir ebenfalls sein Versprechen gebe, daß ich abziehen könne, sobald der Krieg beendet sei.

»Natürlich, wenn Sie das wünschen«, antwortete er

auf englisch, »obwohl ich gehofft habe, daß Sie uns eine Zeitlang erhalten bleiben. Offengestanden werde ich hier sehr einsam sein ohne Sie, Quatermain«, fügte er mit einem Seufzer hinzu, der besonders rührend wirkte und den ich richtig zu deuten verstand.

»Warum bleiben Sie dann hier?« fragte ich frei heraus.

»Weil ich muß; weil das mein Schicksal ist; weil ich unter einem Bann stehe, der nicht gebrochen werden darf. Und, Quatermain, verstehen Sie denn nicht ...« – dies sagte er schnell und leise –, »daß ich, sollte ich meine Schwüre brechen oder zu brechen versuchen, was ich nicht kann, keinen Tag länger leben würde?«

»Ja, Arkle, das verstehe ich, und es tut mir leid für Sie«, erwiderte ich, verneigte mich vor allen Anwesenden und ging hinaus.

»Baas«, meinte Hans draußen, »erinnerst du dich noch an jene Falle aus Weidenruten, die ich einmal gebaut habe, um Aale zu fangen drunten auf dem Tugela, wo wir nichts anderes zu essen kriegten? Es war eine sehr gute Falle, Baas, denn wenn der Aal sich hineingeschlängelt hatte, klappten die Weidenruten hinten zu, so daß er nicht mehr herauskam und wir ihn nachher essen konnten. Dieses Land ist auch so eine Falle, und der Baas Roter Stier ist der Aal und die Schattendame der Köder, und mit der Zeit wird dieses Spukvolk ihn braten und aufessen.«

Ich schauderte bei diesen anschaulichen Ausschmükkungen und entgegnete:

»Sieh dich vor, daß sie nicht auch uns braten und aufessen!«

»I wo, Baas, das tun sie nicht, weil sie nicht den rechten Köder haben, mit dem man dich fängt. Zum Glück gibt es keine zwei Schattendamen, Baas, und ohne den richtigen Köder taugt die beste Falle nichts.«

17

Das große Unwetter

An jenem Abend zogen Wolken wie die eines Monsuns über Seeland und das umliegende Gebiet auf, so weit das Auge reichte.

»Diese Schattendame ist eine sehr gute Regenmacherin, Baas«, meinte Hans. »Du weißt ja, daß Kumpana sagte, sie habe den Abanda Regen versprochen, die seit drei Jahren keinen mehr hatten oder sehr wenig hatten. Jetzt werden sie reichlich kriegen.«

»Vielleicht fangen sie dann keinen Krieg an.«

Sicherlich war das Wetter sehr eigenartig. Die Hitze, die seit Tagen über dem Land brütete, wurde nun schier unerträglich; ich schätze, daß sie an diesem Abend 42 bis 43 Grad im Schatten erreichte. Zudem war es ungemein schwül; die Luft war so drückend, daß ich bei der kleinsten Verrichtung in Schweiß ausbrach.

Da lag ich, bis aufs Hemd ausgezogen, auf meinem Bett im stärksten Zug, den ich fand und der gar kein Zug war, und schnappte nach Luft wie ein Fisch auf dem Trockenen und betete darum, daß das Unwetter endlich losbrechen und Abkühlung bringen möge. An die Mächte der Schattendame glaubte ich nicht. Vielmehr war ich überzeugt, daß Kumpana und die andern Greise mit den Gegebenheiten des hiesigen Wetters vertraut waren und erkannten, daß nach der langen Dürre ein allgemeiner Wetterumschwung bevorstand. Folglich die so zuversichtlich ausgegebene Prophezeiung des Rates. Aus mir unerfindlichen Gründen war das Kratergebiet von einer Dürre verschont geblieben, denn die Dabanda hatten gerade eine reiche Ernte eingebracht.

Hans, dem die Hitze wie den meisten Hottentotten wenig ausmachte, ging ins Dorf, um sich umzusehen, und berichtete nach seiner Rückkehr, daß dort alles ganz aufgeregt sei. Die einen besserten die Dächer ihrer Häuser nach, andere trieben ihr Vieh in Höhlen und geschützte Stellen oder trugen in Körben die letzte Ernte heim, wobei selbst die Kinder, von denen es nicht viele gab, eingespannt wurden. Die Priester bauten ein Palmendach über dem Altar auf der steinernen Plattform, wohl damit das Feuer nicht verlösche im Regen, welches, wie es schien, schon seit Menschengedenken ununterbrochen brannte.

Die Nacht brach an, eine fürchterlich schwüle Nacht, in der ich kein Auge zutat und literweise Wasser in mich hineinschüttete, das mit dem Saft einer säuerlichen, pflaumenartigen Frucht gemischt war, die wild im Krater wuchs und ein adstringierendes, sehr erfrischendes Getränk lieferte. Der neue Tag dämmerte so düster wie in London im November, aber noch regnete es nicht und hielt die brütende Stille an.

Nachdem ich gegessen oder zu essen versucht hatte, ging ich zum Häuptlingshaus hinüber, wo mir ein Priester an der Tür mitteilte, ich könne nicht eingelassen werden, da der erhabene Wanderer sich gerade mit dem Rat bespreche. Ich verstand den Wink und kehrte heim, denn ich war mir sicher, daß sie mich von Arkle fernhalten wollten, weil ihnen mein Einfluß über diesen nicht geheuer war. Ich hatte den Eindruck, Kumpana und seine Genossen wären psychologisch geschult, wenn dies der rechte Ausdruck ist, und imstande, in anderen wie in einem Buch zu lesen. Ich glaubte sogar, daß sie, obwohl sie unsere Sprache nicht verstanden, wenn wir zusammen auf englisch redeten, dennoch den Sinn unsrer Worte erahnten und so wußten, daß ich Arkle dazu überreden wollte, die Fesseln abzuschütteln und sich ihrem Zugriff zu entziehen.

Warum waren sie so darauf erpicht, ihn hier zu halten, fragte ich mich. Das frage ich mich noch. Bestimmt gab es dafür einen tieferen Grund, den sie freilich nicht offenbaren wollten. Ich neigte – und neige – zur Ansicht, daß sie in erster Linie aus Ehrgeiz handelten. Die Dabanda, ein winziges, vom Aberglauben gebeuteltes Volk, wollten wieder zur Macht aufsteigen in ihrer Welt. Um dies zu bewerkstelligen, mußten sie ihre Reihen auffüllen, was ihnen nur dadurch möglich war, daß sie sich das vieltausendköpfige starke Volk der Abanda einverleibten und der Herrschaft eines starken Mannes unterstellten, der sich auf die Kunst der Zivilisierung verstand. Dies ist für mein Dafürhalten der Grund, warum Arkle nach Moneland gelockt wurde von der wunderschönen Dame, genannt Schatten, zu der er sich so eigenartig hingezogen fühlte.

Dies ist die beste Erklärung, die ich anbieten kann; freilich eine ungenügende, das gebe ich zu, weil sie voraussetzt, daß diese Dame Schatten sich ihm über große Entfernungen hinweg vermitteln konnte, wie sie es für sich in Anspruch nahm, und daß ihre Priester und Räte in die Zukunft sehen konnten. Oder aber diese handelten nur nach den Weisungen einer alten Prophezeiung, wie sie nicht ungewöhnlich sind unter mystisch veranlagten Völkern Afrikas, obgleich solche Prophezeiungen einem Europäer kaum zugänglich gemacht werden, und dann höchstens derart verschlüsselt, daß sie unverständlich bleiben. Aus dem gleichen Grund waren sie darauf bedacht, mich als Gast in ihr Land zu holen. Sie wollten mich aushorchen über unser Regierungssystem und so fort, was sie auch bei jeder Gelegenheit taten, obwohl ich ihre Fragen nicht in meinen Bericht aufgenommen habe. Die Dabanda waren ein kleines, in Vergessenheit geratenes Volk, das seine schlauen Führer, insbesondere der äußerst raffinierte Kumpana, zu einer Nation aufbauen wollten. Dies war, glaube ich, der Schlüssel, das Geheimnis hinter all ihren Listen.

Als ich zurückkam, fand ich Männer vor, welche das Dach meines Hauses verstärkten, während andere ringsum einen Graben aushoben und mit einem Abfluß oder Kanal nahebei verbanden, was mir zeigte, worauf sie sich gefaßt machten im Zuge des Sturms. Ich ging hinein und versuchte, ein Nickerchen zu machen, aber dabei störten mich seltsame Geräusche, für die ich keine Erklärung wußte und denen ich aus Trägheit nicht auf den Grund ging.

Gegen Sonnenuntergang suchte mich Kumpana auf. Obwohl ich ihn recht abweisend empfing, war er sehr höflich. Nachdem er die Vorkehrungen zum Schutz des Hauses inspiziert hatte, entschuldigte er sich für seine höhnischen Bemerkungen vom Vortag, die er, wie er sagte, aus gutem Grunde geäußert habe, nicht darum, weil er mich für einen Feigling halte oder mir zutraue, Lohn anzunehmen, ohne die entsprechende Leistung zu erbringen. Der Grund sei der gewesen, erklärte er offen, daß er gewußt habe, ich würde ärgerlich werden und versprechen, bei ihnen zu bleiben, bis der Krieg durchgestanden sei, und ein einmal gegebenes Versprechen halten.

Ich war sprachlos ob dieser List, die ein tiefes Verständnis der menschlichen Natur und viel Einsicht in meinen Charakter verriet, wollte mich aber, da ich schon genug schwitzte, jetzt nicht streiten mit ihm. Nun brachte er rasch die Rede auf etwas anderes und bat mich, nicht aus dem Haus zu gehen, da das Unwetter jeden Moment losbrechen könne; und aus noch einem andern Grund.

»Du wirst dich fragen, was es mit diesen seltsamen Geräuschen, die du hörtest, auf sich hat«, sagte er. »Steig mit mir aufs Dach des Hauses, und ich zeige es dir!«

Wie ich schon sagte, hatte ich jene Geräusche vernommen, die sich anhörten wie das Getrampel von galoppierendem Vieh und sein Grunzen und Brüllen. Auf dem Dach angekommen, sah ich, woher sie stammten. Zu beiden Seiten des Dorfes strömten große Scharen verschiedenster Tiere dem Walde zu, sicher um dort

Schutz zu suchen vor dem aufziehenden Unwetter. Da waren Elenantilopen darunter, Kuhantilopen, Gnus, Säbelantilopen, Oryxantilopen, Büffel, Quaggas und eine Vielzahl kleinerer Tiere, die allesamt in panischer Flucht den Bäumen zustrebten.

»Die Tiere wissen, was kommt«, erklärte Kumpana, »und sind vor Furcht außer sich. Uns Dabanda tun sie nichts zuleide, da sie uns kennen und wir, wie du gesehen hast, Macht über sie haben; wenn sie dich witterten, einen Fremdling, würden sie dich umwerfen und niedertrampeln.«

Ich gab zu, daß dem höchstwahrscheinlich so wäre, und blieb eine Weile stehen, um das vielleicht eigenartigste Schauspiel zu verfolgen, das mir in meiner langjährigen Jägerlaufbahn zu Gesicht gekommen ist. Sodann wandte ich mich ab, um wieder hinabzusteigen, als Kumpana mich bat, etwas zu warten, falls ich etwas noch Eigentümlicheres sehen wollte.

Während er noch sprach, vernahm ich einen Laut, der unverkennbar von einem schrill trompetenden Elefanten stammte.

»Hast du nicht gesagt, alle Elefanten seien aus Moneland vertrieben worden?« fragte ich verblüfft.

»Ja, Herr«, antwortete Kumpana, »aber wie's scheint, sind sie zurückgekehrt, um auf der Flucht vor dem großen Sturm oder Erdbeben in dem Land Schutz zu suchen, wo einige von ihnen geboren wurden vor Generationen, ehe wir sie fortschickten.«

Während er noch sprach, erschien in einer Staubwolke zur Rechten des Dorfes ein riesiger Elefantenbulle, der schnell rannte und dem viele weitere Tiere folgten. Ich erkannte den Bullen sofort wieder an der Größe, der grauen Zeichnungen auf Rüssel und Stirn und gewisser Eigenheiten der gewaltigen Stoßzähne. Es war der Königselefant, mit dem wir ein so wunderliches Abenteuer erlebt hatten auf jenem Hügel in der großen Ebene, den Kaneke Versammlungsort der Elefanten genannt hatte. Es war der Elefant, dem zum Gruße, wie wir gesehen hatten, zahllose Artgenossen aufmarschiert waren und der uns mit diesen hernach in unser Lager zurückgetrieben hatte. Daß er sich hier ein Stelldichein gab, kam selbst in diesem unheimlichen Land voller seltsamer Begebenheiten dermaßen unverhofft, daß ich kreidebleich wurde. Was Hans anging, der neben mir stand, so fiel dieser aus allen Wolken und murmelte:

»Allemagter! Baas, da ist der böse alte Teufel, der Lochgesicht und Jerry in den Teich geworfen und mir beinahe den Bauch weggepustet hat. Er ist uns nachgestiegen, Baas, und jetzt ist es um uns geschehen.«

»Noch nicht«, sagte ich, so leise ich konnte. »Vielleicht ist er auch hinter jemand anders her.«

Dann wandte ich mich ab und beobachtete, wie das majestätische Tier am Dorf vorbeijagte, dem viele weitere, zwischen fünfzig und siebzig, würde ich schätzen, folgten. Es waren allesamt erwachsene Bullen, wie mir auffiel, denn ich konnte darunter keine Kühe und Jungtiere ausmachen.

Kumpana schien meine Verwunderung darüber zu verstehen, ohne daß ich sie ihm zum Ausdruck gebracht hatte, denn er erklärte:

»Diese Elefanten sind die Bullen, die vor langer Zeit in den Tagen unsrer Väter in diesem Land geboren und jetzt in ihre Heimat zurückgekehrt sind. Die Kühe und die Jungen haben anderswo Unterschlupf gefunden, und diese brauchen wir auch nicht.«

»Wie meinst du das?« fragte ich gespannt, aber er tat so, als hätte er mich nicht gehört; jedenfalls gab er mir keine Antwort.

Als die Elefantenherde vorbeigedonnert und allen andern Tieren in den Wald gefolgt war, stiegen wir vom Dach ins Haus hinab, wo Kumpana sich verabschiedete, wobei er mich abermals gemahnte, das schützende Dach nicht zu verlassen, solange der Sturm wüte.

»Warte noch!« sagte ich. »Wo ist der weiße Mann, euer neuer Häuptling?«

»In seinem Haus, wo er bleiben muß, Macumazahn«, gab er zur Antwort.

»Ich stelle fest, daß man uns trennen will«, sagte ich.

»Vorerst, Macumazahn, und es ist besser so für euch beide. Du nämlich möchtest ihn uns abspenstig machen, was zwar verständlich ist, aber nicht geschehen darf. Der weiße Mann hat sich der Seefrau versprochen und muß ihr und uns treu bleiben. Sollte er versuchen, seinen Schwur zu brechen, würde er sterben; solltest du ihn dazu anstiften, würdest auch du sterben. Deshalb ist es besser, wenn ihr einander meidet, bis dieser Krieg durchgestanden ist.«

»Steht fest, daß es zu einem Krieg kommt?« fragte ich. »Und wenn ja, wann?«

»Ja, Herr, es wird zum Krieg kommen, zum Krieg der Menschen, sobald der Krieg der Elemente ausgetragen ist«, wobei er gen Himmel zeigte, »denn Kaneke wird gewiß versuchen, all das zurückzuerobern, was er verloren hat. An diesem Krieg, Herr, wirst auch du teilnehmen müssen, obwohl deine Rolle darin vielleicht anders ausfällt, als du erwartest. Wenn die Zeit kommt, werde ich dir meine Aufwartung machen, und nun leb wohl, denn das große Unwetter steht bevor, und ich muß mich unterstellen, solange es wütet.«

Nachdem er gegangen war, sprach ich mit Hans über die Ankunft des mysteriösen alten Elefanten und seiner Herde, was diesen sehr bestürzte, denn er meinte:

»Ich sage dir, Baas, diese Tiere sind keine Elefanten, sondern Menschen, von den Hexern der Dabanda verzaubert; und es wird etwas Schreckliches geschehen in diesem verwunschenen Land.«

Während er sprach, geschah »etwas Schreckliches«, denn die schwüle Luft erfüllte ein Klagelaut, wie ich dergleichen noch nicht gehört hatte, der wohl von einem Windstoß herrührte, den wir noch nicht spürten, aber der durch die Wipfel des großen Waldes fuhr. Es war, als hätte sich alles Leid der Welt hier versammelt, um seinem Schmerz und Kummer in langanhaltenden, halb erstickten Seufzern Ausdruck zu verleihen.

»Geister fliegen über uns hinweg«, begann Hans, sprach aber nicht zu Ende, denn in diesem Moment fing die Erde unter unsern Füßen zu schwanken an. Der Boden bäumte sich langsam auf, daß es mir die Eingeweide schüttelte und mir übel wurde und von den einfachen Ablagen, die Hans zusammengezimmert hatte, alles auf die Erde flog.

»Erdbeben! Raus, bevor das Dach einstürzt!« rief ich Hans zu, ein überflüssiger Rat in seinem Fall, denn er war schon durch die Tür geschossen. Ich folgte hinterher und rannte in den kleinen Garten hinaus zu einer freien Stelle, wo uns nichts von oben treffen konnte. Hier kam ich unfreiwillig zum Stillstand, denn ein zweites, anhaltendes Beben warf mich zu Boden, wo ich sicherheitshalber liegenblieb und nur hoffen konnte, daß die Erde sich nicht öffnete und mich verschlänge.

»Schau!« sagte Hans neben mir und deutete auf einen der zwei säulenartigen Türme, worauf die Astrologen der Dabanda die Sterne beobachteten, besser gesagt auf das, was davon übriggeblieben war, denn während er noch sprach, neigte er sich graziös zu uns wie die Bäume des Waldes auch, als wollte er uns huldigen. Dann stürzte er mit Getöse, das wir freilich aufgrund besagter Klagelaute kaum hören konnten, in sich zusammen.

Das Beben ließ nach und mit ihm das Wehklagen, dem eine tiefe, schreckliche Stille folgte. Es war die Stunde des Sonnenuntergangs angebrochen, und das Firmament schien in roter Glut entflammt zu sein wie von geschmolzenem Eisen, obwohl die Sonne selbst nicht zu sehen war. Dieses Rot, in dem alles verzerrt und entstellt wirkte, zerriß plötzlich in feurige Fetzen, die, vor dem düsteren Himmel ziehend, in meiner Einbildung weißflügeligen, bizarren Bestien glichen, wie sie im Zeitalter der Saurier auf Erden hausten, nur ungleich größer.

Diese Gebilde zogen auf Regenbogenschwingen von dannen, wonach sich Dunkelheit herabsenkte, tastbar in ihrer Dichtigkeit, stockfinstre Nacht, die alles zwischen Himmel und Erde ausfüllte. Nach einer kurzen Weile erstarb die tintenschwarze Düsternis in gleißendem Licht. Blitze flammten auf, aber nicht hie und da, sondern überall, und in ihrem grellen Schein konnten wir meilenweit sehen. Sie schienen überall ringsum niederzufahren. So sah ich Bäume fallen und in Staubwolken aufgehen und einen großen Felsen, der nicht weit von uns lag, zerschellen. Das gleiche denkend, sprangen wir auf und liefen ins Haus zurück, und als wir die Tür passierten, erdröhnte der Donner.

Ich habe schon viele afrikanische Gewitter erlebt auf meinen weiten Wanderungen, aber keines davon übertraf dasjenige am See Mone an Heftigkeit. Es war ein Spektakel ohnegleichen. Mancher Donner knallt wie tausend Gewehrschüsse, mancher dröhnt wie die schwersten Kanonen und wieder andere rumpeln und grollen. Dieser knallte und dröhnte und grollte zugleich, aber damit nicht genug; die Wände des weiten Kraters, in dem die Dabanda lebten, warfen das Echo hin und her und verstärkten es damit. Das Getöse war fürchterlich und ohrenbetäubend; zusammen mit den ständig aufzuckenden Blitzen betäubte es den Verstand.

Inmitten des Tumults gewahrte ich Hans, der mich mit einem entsetzten Gesicht anstarrte, das im fahlen Schein der Blitze bläulich verfärbt war. Ich hörte ihn etwas vom Jüngsten Tag schreien, eine ganz überflüssige Mahnung, da auch meine Gedanken um selbigen kreisten, den ich schon nahe wähnte. Ich weiß nicht, wie lange wir dem Toben der ungebärdigen Natur ausgeliefert waren, da mein Zeitgefühl durcheinander geriet, aber schließlich ließ das wilde Treiben nach und fuhren

Zwischendurch: [redacted]

[redacted]

[redacted]

[redacted] Sintflutartige Regen, das Dach undicht, der Boden überschwemmt... Wer sehnte sich in dieser Situation nicht nach etwas Warmem im Magen? [redacted] Was für unsere Helden ein Wunschtraum bleiben muß, haben wir im Handumdrehen schnell mal zwischendurch bereitet: Wir brauchen dazu ja nur heißes Wasser, einen Löffel und die... [redacted]

[redacted]

Zwischendurch: [redacted]

Die kleine, warme Mahlzeit in der Eßterrine. Nur Deckel auf, Heißwasser drauf, umrühren, kurz ziehen lassen und genießen. [redacted]

[redacted] Die 5 Minuten Terrine gibt's in vielen leckeren Sorten – [redacted] guten Appetit!

Maggi
5 Minuten Terrine

die Blitze in längeren Abständen nieder. Als ich schon hoffte, das Unwetter würde sich legen, begann der Regen oder Wolkenbruch, wie ich besser sagen sollte. Einen solchen Regen habe ich nicht oft erlebt. Es goß in Strömen, und das viele Stunden lang.

Unser Haus hatte das Erdbeben überstanden, das sich in Abständen noch wiederholte, weil seine Wände aus verputzten Stämmen errichtet waren, die als nicht starres Gefüge den Erschütterungen nachgaben. Allerdings hatten diese dem Dach zwei Risse beigebracht, durch welche nun natürlich das Wasser strömte und eine Überschwemmung verursachte. Ja, wäre nicht die mörtelartige Masse gewesen, die noch nicht ganz erstarrt und im Laufe des Tages als Verstärkung auf dem Dach verstrichen worden war und nun in die Risse sickerte und diese abdichtete, so wären wir wohl aus dem Haus gespült worden. Zum Glück kam es nicht dazu, so daß wir lediglich große Unannehmlichkeiten in Kauf nehmen mußten. Zum Glück standen unsere Betten auch auf einem einfachen Podest, so daß das Wasser sie nicht erreichte und wir uns hinlegen und nach dem Abklingen des Erdbebens schließlich schlafen konnten.

Als ich erwachte, war es hell, dämmrig hell, und es regnete nicht mehr so heftig. Ich warf mir ein Fell über den Kopf und stieg zum Dach hinauf, wo sich mir ein Bild der Zerstörung bot. Das ganze Land stand mehr oder weniger unter Wasser, Häuser im Dorf waren beim Erdbeben eingestürzt oder fortgespült und viele Bäume vom Blitz gespalten worden.

Der freie Platz, auf welchem die steinerne Plattform stand, war ein See, und das Dach, zum Schutz des Feuers über dem Altar errichtet, war eingefallen oder niedergedrückt worden und hatte, wie wir hernach erfuhren, das Feuer gelöscht, was das Volk der Dabanda und insbesondere ihre Priester sehr bestürzte. Im übrigen goß es, obwohl der Regen im Ringgebirge des Kraters nachgelassen hatte, draußen im Umland nach wie vor in

Strömen, wie die Wolken darüber verrieten. In großer Ferne brauten sich wetterleuchtend neue Gewitter zusammen.

Drei Tage hielt dieses Regenwetter an, wobei es noch zu einigen leichten Nachbeben und jenseits der Grenzen von Moneland immer wieder zu heftigen Unwettern kam. Während dieser Tage gingen Hans und ich kaum aus dem Haus und bekamen auch keinen Besuch, von den Frauen abgesehen, die uns versorgten und verköstigten. Beherzt gingen diese Frauen trotz aller Widrigkeiten ihren Pflichten nach, obwohl das ganze Volk, wie wir von ihnen erfuhren, in Angst und Schrecken lebte, weil ein solches Unwetter ohnegleichen in ihren Annalen war.

Am vierten Morgen erschien der alte Kumpana, wie immer die Ruhe in Person. Er berichtete uns, daß in Moneland, soweit bekannt, kein Mensch umgekommen sei und die Schäden, da die Ernte eingebracht sei, sich in Grenzen hielten. Allerdings sei ihnen zugetragen worden, daß die Abanda, die in den äußeren Hängen und Ebenen darunter lebten, verheerende Verluste erlitten hätten. Viele seien in den Sturzbächen, die sich von den Hängen ergossen, ertrunken oder in den Häusern verschüttet, die mangels Holz hauptsächlich aus Stein gebaut und damit vom Erdbeben zerstört worden seien. Zudem seien ihre kärglichen Ernten, die später reiften als in Moneland, niedergewälzt und verwüstet worden.

Ich bemerkte, das große Unglück werde sie mutlos gemacht haben, so daß sie wohl ihre Kriegsgelüste begrüben, zumal sie nun Regen in Hülle und Fülle bekommen hätten.

»Nein«, erwiderte Kumpana, »denn sie brauchen zu essen, wovon es, wie sie wissen, in Moneland und nirgendwo sonst reichlich gibt. Morgen, Herr, werden wir dich bitten, mit uns in den Kampf gegen sie zu ziehn.«

»Wohin?« erkundigte ich mich.

»Das weiß ich nicht, Herr. Der Befehl, den wir erhalten haben, lautet, zum Westpaß zu marschieren. Sicher werden uns, ehe wir dorthin gelangen, neue Befehle erreichen, die uns sagen, was zu tun ist.«

»Wessen Befehle?« fragte ich ungehalten. »Des neuen Häuptlings?«

»Nein, Herr, die Befehle der Engoi, die uns durch die Lüfte zugehn.«

»Soso?« rief ich. »Zieht denn euer Häuptling, der Wanderer, auch mit in den Kampf?«

»Nein, Herr, er bleibt zum Schutz des Dorfes hier. Nun muß ich mich verabschieden, da ich noch viel zu tun habe. Morgen, wenn es Zeit zum Abmarsch ist, lasse ich dich holen.«

»Ich Glücklicher!« sagte ich, als die Tür hinter ihm zuging.

»Nein, Baas«, sagte Hans, »nicht Glücklicher; ein andres Wort, das mich dein ehrwürdiger Vater nie hätte aussprechen lassen. Wie hat er immer gesagt, Baas? Die Welt ist voller Wunder, und es ist schön, so viele davon zu sehen, wie man kann, ehe man zu dem Ort geht, wo nichts als Feuer ist, wie neulich in jener Nacht hier, als das Unwetter ausbrach! Das wird ein komischer Krieg, Baas, bei dem die Generäle die Befehle durch die Luft erhalten und nicht wissen, was zu tun ist, bis diese eintreffen. Dieser Krieg wird uns unvergeßlich bleiben, Baas, wenn wir hernach zurückdenken in Durban oder im Fegefeuer, je nachdem.«

»Halt endlich den Mund und hör zu!« sagte ich. »Ich will raus aus diesem Loch. Wir marschieren zum Westpaß; tja, da werde ich losrennen und durch den Paß verschwinden.«

»Ja, Baas, und die Gewehre und alles lassen wir zurück, und auf der andern Seite rennen wir den Abanda in die Speere oder verirren uns und verhungern, sollten wir ihnen entkommen. Nun, es ist bald vorüber, Baas, und diesmal brauchen wir keine lange Reise hinter uns zu bringen.«

So fuhr er fort und drosch seine verquer gehenden, tumben Phrasen, denen es freilich nicht an Weisheit mangelte, aber ich beachtete ihn nicht mehr.

Ich hatte die ganze Sache so gründlich satt, daß es mir einerlei war, was geschähe. Ich würde gehen, wohin der Wind mich wehte, und hoffen, daß er mich baldmöglichst aus Moneland hinaustrüge. Falls mich ein anderes Los erwartete, wäre ich machtlos dagegen, und mehr gab es dazu nicht zu sagen.

An jenem Tag versuchte ich ein weiteres Mal, Arkle zu besuchen, aber als wir durch den Schlamm zum Häuptlingshaus stapften, fanden wir dort Wachen vor, die uns höflich abwiesen. Ich sah ein, daß eine Mauer zwischen ihm und mir errichtet worden war, die ich nicht zu überwinden vermochte, und ging heim, wo ich in mein Tagebuch schrieb. Jene mit verwischtem Bleistift gefüllten Seiten, mit deren Hilfe ich diesen Bericht verfasse, liegen nun vor mir und künden von derart wunderlichen Dingen, daß ich schwerlich glauben kann, daß sie, schwarz auf weiß, aus meiner Feder, der Feder eines in jeglicher Hinsicht gemäßigten Mannes, stammen.

In jener Nacht fand eine festliche Zeremonie auf der Altarplattform statt, zu der ich nicht geladen war und der ich, wäre ich gebeten worden, wohl auch nicht beigewohnt hätte. Ich denke, es wurde dabei feierlich das Feuer wieder entzündet, denn von unserm Dach aus sahen wir dieses mit einemmal aufflackern. Es nahmen viele Leute daran teil, unter anderem auch Arkle, den Hans in der Tracht der Dabanda in einer Eskorte von fackeltragenden Priestern ausmachte.

Es behagte mir nicht, daß er die Rolle eines Hohenpriesters spielte in diesem unheimlichen, auf das Jenseits gerichteten Volk, aber das war halt so, und auch dagegen ließ sich nichts machen.

Das religiöse Ritual, denn als solches schätzte ich es ein, wurde von vielen melancholischen Weisen und Gesängen begleitet, ebenso von Trommeln, die ich bislang noch nicht gehört hatte. Es dauerte lange und endete mit einem Fackelzug ins Dorf.

Nach dem Frühstück am nächsten Morgen kam Kumpana zu mir, der von einer Wache aus dreißig Speerträgern begleitet wurde und fröhlich fragte, ob wir bereit wären, so als wollte er uns zu einem abendlichen Fest bitten. Ich erwiderte überheblich, ich brenne schon auf den Kampf und habe auf ihn gewartet, um ihm den Eindruck zu geben, ich träte ungeduldig auf der Stelle wie das Schlachtroß im Buche Hiob.

Er lächelte darauf und sagte, er freue sich, dies zu hören, und hoffe, daß ich mir diesen Geist bewahrte, und merkte an, anhand meines Tempos beim Eintreffen in Moneland wisse er, daß ich ein schneller Renner sei.

Ich dachte bei mir, daß dieses gar nichts wäre im Vergleich zu dem Tempo, in dem ich es verließe, falls sich mir dazu eine Möglichkeit böte, begnügte mich aber damit, zu fragen, wer sich während unsrer Abwesenheit um unsre Habseligkeiten kümmere. Er antwortete darauf, diese würden zu einem Versteck gebracht und sicher verwahrt; was mich zu der Überlegung veranlaßte, ob sie von dort je wieder auftauchen würden.

Also zogen wir los, dicht umringt von der Wache, wovon zwei Krieger unsere Zweitgewehre, unsre Munition und das nötige Gerät trugen. Als wir durchs Dorf marschierten, wo die Frauen, aber keine Männer, wie ich sah, die Sturmschäden an den Häusern und Gärten ausbesserten, drängte sich ein Mädchen durch die Krieger und übergab mir eine Nachricht. Sie stammte von Arkle und besagte:

Mein lieber Quatermain,
bitte, verkennen Sie mich nicht, wie Sie es, fürcht' ich, tun werden. Ich kann nicht mit Ihnen gehn. Aus Gründen, die Sie kaum verstehen würden, ist dies ausgeschlossen. Und selbst wenn ich könnte, so wäre mein Fuß noch

nicht ganz heil. Was immer Sie auch sehen werden, wundern Sie sich nicht, denn diese Dabanda sind ein seltsames Volk mit eigenen Spielregeln, die rätselhaft und undurchschaubar sind. Versuchen Sie vor allem nicht zu fliehen. Das würde nur Ihren sicheren Tod und den von Hans bedeuten.

Das war alles, von seinen Initialen abgesehen, und es war auch genug, wie ich fand. Offenbar war Arkle der Aal in der Reuse, um mit Hans zu sprechen, oder ein Stier in der Fallgrube, ein in seinem Fall treffenderes Bild. Zudem hatten er oder seine verfluchten Berater mein Fluchtvorhaben erraten, denn in diesem Lande pfiffen so etwas die Spatzen von den Dächern, wovon er mir eindringlich abriet, waren ihm doch die Folgen bekannt. Ich mußte also mein Vorhaben aufgeben; es war von vornherein blanker Wahnsinn, zu glauben, daß ein solcher Versuch gelingen könnte.

Etwa drei Meilen weiter stießen wir in einem Dörflein oder dem, was nach dem Sturm davon übriggeblieben war, auf die »Armee«, um Kumpanas großartigen Namen zu gebrauchen. Sie bestand aus etwa zweihundertfünfzig Speerträgern! Ich erkundigte mich, wo der Rest geblieben sei, und erfuhr von ihm, wobei er sein feines, schiefes Lächeln zeigte, daß es keinen gebe, da die übrigen kampffähigen Männer zur Verteidigung des Dorfes und des Häuptlings zurückgelassen worden seien. Dann fragte ich, welches Aufgebot die Abanda ins Feld führen könnten. Er gab zur Antwort, dessen sei er sich nicht sicher, aber er schätze ihre Stärke auf zehn- bis zwölftausend Mann, da sie ein großes Volk und im Umgang mit Waffen geübt seien, da sie hin und wieder andere Stämme bekriegten und sich siegesgewohnt deren Überbleibsel einverleibten.

Schließlich fragte ich einigermaßen erstaunt, wie er mit zweihundertfünfzig Mann gegen zehntausend bestehen wolle. Er sagte frei heraus, dies wisse er nicht, da er kein Kriegsmann, sondern Rat und Seher sei, aber sicherlich würde es schon irgendwie gelingen gemäß den Weisungen, die er erhalte; dem fügte er, was er sicher sarkastisch meinte, hinzu, daß meine Anwesenheit viele Regimenter ersetze, weil Kaneke und die Abanda mich als Weißen wegen meiner Weisheit und meiner Waffen fürchteten. Nun gab ich auf, um nicht mehr Spott zu ernten und in Rage zu geraten und Dinge zu sagen, die ich hernach bereuen würde.

Fast den ganzen Tag marschierten wir weiter durch das liebliche Land im Krater, wo die über die Ufer getretenen Bäche (große Flüsse fehlten), wovon wir einige mühsam furteten, von den schweren Unwettern zeugten, ebenso wie die Erdrutsche an Hanglagen und die vom Blitz gefällten Bäume. Aber keiner Menschenseele begegneten wir, obwohl ich vereinzelt Vieh grasen sah, das anscheinend herrenlos war. Das Land wirkte wie ausgestorben; selbst das Wild fehlte, das sich wohl noch im Wald verborgen hielt, und als ich Kumpana fragte, wo die Menschen geblieben seien, erklärte er, das wisse er nicht, nehme aber an, sie wagten sich noch nicht aus ihren Verstecken, weil sie neue Unwetter fürchteten. Oder aber, so fügte er hinzu, seien es die Abanda, die sie fürchteten, da sie wüßten, sie unterstünden nun Kaneke, der sich vielleicht getraue, ins Land einzufallen.

Am Nachmittag schließlich kamen wir in ein Dorf, zu dem wir nur gelangten, nachdem wir tiefe Spalten umgangen hatten, die frisch wirkten und abgrundtief waren und damit sicher von den jüngsten Erdbeben herrührten. Hier waren ein paar alte Männer und Frauen gerade dabei, große Mengen Essen zu kochen, das offenbar für uns bestimmt war.

Es trennten uns noch fünf, sechs Meilen von der Steilwand, die den ganzen Krater umschloß, obwohl wir den Fels kaum sehen konnten, weil das Dorf in einer Senke lag und wir seit geraumer Zeit durch parkähnliche Waldungen gezogen waren, wo die Bäume so hoch und dicht standen, daß sie den Blick darauf verwehrten.

Wir verzehrten die Speisen, die vorzüglich mundeten, und rasteten, da Kaneke mitgeteilt hatte, wir würden bis tief in die Nacht an diesem Ort bleiben, um dann aufzubrechen und die Wand bei Tagesanbruch zu erreichen. Ich fragte, was wir unternähmen, sobald wir sie erreicht hätten. Wieder gab er zur Antwort, das wisse er nicht; vielleicht zögen wir durch den Paß, um die Abanda anzugreifen, oder aber warteten deren Angriff ab oder träten den Rückzug an. Damit war er, ehe ich weitere Fragen stellen konnte, gegangen.

Im letzten Licht der untergegangenen Sonne sah ich noch, daß die Greise, die unser Essen bereitet hatten, gen Osten davonstapften mit geschnürten Bündeln, was darauf hindeutete, daß sie nicht zurückzukehren gedachten. Alsdann legte ich mich, um auf alle Fälle frisch zu sein, schlafen, bis ich frühmorgens um drei von Kumpana geweckt und zum Frühstück geschickt wurde, da die Armee marschbereit sei.

Nachdem ich einen Bissen gegessen hatte, ging es auch schon los im Licht des abnehmenden Mondes und der Sterne. Es war so finster unter den Bäumen, daß ich keinen Schritt vorangekommen wäre, hätte mich nicht ein Mann an der Hand geführt. Die Dunkelheit schien den Dabanda nichts anzuhaben, die offenbar Katzenaugen hatten. So marschierten wir dahin, stets bergan, denn nun erklommen wir den Hang zur Wand, bis am Himmel endlich der Morgen graute. Nun hielten wir inne und warteten auf die Sonne.

Erstaunlich schnell schob sich diese dann über den fernen Ostrand des Kraters und warf ihr Licht auf die westliche Wand, während das eigentliche Kraterland noch in Dunst und Düsternis lag. Das heißt, sie warf es dorthin, wo vor uns die Wand hätte stehen sollen und wo es uns nun ein seltsames, schreckliches Bild offenbarte, das allen, selbst den gefaßten, stillen Alten einen erstaunten Seufzer entlockte. Denn siehe da, sie war, vom Erdbeben völlig zerstört, verschwunden. Anstelle des schmalen, nur wenige Schritt breiten Durchgangs klaffte nun eine gewaltige Schlucht, die bestimmt in der Breite nicht weniger als eine Viertelmeile maß.

Die wuchtige Wand war zertrümmert und wohl über den äußeren Hang geschleudert worden; jedenfalls lagen in der neuen Schlucht nur wenige Trümmer, was darauf hindeutete, daß die Erdbebenwellen, welche den Schaden anrichteten, sich vom Krater aus nach außen in die Ebene ausgebreitet haben mußten. Warum es seine schreckliche Zerstörungskraft gerade an dieser Stelle entfaltete, das weiß ich nicht, der ich von Erdbeben wenig verstehe, es sei denn, die Kraterwand wäre hier dünner und anfälliger als anderswo gewesen. Zudem konnte sie durchaus auch an anderen Stellen des Ringgebirges zerstört worden sein, die ich nicht sehen konnte.

Die Folge, die sich aus dieser Schlucht für die Dabanda und ihr Land ergab, war offensichtlich. Sie waren nicht länger durch eine natürliche Wand geschützt, die nur wenige schmale Durchlässe bot, welche von einer Handvoll Männern verteidigt werden konnten, denn nun verband sie, wie Hans bemerkte, eine schöne, breite Straße mit dem Rest Afrikas, auf der ein ganzes Heer in geordneten Reihen unbeschadet marschieren konnte. Ihrer Abgeschiedenheit war damit ein Ende gesetzt, und das geheime Land stand der Welt offen.

War dies Kumpana bewußt, fragte ich mich, als ich sein regungsloses Gesicht betrachtete. Und hatte er gar vor unsrer Ankunft gewußt, was hier geschehen war? Wenn ja, was wollte er dann mit seinem kläglichen Häuflein hier ausrichten? Hegte er vielleicht andere verborgene Absichten? Ich weiß es nicht, aber im nachhinein habe ich mir angesichts der Ereignisse dazu eine eigene Meinung gebildet.

18
Allan rennt

»Wenn du vorhattest, Kumpana, den Paß mit denen zu halten«, sagte ich und deutete auf die gar furchtbare zweihundertfünfzigköpfige Schar, »so ist das jetzt, wo er so breit geworden ist, nicht mehr machbar.«

»Durch Kraft allein, Herr«, antwortete er, »nicht; selbst anrennende Rinder könnten uns mit ihren Hörnern niederwerfen, wären es nur genügend.«

»Und was hast du nun vor, Kumpana? Wieder umkehren?«

»Das kann ich nicht sagen, Herr. Gehen wir weiter und spähen wir durch das Loch in der Wand, denn dann sehen wir vielleicht, was wir zu tun haben. Vielleicht hat der Fall der Wand die Abanda verschreckt, so daß sie geflohen sind, oder aber sie trauen sich nicht weiter, weil sie fürchten, Moneland würde abermals erbeben und der Erdboden sie lebendigen Leibes verschlucken.«

»Vielleicht«, antwortete ich, dachte aber für mich, daß, wenn ich mich nicht irrte, mehr als das nötig wäre, um den wutentbrannten, verzweifelten Kaneke abzuschrecken.

Kumpana erteilte seinen Mannen Befehl, welche mit stoischer Miene, hinter der Fatalismus steckte oder aber die Zuversicht, unter dem Schutz unsichtbarer Mächte zu stehen, sogleich losmarschierten zum neuen Paß.

»Baas«, sagte Hans, »wir sind keine Feldherren hier, sondern bloß ein Talisman, also halten wir uns hinten. Mir gefällt der Platz nicht, Baas.«

Wie immer war der Vorschlag von Hans nicht unklug, denn sollten wir in einen Hinterhalt oder dergleichen geraten, so wollte ich nicht einsehen, warum wir als erste sterben sollten. Auf die Gefahr hin, mir abermals

Kumpanas Spott einzuhandeln, fielen wir also zurück und schlossen uns dem Ende des kleinen Zuges an; ja, wir mischten uns mitten unter die Träger.

Nun, es *gab* einen Hinterhalt, ein erstklassig ausgeführtes Manöver dieser Kriegstaktik. Wie ich mich erinnere, beschreibt eines von Scotts Gedichten ein Hochland, das wie ausgestorben wirkt, aber mit einemmal von Männern wimmelt, die hinter jedem Strauch und Farnbusch hervorspringen. Wenn man Strauch und Farn durch Felsbrocken ersetzte, die zu Tausenden im neuen Paß verstreut lagen, so wiederholte sich nun diese Szene in jener zentralafrikanischen Schlucht.

Es wäre wohl, sofern ihre Engoi nicht mit übernatürlichen Mitteln zu ihrem Schutz eingegriffen hätte, jeder Dabanda gefallen, hätte nicht irgendein Esel unter ihren Feinden zu früh ins Horn gestoßen, als wir noch gar nicht nahe genug herangekommen waren, und damit ein verfrühtes Signal zur Attacke gegeben. Bei diesem Hornstoß nun wimmelte es plötzlich zwischen den Felsen von Kriegern der Abanda, die sich mit wildem Gebrüll in den Kampf stürzten. Unsere wackeren Helden sahen dies, wirbelten herum und rückten geschlossen aus, ohne einen Befehl abzuwarten, wie ich meine. Oder aber ihr Befehl lautete auf Rückzug in diesem kritischen Moment, womit man gerechnet hatte. Offengestanden weiß ich es aber nicht und ist mir einerlei.

»Renn, Baas!« sagte Hans, der sich umdrehte und mir vorführte, was er meinte, und schon rannte auch ich in die Richtung, aus der wir gekommen waren. Nicht einen Schuß gab ich ab und tat auch sonst nichts, als mein Heil in der Flucht zu suchen.

Ich glaube erwähnt zu haben, daß Kumpana zu Beginn dieser Expedition bemerkt hatte, ich sei, wie er meine, ein guter Renner, was stimmt, oder jedenfalls damals noch stimmte, da ich sehr leicht und drahtig war und eine sehr gute Lunge hatte. Nun war ich entschlossen, ihm zu beweisen, daß er mich diesbezüglich nicht überschätzt hatte. Tatsächlich führte ich eine ganze Weile mit Hans das Feld an, wobei Hans, der es auch verstand, im Falle eines Falles seine Beine zu gebrauchen, mir dicht auf den Fersen folgte.

»Baas«, keuchte der Gute, als wir ein, zwei Meilen den Hang hinuntergelaufen waren, »wenn wir diese Hunde auch nicht in die Schlacht geführt haben, so führen wir sie nun wenigstens heim.«

Und das taten wir, aber dann holten uns die regsten von ihnen ein.

Nun, um es kurz zu machen, wir rannten den ganzen Tag, von kurzen Verschnaufpausen abgesehen. Als wir die dichter bewaldete Gegend erreichten, wo wir in der Nacht kampiert hatten, sah ich, daß dieser strategische Rückzug angebracht war, denn in einiger Entfernung folgten die Abanda zu Hunderten oder gar Tausenden, falls ich ihre Zahl in meiner Angst nicht überschätzte. Aber sie konnten nicht so schnell wie wir laufen, obwohl sie einmal einen Spurt hinlegten und uns arg an den Fersen waren. Oder aber sie fürchteten ebenso, in einen Hinterhalt gelockt zu werden, und rückten deshalb vorsichtiger nach, wobei sie Späher voraussandten. Jedenfalls fielen sie nach diesem Sturm, dem wir uns nur mit Mühe entziehen konnten, wieder zurück, und als wir noch vor Abend Dabanda-town erreichten, da wir doppelt so schnell waren wie beim Auszug, war von ihnen nichts zu sehen.

Einige Räte und wenige andere erwarteten uns in der Stadt. Offenbar wußten sie, daß wir kämen, obwohl ich nicht sagen könnte, woher; jedenfalls standen sie bereit und waren auf der Altarplattform Wachen aufgestellt. Auch hielten sie, welches Glück, Essen und selbstgebrautes Bier bereit zur Erquickung ihrer heimkehrenden Helden. Mein Gott, wie stürzten wir uns darauf! Insbesondere aufs Bier, von dem Hans so viel in sich hineinkippte, daß ich mich genötigt sah, ihm den Becher aus der Hand zu schlagen.

Während wir das Mahl verschlangen und dabei bangend den Weg im Auge behielten, den wir gekommen waren, fiel mir auf, daß das Dorf bis auf die wenigen, die ich erwähnte, verlassen wirkte; es war kein Mensch zu sehen.

»Wo sind sie hin?« fragte ich Hans.

»In den Wald zu den Spukelefanten, glaube ich, Baas«, erwiderte er und stopfte sich den Mund voll, »und dorthin werden wir ihnen folgen müssen.«

So war es auch, denn in dem Moment traf Kumpana ein, der recht ruhig wirkte, aber dem die Erschöpfung anzusehen war. Nachdem er mir zu meinen »guten Beinen« gratuliert hatte, erklärte er, wir müßten sofort in den Wald fliehen, und da der Weg im Wald schwer zu finden sei, täten wir besser daran, uns dicht bei ihm zu halten.

»Gewiß«, erwiderte ich, »und ich hoffe, Kumpana, diesmal hältst auch du dich dicht bei uns.«

So machten wir uns, müde, wie wir waren, auf den Weg, wobei uns nicht gestattet wurde, kurz ins Haus zu gehen, worum ich gebeten hatte. Kaum hatten wir die ersten Bäume erreicht, sah ich beim Zurückschauen die Horden der Abanda ins schutzlose Dorf schwärmen. Sie hielten sich nicht mit Brand und Plünderung auf, sondern rannten schnurstracks durch die Gassen, uns nach. Als sie jedoch zur Steinplattform gelangten, blieben sie stehen, während einer von ihnen, vermutlich Kaneke persönlich, die Stufen hinauflief und das heilige Feuer auseinanderriß und erstickte, das so zum zweiten Mal erlosch.

Kumpana neben mir schauderte bei diesem Anblick.

»Das wird er büßen. Oh, das soll er büßen!« knurrte er und fügte hinzu: »So kommt doch, ihr Narren, kommt! Die Engoi erwartet euch!«

Dann stürzten wir uns ins Dickicht des Waldes und sahen sie nicht mehr.

Nun war es später Nachmittag und noch eine Weile

hin zur Abenddämmerung, so daß uns ein ganzes Stück Weges in den tiefen Wald spärliches Dämmerlicht Gesellschaft leistete. Als sich das immerwährende Dunkel dieses Waldes mit dem Nahen des Abends in Finsternis verwandelte, erreichten wir eine Stelle, wo der Boden sumpfig war und nur wenige Bäume standen. Hier am Ufer eines seichten Tümpels, den der Regen gebildet hatte, verkündete Kumpana, daß wir bis zum Morgen rasten müßten, da es so viele seien, welche die Wege nicht kannten und sich vor Sonnenaufgang hoffnungslos verirren würden.

»Und wenn die Abanda uns hier überraschen?« fragte ich.

»Das wird nicht geschehen«, antwortete er. »Sie getrauen sich nur bei Tag in den Wald, und selbst dann getrauen sich nur die Mutigsten herein, denn sie wissen, daß dieser Wald heilig und für sie verboten ist.«

Da ich zu müde war, um weitere Fragen zu stellen, begnügte ich mich mit dieser Erklärung und legte mich hin, um zu schlafen, wobei ich hoffte, daß Kumpana uns nicht ein zweites Mal ausrücken würde. Offengestanden war ich nach diesem Tageslauf in der Hitze so erschöpft, daß ich auf mein Glück setzte und mir nicht mehr den Kopf darüber zerbrach, was geschähe.

Im großen und ganzen ruhte ich gut, was nicht unbedingt selbstverständlich ist, wenn man körperlich und geistig überanstrengt ist; auch blieben uns unangenehme Erfahrungen erspart, wie Hans und ich sie auf jenem Heimweg vom See erlebt hatten. Einmal allerdings wurde ich schon wach. Nach dem Stand des Mondes zu urteilen, der hell vom Himmel schien und sich im Wasser spiegelte, war es nach Mitternacht. In seinem Licht sah ich eine lange Reihe monströser Schatten, die auf der anderen Seite des Teichs durch die Bäume zogen; ich fragte mich, was das war oder ob ich träumte. Dann besann ich mich der Elefanten, die wir vor dem Sturm und Erdbeben in den schützenden Wald hatten fliehen sehen, wo sie sich zusammen mit dem andern Wild zweifelsohne noch aufhielten.

Danach schlief ich wieder ein und erwachte erst, als die Sonne schien. Wir standen auf und aßen die Speisen, die uns überreicht wurden. Ob die Krieger sie vom Dorf mitgenommen hatten oder sie in der Nacht von irgendwo hergebracht worden waren, das weiß ich nicht; jedenfalls gab es sowohl jetzt als auch hernach reichlich zu essen für alle.

Nach dem Mahl gab Kumpana den Befehl zum Aufbruch, und los gingen wir und umrundeten langsam die überschwemmte Fläche zum dichten Wald dahinter. Während wir diese recht lichte Stelle passierten, stellte ich fest, daß die Anzahl unsrer Männer sehr geschrumpft war. Gut zweihundertfünfzig Dabanda hatten den Wald betreten, aber nun zählte ich nur noch fünfundzwanzig Mann; der Rest war verschwunden.

Ich fragte Kumpana, wohin sie gegangen seien.

»Oh!« antwortete er, »bald hierhin, bald dorthin, um mit den wilden Tieren zu sprechen, von denen der Wald voll ist seit dem Unwetter, und ihnen zu sagen, daß wir Freunde sind, denen sie kein Leid zufügen dürfen.« Eine Antwort, die ich für verrückt hielt, weshalb ich das Gespräch nicht fortsetzte.

Als ich mit Hans über die Sache sprach, vertrat dieser jedoch eine andere Ansicht.

»Wie gesagt, das sind Spuktiere, Baas, insbesondere die Elefanten. Diese Zauberer haben Macht über sie, wie wir mit eigenen Augen gesehen haben, und sind sicher losgegangen, um sie uns aus dem Weg zu treiben, wie Kumpana sagt. Und das ist auch gut so, Baas«, fügte er bedeutungsvoll hinzu, »da wir ohne Gewehr sind.«

»Hast du denn den Mann nicht gefunden, dem ich meins zum Tragen gegeben habe?« fragte ich errötend.

»Nein, Baas. Ich kann ihn nicht finden; vielleicht ist er tot oder hat es gestohlen oder versteckt. Auch die, welche die Ersatzgewehre tragen, sind nicht auffindbar.«

»Und wo ist dein Gewehr?« fragte ich streng.

»Baas«, antwortete er kleinlaut, »ich hab's weggeworfen. Ja, als ich dachte, die Abanda würden uns kriegen, warf ich's weg, damit ich schneller laufen konnte.«

Wir sahen einander an.

»Hans«, sagte ich, »weißt du noch, daß Tom und Jerry das gleiche taten, als wir von den Elefanten gejagt wurden, und ich sie ermahnte, daß man so etwas *nicht* tun dürfe, woraufhin sie erwiderten, sie würden sich, wären sie keine Christen, vor lauter Scham aufhängen? Und weißt du noch, daß du, kurz bevor sie so tapfer ihr Leben für uns hingaben, über sie spottetest wegen dieser Sache und ihnen rietest, ihre Gewehre wegzuwerfen, falls sie ihnen zu schwer seien?«

»Ja, Baas, die ganze Nacht habe ich daran denken müssen.«

»Und doch, Hans, haben wir schlimmer gefehlt als sie, denn sie wurden nur von Tieren gejagt, während wir vor Menschen davonrannten, so daß wir jetzt, wenn es gleich zum Kampf kommt, keine Gewehre haben.«

»Das weiß ich alles, Baas, und ich schäme mich so, daß ich mich fast aufhängen möchte, wie Tom und Jerry das wollten.«

»Dann sollten wir uns gemeinsam aufhängen, Hans, denn ich habe das gleiche getan. Zumindest gab ich mein Gewehr einem Wilden, obwohl ich mir denken konnte, daß ich es nicht wiedersehen würde und damit wehrlos wäre vor dem Feind und mich zum Gespött der Dabanda machte, denen ich meine Dienste versprach.«

Hans war so betroffen, daß er sich, wie ich sah, mit dem Handrücken die Tränen der Scham aus dem flachen, schmalen Gesicht wischte.

Eine Weile stapften wir schweigend weiter, dann sagte er mit gebrochener Stimme:

»Baas, es ist nichts daran auszusetzen, daß du dein Gewehr einem schwarzen Mann zum Tragen gegeben hast, denn so ist der Brauch des weißen Mannes, und wenn er es gestohlen hat oder wenn er gefallen ist, so kann man nichts machen. Anders verhält es sich bei mir. Ich bin ein gelber Hund, Baas, aber selbst ein Hund kann lernen, wie ich etwas gelernt habe daraus.«

»Was denn, Hans?«

»Daß man andere nicht verurteilen soll, Baas, wie ich das tat, als ich Tom und Jerry verspottete, weil einem selbst immer das gleiche oder Schlimmres passieren kann, nicht wahr? Baas, sollten wir je wieder nach Sansibar kommen, will ich alles Geld, das ich auf dieser Reise verdiene, Jerrys Tochter geben, damit sie eine Schule besucht; ja, und meinen Anteil vom Gold des Kaneke obendrein, und keinen Schilling werde ich für Gin oder neue Kleider ausgeben.«

»Das zeugt von einem guten Herzen«, sagte ich, »aber was soll ich tun?«

Nun erfordert all dies eine kurze Erklärung. Als ich unsre Flucht vor den Horden der Abanda schilderte, schämte ich mich, zu erwähnen, was ich aufgrund dieser Unterhaltung zwischen Hans und mir jetzt nachtragen muß. Wie gesagt, kamen wir während unsrer Flucht arg in Bedrängnis, als die vorstürmenden Abanda dicht aufholten und Hans und ich, von den schweren Gewehren und der Munition behindert, zurückfielen und Gefahr liefen, von ihren Wurfspeeren getroffen zu werden. Zu jenem Zeitpunkt gab ich mein Gewehr und meine Munition einem langbeinigen Krieger, der nichts anderes als seinen Speer trug. Als Hans dies bemerkte, folgte er meinem schlechten Beispiel und warf das seine weg, womit wir schneller vorankamen und uns aus dem Gefahrenbereich flüchten konnten.

Man mag einwenden, die Umstände hätten dieses Handeln gerechtfertigt, was besonders im Fall von Hans zweifelsohne zutrifft. Mein Handeln indes war unverzeihlich, war ich doch der Weiße, zu dem all diese Leute als besonders mutig und überlegen aufschauten und über den sie nun spotteten, wie Hans Tom und Jerry verhöhnt hatte. Mehr ist dazu nicht zu sagen, außer daß ich dieses Handeln als größte Schande meiner Laufbahn hinnahm. Nicht nur Hans hatte daraus gelernt, daß man andere nicht vorschnell verurteilen soll, auch ich ließ mir das zur Lehre dienen, die ich mein Leben lang beherzigte.

Fast den ganzen Tag lang zogen wir, von kurzen Pausen abgesehen, die Kumpana hie und da einlegen ließ, langsam und vorsichtig durch den Wald, dessen Düsternis unsere bereits darniederliegende Stimmung nicht gerade hob. Von Zeit zu Zeit kamen Elefanten oder andres Wild in Sicht, die uns beim Passieren beäugten, aber weder fortrannten noch angriffen, als wüßten sie, daß ihnen die Dabanda, für die alles Wild tabu war, freundlich gesinnt seien. In der Tat gewann ich auf diesem Marsch den Eindruck, daß Kumpanas Worte von der Herrschaft seines Volkes über die Tiere der freien Wildbahn der Wahrheit entsprachen, denn diese konnten, wie sich zeigen wird, durchaus zu Bestien werden, was andere Menschen anging, die sie vermutlich am anderen Geruch erkannten. Natürlich hatte Hans dafür eine andere Erklärung parat, denn er war – und er blieb es immer – davon überzeugt, daß in diesen Tieren der Geist von Menschen wohnte, was absurd ist.

Gegen Abend nun erreichten wir endlich das Ende des Waldes und sahen den großen See vor uns liegen. Auch sahen wir, daß sich an seinen Ufern Hunderte von Dabanda versammelt hatten, ein Anblick, der mich mit Freude erfüllte. In ihrer Mitte stand Arkle, der an seiner Größe und Breite und am roten Bart leicht zu erkennen war, obwohl er die Tracht der Dabanda und einen langen Speer trug.

Bald waren wir bei ihnen, und ich schüttelte Arkle die Hand.

»Sie sehen niedergeschlagen aus«, sagte er. »Es war wohl schlimm.«

»Sehr schlimm«, erwiderte ich. »Ich bin gerannt vor dem Feind, wie ich noch nie schneller gerannt bin, und ich habe meine Waffen verloren, was einem Soldaten nicht passieren darf – sie waren nämlich recht schwer. Außerdem wollte ich auch keine Leute erschießen, mit denen ich keinen Streit hatte.«

»Es wundert mich nicht, daß Sie sie weggeworfen haben, Quatermain. Ich tat das gleiche, als mich die Abanda jagten. Lieber ohne Gewehr leben als mit Gewehr sterben.«

»Darüber läßt sich streiten«, entgegnete ich, »aber dafür ist jetzt keine Zeit. Sagen Sie, was hat dieses ganze Theater zu bedeuten? Warum hat man mich mit zweihundertfünfzig Mann losgeschickt, um gegen Tausende von Abanda zu kämpfen, was natürlich ein Ding der Unmöglichkeit ist?«

»Ich weiß nicht recht. Sehen Sie, Quatermain, ich bin nur eine Galionsfigur in diesem Land und erfahre deshalb nicht alles. Aber wenn Sie mich fragen, würde ich sagen, daß Sie als Lockvogel ausgesandt wurden. Sehen Sie, Kaneke hält Sie für einen großen Mann und hat wohl als Losung ausgegeben, wenn er Sie gefangennehmen oder, gelingt dies nicht, töten kann, so werden die Abanda gewinnen und er wird alles bekommen, was er will – Sie wissen, was das ist –, und sie werden ein mächtiges Volk, dem es nie mehr an Regen oder sonst was fehlt. Auch werden die Dabanda ihre Sklaven und wird die Macht und Weisheit der Engoi nie mehr von ihnen weichen.«

»Trotzdem verstehe ich nicht, warum wir in den Kampf gezogen sind«, wandte ich ein, »ohne die geringste Chance zu haben, so daß uns nur die Flucht geblieben ist.«

»Weil eure Flucht beabsichtigt war, Quatermain, damit ihr die Abanda ins Land lockt. Wenn ihr nicht gerannt wärt, wären sie nicht gefolgt, denn nicht einmal Kaneke hätte sie dazu gebracht, ins Land des Heiligen

Sees einzufallen. Sie sehen also, die List hat geklappt, denn gleich werden sie hier sein. Schauen Sie mich nicht so finster an, denn bei meiner Ehre, ich hatte mit der Sache nichts zu tun.«

»Das möchte ich hoffen!« rief ich, »denn wenn Sie imstande wären, ein solches Spiel mit mir zu treiben, der ich Ihnen nach besten Kräften geholfen habe, würde ich nie mehr ein Wort mit Ihnen wechseln. Was soll überhaupt damit bezweckt werden? Warum wurden die Abanda verleitet, dieses Land in Besitz zu nehmen, aus dem ihr sie nie mehr werdet verjagen können?«

»Das weiß ich nicht«, antwortete er leise, »aber ich glaube, damit man ihr Heer vernichten kann. Quatermain, ich glaube, diese armen Leute erwartet ein schreckliches Los, aber was es ist, das, ich schwöre es Ihnen, weiß ich nicht; die Priester wollen mir nichts sagen.«

In dem Moment wurde ich von Hans in die Seite gestupst.

»Schau!« sagte er und deutete zum Saum des Waldes.

Dort gewahrte ich ein großes, gut tausendköpfiges Heer, das in Abteilungen aus dem Halbdunkel anrückte. Die Abanda hatten uns, von Kaneke geführt, gestellt. Arkle sah sie gleichfalls, denn ich hörte ihn seufzen.

»Nun«, sagte ich, »diesmal können wir nicht wegrennen, also werden wir kämpfen müssen bis zum Tod. Haben Sie Ihr Gewehr? Geben Sie es mir, und ich schieße diesen Kaneke tot.«

»Es wurde mir weggenommen«, antwortete er kopfschüttelnd. »Auf meinen Einwand hin sagten sie, die Waffen des weißen Mannes seien verboten für mich und auch gar nicht nötig.«

Während er noch sprach, eilten Priester der Dabanda herbei und umlagerten Arkle, so daß ich vorerst nichts mehr von ihm sah. Verwirrung brach aus, während Kumpana und andere Führer versuchten, die Krieger in einer Zweierreihe aufzustellen. Hans und ich wurden in die Mitte der ersten Reihe geschubst. Da standen wir, unbewaffnet bis auf unsre Revolver und ein paar Patronen, welche wir zum Glück behalten hatten. Arkle, nach wie vor von Priestern und anderen umringt, stand hinter der zweiten Linie, die sich so formiert hatte, daß ich den Eindruck gewann, unsere Truppe diene als Schutz- und Leibwache von Arkle und sei gar nicht zum Kampf gegen die Abanda bestimmt. Dennoch schien dieser Kampf unausweichlich, denn hinter uns lag der See, der keinen Rückzug erlaubte, während vor uns der Feind Aufstellung genommen hatte.

Die Abanda marschierten. Als ich die Gesichter der anrückenden Männer sah, fiel mir auf, daß mit ihnen etwas nicht stimmte. Natürlich waren sie erschöpft, was weiter nicht verwunderte, denn nach den überstandenen Schrecknissen des Erdbebens und Unwetters hatten sie uns den ganzen Weg von ihrer Grenze bis in den Wald hinein verfolgt. Aber ihr Ausdruck verriet mehr als Erschöpfung; blankes Entsetzen stand ihnen im Gesicht geschrieben. Warum, fragte ich mich, waren sie uns doch, obwohl sie den Großteil ihrer Kräfte hatten zurücklassen müssen, um vielleicht Dabanda-town zu besetzen, zahlenmäßig um das Drei- bis Vierfache überlegen.

War ihnen vielleicht im Wald Seltsames widerfahren wie einst Hans und mir? Oder plagte sie ein Schuldgefühl für ihr Sakrileg, das verbotene Land betreten zu haben, auf das seit Menschengedenken keiner von ihnen je den Fuß gesetzt hatte außer ihrem Führer, dem Überläufer Kaneke, und fürchteten sie also eine übernatürliche Rache? Ich wußte es nicht; jedenfalls wirkten sie ziemlich verschreckt und unterschieden sich sehr von den dreisten Kerlen, denen wir bei ihrer Jagd auf Arkle begegnet waren und die uns den Weg vom Paß in den Berg hatten abzuschneiden versucht.

Noch rückten sie geordnet an, um uns anzugreifen

und ein Ende zu machen, wie ich vermutete. Aber ich irrte, denn in einigem Abstand formierten sie sich zu drei Seiten eines Vierecks und hielten an. Während ich mich fragte, was nun geschehen werde (hätte ich das Kommando über die Dabanda geführt, hätte ich jetzt angreifen lassen), löste sich Kaneke aus ihren Reihen und trat bis auf fünfzig Schritt zu uns heran, was er ohne Risiko wagen konnte, da die Dabanda Pfeil und Bogen nicht kannten und nur lange, schwere Speere mitführten, welche sich nicht werfen ließen.

»Männer der Dabanda«, rief er mit mächtiger Stimme, »obwohl ihr schnell rennt, habe ich euch nun gestellt, und da ihr Wasser im Rücken habt, seid ihr mir nun ausgeliefert, denn ich sehe, daß der weiße Herr Macumazahn die Waffe verloren hat, mit der er so geschickt umzugehen versteht.« (Hier hatte ich große Lust, auszuprobieren, ob ich ihn nicht mit einer Pistolenkugel erreichen könnte, besann mich aber darauf, daß dies nicht mein Streit war und ich nur noch wenige Patronen besaß, weshalb ich davon absah.)

»Dennoch, Männer der Dabanda«, fuhr Kaneke fort, »will ich euch nicht töten, der ich unter euch aufgewachsen bin und die ihr mir als meine Untertanen erhalten bleiben sollt. Nicht einmal Macumazahn und seinen Diener will ich töten, weil sie mich einst aus Mörderhand befreiten und wir auf einer langen Reise Gefährten waren. Einen einzigen nur will ich töten, und das ist der weiße Räuber, der sich hinter euren Reihen dort versteckt, wie ich sehe, und der mir meinen Platz und mein Erbe geraubt hat und den Schatten, mein mir versprochenes Weib, rauben will. Deshalb gebt ihn mir heraus, damit ich ihm vor euren Augen ein Ende bereite, und unterwerft euch mir, der keinem andern von euch Männern etwas tun werde; nein, nicht einmal dem listigen Schakal Kumpana!«

Nun trat Kumpana vor und erwiderte leise, aber deutlich:

»Schluß mit großsprecherischen Reden, Kaneke, der du ein Zauberer und Verräter bist und dein Geburtsrecht gegen dein Leben getauscht hast, der du vor ihrem Altar Hand an die Engoi gelegt hast, der du gestern abend das heilige Altarfeuer zerstreut und ausgetreten hast und der du verflucht bist. Hört, Männer der Abanda!« fuhr er mit lauter Stimme fort. »Was sucht ihr Händel mit uns? Ihr habt Regen verlangt und Regen in Fülle bekommen. Gebt uns diesen Mann heraus, der euch in die Irre geführt hat, und zieht in Frieden heim – oder behaltet ihn und geht unter!

Ist euch nicht von euren Vätern die alte Weissagung überliefert worden, daß die Felsen sich auf jene unter euch stürzen, die es wagen, den Fuß in den Wald zu setzen und einen Blick auf den heiligen See tun, und daß die wilden Tiere sie zerreißen und daß jene, welche den Felsen und den wilden Tieren entgehen, der Wahnsinn befällt? Und haben sich nicht die Felsen auf euch gestürzt und viele getötet, die darunter gewohnt haben? Wollt ihr warten, bis der Fluch sich erfüllt, oder wollt ihr diesen Mann herausgeben und in Frieden abziehen? Antwortet, solange ihr könnt, denn bei Sonnenuntergang ist es zu spät.«

Nun konnte ich sehen, daß die Krieger der Abanda sehr verstört waren. Sie tuschelten miteinander, und manche ihrer Führer steckten die Köpfe zusammen. Wie die Sache ausgegangen wäre, weiß ich nicht, obwohl ich nicht glaube, daß die wilden Abanda, die mir als ein mutiges, ergebenes Volk vorkamen, bereit gewesen wären, den Mann auszuliefern, den sie zu ihrem Führer erkoren hatten bei der Eroberung von Dabandaland, das reich mit Gütern gesegnet war und in ihren Augen unter dem besonderen Schutz des Himmels stand. Diese Frage muß freilich offen bleiben, da Kaneke, der sicherlich das Schlimmste befürchtete, die Stimme erhob und schrie:

»Männer der Abanda, bin ich, der zum Schild des

Schattens bestimmt ist, nicht ein größerer Zauberer als jener Kumpana, Sohn eines Sklaven und von niedriger Geburt? Bahnte ich nicht, als der Berg sich erhob, eine Straße, welche die beiden Länder vereint, und habe nicht auch ich Macht über die wilden Tiere? Wenn ihr zweifelt, so fragt den weißen Mann, Wächter der Nacht, und den gelben Mann, seinen Diener, vor denen ich meine Macht über Tiere unter Beweis gestellt habe. Und bedenkt, daß ich euch soeben unbeschadet durch ein Heer von Elefanten geführt habe, die auf mein Wort zurückgewichen sind. He! Weißer Räuber!« – und er deutete mit seinem Speer auf Arkle – »Ich mache dir ein Angebot. Wenn du kein Feigling bist, so tritt vor und stelle dich mir im Zweikampf, und nimm, wenn du siegst, den Schatten. Komm und kämpfe, sage ich! Oder geh und sag dem Schatten, daß ihr Freier, der von weither gekommen ist, um sie zu erobern, ein Feigling ist und ein Herz hat, das noch blasser als sein Gesicht ist!«

Arkle hörte ihn; mit zornigem Gebrüll schüttelte er die Priester ab, die ihn festhielten, und rannte durch unsere Reihen schnurstracks auf Kaneke zu. Zu meinem Entsetzen sah ich, daß er völlig unbewaffnet war, denn entweder hatte er den Speer fallengelassen oder war ihm dieser von den Priestern abgenommen worden; ja, er griff den Mann mit bloßen Händen an.

»Daß mir keiner dazwischengeht!« rief er noch.

Kaneke hob seinen Speer, um ihn zu durchbohren, aber irgendwie wich Arkle dem Stoß aus, sprang hinzu, packte den Speer am Griff und brach diesen entzwei wie einen Zweig, so daß die breite Klinge zwischen den beiden zu Boden fiel. Dann warf er die Arme um Kanekes Leib, und so rangen sie miteinander. Sie waren sehr stark, alle beide, aber sobald der Speer aus dem Spiel war, stand für mich der Ausgang fest. Dennoch kam das Ende schneller, als ich erwartet hatte, denn Arkle stemmte Kaneke in die Luft und schmetterte ihn zu Boden, wo er benommen liegenblieb. Ehe die Abanda ihrem Anführer zu Hilfe eilen konnten, hob er diesen auf, als wäre er ein Kind, und trug ihn zu den Reihen der Dabanda und durch diese hindurch und warf ihn den Priestern vor die Füße!

19

Die Hochzeit und der Fluch

Die sintflutartigen Regenfälle während des Unwetters hatten durch viele Bäche den See gespeist, der damit angeschwollen war. Das alte Ufer, das von hohen Binsen gesäumt wurde und an dem ich bei meinem ersten Besuch gestanden hatte, lag nun gut hundert Yards im See. Somit standen die Binsen, das heißt ihre oberirdischen Teile, in jener Entfernung als Schilfdickicht im Wasser und verwehrten den Blick auf den Streifen dahinter, während der übrige See und das ferne Eiland golden im blendenden Licht der untergehenden Sonne glitzerten.

Just in dem Moment, als Arkle den großen Leib des Kaneke den Priestern vor die Füße warf, löste sich aus den Binsen mit einemmal ein großes Kanu, vielmehr eine Barke mit breitem Heck. Sie wurde von weißgewandeten Frauen gerudert, ihrer dreißig an der Zahl, würde ich schätzen, die zu beiden Seiten des Kahns entlang eines Mittelgangs saßen. Auf dem breiten Heck stand ein wunderlich beschnitzter Stuhl, der leicht zwei Personen Platz bot, wie mir auffiel, und in dessen Mitte eine Dame saß, die ich als jene erkannte, die man Engoi oder Schatten nannte, eine hochgewachsene, wunderschöne junge Frau, deren duftige Gewänder in der Sonne schillerten, als wären sie mit Gold gewirkt und Edelsteinen besetzt, was sie vielleicht auch waren. Sie trug eine hohe Haube mit Flügeln ähnlich einem Wikingerhelm, von der, das halbe Antlitz bedeckend, ein mit Sternen übersäter Schleier hing.

So sachte glitt die Barke durchs Wasser, daß man das Eintauchen der Riemen nicht vernahm, und als der Bug das Land berührte, sprangen Priester hinzu und hielten sie fest. Die königliche Person erhob sich, während der Ruf erschallte:

»Engoi! Engoi!«

Angetan, wie sie war, mit goldenem Lichtglanz, stand sie über uns auf ihrer hohen Barke und betrachtete die hingestreckte Gestalt des Kaneke, seinen Bezwinger, der ihn da hingeworfen hatte, die großen, weißgewandeten Speerträger der Dabanda, die große Augen machten, und die Krieger der Abanda dahinter. Dann sprach sie mit glockenheller Stimme, welche in der großen Stille von allen vernehmbar war.

»Ich grüße euch, Diener der Engoi. Sei gegrüßt, weißer Herr aus der Fremde« (dies war an Arkle gerichtet; mir schenkte sie keine Beachtung) »seid mir alle gegrüßt. Sag, o Kumpana, Vater meines Rates, was ist das für ein Heer, das euch mit Speeren bedroht?«

»Das Heer der Abanda, o Engoi, welche, den von ihren Vorvätern geleisteten Eid brechend und dem Fluche trotzend, gewagt haben, das heilige Land von Mone zu betreten, um zu morden und dich, den göttlichen Schatten, diesem Hund zum Weibe zu geben.« Hier deutete er auf Kaneke, der wieder zu sich gekommen war, wie mir auffiel, sich auf den Arm stützte und lauschte.

»Nehmt ihn und verurteilt den Verfluchten nach eurem Gesetz«, sagte sie, »denn ich will ihn keines Blickes mehr würdigen.« Dann mit lauterer Stimme, die vor kaltem Zorn bebte: »Männer der Abanda, der Fluch, der Kaneke trifft, trifft auch euch, und die Schonung, die ihr nicht annehmen wolltet, ist verwirkt. *Hinweg! Laßt die Tiere eure Richter sein und werdet wie Tiere,* bis der Himmel seinen Zorn von euch nimmt und ihr vor meine Füße kriecht als Sklaven und Vergebung eurer Sünden erfleht.«

Die Abanda lauschten. Sie starrten zur Priesterin, die in Licht gewandet war, und besprachen sich, um endlich anzugreifen, wie ich glaubte. Aber dem war nicht so, denn mit einemmal schien sie Panik zu erfassen. Ich sah sie von Gesicht zu Gesicht überspringen, sah die Männer zittern und sich das Gesicht mit den Händen bedecken. Dann wandten sie sich ohne ein Wort um und rannten in den schützenden Wald zurück. Aus dem Heer war ein verschreckter Haufen geworden.

Dann waren sie verschwunden und das Getrappel tausender Füße verklungen; kein einziger war mehr zu sehen; das Dunkel des Waldes hatte sie verschluckt.

Die wunderschöne Jungfrau, genannt Schatten, hob das Haupt, blickte zu Arkle und sagte sanft:

»Weißer Gebieter von weither, unser Traum ist erfüllt, und abermals begegnen wir uns, wie verheißen, und ich bin dein, und du bist mein. Wolltest du freilich heimwärts ziehn mit deinem Gefährten« (hier würdigte sie auch mich eines Blickes), » so stünde dir dieser Weg noch offen. Geh also, wenn es dir gefällt; aber wenn du gehst, so wisse, daß wir uns auf ewig trennen, sowohl für dieses Leben als auch alle, die noch kommen werden. Wisse auch, daß es, wenn du bleibst, keine Macht im Himmel und auf Erden gibt, die uns trennen kann, solange unsere Zeit nicht abgelaufen ist und der Stern, dem wir folgen, vom Himmel scheint. Wähle und entscheide dich ein für allemal!«

Arkle blickte vor sich nieder wie einer, der zaudert und denkt. Dann hob er den Kopf und begegnete ihren Blicken, die auf ihn gerichtet waren, bis das Strahlen, das ihr Antlitz erhellte, auch aus seinen Augen zu leuchten schien und ich wußte, daß sie ihn völlig erobert hatte. Nun wandte sich Arkle an mich und sagte:

»Leben Sie wohl, mein Freund, denn unsere Wege trennen sich nun. Ich weiß, Sie halten mich für verrückt oder gar für schlecht und gottlos, was ich in Ihren Augen und in den Augen der Welt wie wir sie kennen, auch bin. Dennoch sagt mir mein Herz, daß Liebe nicht fehlt und in meinem Wahnsinn wahre Weisheit liegt, denn dort steht mein Schicksal, die Frau, die zu gewinnen ich geboren bin, die ich verloren und wiedergefunden habe. Also leben Sie wohl und denken Sie manchmal an mich, wie wir an Sie denken werden, bis wir uns vielleicht dereinst« – und hier deutete er zum Himmel – »wiedersehen und auch Sie verstehn, was ich nicht in Worte fassen kann.«

Er nahm meine Hand und drückte sie, woraufhin er langsam die Barke bestieg und durch die Reihen der Frauen schritt, die still wie Statuen saßen, bis er zu ihr gelangte, die auf dem erhöhten Heck stand. Als er zu ihr kam, breitete sie die Arme aus und umfing ihn, und so küßten sie sich vor aller Augen, womit der Schatten sein Weib geworden war vor dem versammelten Volk.

Seite an Seite nahmen sie auf ihrem Thron Platz. Die Priester schoben die Barke ins tiefere Wasser, die Frauen wendeten den Bug zu den Binsen und dem Eiland dahinter, und die Sonne ging unter.

Die Sonne ging unter, weit über den Wassern des heiligen Sees dunkelte es, und das rätselhafte Paar entschwand im Dunkeln. Ein letztes Mal sah ich es, als es den Schilfgürtel durchstoßen und den dämmrigen offenen See erreichte. Einige Wolken am Himmel erstrahlten im letzten Licht der hinter der Kraterwand versunkenen Sonne und warfen dieses Licht auf den See und den Kahn, der dort fuhr, und umfingen das Paar darauf mit einem Glorienschein. Dann erlosch das Licht, und die Dunkelheit nahm die Barke auf.

»Das ist ein gutes Omen für den roten Baas und die schöne Spukfrau, die ihn zu sich entführt hat«, bemerkte Hans nachdenklich, »denn als die Sonne schon untergegangen war, erstrahlte sie abermals, um ihnen viel Glück zu wünschen, Baas.«

»Hoffen wir es«, erwiderte ich und kehrte dem melancholischen See einigermaßen betrübt den Rücken zu. Arkle hatte wenigstens die Dame gewonnen, die er so innig begehrte, aber ich, der ich nichts und niemanden für mich gewonnen hatte, fühlte mich einsam und verlassen. Meine Rolle in diesem Spiel war es gewesen, andrer Leute Drecksarbeit zu erledigen – die der Weißen Maus, des Kaneke und des Kumpana –, und das mißfiel mir offengesagt. Niemand gefällt das bescheidene Amt, ein Werkzeug zu sein, das nach getaner Arbeit achtlos weggelegt wird.

In jener Nacht kampierten wir am See, aber es war eine selten unruhige, unheimliche Nacht. Sie war erfüllt vom Klageruf der Vögel und vom schaurigen Ächzen des Windes, der durch die Binsen strich. Aber all dies war gar nichts im Vergleich zu den Lauten, die aus dem Wald drangen. Grimmiges Trompeten rasender Elefanten, Gebrüll wilder Tiere und am allerschlimmsten das angsterfüllte, gequälte Geschrei von Menschen, das so laut und anhaltend ertönte, daß ich Kumpana, hätte ich nur gewußt, wo er schlief, geweckt hätte, um ihn nach dem Grund zu fragen. Aber so wußte ich es nicht, und selbst wenn ich ihn gefunden hätte, hätte er sich wohl ausgeschwiegen. Zuletzt verstummten auch diese Laute, so daß ich endlich Schlaf finden konnte.

Vor Sonnenaufgang, als am Himmel der neue Tag graute, aber über dem einsamen See noch Nacht und Nebel lagerten, erschien Kumpana, brachte uns Speisen und sagte, wir sollten essen, da es Zeit zum Aufbruch sei. Los gingen wir also und betraten den verhaßten Wald, als eben die Sonne aufging. Ich hatte noch keine dreihundert Schritt zurückgelegt, als ich zwischen den Bäumen über etwas Weiches stolperte und zu Boden schaute und zu meinem Entsetzen feststellte, daß es sich um den verstümmelten Leichnam eines Kriegers der Abanda handelte, der, das erkannte ich an verschiedenen Spuren, von einem Elefanten zertrampelt worden war.

»Sieh da, Hans!« sagte ich und deutete auf den Leichnam, oder vielmehr das, was von ihm übrig war.

»Ich habe es schon gesehn, Baas«, antwortete er, »und das ist bei weitem nicht der einzige. Hast du nicht gehört, wie die Spukelefanten sie gejagt haben in der Nacht, wozu die Zauberer der Dabanda sie herbestellt haben?«

»Ich habe schon was gehört«, erwiderte ich leise und besann mich der Worte des Schattens an die Abanda: »Laßt die Tiere eure Richter sein!« Herrje, sie waren gerichtet worden!

Hans hatte ganz recht. Es lagen in der Tat viele dieser armen Kerle umher; einige Hundert, würde ich schätzen, waren umgekommen. Was für ein Tod! In der Dunkelheit der Nacht gejagt und gestellt und niedergetrampelt oder zermalmt zu werden von den toll gewordenen Tieren, welche sie vermutlich an ihrem Geruch aufspürten. Wenn dies der Lohn seiner Anhänger war, so fragte ich mich, welches Schicksal Kaneke wohl erwartete, der übrigens wohl schon weggeschafft worden war, da ich nichts mehr von ihm sah.

Wenn ich die Dabanda bis jetzt nicht gemocht hatte, so haßte ich sie nun regelrecht und wünschte mir nichts sehnlicher, als dieses grausame, verhexte Land Afrikas zu verlassen. Denn obwohl ich versuchte, andere Erklärungen herbeizuziehen wie etwa den Umstand, daß ihnen sämtliche Tiere tabu waren, stieß ich immer wieder auf Hexerei oder eine andere Kraft, die uns Weißen verborgen ist, als Urheber für die Herrschaft dieses Volkes über die Wildtiere. Man mag einwenden, daß der Angriff der Elefanten gegen die Abanda ein Unfall gewesen sei, der davon herrührte, daß sie in die Herden einbrachen bei ihrem panischen Rückzug, nachdem sie verschreckt von jener Frau geflohen waren, die sie geradezu für eine Göttin hielten. Aber dem konnte schwerlich so gewesen sein, denn als die Dabanda unsren Spuren durch den Wald zum See gefolgt waren, wimmelte es dort von Elefanten, denn wie gesagt, sah ich die großen Tiere zwischen den Bäumen stehn und uns beäugen.

Warum also waren die Abanda auf dem Weg herein

nicht getötet worden? Ich kann dafür nur eine Erklärung anbieten. Zu dem Zeitpunkt war Kaneke noch unter ihnen, den die Tiere kannten und dem sie sich wie einigen seiner Stammesbrüder fügten, denn hatte er diese Macht über die Elefanten nicht lange vor Betreten des Dabandalandes unter Beweis gestellt? Als die Krieger der Abanda dieses Schutzes beraubt waren, lag der Fall anders, denn nun wurden sie angefallen und niedergetrampelt und in Stücke gerissen, wie es auch Hans und mir ergangen wäre, wären wir allein gewesen.

Übrigens hatten wir auf dem Rückweg nichts mehr zu fürchten, denn die Tiere waren spurlos verschwunden. Hernach erfuhr ich auch, daß sie, nachdem sie an den Abanda Rache geübt hatten, angeführt vom alten Königsbullen aus dem Wald zogen und durch das Kraterland zum Paß wanderten, durch den sie gekommen waren. Was aus diesen Elefanten geworden ist, weiß ich nicht, aber ich nehme an, sie sind in ihre Gebiete zurückgekehrt, wo wir ihnen das erste Mal begegnet waren.

Nach verschiedenen Pausen, deren Gründe mir nicht erläutert wurden, brachten wir gegen Abend diesen schrecklichen Wald hinter uns, nur um auf neue Schrecknisse zu stoßen. Auf dem freien Platz rings um die Altarplattform und in den Gassen des Dorfes dahinter rannten Hunderte von Kriegern der Abanda hin und her, die bald zerfetzte Gewänder hatten, bald splitternackt gingen und kreischten und aus angstgeweiteten Augen um sich gafften. Eine Horde von Verrückten, die nur noch wenig mit Menschen gemein hatten und aus dem Mund schäumten, sich auf der Erde wälzten, sich gegenseitig die Haare ausrissen und ins Fleisch bissen.

»Alle verrückt, Baas«, sagte Hans, der sich hinter mich duckte, denn bei den Eingeborenen Afrikas ist die Angst vor dem Wahnsinn sehr verbreitet, der als Werk des Himmels angesehen wird. »Faß sie nicht an, Baas, sonst werden wir auch verrückt!«

Seine Ermahnung war überflüssig, denn ich hatte nur den einen Wunsch, einen großen Bogen um diese schrecklich anzusehenden, armen Irren zu machen. Was mochte eine solche Krise ausgelöst haben, fragte ich mich, wie ich mich noch heute frage. Ich kann nur mutmaßen, daß sie, als die Überlebenden der Abteilungen, die uns zum See gefolgt waren, wieder zum Heer stießen, das im Dorf ihrer harrte, und ihren Brüdern die Schreckensbotschaft überbrachten, den Verstand verloren.

Oder aber es begehrte nun, da Kaneke nicht mehr unter ihnen weilte, der Aberglaube, den er gebändigt hatte, mit solcher Macht wieder auf, daß er ihnen den Verstand raubte angesichts des alten Fluchs, der angeblich über jeden von ihnen komme, der den Fuß in das Land des Sees Mone setze, aus dem sie dereinst vertrieben worden waren. Ich kann es nicht sagen; jedenfalls waren sie »wie Tiere« geworden, was die Priesterin, genannt Schatten, vorhergesagt hatte. Es war schockierend, es war fürchterlich, und so war ich denn mächtig froh, als sie sich, kaum hatten sie uns bemerkt, zusammenrotteten und heulend und klagend die Flucht ergriffen, um sich vermutlich in die Heimat zu retten.

Bald war sie verschwunden in der einbrechenden Dämmerung, die Bande von Tausenden, und Stille kehrte ein im Dorf, das ziemlich heil geblieben war. Hans und ich kehrten in unser Haus zurück, wo schon eine Lampe brannte und Essen bereitet war, vermutlich von den Frauen, die uns aufwarteten und die ganze Zeit treu die Stellung gehalten hatten. Als erstes stachen uns die verlorenen Gewehre samt Munition ins Auge, die fein säuberlich auf unseren Betten deponiert waren.

»Allemagter!« entfuhr es Hans, der erst auf die Lampe und das Essen und dann auf die Gewehre deutete. »Wir sind den wunderlichsten Leuten begegnet auf unsern Reisen, Baas, aber solchen noch nicht. Tja, Baas, das sind keine Leute hier, das sind lauter Hexen und Hexer, jeder einzelne. Sie haben den Teufel zum Meister, was auch den Abanda aufgehen wird, wenn sich ihre Verwirrung legt.«

Dann sank er matt auf einen Stuhl und machte sich wortlos über das Essen her. Auch ich klappte zusammen; kein anderes Wort beschrieb meinen Zustand treffender, der ich körperlich ausgelaugt und seelisch aufgewühlt war. Zu jenem Zeitpunkt war ich fast geneigt, Hans beizupflichten, obwohl ich jetzt natürlich weiß, daß sich diese Dinge, die mir seinerzeit so verwunderlich erschienen, sicher natürlich erklären ließen. Es war nicht verwunderlich, daß die Abanda im Wald von jenen nach dem Erdbeben und Unwetter gereizten Elefanten angegriffen worden waren oder daß die Überlebenden und ihre Gefährten angesichts all der Schrecknisse, welche die Wirkung ihres ererbten Aberglaubens verschärften, den Verstand verloren.

Noch war es verwunderlich, daß ein leidenschaftlicher Mann wie Arkle den Lockungen einer wunderschönen Priesterin erlag, deren persönliche Reize durch ein mysteriöses Umfeld gefördert wurden, obwohl ich zugeben muß, daß ich seine Geschichte von einem vorausgegangenen telepathischen Dialog, wenn ich so sagen darf, nicht verstehe. Sehr wahrscheinlich existierte dieser nur in seiner Einbildung, und die eigentliche Romanze begann, zumindest von seiner Seite, erst bei der allerersten Begegnung am Ufer des Sees.

Dennoch war die geballte Wirkung so vieler unheimlicher Erlebnisse, die verstärkt wurden durch die Mythen, die man mir ständig auftischte, die vielen Rituale und Erlebnisse von ausgefallener, unzuträglicher Art, an denen ich teilhaben mußte, und das Untertauchen von Arkle in ein für meine Begriffe östliches *Huri*-Paradies*, überwältigend; zumindest wirkte es so auf einen müden, verwirrten Mann.

---

* Huri – mohammedanische Paradiesjungfrau. – *Anm. d. Übers.*

So legte ich mich denn schlafen, verzagt und von Fieber geplagt, das mich eine Woche ans Bett fesselte, woraufhin es einer weiteren Woche bedurfte, ehe ich wieder bei Kräften war.

Während dieser Zeit ereignete sich recht wenig, denn Hans meldete, im Dorf gehe das Leben wie vor dem Unwetter seinen gewohnten Gang. Die Leute bepflanzten ihre Gärten; das heilige Feuer auf dem Altar wurde wieder entfacht, und die Priester hatten ihren umgestürzten Beobachtungsturm wieder aufgebaut, von wo aus sie des Nachts wie von alters her die Sterne beobachteten. Nach dem Anschein zu urteilen, den die Leute sich gaben, hätte man fürwahr glauben können, daß nichts Ungewöhnliches geschehen oder dieses zumindest längst wieder vergessen sei.

Da ich von ängstlicher Sorge erfüllt war und darauf brannte, dieses Land zu verlassen, sobald ich gesund genug für die Reise wäre, versuchte ich mehrmals, mit Kumpana Kontakt aufzunehmen, dem einzigen an diesem Ort, der offenbar wirklich etwas zu sagen hatte, mußte mir aber stets anhören, daß er nicht da sei.

Schließlich machte er mir seine Aufwartung, höflich lächelnd wie immer, und entschuldigte sich, nicht schon eher gekommen zu sein. »Denn dann«, fügte er hinzu, »wäre ich, der ich ein Medizinmann bin, imstande gewesen, deine Krankheit abzukürzen.«

Ich erwiderte, das sei nicht weiter schlimm, daß ich bestens wiederhergestellt sei und an keiner ernsten Krankheit gelitten hätte. Sodann erkundigte ich mich nach Neuem.

»Es gibt nicht viel Neues, Herr«, entgegnete er. »Vom See ist zu erfahren, daß die Engoi und ihr Gemahl, der Schild des Schattens, wohlauf und ungemein glücklich sind. Die Abanda, die in ihr Land heimgekehrt sind und den Verstand wiedergefunden haben – denn es sind nur etwa zweihundert von den Elefanten getötet worden –, rutschen vor uns auf dem Bauch und lassen melden, daß sie sich uns unterwerfen und treu dienen, um als ein Volk mit uns zu leben.«

»So habt ihr also erreicht, was ihr wolltet?«

»Ja, Herr, denn jetzt wird aus uns ein großer Stamm, eine Nation gar, wie wir es vor vielen hundert Jahren gewesen sind, denn die Abanda sind tapfere Krieger, und ihre Frauen gebären viele Kinder, während die unsrigen nur wenige oder gar keine bekommen. Die Abanda werden uns nie mehr bedrohen, sondern sich von unsrer Weisheit leiten lassen und tun, was wir befehlen.«

»Was von Anfang euer Ziel war, nehme ich an, Kumpana?«

»Ja, Herr, das war unser Ziel, was vieles erklärt, das du nicht hast verstehen können, so unter anderem, warum du nach Moneland geholt worden bist. Ohne dich wäre Kumpana nicht vor den Arabern zu retten gewesen und der weiße Herr und Schild des Schattens nicht vor den Abanda, nachdem er wegen einer Torheit aus dem Land geworfen worden war, was nicht einmal ich verhindern konnte.«

»Aber wieso wolltet ihr Kaneke zurück, Kumpana, wo ihr ihn doch sofort seiner Häuptlingswürde enthoben und ausgestoßen habt?«

»Ein Grund ist, daß er, wäre er nicht heimgekehrt und wieder vertrieben worden, niemals zu den Abanda übergelaufen wäre und sie gegen uns ins Feld geführt hätte, was wir uns erhofften, da wir das Schicksal auf unsrer Seite wußten. Trotzdem glaube ich nicht, daß die Abanda, welche die Engoi und ihre Diener fürchten, ihm gefolgt wären, hätten sie nicht dich gesehen, den großen weißen Mann, der überall berühmt ist und der vor ihnen wegrannte wie ein verfolgter Schakal, weshalb wir dich zum Paß mitnahmen unter dem Vorwand, gegen sie kämpfen zu müssen.«

Ich mußte mich mächtig zusammenreißen, um meinen Zorn zu bändigen, denn es brachte nichts ein, mit

Kumpana über die schändlichste Episode meiner Laufbahn zu debattieren, also erwiderte ich spöttisch:

»Dann habt ihr all das vorausgesehen, Kumpana, und entsprechend eingefädelt?«

»Natürlich, Herr, denn diese Gabe haben wir«, erwiderte er gutmütig, aber mit einem Beiklang von Entrüstung wie jemand, der sich über einen Dummkopf lustig macht.

Ob dieser dreisten Lüge verschlug es mir die Sprache, aber da ich es wieder für sinnlos erachtete, dagegen anzureden, wechselte ich das Thema und fragte:

»Und warum habt ihr den Mann, der jetzt Gemahl des Schattens ist, hergeholt und mit ihr verheiratet, anstatt sie Kaneke zu geben, dem sie versprochen war, oder einem andern Mann aus eurem Volke?«

»Tja, unsre Männer sind ...« Und er benutzte ein arabisches Wort, das ich nur mit »ausgepumpt« wiedergeben kann. »Unsere Rasse ist alt und von Inzucht bedroht. Deshalb war es erforderlich, daß sie, welche nun die Engoi auf Erden ist, einen Mann freit, der frisches Blut einbringt und mit den Errungenschaften und Gesetzen der großen weißen Rassen vertraut ist. Denn dieser Verbindung, Herr, wird ein Kind entspringen, die künftige Engoi, eine beherzte Frau. Sie ist's«, verkündete er triumphierend, »welche die Dabanda wieder zu einem mächtigen Volk unter den Völkern Afrikas machen wird, nicht diejenige, die nun über uns herrscht, oder der weiße Wanderer, ihr Gemahl.«

»Ist das wieder eine eurer Prophezeiungen, Kumpana?«

»Ja, Herr, und eine, die ganz gewiß in Erfüllung gehen wird«, erwiderte er in dem gleichen triumphierenden Ton. Dann sagte er, als würde er ungern darüber sprechen, mit normaler Stimme:

»Heute ist die Nacht des Vollmonds, und es findet eine Zeremonie vor dem Altar statt, der beizuwohnen ich dich bitten möchte. Denn morgen schon wirst du uns sicher Lebewohl sagen wollen, wie es vereinbart ist.«

»Das freut mich zu hören«, rief ich, »aber eurer Zeremonie möchte ich nicht mehr beiwohnen.«

»Dennoch, Herr«, sagte er mit seinem seltsamen feinen Lächeln, »wirst du meiner Bitte, wie gehabt, nachkommen.«

»Das heißt, daß ich erscheinen muß.«

»Oh! Herr, sag so etwas nicht! Dennoch bin ich sicher, daß du kommst, weshalb ich dir eine Eskorte schicke, die dich begleitet, damit du nichts zu fürchten brauchst.«

Damit erhob er sich und ging unter vielen Verbeugungen hinaus.

Erst als er gegangen war, fiel mir ein, daß ich ihn nicht gefragt hatte, was aus Kaneke geworden sei.

»Baas«, sagte Hans, »ich habe dich immer für recht klug gehalten, aber dieser Kumpana ist viel klüger als du und auch klüger als ich, denn letztendlich, weißt du, bekommt er uns immer dazu, daß wir nicht tun, was wir wollen, sondern machen, was er will, und verlacht uns noch dazu. Wir werden heut' abend schon hingehen müssen zu diesem Fetischfest, denn wenn wir nicht gehn, tragen uns die Männer, nicht unfreundlich natürlich, die er zu unserm Schutz schickt. Was uns dort wohl geboten wird?«

»Woher soll ich das wissen?« fuhr ich ihn an, da mir Hans mit seinen Sprüchen auf die Nerven ging. »Vielleicht stattet uns die Schattendame samt Gemahl einen Besuch ab.«

»Das glaube ich nicht, Baas. Ich glaube, die sitzen daheim und halten Händchen und gucken sich verliebt an und schwärmen albern über den Mond. Wenn es ein halbes Jahr später wäre, wo sie andrer Leute Hände halten und andre Gesichter sehen möchten und alles über den Mond vergessen hätten, dann würden sie kommen, Baas; aber jetzt noch nicht. Aber vielleicht wird uns Kaneke besuchen, wenn er nicht schon tot ist, wovon uns nichts bekannt ist, und den würde ich viel lieber sehen als zwei Leute, die sich ständig ›Liebster-Liebste‹ und ›du mein Alles, du‹ zusäuseln.«

»So, würdest du, du böses Sünderlein«, sagte ich darauf und ging.

Nun fügte es sich, daß Hans, der die Wahrheit wittern konnte wie jeder Medizinmann, recht behielt, denn als wir an jenem Abend in Begleitung unsrer angekündigten Eskorte, einer starken übrigens, die Altarplattform erreichten, zeigte sich, daß im Mittelpunkt der Aufmerksamkeit kein Geringerer als Kaneke stand und daß es uns zum zweiten Mal beschieden sein sollte, seinem Todesurteil beizuwohnen. Im übrigen erregte dieses Ereignis bei der zurückhaltenden Bevölkerung, die durch zahllose Jahre des Überflusses und der eisernen Herrschaft der Priester teilnahmslos geworden war, brennendes Interesse.

Dies war daran ersichtlich, daß jeder vom Dorf, der gehen oder getragen werden konnte, sich eingefunden hatte auf dem Marktplatz unter der Plattform, und darüber hinaus eine große Anzahl von Menschen aus den Weilern und Gehöften der Umgebung. Auch die Priester waren zahlreich erschienen; die Astrologen auf den Türmen beobachteten die Sterne und riefen ihre Botschaften aus; ein hinter dem Altar verborgener Chor stimmte zwischendurch ernste Gesänge an, und das heilige Feuer brannte wie ein Signalfeuer auf einem Berg, als wollte es wettmachen, daß es jüngst zweimal erloschen war. Es brannte, als wollte man darüber einen Ochsen braten.

Vor ihm stand, vom grimmigen Schein seiner Flammen umspielt, Kaneke, der gefesselt und streng bewacht war, während zu seinen beiden Seiten der weißgewandete Rat des Schattens saß, dessen Mitglieder offenbar als Richter oder Geschworene oder beides fungierten. In der Nähe stand Kumpana, der sich so aufgestellt hatte, daß er sowohl drunten im Publikum als auch oben auf der Plattform zu hören war und in diesem Drama die Rolle des Anklägers spielte.

Als ich mit Hans eintraf und einen Platz dicht bei Kumpana und gegenüber von Kaneke zugewiesen bekam, wurde das Verfahren eröffnet. Dieses bestand, um es kurz zu machen, hauptsächlich aus einer Aufzählung seiner sämtlichen Verbrechen, wobei mit einer ausgiebigen Schilderung eines Sakrilegs begonnen wurde, das er in seiner Jugend gegen eine frühere Engoi verübte und anscheinend viel schlimmer war, als er mir anvertraut hatte, und zu seiner Verbannung oder Flucht führte; anschließend wurden jene Fehltritte vorgebracht, von denen ich bereits Kenntnis erlangt hatte.

Nachdem die Aufzählung komplett war, wurde Kaneke aufgefordert, sich dazu zu äußern. Dies tat er mit Würde, wobei er ausführte, daß seine Richter keine Rechtsgewalt über ihn hätten, da er ihr rechtmäßiger Häuptling sei und keiner Gerichtsbarkeit unterliege. Die gegen ihn vorgebrachten Verbrechen versuchte er nicht zu entkräften oder zu rechtfertigen, da sie ob der Schwere der Taten nicht entschuldbar waren.

Nachdem er geschlossen hatte, fragte Kumpana den Rat und die Priester:

»Was sagt ihr?«

Woraufhin sie im Chor antworteten:

»Wir sagen, daß er schuldig ist!« Und die auf dem Markt drunten Versammelten wiederholten den Spruch, ein mächtiges Raunen.

Dann rief Kumpana mit lauter Stimme die Astrologen auf den Türmen an und fragte:

»Welcher Lohn ist für den Verräter Kaneke, auf dem der Fluch der Engoi liegt, bestimmt für seine Sünden gegen den Schatten und das Volk?«

Die Sterndeuter auf den Türmen richteten den Blick gen Himmel und gaben vor, die Gestirne zu erforschen, woraufhin sie sich in einem geheimen Dialekt, den ich nicht verstand, besprachen. Schließlich verkündete der Sterndeuter zur Rechten:

»Hört die Sterne des Himmels! Er, welcher das Feuer gelöscht, soll das Feuer nähren!«

Ich betrachtete die züngelnden Flammen, in welche die Priester eben noch mehr Holz geworfen hatten; da ich nicht verstand, was dieser Spruch zu bedeuten hätte, meinte ich zu Hans, das Feuer sei doch wohl genährt.

»O Baas«, erwiderte er, »bist du dumm. Verstehst du denn nicht, daß sie diesen Eulenmann als Brandopfer darbringen? Die Frau im Haus hat mir erzählt, so ergeht das jedem, der versucht, Hand an den Schatten der Engoi zu legen, und zuweilen auch ihrem Gemahl, wenn sie seiner überdrüssig geworden ist.«

»Du meine Güte!« entfuhr es mir, und ich wurde blaß. Ehe ich ein weiteres Wort über die Lippen brachte, wurde ich von Kaneke, der im Grunde feige war, wie er bewiesen hatte, als er bei Arkle sein Geburtsrecht gegen sein Leben eintauschte, und dessen Augen im fahlen Gesicht hervorquollen, leidenschaftlich bestürmt, ihn zu retten.

Ich versuchte, etwas zu seinen Gunsten zu sagen, obwohl ich vergessen habe, was es war, aber sofort fiel Kumpana mir ins Wort und bemerkte, es sei reichlich Platz für zwei auf dem Altar. Als Erklärung fügte er hinzu, daß nach einem alten Brauch in seinem Land der, welcher versucht, einen zum Tode Verurteilten zu retten, die gleiche Strafe erleidet.

Als ich dies vernahm, der ich machtlos war und nicht zusehen wollte, wie jemand lebendig verbrannt wurde, mochte er auch noch so ein Schurke sein, erhob ich mich und ging mit aller Würde, die ich aufbringen konnte, die Stufen hinunter und durch die Leute drunten zum Haus zurück. Als ich dabei Kaneke passierte, schrie dieser:

»Leb wohl, Macumazahn, dem ich in einer Schicksalsstunde begegnet bin. Wenn du, ehe du dieses Land verläßt, deinen Freund, den weißen Räuber, der alles gestohlen hat, was mein gewesen ist, noch einmal siehst, so sag ihm, daß er eines Tages anstatt ihrer Lippen auch die Flammen des Altarfeuers küssen wird.«

Damit verließ mich das letzte Mitleid, denn ich wußte sehr wohl, daß er diese grausamen Worte gesprochen hatte, um unbegründete Ängste und Sorgen in mir zu erwecken, in mir und im Herzen von Arkle, sollten sie ihm zu Ohren kommen.

»Hör auf mit deinen Lügen und stirb wie ein Mann!« entgegnete ich.

Falls er mir eine Antwort gab, so hörte ich sie nicht, weil nun die Priester einen Gesang erschallen ließen, eine wilde Weise, die alles übertönte. Am Ende des Marktes blickte ich unwillkürlich noch einmal um und sah die große Gestalt des Kaneke vor den Flammen, in die er gerade gestoßen wurde, während das Volk ringsum, das bisher still gewesen war, in Jubel ausbrach.

Eine Weile später kehrte Hans zurück.

»Baas«, sagte er, »ich bin froh, daß sie Kaneke, diese Bestie, verbrannt haben.«

»Warum?« fragte ich, von seinem harten Urteil erstaunt.

»Aus zwei Gründen, Baas. Zum einen hat er Lochgesicht und Jerry in den Tod geschickt, als wir uns in den Paß geflüchtet haben, und sich als Feigling erwiesen, der seine Kameraden im Stich läßt; zum andern, weil er dir nachgerufen hat, daß er, wenn er gesiegt hätte, dich und den roten Baas und mich dazu verbrannt hätte. Darum bin ich geblieben, um sein Ende zu erleben.«

»Komm, packen wir«, sagte ich, »denn morgen brechen wir auf.«

»Ja, Baas, aber wohin, Baas?«

»Ich weiß es nicht und es ist mir einerlei«, gab ich zur Antwort, »ich will nur weg von diesem verwunschenen

Land. Ich verstehe sowieso nicht recht, warum sie mich überhaupt hergeholt haben.«

»Damit du Kaneke mitbringst, Baas.«

»Aber warum wollten sie Kaneke? Sie wären auch ohne ihn gut zurechtgekommen.«

»Um ihn zu verbrennen, Baas. Er hat sich gegen einen anderen Schatten versündigt, der schon tot ist, und die Priester, die nichts vergessen, haben ihn zurückgeholt, damit er für seinen Frevel sterbe. Deshalb wurde Weiße Maus ausgesandt, ihn in die Heimat zu locken, indem sie ihm versprach, er solle die neue Engoi heiraten, und darum bangte sie um sein Leben, denn wäre er durch die Hand der Araber gestorben, hätte er dem Altarfeuer ein Schnippchen geschlagen. Oh! Es war alles hübsch ausgedacht, Baas, wie Kaneke inzwischen zu spüren bekam.«

»Vielleicht! Jedenfalls lockt *mich* hierher keiner mehr zurück!« sagte ich.

20

Lebewohl

Mit der grausamen Hinrichtung des Kaneke, wie beschrieben, endet die Geschichte meines Besuchs am heiligen See, genannt Mone, und beim dort lebenden Volk. Allerdings sollte ich vielleicht noch das eine oder andere hinzufügen.

Den Tag nach dem schrecklichen Schauspiel auf der Altarplattform verbrachten Hans und ich mit Vorbereitungen. Wir schnürten die Bündel für die Träger, die uns, so wurde uns geagt, am nächsten Morgen zur Verfügung stünden, überwachten die Zubereitung von Proviant, brachten unsre strapazierten Stiefel in Schuß und so fort. In unsrer freien Zeit versuchte ich zudem, das schwere Problcm zu lösen, welche Route wir einschlagen sollten. Sollten wir den Weg zurückgehen, der uns ins Seeland geführt hatte, oder den Marsch zur Westküste wagen? Bei meiner Seele, ich wußte es nicht, und Hans beschränkte sich darauf, die Mühen und Gefahren beider Routen aufzuzeigen.

Als ich in jener Nacht zu Bett ging, war ich immer noch unschlüssig und legte mich hin mit dem Vorsatz, das Problem noch einmal zu überschlafen, denn bis zum Morgen, hoffte ich, werde die Erleuchtung kommen. Tatsächlich kam sie auch, und auf wundersame Weise.

Gegen Mitternacht wurde ich wach und sah im Schein der Lampe, die ich hatte brennen lassen, die weißgewandete Gestalt einer Frau am Fuße meines Bettes stehen, die mich aufmerksam betrachtete.

»Was, zum Kuckuck ...«, begann ich hastig, als sie mir mit einer Handbewegung Schweigen gebot.

Dann zog sie ihren Schleier zurück, und ich konnte ihr Gesicht sehen. Es war Weiße Maus!

Ein Irrtum war bestimmt ausgeschlossen, obwohl ich sie nur zwei-, dreimal in einer einzigen Nacht gesehen hatte. Dieselbe feingliedrige Gestalt, dieselben eindringlichen, dunklen Augen, dasselbe lockige Haar und dasselbe süße, traurige Antlitz, das geheimnisvoll wirkte und Vertrautheit mit Verborgenem erahnen ließ.

»Weiße Maus!« flüsterte ich, denn ich getraute mich nicht recht, laut zu sprechen, fürchtete ich doch, es mit einem Spuk oder bestenfalls mit einem Traum zu tun zu haben.

»Ja, Macumazahn, diesen Namen trug ich einst weit entfernt von hier bei den Arabern.«

»Aber du bist tot! Sie haben dich getötet im Hof von Kanekes Haus.«

»Nein, Herr, töten konnten sie mich nicht. Ich entwischte ihnen und kehrte vor euch in dieses Land zurück, wobei ich euch alle Steine aus dem Weg räumte.«

»Vor uns! Wie war das möglich?«

»Das ist eins der Geheimnisse, die ich nicht preisgeben darf, Herr, und es spielt auch keine Rolle. Auch sind wir uns seither schon wiederbegegnet, als dir jene ›Waldbewohner‹ zu schaffen gemacht haben und jemand erschienen ist, der dir den Weg gewiesen hat.«

»Dachte ich's mir doch!« entfuhr es mir. »Aber ehe ich mich vergewissern konnte, warst du verschwunden, so daß ich dich schon – nun, nicht für eine Frau – sondern für einen der Waldbewohner hielt.«

»Ich weiß, erwiderte sie mit einem lieblichen Lächeln, »und bist du dir überdies auch jetzt ganz sicher, daß ich eine Frau bin?«

»Nein«, antwortete ich.

»Ich auch nicht ganz, Macumazahn, aber das ist auch so ein Geheimnis und spielt keine Rolle. Schau, ich bin Bote heut' nacht, was immer ich sonst sein mag, und habe dir einen Brief gebracht, den du lesen kannst, wenn ich gegangen bin, da eine Antwort sich, glaube ich, erübrigt. Falls du doch Antwort geben willst, so formuliere sie in Gedanken, wo ich sie lesen und Wort für Wort überbringen werde.«

»Wieder fange ich zu glauben an, daß du ein Geist bist, Weiße Maus, denn so spricht keine Frau«, sagte ich, während ich die kleine Papierrolle entgegennahm, die sie mir reichte, und aufs Bett legte.

Offengestanden war ich im Moment mehr an Weißer Maus interessiert als an dem, was in der kleinen Rolle stehen mochte.

»Auch wenn manche das nicht wissen, sind wir doch allesamt ein Geist, nicht wahr, Macumazahn, mag auch die Hülle des Fleisches oft derb sein, so daß man das Licht des Geistes, das innen leuchtet, nicht durchscheinen sieht. Herr, meine Zeit ist knapp, und ich habe dir etwas zu sagen. Willst du mir zuhören?«

»Was könnte mir mehr gefallen als dir zu lauschen, insbesondere in diesem Land, Weiße Maus?«

Wieder huschte ein feines, ach so liebliches Lächeln über ihr Gesicht, das mir durch und durch ging wie gewisse Klänge einer Geigenmusik. Wenigstens setzte ich aus unerfindlichen Gründen ihr Lächeln stets mit den Klängen schwingender Saiten in Verbindung.

»In andern Ländern freilich würde es dir nicht gefallen, Herr, denn dort unter deinesgleichen wäre dir nichts mehr zuwider als die Stimme einer Geist-Frau zu hören, die an einem verwunschenen Ort lebt, wo es spukt. Wäre dem nicht so, würde ich dich vielleicht begleiten, was ich, obgleich du mich nicht sehen wirst, womöglich doch noch tue.«

»Was soll das heißen?« fragte ich gespannt.

»Nichts, was du zu fürchten brauchst, Herr. Ich mag dich sehr, und sowohl Geister als auch Frauen sind gern in der Nähe dessen, den sie mögen. Ach, ich habe dich von Anfang an beobachtet und gesehen, daß du viele Schwierigkeiten gemeistert hast, die andere dir aufgebürdet haben. Ich habe dein Herz geprüft und für würdig befunden. In diesem Land, Herr, findet man solche nicht.«

»Das freut mich zu hören«, sagte ich, der ich wenig für die Dabanda übrig hatte. Um das Thema zu wechseln, das ich sehr persönlich fand und mir peinlich war, insbesondere für einen bescheidenen Mann wie mich, der weder aufstehen noch verschwinden konnte, fragte ich: »Willst du mir einen Gefallen tun, Weiße Maus, bevor du gehst? Sag mir, warum ich in euer Land gebracht worden bin.«

»Du hast kommen wollen, Herr; und wenn man sich etwas wirklich wünscht, geht es früher oder später in Erfüllung. Darüber hinaus gibt es noch mehr Gründe als die, welche Kumpana dir dargelegt hat, aber welche du, auch wenn ich sie dir erklärte, nicht verstehen würdest.«

»Warum nicht?«

»Weil sie mit etwas zu tun haben, das du längst vergessen hast; ja, mit anderen Leben, die unter dem Mantel der Vergangenheit verborgen liegen und wo du und ich und die beiden Großen, die inmitten des Sees wohnen, und Kumpana und Kaneka uns gekannt haben, wie wir uns heute kennen. Das Leben des Menschen ist eine lange Geschichte, Herr, wobei wir immer nur in einem bewegten Kapitel lesen und dieses für das komplette Buch halten und nicht wissen, was davor gewesen ist und was hiernach sein wird.«

Nun besann ich mich darauf, daß viele weise Männer aller Epochen, wie zum Beispiel Plato und andere, angeblich diese Anschauung teilten, die nicht auszuschließen ist, aber mit der man sich nur schwer anfreunden kann, zumindest im Westen, während im Osten andere Vorstellungen herrschen. Da ich mich jedoch nicht auf ein so umfangreiches Thema einlassen wollte, sagte ich lediglich:

»Und verstehst *du,* Weiße Maus?«

»Ich verstehe einiges und ahne mehr. Denn wir Bewohner des Sees, die du bestimmt für Wilde hältst, die von den Lehren eines Irrglaubens verblendet sind, besitzen die Weisheit unsrer Rasse.«

»Ja«, sagte ich, »die Weisheit, deren Früchte ich letzte Nacht erleben mußte, als ein Mann lebendig auf eurem Altarfeuer verbrannt wurde.«

»Du irrst, Herr. In der Weisheit des Sees ist kein Platz für Grausamkeit, mit der sie, welche im See herrscht, nichts gemeinsam hat, obgleich ihr die Dabanda als Diener und in gewisser Weise auch als Herren gegeben sind. Als sie erfuhr, was mit Kaneke und jenen, die er fehlgeleitet hatte, geschah, weinte sie, obschon sie wußte, daß dies geschehen müsse und das Todesurteil aussprach. Ja, wir Frauen im See entsagen uns der Welt und richten unser Denken auf den Himmel aus, der unsere Heimat ist. Also verurteile uns nicht, Herr, und messe uns nicht an den Dabanda. Nun bin ich am Ende, die ich nicht mehr sagen darf außer ein letztes Wort noch: Fürchte dich nicht auf deiner Reise, denn wir wissen, daß du sie sicher überstehen und noch viele Jahre leben wirst. Geh hin, wo immer dir das Glück hold erscheinen mag, und es wird sich alles zum Guten für dich wenden! Also leb wohl, Macumazahn! Denk nicht schlecht von uns Frauen des Sees, auch wenn wir nur Frauen sind, denn wie du weißt oder noch lernen wirst, sind Frauen trotz ihrer Fehler besser und weiser als Männer, weil ihnen zuweilen das Licht offenbart wird, das den Männern verborgen bleibt.«

Sodann beugte sie sich zu mir, ergriff meine Hand, küßte sie, wandte sich ab, schob den Vorhang an der Tür zur Seite und verschwand in die Dunkelheit. Und ich war froh, in Moneland einen Menschen gefunden zu haben, den ich mögen konnte und der mich mochte!

Vom Bett auf der andern Seite des Raumes meldete sich mit erstickter Stimme Hans, den ich mittlerweile ganz vergessen hatte, und sagte:

»Ist das der letzte Kuß, Baas, und darf ich, wenn ja,

den Kopf wieder herausstrecken? Es ist sehr warm unter meinem Fell hier, unter dem ich die ganze Zeit mein Gesicht verborgen und kaum Luft bekommen habe, Baas.«

»Nun, die Ohren hast du dennoch gespitzt«, entgegnete ich, »also hör auf mit dem Unsinn und sag mir lieber, was du von Weißer Maus hältst!«

»O Baas«, sagte er und setzte sich auf. »Ich glaube, sie ist ein Spuk, mehr als alle andern. Aber ich finde auch, daß sie ein schöner Spuk ist, obwohl sie mich seinerzeit im Araberdorf getäuscht und mir weisgemacht hat, die eifersüchtige Frau des Eulenmanns Kaneke zu sein und mich viel mehr zu mögen als diesen. Im übrigen bin ich jetzt glücklich, weil sie, die sie ein Spuk ist und sich damit auskennt, sagt, daß wir die Reise heil überstehen. Aber du bist natürlich unglücklich, weil du sie gerade zum letzten Mal gesehen hast, von der du so angetan bist, daß du ganz vergißt, den Brief zu lesen, denn einen Brief lesen ist natürlich viel öder als geküßt zu werden, Baas.«

»Bring mir die Lampe!« sagte ich, »während ich den duftenden Grashalm löste, womit die Rolle gebunden war und sie entfaltete.

Der Brief stand auf einer wie aus einem Notizbuch herausgeschnittenen Seite und stammte, wie ich vermutet hatte, von Arkle. Er lautete folgendermaßen:

Lieber Quatermain,
wir wissen, daß Sie abreisen, und ich sende Ihnen zum Abschied durch einen verläßlichen Boten diese Zeilen. Denken Sie nicht schlecht von mir, weil ich meiner Heimat den Rücken kehre und die Tradition ablege, in der ich erzogen worden bin, um hier in Zentralafrika die Priesterin eines seltsamen Kults zu heiraten. Liebe ist stärker als die Bande der Heimat und Tradition, und in unserm Fall ist sie übermächtig; ja, ein Schicksal. Vermutlich werden Sie mir nicht recht glauben, was ich Ihnen darüber er-

zählt habe, wie ich mich zu dieser Frau hingezogen fühlte, und dies als nichtige Phantasien eines Schwärmers abtun. Deshalb will ich dazu nur sagen, daß es mir durchaus real vorgekommen ist, was der Ausgang ja bestätigt hat, obwohl hierbei natürlich auch der Zufall eine Rolle gespielt haben kann. Vermutlich glauben Sie auch nicht recht an den Okkultismus dieses geheimnisvollen alten Volkes und suchen für alles möglichst eine natürliche Erklärung.

Aus vielen Gründen wünschte ich, diese Ansicht teilen zu können! Aber leider glaube ich an diese Kräfte. Und hierzu möchte ich eines klarstellen: die Kräfte liegen nicht in ihr, die unter anderem Engoi oder vielmehr Schatten der Engoi heißt! Sie ist nur das Medium. Die Kräfte liegen in anderen, im jetzigen Fall nämlich hauptsächlich beim Haupt des Rates, Kumpana.

Fiel Ihnen bei Ihrer ersten Begegnung auf der Altarplattform und dann wieder im Boot am Tag unsrer Vermählung ihre Stimme auf, die nicht natürlich klang? Zumindest mir kam sie ganz anders vor als sonst, wenn sie mich persönlich ansprach, wie eine Frau eben zum Mann ihres Herzens spricht. Zum Beispiel verhängte sie anscheinend das Urteil über die Abanda und lieferte sie den Tieren aus, über die die Dabanda zweifellos Macht haben, und stürzte sie in den Wahnsinn, der sich, wie ich höre, hernach wieder legte.

Dennoch versichere ich Ihnen, daß sie nicht mehr wußte, diese Worte gesprochen zu haben, wie sie ebenso nicht wußte, daß Kaneke zum Feuertod verdammt war; kurzum, sie äußerte diese Worte unter einem seltsamen hypnotischen Einfluß. Des weitern scheint sich diese Begabung zum Medium im Laufe der Jahre zurückzubilden, weshalb die Priester der Dabanda ihre Engoi mitsamt ihrem Gemahl in einem bestimmten Alter töten und durch einen neuen Schatten ersetzen.

Nun werden Sie sagen, daß dies finstere Aussichten für sie und mich seien. Aber Sie sollen wissen, Quatermain, daß ich nicht gedenke, die Hände in den Schoß zu legen und dieses Los hinzunehmen. Ich will es mit den Priestern und dem Rat aufnehmen und sie stürzen – wie, weiß ich noch nicht – und an ihrer Stelle eine saubere, gute Regierung aufstellen. Sollte sich zeigen, daß dies undurchführbar ist, werde ich mit meiner Frau fliehen. Also betrachten Sie uns nicht als Todgeweihte; erachten Sie mich nicht als Überläufer und Abtrünniger, sondern sehen Sie mich als jemand an, der für eine Weile untergetaucht ist.

Einstweilen bin ich, das darf ich Ihnen versichern, ungemein glücklich und wird jenes Buch voller alter Weisheiten, das ich für die Welt verloren glaubte, vor meinen Augen aufgeschlagen. Ich wünschte, Sie könnten diesen Ort sehen mit seinen Bauten und alten Schriften, die zu entschlüsseln mir noch nicht gelungen ist. Aber das darf nicht sein, denn jeder Versuch würde Sie gewiß das Leben kosten. Also müssen Sie Ihrer Wege gehn, wie ich meiner Wege gehe, wobei ich hoffe, daß sich unsre Wege vielleicht sogar in diesem Leben noch einmal kreuzen.

Vorerst bedanke ich mich für alles, das Sie für mich getan haben, und hoffe doch, daß sich die seltsamen Erlebnisse und die damit verbundenen Mühen und Gefahren gelohnt haben für Sie. Gott segne Sie, mein Freund, wenn ich Sie so nennen darf, und leben Sie wohl! Ich bitte Sie und Hans, möglichst wenig über mich und die Dabanda und Mone, den heiligen See, zu sprechen. Versuchen Sie vor allem nicht, zurückzukehren oder andere Weiße zu Nachforschungen oder zum Ausfindigmachen meiner Person herzuschicken, denn solche Versuche würden unweigerlich mit dem Tod enden. Lassen Sie mich verschwinden, wie so mancher Weiße in Afrika verschwindet, und meine Geschichte mit mir. Nochmals Lebewohl!

J. T. Arkle

P.S. Anbei eine Nachricht an den Führer meiner Jäger, denen ich an einem Ort, zu dem man Sie führen wird, meine Waren und meine Ausrüstung anvertraut habe. Der Führer, der ein bißchen lesen kann, wird angewiesen, Ihnen absolut alles zu übergeben, einschließlich einer verschlossenen Schatulle mit einer Summe in Gold, welche ihnen hoffentlich dienlich sein wird. Ich empfehle Ihnen, zur Westküste zu ziehen, weil die Jäger Sie auf diesem Weg führen können, zumindest bis dorthin, wo Sie mit Weißen in Berührung kommen.

J. T. A.

Das also war der seltsame Brief, über den ich mich sehr freute. Denn gab er mir nicht die Hoffnung, daß Arkle eines Tages diesem verwunschenen Land den Rücken kehren würde – mit oder ohne Frau, welche das Schicksal ihm an die Seite gegeben hatte? Und erklärte er zudem nicht vieles, worüber ich bislang völlig im Dunkeln tappte? Ich meine schon.

Hier nun möchte ich meine Geschichte beenden, denn wollte ich alle meine Abenteuer und Erlebnisse auf dem Weg zur Westküste schildern, so würde dies ein weiteres Buch füllen, das zu schreiben ich weder Zeit noch Neigung habe. Es genüge der Hinweis, daß alles gutging. Ich wurde zu Arkles Camp geführt und gelangte mit Hilfe der Ausrüstung, die ich dort vorfand – von dem Geld, einer stolzen Summe, ganz zu schweigen –, zur Küste, an der ich nach Südafrika in See stach, wo ich erklärte, auf einer langen Safari in portugiesischen Gebieten gewesen zu sein.

»Baas«, sagte Hans eines Tages zu mir, als wir über Arkle und seine große Leidenschaft plauderten. »Was sind die ›Zwillingsherzen‹, von denen du sprichst?«

Ich erklärte es ihm, so gut ich konnte, woraufhin er meinte:

»Baas, du weißt noch, wie Kaneke sagte, bevor sie ihn ins Feuer stießen, daß der rote Baas ihm eines Tages

HEYNE BÜCHER

H. RIDER HAGGARD

Sir Henry Rider Haggards exotische und farbenprächtige Fantasy-Epen spielen vornehmlich im dunklen Herzen Afrikas, das zu jener Zeit noch weitgehend unerforscht und von wilden Völkerschaften bewohnt war.

06/4146 - DM 7,80

06/4147 - DM 9,80

06/4148 - DM 9,80

06/4149 - DM 9,80

06/4310 - DM 8,80

06/4311 - DM 7,80

06/4367 - DM 9,80

06/4368 - DM 9,80

HEYNE BÜCHER

HEYNE FANTASY

Romane und Erzählungen internationaler Fantasy-Autoren im Heyne-Taschenbuch.

06/4317 - DM 7,80

06/4318 - DM 7,80

06/4333 - DM 5,80

06/4334 - DM 5,80

06/4326 - DM 9,80

06/4357 - DM 6,80

06/4297 - DM 7,80

06/4298 - DM 7,80

HEYNE BÜCHER

Weltauflage 5 Millionen!

Jean M. Auel

»Liebe und Leben vor 30000 Jahren«

Der erfolgreichste Roman-Zyklus unserer Zeit

Es ist die Geschichte des jungen Mädchens Ayla, das allein durch die vorzeitliche Wildnis irrt und versucht, in einer feindlichen Umwelt zu überleben. Und es ist die Geschichte von Jondalar, einem kundigen Werkzeugmacher, der aufbricht, um eine abenteuerliche Reise anzutreten, auf der er Ayla begegnet . . .

01/6658 - DM 12,80

01/6734 - DM 12,80

Jean M. Auels dritter Roman „Die Mammutjäger" erscheint 1988.

Wilhelm Heyne Verlag München

Heyne Taschenbücher. Das große Programm von Spannung bis Wissen.

HEYNE BÜCHER

Allgemeine Reihe mit großen Romanen und Erzählungen
Tip des Monats
Heyne Sachbuch
Heyne Report
Heyne Psycho
Scene
Heyne MINI
Heyne Filmbibliothek
Heyne Biographien
Heyne Lyrik
Heyne Ex Libris
Heyne Ratgeber
Ratgeber Esoterik
Heyne Kochbücher
Kompaktwissen
Heyne Western
Blaue Krimis/Crime Classics
Der große Liebesroman
Romantic Thriller
Exquisit Bücher
Heyne Science Fiction
Heyne Fantasy
Bibliothek der SF-Literatur

Jeden Monat erscheinen mehr als 40 neue Titel.

Ausführlich informiert Sie das Gesamtverzeichnis der Heyne-Taschenbücher. Bitte mit diesem Coupon oder mit Postkarte anfordern.

Senden Sie mir bitte kostenlos das neue Gesamtverzeichnis

Name

Straße

PLZ/Ort

An den Wilhelm Heyne Verlag
Postfach 2012 04 · 8000 München 2